वन अरेंज्ड मर्डर

चेतन भगत

वन अरेंज्ड मर्डर

अनुवाद : सुशोभित सक्तावत

हार्पर हिन्दी

प्रथम प्रकाशन 2020

हार्पर हिन्दी

(हार्परकॉलिंस पब्लिशर्स इंडिया) द्वारा प्रकाशित 2024

बिल्डिंग नं. 10, टावर A, 4th फ्लोर,
डीएलएफ साइबर सिटी, फेज II, गुरुग्राम 122002, भारत
www.harpercollins.co.in

P-ISBN: 9789354898976
E-ISBN: 9789354898891

टाइपसेटिंग : निओ साफ्टवेयर कन्सलटैंट्स, प्रयागराज (इलाहाबाद)

मुद्रक: न्यूटेक प्रिंट सर्विसेज इंडिया

उनके लिए, जिन्होंने सबसे मुश्किल हालात में भी

मुझे प्यार किया और मेरा साथ नहीं छोड़ा

आभार और पाठकों के लिए संदेश

हाय ऑल,

आप इस बात के लिए शुभकामना के पात्र हैं कि आपने पढ़ने के लिए एक किताब को चुना है! कि आपने यूट्यूब, इंस्टाग्राम, फ़ेसबुक और हमारे फ़ोन में मौजूद तमाम दिलचस्प चीज़ों को छोड़कर एक किताब को पढ़ने का फ़ैसला किया है।

और इससे भी बढ़कर, आपने मेरी किताब को चुना है—इसके लिए बहुत-बहुत शुक्रिया।

लेकिन ये कभी भी केवल मेरी किताब नहीं होती। इस पर बहुत सारे लोगों का हक़ रहता है—वो लोग, जिन्होंने इसको लिखने के दौरान मेरी हर तरह से मदद की है।

मैं अपने पाठकों का शुक्रिया अदा करना चाहता हूं, जिन्होंने डिजिटल दौर में भी कभी मेरा साथ नहीं छोड़ा। यह मेरा सौभाग्य है कि मेरे इतने पाठक हैं, जो मुझे अपना प्यार देने में कोताही नहीं करते और मुझे और बेहतर करने के लिए प्रेरित करते हैं।

शाइनी एंटनी, जो मेरी एडिटर, दोस्त और मेरी तमाम किताबों की पहली पाठिका हैं—आपकी अमूल्य सहायता के लिए शुक्रिया। और केवल इस किताब के लिए ही नहीं, बल्कि सत्रह सालों से बरक़रार सहयोग के लिए भी।

किताब की पांडुलिपि पढ़कर बेशक़ीमती प्रतिक्रियाएं देने वाले मेरे शुरुआती पाठक (अल्फ़ाबेटिकल क्रम में): अंजली खुराना, अनुषा भगत, आयशा रावल, भक्ति भट, महुआ रॉय, प्रतीक धवन, रनोदेब रॉय, शामीली सिन्हा, विरली पंचमिया और ज़ितिन धवन—आपकी सहायता और सुझावों के लिए शुक्रिया।

हार्पर कॉलिंस इंडिया के एडिटर्स को शुक्रिया। हार्पर कॉलिंस इंडिया की समूची मार्केटिंग, सेल्स और प्रोडक्शन टीमों को शुक्रिया। किताब को पाठकों के हाथों तक पहुंचाने वाले ऑनलाइन डिलीवरी बॉयज़ और गर्ल्स का भी उनकी कड़ी मेहनत के लिए बहुत आभार।

मेरे सोशल मीडिया फ़ॉलोअर्स, वो जो मुझे प्यार करते हैं और वो भी, जो नहीं करते—सभी किसी न किसी रूप में अपना योगदान देते ही हैं।

मेरा परिवार मेरे जीवन को सहारा देने वाला आधार-स्तंभ है। मां रेखा भगत, पत्नी अनुषा भगत, और दोनों बेटे श्याम और ईशान—मेरी ज़िंदगी में होने के लिए शुक्रिया।

ज़िंदगी में कभी सबकुछ वैसा नहीं होता, जैसा हमने सोचा और तय किया था। अरेंज्ड मैरिज में भी नहीं। लेकिन अब मैं आपको सुनाने जा रहा हूं एक अरेंज्ड मर्डर की कहानी। आप सभी का स्वागत है।

अध्याय 1

'सारा दूध कहां चला गया?' मैंने कहा। मेरे एक हाथ में अमूल का ख़ाली कार्टन और दूसरे हाथ में फ्रिज का दरवाज़ा था।

'दूध गाय के पास लौट गया,' सौरभ ने कहा। वह सोफ़े पर बैठा अपने नए, चमचमाते व्हाइट स्पोर्ट्स स्नीकर्स के तस्मे बांध रहा था। उसकी मंगेतर प्रेरणा ने चार महीने पहले उसे ये स्नीकर्स भेंट किए थे। ज़ाहिर है, सौरभ के भूल से किसी जिम में प्रवेश करने के बजाय किसी लेडीज़ टॉयलेट में घुस जाने का अंदेशा ज़्यादा था।

'मैं मज़ाक़ नहीं कर रहा हूं, सौरभ। पूरा कार्टन भरा था। अब मैं एक कप चाय भी नहीं बना सकता।'

'मैंने शाम को बिस्किट्स खाए थे,' सौरभ ने कहा, लेकिन उसका ध्यान अभी भी जूतों के तस्मों पर ही था।

'और?'

'और, मुझे रूखे-सूखे बिस्किट पसंद नहीं।'

'तो क्या तुमने उन्हें एक लीटर दूध में डुबोकर खा लिया?'

'मैंने उतना ही इस्तेमाल किया, जितना था।'

मैंने हिक़ारत से फ्रिज का दरवाज़ा बंद किया, ख़ाली कार्टन को डस्टबिन में फेंका और उसे घूरता हुआ डाइनिंग टेबल की कुर्सी पर जाकर बैठ गया।

'मैं बाद में एक और पैकेट ले आऊंगा। और जैसा कि हम तय कर चुके हैं, हम बातें करने से बचेंगे। अगर कोई ज़रूरी बात हो तो मुझे मैसेज करना,' सौरभ ने कहा।

किसी बारह साल के लड़के की तरह सौरभ ने मुझसे बातें करना बंद कर दिया था। हम साथ रहते थे और इसके बावजूद हमारी ज़्यादातर बातें मैसेजेस पर ही होती थीं।

वह मुझसे महज़ सात फ़ीट दूर बैठा था, तब भी मैंने उसे वॉट्सएप्प किया।

'मुझे अभी दूध चाहिए। चाय बनानी है।'

सौरभ ने अपने जूतों से नज़र उठाकर फ़ोन की स्क्रीन को देखा। उसे मेरा मैसेज दिखाई दिया, लेकिन उसने इग्नोर कर दिया। फिर उसने जुराबें चढ़ाईं, डाइनिंग टेबल से अपना वॉलेट उठाया और उसे कुर्ते की जेब में रख लिया। ऑलिव ग्रीन कलर के फ़ैब इंडिया कुर्ते में वह किसी हाथी के बच्चे जैसा लग रहा था, ख़ासतौर पर ऊपर एक मोटा काला ऊनी स्वेटर पहनने के कारण।

मैंने फ़ोन पर एक और मैसेज टाइप किया।

'प्लीज़ जवाब दो।'

उसने जवाब लिखा।

'अभी जल्दी में हूं, इस बारे में बाद में कुछ करता हूं।'

फिर उसने फ़ोन पर ऊबर एप्प खोला।

'डैम, कोई कैब नहीं हैं, न ऊबर की न ओला की,' उसने अपने फ़ोन पर पांच मिनट तक स्वाइप करने के बाद ऊंची आवाज़ में कहा।

'क्या हुआ?' मैंने डाइनिंग टेबल से कहा।

'मैंने तुमसे कुछ नहीं कहा,' उसने कहा।

'कमरे में और कोई नहीं है। तो क्या तुम दीवारों से बातें कर रहे थे?'

'मुझे अपने हाल पर छोड़ दो,' सौरभ ने कहा और फिर से अपने फ़ोन में मसरूफ़ हो गया।

'क्या मैं तुम्हारे लिए कैब बुक कर दूं?' मैंने कहा।

'नहीं। और प्लीज़ मुझसे बातें मत करो।'

'सौरभ, तुम कितने समय तक यूं मुंह बनाए रहोगे?'

उसने कोई जवाब नहीं दिया और अपने फ़ोन की स्क्रीन को घूरता रहा।

'मैं बुक कर सकता हूं—' मैंने कहा, लेकिन उसने मेरी बात को बीच में ही काट दिया।

'केशव, लीज़ ख़त्म होने में दो महीने का समय है। क्या तुम प्लीज़ तब तक के लिए मुझसे दूर रह सकते हो?'

'मैं कई बार सॉरी बोल चुका हूं।'

सौरभ ने सिर हिला दिया, लेकिन फ़ोन से नज़रें नहीं हटाईं।

'डैमिट, मैं ऑटो ले लूंगा, फिर भले इतनी सर्दी में मेरी कुल्फ़ी क्यों ना

जम जाए,' सौरभ ने मन ही मन बड़बड़ाते हुए कहा और घर से बाहर निकल गया।

❖

मैं घर में बैठा शून्य में ताकता रहा। सौरभ अपने पीछे एक ख़ामोशी छोड़ गया था।

हाय, मेरा नाम केशव राजपुरोहित है और मैं बहुत अच्छा इंसान नहीं हूं। मैं इमोशनल भी नहीं हूं। प्यार-व्यार में मुझको भरोसा नहीं। मैं टिंडर का इस्तेमाल करके लड़कियों से मिलता तो हूं, लेकिन केवल उनके साथ सेक्स करने के मक़सद से। और हां, इस मामले में मेरा जवाब नहीं। गए साल ही मैं दस लड़कियों के साथ सोया था।

जैसा कि आपने अभी देखा, मेरा फ़्लैटमेट भी मुझसे बात नहीं करना चाहता। सौरभ और मैं बेस्ट फ्रेंड्स हुआ करते थे। लेकिन अब वो मुझसे नफ़रत करता है और हमारे फ़्लैट की लीज़ के ख़त्म होने का इंतज़ार कर रहा है। लेकिन अपने बेस्ट फ्रेंड से ब्रेकअप करना गर्लफ्रेंड से ब्रेकअप करने से भी ज़्यादा मुश्किल होता है।

ऐसा क्यों था? वेल, मैं नालायक़ तो हूं ही। अगर वो मुझसे दूर होना चाहता था तो मैं इसके लिए उसको दोष नहीं दूंगा।

सौरभ और मैं साइबरसेफ़ नाम की एक साइबर सिक्योरिटी कम्पनी में काम करते हैं। अगर आपकी आपस में लड़ाई हो जाए तो साथ काम करना और मुश्किल हो जाता है। वैसे भी, हर कॉर्पोरेट जॉब की तरह साइबरसेफ़ में काम करना भी कोई बहुत ख़ुशगवार अहसास नहीं है। मेरी ज़्यादा दिलचस्पी तो ज़ेड डिटेक्टिव्ज़ नाम की उस छोटी-सी जासूसी एजेंसी में है, जिसे मैं और सौरभ मिलकर चलाते हैं। यह एजेंसी हमने पिछले साल एक मर्डर केस को सॉल्व करने के बाद खोली थी।

ज़ेड डिटेक्टिव्ज़ मालवीय नगर मार्केट में है, किराना दुकानों के पास में। हमें कोई बहुत सनसनीख़ेज़ मामले तो नहीं मिलते हैं। वैसे भी हम कहां के जेम्स बॉन्ड हैं। अंतरराष्ट्रीय आतंकवादियों से जुड़े मामलों में मदद करने के लिए रॉ और आईबी भी हमसे सम्पर्क नहीं करतीं। हमें तो कोई हार्डकोर क्रिमिनल केस भी नहीं मिलते। हमसे की जाने अधिकतर इनक्वायरीज़ तो हमारे मोहल्ले की उन आंटीज़ की होती हैं, जिन्हें अपनी नौकरानी पर शक़ होता है कि कहीं उसने तो उनका सोने का हार नहीं चुरा लिया, या उनके पतियों का कहीं चक्कर तो नहीं

चल रहा। कभी-कभार होने वाली कोई लूटपाट, जिसमें किसी का लैपटॉप या फ़ोन चोरी हो जाता है, को छोड़ दें तो ज़ेड डिटेक्टिव्ज़ के पास करने को कुछ दिलचस्प नहीं होता। जबकि मेरी कितनी तमन्ना है कि हमें कोई शानदार मर्डर केस मिले। लोग कहते हैं कि दिल्ली क्राइम-कैपिटल है, पर ऐसा लगता तो नहीं।

मेरा फ़ोन बजता है। किसी अननोन नंबर से एक मैसेज आया है।

'एक केस के लिए अर्जेंट मदद चाहिए।'

'आप कौन हैं और क्या चाहते हैं?' मैंने रिप्लाई किया।

'मायसेल्फ़ प्रमोद गुप्ता। मुझे शक़ है कि मेरा ड्राइवर मुझसे जितने पैसे ले जाता है, उतने का पेट्रोल मेरी गाड़ी में नहीं भरवाता।'

मैंने हिक़ारत से फ़ोन पटक दिया। मैं इस बक़वास पर बाद में भी ध्यान दे सकता था। अभी तो मैं सौरभ के बारे में सोच रहा था। ये मोटू इतना ओवर-सेंसिटिव क्यों था? प्रेरणा ने उसे ऐसा बना दिया था। लेकिन नहीं, कोई भी उसकी मुटल्ली मंगेतर के बारे में एक शब्द तो बोलकर बतलाए। हां, मैंने उसको मुटल्ली कहा। जैसा सौरभ मोटू, वैसी वो मुटल्ली। क्या मैं किसी के शरीर का मज़ाक़ उड़ा रहा हूं? मैंने आपको पहले ही बता दिया मैं बहुत हरदिल अज़ीज़ आदमी नहीं हूं। वैसे भी मोटे को मोटा बोलने में क्या हर्ज है? मैं इस बारे में इतना सोचूं ही क्यों? इसके बजाय मैं अपने लिए एक प्याला चाय ना बना लूं? और क्या प्लीज़ कोई मेरे शहर में एकाध मर्डर वग़ैरा कर सकता है? मुझे एक अच्छे केस की सख़्त दरक़ार है।

ओके, मैं आपको बतलाता हूं कि हम दोनों के बीच क्या हुआ था। ज़ाहिर है, मैं आपको अपने एंगल से यह सब बताऊंगा।

छह महीने पहले, सौरभ के सिर पर शादी करने की धुन सवार हो गई थी। वैसे तो मुझे अरेंज्ड मैरिज से कोई प्रॉब्लम नहीं है। वैसे भी मैट्रिमोनियल वेबसाइट्स के लिए एक ऐसे एंगल से सौरभ की प्रोफ़ाइल पिक्चर तो मैंने ही ली थी, जिसमें वह कम से कम मोटा दिखाई दे रहा था। उसका बायो तक मैंने ही लिखा था—

'आई एम सौरभ। मैं एक वेल-प्लेस्ड आईआईटीयन हूं और मेरी पर्सनैलिटी ईज़ी-गोइंग और फ़न-लविंग है। मैं एक मल्टीनेशनल सॉफ़्टवेयर कम्पनी में काम करता हूं और साउथ दिल्ली में रहता हूं। मुझे फ़ूड पसंद है, वास्तव में बहुत सारा फ़ूड और फिर थोड़ा और फ़ूड। मुझे अल्कोहल से भी

ऐतराज़ नहीं और मेरे लिए एक अच्छे वीकेंड का मतलब है दो दिन तक लम्बी तानकर सोना।'

ज़ाहिर है, सौरभ ने इसके लिए मुझे एक लात जमाई थी और आख़िरी की दो लाइनें हटा दी थीं। इसके बजाय उसने लिखा था—'नागपुर की एक डिसेंट फ़ैमिली से, दहेज़ नहीं चाहिए, एक वेल-एजुकेटेड और एम्बीशियस कॅरियर वुमन को प्राथमिकता।'

मैंने डाइनिंग टेबल पर हाथ दौड़ाया। यहीं से तो सौरभ ने प्रेरणा को सबसे पहले वीडियो कॉल किया था। बहुत सारी नाकाम कोशिशों के बाद आख़िरकार सौरभ किसी ऐसी लड़की से मिला था, जिसको लेकर वह एक्साइटेड था। उसका प्लान तो यह था कि वह उसे केवल दो मिनट के लिए कॉल करेगा, लेकिन वो दो घंटे तक बातें करते रहे थे।

'सॉरी, लंच के लिए देर हो गई। लेकिन उम्मीद से ज़्यादा देर तक बातें हुईं,' कॉल ख़त्म होने पर सौरभ ने कहा।

'यही लड़की तुम्हारे लिए है,' मैंने कहा।

'रियली? तुम्हें कैसे मालूम?'

'जिसके लिए तुम खाना भूल जाओ, और वो भी दो घंटे के लिए? अगर यह सच्चा प्यार नहीं है तो और क्या होगा?'

मेरी बात सही निकली। सौरभ प्रेरणा मल्होत्रा पर मर मिटा। वह रमेश और नीलम मल्होत्रा की इकलौती बेटी थी और न्यू फ्रेंड्स कॉलोनी में एक पंजाबी जॉइंट फ़ैमिली में रहती थी। वह ठीक वैसी लड़की थी, जैसी सौरभ को चाहिए थी—एम्बीशियस और कॅरियर-माइंडेड। उसका अपना एक इंटरनेट स्टार्टअप था और वह बहुत अच्छा चल रहा था।

'उसके स्टार्टअप का नाम है—ईटो। क्यूरेटेड फ़ूड डिलीवरी,' सौरभ ने मुझसे कहा। 'ज़मैटो की तरह। वो लोग डिशेस को टेस्ट करते हैं और फिर आपको बताते हैं कि सबसे टेस्टी क्या है, जिसे ऑर्डर किया जाना चाहिए।'

'मैं देख सकता हूं कि तुम्हें वह क्यों अच्छी लगी,' मैंने कहा। उसकी प्रेम-कहानी में कहीं ना कहीं फ़ूड वाला एंगल तो होना ही था।

'मैंने तो तुमको पहले ही बता दिया था, मुझे कॅरियर वुमन पसंद हैं,' सौरभ ने कहा।

'ये तो सच है,' मैंने कहा।

अगले कुछ महीनों तक सौरभ और प्रेरणा एक-दूसरे को डेट करते रहे, बशर्ते अरेंज्ड मैरिज की सिचुएशन में इस तरह से मिलने को डेट कहा जा सकता हो। या शायद इसे अरेंज्ड डेटिंग कहा जाना चाहिए। जल्द ही उन दोनों में इतना प्यार हो गया, जितना कि किसी लव-मैरिज कपल में भी नहीं होता होगा।

कुछ ऐसा था कि जैसे प्रेरणा से मिलने के बाद सौरभ के पूरे डीएनए की रीवायरिंग हो गई हो। एक दिन मैंने उसे कुछ ऐसी आवाज़ में बातें करते सुना, जैसी आवाज़ मांएं अपने छह महीने के बच्चों को सुलाते समय निकालती हैं—

'ओले, माय प्रेरणा बेबू। तुम तो टायल्ड हो गई। तुम इतना वल्क क्यों कलती हो, माय सोना बेबू।'

ये सब सुनकर मुझ पर क्या बीती, मैं ही जानता हूं।

सौरभ के कपड़े पहनने के तरीक़े में भी बदलाव आया। टी-शर्ट और पजामे के दिन लद गए, जो कि सौरभ की ऑफ़िशियल कॉस्ट्यूम हुआ करते थे। अब वो पूरी आस्तीन की कॉलर वाली कमीज़ें पहनने लगा। रात को सोते समय भी अब वह कैल्विन क्लीन के नाइटसूट ही पहनता था।

एक रात जब हम डिनर करने बैठे तो पूरे कमरे में आफ़्टरशेव की गंध भरी हुई थी।

'क्या यह कोलोन है?' मैंने कहा।

'हां,' सौरभ ने कहा।

'क्या ये मुफ़्त में बंट रहा था?'

'महकने में कोई बुराई तो नहीं है।'

'है तो नहीं, पर तुमको ये बात अपनी उम्र के अट्ठाइस साल बिता देने के बाद पता चली?'

'प्रेरणा ने ऐसा करने को कहा था,' सौरभ ने बड़ी कोमल आवाज़ में कहा।

लेकिन मुझे इस सबसे कोई दिक़्क़त नहीं थी। मैं अपने दोस्त के लिए ख़ुश था। प्रेरणा उसकी होने वाली पत्नी थी। वो उसका क्रश, प्यार, गर्लफ्रेंड सबकुछ थी। वास्तव में वो उसकी ज़िंदगी में आने वाली इकलौती लड़की थी।

लेकिन मैं सीधे पॉइंट पर आता हूं, भले ही वह सब सुनने में चाहे जितना बुरा लगे। प्रेरणा यूं तो अच्छी लड़की है—स्मार्ट, प्यार करने वाली, केयर करने वाली—लेकिन वो—मैं इसे किन शब्दों में कहूं?—थोड़ी ओवरवेट है। मैंने तो

आपको पहले ही बता दिया था कि मैं घुमा-फिराकर बात नहीं करता। वो मोटी थी। हां, मैंने अपने बेस्ट फ्रेंड की परफ़ेक्ट रिलेशनशिप वाली परफ़ेक्ट गर्ल को मोटी कहकर पुकारा था। अब आप ख़ुद ही मुझे जज कीजिए। लेकिन जब आप मुझे जज करेंगे, तो मैं भी लोगों के वज़न को जज करता रहूंगा।

फिर उन दोनों को आपस में जोड़ने वाली चीज़ थी—फ़ूड। उनकी लगभग सभी डेट्स किसी पॉपुलर रेस्तरां में होती थी। यहां तक कि वो एक-दूसरे को प्यार से बुलाते भी थे तो खाने-पीने की चीज़ों का नाम लेकर।

'तुम तो मेरे लड्डू हो,' वह उसे मैसेज करती।

'और तुम मेरी जलेबी,' सौरभ जवाब देता।

'तुम तो रसगुल्ले की चाशनी जैसे मीठे हो।'

'आई लव यू, माय लिटिल गुझिया।'

सीरियसली, वो दोनों एक-दूसरे से इतना प्यार करने लगे थे, जितना वे अपने खाने को प्यार करते थे। जल्द ही उनकी मिठाइयों की फ़ेहरिस्त ख़त्म हो गई। वैसे भी जब आप गुझिया पर पहुंच जाएं तो आपको ख़ुद ही सोच लेना चाहिए कि आप कितना नीचे चले गए हैं। मैं यह सोचकर ही कांप गया कि उनका भविष्य का किचन कैसा होगा। वह किचन नहीं मिठाइयों का बंकर होगा, जहां किसी न्यूक्लियर होलोकॉस्ट से बचने के लिए मनुष्य छिप सकते होंगे।

लेकिन ज़ाहिर है, कभी-कभी उनमें से कोई एक इंस्टाग्राम पर फ़िटनेस संबंधी कोई पोस्ट देखता तो एक्सरसाइज़ करने की प्लानिंग करने लगता।

'माय लिटिल बूंदी, हम एक साथ फ़िट होंगे, है ना?' सौरभ ने उसे एक बार फ़ोन पर कहा। अव्वल तो अगर आप किसी फ़िटनेस रूटीन की प्लानिंग कर रहे हों तो एक-दूसरे को खाने-पीने की चीज़ों के नाम से पुकारना बंद कर देना चाहिए। पर उन्होंने शादी के बाद फ़िट होने के प्लान बनाए। लेकिन अभी के लिए उन्होंने तय किया कि वे ख़ूब मौज-मस्ती करेंगे, क्योंकि 'ये समय ज़िंदगी में बार-बार तो आता नहीं।' वेल, ये समय ज़िंदगी में फिर नहीं आए, हार्ट अटैक तो कभी भी आ सकता है।

वैसे मुझे यहां यह जोड़ना चाहिए कि मैं भले ही प्रेरणा से ज़्यादा फ़िट था, लेकिन उसका कॅरियर मुझसे बेहतर शेप में था। उसने अपने बिज़नेस पार्टनर के साथ मिलकर ईटो के लिए तीन राउंड की फ़ंडिंग पूरी कर ली थी। एक प्राइवेट इक्विटी फ़र्म ने हाल ही में उसकी कम्पनी में 35 प्रतिशत स्टेक के साथ 13

मिलियन डॉलर्स का इनवेस्ट किया था।

'तुम मेरे लिए बहुत लकी हो, मेरे काजू कतली,' फ़ंडिंग राउंड पूरा होने के बाद प्रेरणा ने सौरभ से कहा। 'ये मेरे लिए बहुत बड़ी बात है।'

सच कहूं तो मुझे इससे भी कोई समस्या नहीं थी। मैं तो सौरभ के लिए ख़ुश ही था। अगर कोई मोटा है और उसके पास पैसे हैं तो मुझे इससे क्या? जब तक कि मेरा बेस्ट फ्रेंड ख़ुश है, तब तक मैं भी ख़ुश।

और सौरभ तो मारे ख़ुशी के पागल हो चुका था। लेकिन एक ही प्रॉब्लम थी। अब वह मेरा बेस्ट फ्रेंड नहीं रह गया था। कुछ बदल गया था।

उसके पास अब शाम के लिए समय ही नहीं होता था। मैं यह समझ सकता था, आख़िर नए-नए प्यार में डूबे आदमी की यही हालत होती है। लेकिन वह साइबरसेफ़ के काम में कोताही करने लगा था।

'मैं कुछ दिनों के लिए अमृतसर जा रहा हूं। क्या तुम वो पिच प्रेज़ेंटेशन दे सकते हो, जिसके लिए जैकब ने कहा था?' एक दिन सौरभ ने कहा।

'पर तुम अमृतसर क्यों जा रहे हो?'

'वो, प्रेरणा ने कहा है कि मुझे अमृतसरी कुल्चे ट्राय करने चाहिए।'

'क्या?'

'वह उसका होमटाउन है। वहां उसके पापा की फ़ैक्टरी भी है।'

'प्रोजेक्ट की डेडलाइन अगले शुक्रवार की है।'

'तुम हैंडल कर लो ना,' सौरभ ने कहा।

'केवल इस बार,' मैंने कहा।

लेकिन यह केवल एक बार की बात कहां रहने वाली थी? सौरभ प्रेरणा के लिए सबकुछ छोड़ने को तैयार था। वो प्यार में इतना डूब गया था कि एक बार वो पूरे दो हफ़्ते तक प्रेरणा के लिए ईटो एप्प की डीबगिंग करता रहा था। इसी समय हमें भी साइबरसेफ़ के एक क्लाइंट के लिए एक ज़रूरी कोड फ़िनिश करना था। मैं अकेला इसे समय पर पूरा नहीं कर पाया। हमारे क्लाइंट ने इसकी शिकायत जैकब से की और जैकब ने मुझ पर ग़ुस्सा निकाला।

'सॉरी भाई, मुझे नहीं पता था कि ईटो की डीबगिंग में इतना टाइम लग जाएगा,' सौरभ ने कहा।

'जैकब ने मुझको वॉर्निंग दी है,' मैंने कहा।

'वेट, प्रेरणा का कॉल आ रहा है। मैं बाद में बात करता हूं,' सौरभ ने कहा और मेरा फ़ोन काट दिया।

मैं अब तक सबकुछ सहन कर रहा था। मैं प्रेरणा की फ़ैमिली से मिलने तक गया था—उसके पैरेंट्स, भाई, मासी, चाचा, दादी। ये सब एक ही तीन-मंज़िला घर में रहते थे। मैंने उसकी इंगेजमेंट प्लान की थी, सौरभ के कपड़े मैं ही बनवाकर लाया था और पार्टी में सबसे ज़्यादा डांस भी मैंने ही किया था। लेकिन आज वो ये सब भूल गया था। उसको केवल यही याद था कि मैंने उससे आख़िरी बार झगड़ा करते हुए क्या कहा था। उस दिन मेरा दिन ख़राब था। हां, ये बात सच है कि शायद मुझे बेहतर शब्दों का इस्तेमाल करना चाहिए था।

लेकिन अब तो यह आदमी मुझसे बात भी नहीं करना चाहता था। वह घर छोड़कर जाना चाहता था, साइबरसेफ़ में अपना डिपार्टमेंट बदल लेना चाहता था और ज़ेड डिटेक्टिव्ज़ बंद कर देना चाहता था। और इस सबके बावजूद बुरा मैं ही था? सीरियसली?

अध्याय 2

हैलो, मैं सौरभ माहेश्वरी बात कर रहा हूं, और कुछ समय के लिए मिस्टर केशव के बजाय अब मैं बोलूंगा।

करवा चौथ का दिन है और मैं अपनी मंगेतर प्रेरणा से मिलने जा रहा हूं।

मैं न्यू फ्रेंड्स कॉलोनी तक एक ऑटोरिक्शा लेता हूं। यह मालवीय नगर से बमुश्किल आधे घंटे की दूरी पर होगी। मैं अपने हाथों को लगातार मसल रहा हूं, ताकि वे ठंडे ना हो जाएं।

'निकल गए?' प्रेरणा का मैसेज देखते ही मेरे चेहरे पर मुस्कराहट आ गई।

'हां, ऑटो में हूं,' मैंने जवाब दिया।

'जल्दी आओ ना, मुझे भूख लग रही है।'

'हां,' मैंने कहा।

'भैया, थोड़ा तेज़ चलाओ,' मैंने ऑटो वाले से कहा।

फिर मैंने अपने फ़ोन को देखा और मुस्करा दिया। मुझसे ज़्यादा ख़ुशनसीब इंसान दूसरा कौन होगा? मेरी मंगेतर मेरे लिए करवा चौथ का व्रत रख रही थी, जबकि अभी तक हमारी शादी नहीं हुई थी। वो कितनी स्वीट है ना।

'मैंने पूरे दिन से कुछ नहीं खाया, पानी तक नहीं पीया,' प्रेरणा ने मैसेज किया।

'कुछ खा लो ना, मेरी चिक्की।'

'नहीं, आधे घंटे में चांद निकलेगा, तब तक तुम भी आ जाओगे। मैं तभी व्रत तोडूंगी।'

'आई लव यू,' मैंने मैसेज किया।

'आई लव यू टू।'

और इसके तुरंत बाद एक और मैसेज आया—'मेरे पास तुमसे शेयर करने के लिए कुछ ख़ास है।'

'क्या?'

'आओ तो बताऊंगी।'

'लेकिन है क्या?'

'कुछ बहुत ही अनबिलीवेबल लेकिन बहुत स्पेशल भी। मुझे अभी-अभी मिला है।'

मैंने उसे वीडियो कॉल लगाया। उसने उठाया। वो अपने कमरे में थी। मैंने उसका सुपर क्यूट चेहरा देखा। उसने सिर हिला दिया।

'क्या?' मैंने कहा।

'मुझे इस तरह मत देखो। मैं चाहती हूं कि तुम मुझे मेरे करवा चौथ क्लॉथ्स में आमने-सामने देखो। जब मैं पूरी तरह से तैयार हो जाऊं।'

'लेकिन तुम मुझे क्या बताने वाली थीं?'

'बताऊंगी। जल्दी आओ, ना? आई एम सो हंगरीऽऽऽऽऽऽ।'

'आई एम कमिंगऽऽऽऽऽऽ', मैंने जवाब दिया। उसने फ़ोन रख दिया।

जब ऑटोरिक्शा दिल्ली के ट्रैफ़िक से होकर गुज़र रहा था, तब मुझे केशव की याद आई।

तो मिस्टर केशव राजपुरोहित ने मुझे इस कहानी में अपना पहलू सामने रखने के लिए एक छोटी-सी जगह देने की मेहरबानी की है। लेकिन इससे पहले वो आपको अपने एंगल से अपनी कहानी सुना चुके हैं। मुझे पूरा यक़ीन है कि वो पहले ही आपका ब्रेनवॉश कर चुके होंगे। उन्होंने शायद आपको बतलाया होगा कि मैं एक ओवरसेंसेटिव रोतलू हूं और अब एक भोंदू पति बनने जा रहा हूं। या कि मैंने ओवररिएक्ट किया था और मिस्टर ओह-सो-कूल केशव तो बस यूं ही थोड़ी-बहुत टीका-टिप्पणी कर रहे थे और मुझे इस सब पर ज़्यादा ध्यान नहीं देना चाहिए था। अरे हां, मुझे कोई शक नहीं कि उन्होंने आपको यह भी बताया होगा कि मैं साइबरसेफ़ में कामचोरी करता था और ज़ेड डिटेक्टिव्ज़ को पूरी तरह से नज़रअंदाज़ कर रहा था। बढ़िया। फिर उन्हीं की बात मानते रहिए।

लेकिन कुल इतना ही हुआ था कि मुझे प्यार हो गया था। ज़िंदगी में पहली बार। प्रेरणा को मुस्कराते देखकर ही मैं भीतर से ऐसे पिघल जाता था, जैसे चॉकलेट लावा केक। जब प्रेरणा फ़ोन लगाती थी तो उसका एक-एक शब्द ऐसा होता था, जैसे कोई इंजेक्शन से मेरी रगों में ख़ुशियां पहुंचा रहा हो। आप चाहें तो मुझे रोमांटिक फ़ूल कह सकते हैं।

केशव के विपरीत मेरी कभी कोई लॉन्ग टर्म गर्लफ्रेंड नहीं रही। कोई शॉर्ट टर्म हुक-अप्स भी नहीं हुए। क्या उसने आपको अपने टिंडर-एडिक्शन के बारे

में बताया? हां, यह एक एडिक्शन ही है। बीते एक साल में वह दस लड़कियों के साथ सो चुका है। उसे तो उन लड़कियों के सरनेम भी पता नहीं हैं। और कुछ मामलों में तो नाम भी नहीं। आप उसे स्टड या चाहे जो कह लें, लेकिन मैं तो इसे एक बीमारी कहता हूं। लेकिन वो जो चाहे करे, उसको यह समझना होगा कि मैं उससे अलग हूं। मेरी तो एक, और केवल एक ही, प्रेरणा है। और पूरे जीवन वही एक रहने वाली है। उसकी ख़ुशी के लिए मैंने कुछ मर्तबा काम से छुट्टी ली। मैं उसके साथ घूमने गया और उसके काम में मदद की। मिस्टर केशव इससे अपसेट हो गए कि मैं उन्हें हंड्रेड परसेंट अटेंशन नहीं दे रहा हूं और बच्चों की तरह मुंह फुलाकर बैठ गए। वो ये भी भूल गए कि चंदन क्लासेस वाले हमारे पिछले जॉब के दौरान जब वो अपनी गर्लफ्रेंड से मिलने जाते थे तो मैं किस तरह से काम में उनकी मदद करता था। मैं उनके लिए ना केवल अच्छे बहाने बनाता था, बल्कि उनके असाइनमेंट्स भी फ़िनिश करता था। साइबरसेफ़ में भी उनकी एक टिंडर मैच थी, जो केवल दोपहर में उनसे मिल सकती थी। तो जनाब ऑफ़िस से उठकर चल दिए और मैंने उनका फैलाया रायता साफ़ किया। मैंने जैकब से बोला कि उनकी कोई फ़ैमिली इमरजेंसी है। लेकिन जब उनकी बारी आई तो मिस्टर सिक्स पैक मेरी रिलेशनशिप के बारे में ऊलजुलूल बकने लगे।

और फिर एक दिन जब प्रेरणा घर पर थी, उसने सभी हदें पार कर दीं। आप जानना चाहते हैं, क्या हुआ था?

'तुम रुक क्यों गए?' मैंने ड्राइवर से कहा। मुझे महसूस हुआ कि पांच मिनट से हम एक जगह से हिले भी नहीं थे।

'आईआईटी सिगनल। यहां बहुत समय लगता है,' उसने कहा।

मैंने समय देखा। 7 बजकर 24 मिनट हो रहे थे। गूगल के मुताबिक चांद 7 बजकर 46 मिनट पर दिखाई देने वाला था। मेरे पास अभी कुछ समय था। लेकिन मैं नहीं चाहता था कि भूखी-प्यासी प्रेरणा को एक मिनट भी ज़्यादा इंतज़ार करना पड़े। मुझे किसी भी हालत में चांद से पहले वहां पहुंचना ही था। लेकिन ज़ाहिर है, चांद को दिल्ली के ट्रैफिक से नहीं जूझना था।

'कहां तक पहुंचे?' प्रेरणा ने मैसेज किया।

'बीस मिनट की दूरी पर। आईआईटी सिगनल पर फंसा हुआ हूं।'

'कूल। तुम पूरा समय लो। मैं इधर कोशिश करूंगी कि बेहोश होकर गिर ना जाऊं।'

'तुम्हें भूख लग रही है ना, मेरी गुलाब जामुन?'

'मैं छत पर हूं। पूरी तरह से तैयार। और तुम्हारा इंतज़ार कर रही हूं।'

'चांद निकला?'

'अभी तक दिखा तो नहीं।'

'मैं बस अभी आया,' मैंने कहा।

सिगनल तीसरी बार ग्रीन हुआ और इस बार मेरा ऑटो क्रॉस करने में क़ामयाब हुआ। मैंने अपनी जेब टटोली। उसमें सोने का हार था, जो मैंने प्रेरणा के लिए लिया था।

पंद्रह मिनट बाद ऑटो न्यू फ्रेंड्स कॉलोनी की ख़ामोश लेन्स में प्रवेश कर चुका था। उसने मेट्रो स्टेशन पार किया और फिर ए ब्लॉक पर पहुंचा। प्रेरणा चार सौ स्क्वायर यार्ड की एक कोठी में रहती है। उसका घर पॉश बंगलों की एक लेन में मौजूद है। इन कोठियों के पीछे से एक पतली गली भी निकलती है, जिससे उनमें प्रवेश करने के लिए पीछे का एक रास्ता भी बनता है। इस समय फ्रंट डोर से घुसने का मतलब होता, पूरे मल्होत्रा खानदान से मिलना। प्रेरणा और मैं हम दोनों ही नहीं चाहते थे कि शादी से पहले ही करवा चौथ का व्रत करने के लिए हम लवबर्ड्स का मज़ाक़ उड़ाया जाए। हमने पहले ही तय कर लिया था कि वह मेरे लिए बैक डोर खुला रखेगी।

'हां बस यहीं,' बैक लेन में पहुंचते ही मैंने ड्राइवर से कहा।

'मेन एंट्रेंस आगे से है,' उसने खुल्ले पैसे ढूंढ़ते हुए कहा।

'कोई बात नहीं,' मैंने कहा और बाहर निकल आया।

स्लेटी शाम और ठंडी हवा के चलते गली सामान्य से ज़्यादा अंधियारी लग रही थी। मैंने आसमान की तरफ देखा। चांद अभी तक नहीं निकला था। या कम से कम, जहां पर मैं था, वहां से तो मुझे दिखाई नहीं दे रहा था। मैंने धीमे-से बैक डोर खोला और उसे भीतर से लगा दिया। फिर मैं ग्राउंड फ़्लोर से ऊपर सीढ़ियां चढ़ने लगा, जहां मल्होत्रा परिवार का मुख्य बैठकख़ाना था। बीच वाली मंज़िल पर रसोईघर था। वहां से गुज़रते समय मुझे प्रेशर कुकर की सीटी सुनाई दी और महक से मैंने पहचान लिया कि राजमां पकाया जा रहा था। शायद मल्होत्रा परिवार करवा चौथ के बाद वाले उत्सव की तैयारी कर रहा था। पहली मंज़िल पर पहुंचकर मैंने अपनी सांसें थाम लीं। मांजी यानी प्रेरणा की दादी यहीं पर अंजली के साथ रहती थीं। अंजली प्रेरणा की कज़िन थी, जो अमेरिका से

आई थी। प्रेरणा की आंटी बिंदु भी इसी मंज़िल पर रहती थीं। वो एक स्कूल में पढ़ाती थीं और अपने चश्मे, घुंघराले बालों और भारी-भरकम काया के कारण किसी डरावनी हेडमिस्ट्रेस जैसी दिखाई देती थीं।

कुछ पल ठहरने के बाद मैं दूसरी मंज़िल चढ़ने लगा। इस फ़्लोर पर प्रेरणा अपने पैरेंट्स, रमेश और नीलम मल्होत्रा, और चौदह साल के अपने भाई अजय के साथ रहती थी। तीसरी मंज़िल चढ़ते समय मैं हांफने लगा। प्रेरणा के काकाजी आदित्य इस फ़्लोर पर रहते थे। वे अकेले ही रहते थे और यहां उनका म्यूज़िक स्टूडियो था। इस फ़्लोर से गुज़रते समय मुझे म्यूज़िक बजता सुनाई दिया। इसके बाद मैं आख़िरी की सीढ़ियां चढ़ने लगा, जो सीधे छत पर जाती थीं। मैं पसीने से लथपथ हो गया था। लेकिन मैं अपने साथ कोलोन लाया था। मैंने थोड़ा-सा स्प्रे किया और छत के पहले से खुले दरवाज़े को धकेल दिया।

'मेहंदी लगाके रखना, डोली सजाके रखना,' मैं फ़िल्म 'दिलवाले दुल्हनिया ले जाएंगे' का यह गाना गाने लगा। इसी फ़िल्म में छत पर करवा चौथ का एक क्लासिक सीन था।

आसमान का रंग गहरा काला हो चुका था। हल्का-सा कोहरा छाया हुआ था, जिसके कारण न्यू फ्रेंड्स कॉलोनी के घरों की बत्तियां टिमटिमाती हुई-सी लग रही थीं।

गाना गाते-गाते ही मैंने आसमान की तरफ देखा और मुझे वह दिखाई दिया—चौथ का चांद। आज की रात दिल्ली की सभी शादीशुदा औरतें अपने पतियों के साथ इसे देखने छत पर आई होंगी। मैं अभी तो पति नहीं था, लेकिन तीन महीने बाद बनने वाला था।

'लेने तुझे, ओ गोरी...' मैं गाना गाता रहा। मैंने आसपास देखा कि कहीं तो मुझे ट्रेडिशनल कपड़े पहने, हाथ में छलनी लिए, शर्मीली मुस्कान वाली प्रेरणा दिखाई दे। प्रेरणा अक्सर ऐसे मौक़ों पर शरमा जाया करती थी, जबकि मैं इसकी उम्मीद नहीं कर रहा होता हूं।

'प्रेरणा, बेबू, मैं आ गया हूं। अब तुम खाना खा सकती हो,' मैंने कहा और हंस दिया।

कहीं से कोई जवाब नहीं आया। टैरेस के दरवाज़े के पास एक स्विच था। मैंने उसे दबाकर बत्ती जला दी। छत पर पीली रोशनी फैल गई। पूरे टैरेस पर प्रेरणा कहीं नहीं थी।

'जलेबी, तुम कहां हो?' मैंने ऊंची आवाज़ में कहा।

टैरेस के एक कोने में लाल-सुनहरे रंग का एक दुपट्टा नीचे पड़ा था। मैंने उसे उठा लिया। हवा चली और उसका मलमली अहसास मेरे चेहरे को छू गया। मैंने उसे अपने चेहरे से हटाया और एक बार फिर छत पर ग़ौर से देखा। मुझसे तीन फ़ीट की दूरी पर एक छलनी पड़ी थी।

मैंने उसे उठा लिया और अपने हाथों में कुछ उलट-पुलटकर देखा। फिर मैंने उसमें से चांद को निहारा, जैसा कि प्रेरणा करने वाली थी। क्या वह नीचे चली गई है? मैंने फ़ोन निकाला और उसका नंबर लगाया, लेकिन उसने फ़ोन नहीं उठाया।

घर के सामने मेनरोड पर हॉर्न गूंज रहे थे। शायद ट्रैफ़िक जाम हो गया था। मैंने टैरेस से झांककर देखा। दोनों तरफ़ का ट्रैफ़िक थम गया था। प्रेरणा के घर के ठीक सामने भीड़ लगी थी। मैंने देखने की कोशिश की कि मामला क्या है, लेकिन अंधेरे में कुछ नहीं दिखा।

मैंने फिर प्रेरणा का नंबर मिलाया। उसने फ़ोन नहीं उठाया। मैंने मैसेज लिखा—

'तुम कहां हो, बेबू? मैं छत पर तुम्हारा इंतज़ार कर रहा हूं।'

उसने मैसेज नहीं पढ़ा। वॉट्सएप्प पर केवल एक टिक दिखाई दे रही थी। मैसेज डिलीवर तक नहीं हुआ था।

'तुम्हें भूख नहीं लग रही? आओ, कुछ खा लो,' मैंने एक और मैसेज भेजा।

यह मैसेज भी डिलीवर नहीं हुआ। नीचे हो रहा शोर बढ़ गया। मैं अभी भी समझ नहीं पा रहा था कि आख़िर माजरा क्या है। कुछ हुआ था और प्रेरणा भी वह देखने के लिए नीचे चली गई थी शायद। मैं छत के दरवाज़े की ओर बढ़ा और सीढ़ियां उतरने लगा।

दरवाज़े तक पहुंचने से पहले ही प्रेरणा के पिता रमेश और दो और लोग टैरेस की ओर आते दिखाई दिए। मैंने उन्हें पहचान लिया। वो गुप्ता और अरोड़ा थे और मल्होत्रा परिवार के पड़ोस में रहते थे।

'हैलो, अंकल—' रमेश अंकल के कुछ कहने से पहले ही मैंने कहा।

'सौरभ? तुम यहां उसके साथ थे?'

'प्रेरणा के साथ? मैं तो उसी से मिलने आया था। वो कहां है?'

उन्होंने कोई जवाब नहीं दिया। मेरे हाथ में जो दुपट्टा था, उन्होंने उसे हल्के से छुआ।

'अंकल, मैं ऊपर आया तो मुझे यह मिला।'

गुप्ता ने मेरे दूसरे हाथ से छलनी ले ली। उन्होंने उसे रमेश अंकल और अरोड़ा को दिखाया।

'मल्होत्रा जी, बेहतर होगा अगर आप इस लड़के को यहां से जाने ना दें।'

'कहां नहीं जाने दें?' मैंने आश्चर्य से कहा।

फिर मैंने रमेश अंकल से कहा—'अंकल, हुआ क्या है? मेरी अभी प्रेरणा से बात हुई थी,' लेकिन वे चुपचाप सीढ़ियां उतरते रहे। गुप्ता ने मेरी कोहनी कसकर पकड़ ली।

'अंकल, आप मेरी बांह को इतनी सख़्ती से क्यों पकड़ रहे हैं?' मैंने गुप्ता से कहा। हम ग्राउंड फ़्लोर की ओर जा रहे थे।

बैठक और मुख्य दरवाज़े से होते हुए हम बाहर निकले। वहां अब भी भीड़ जमा थी। ट्रैफ़िक जाम था। कुछ कारें जाम से बचने के लिए यू-टर्न ले रही थीं। प्रेरणा के परिवार के कई लोग वहां खड़े थे।

'सौरभ?' प्रेरणा की मां नीलम आंटी ने सबसे पहले मुझे देखा। उनके चेहरे पर सदमे के भाव थे। ऐसा लगा, जैसे वो मेरा नाम तो जानती थीं, लेकिन मुझे पहचान नहीं पा रही थीं।

सड़क पर लोग घेरा बनाकर खड़े थे।

और तब जाकर मैंने प्रेरणा को देखा। वह सड़क पर मुंह के बल पड़ी थी। उसने लाल-सुनहरा लहंगा पहन रखा था, जो उसके उस दुपट्टे से मैच खाता था, जो अभी कुछ मिनट पहले तक मेरे हाथ में था। उसके बाल उसकी पीठ और चेहरे के एक तरफ़ फैले हुए थे। अंधेरा होने के बावजूद मैंने देखा कि उसके सिर के पास ख़ून जमा हो गया था। उसके आसपास लोग बिलकुल चुपचाप खड़े थे।

'प्रेरणा,' मैंने उसकी तरफ़ दौड़ते हुए कहा।

'रुक जाओ,' रमेश अंकल ने कहा और मेरी कलाई पकड़ ली।

'अंकल... क्या उसे चोट लगी है?'

उन्होंने सिर हिलाया।

'क्या?' मैंने कहा।

'वो अब इस दुनिया में नहीं है,' रमेश अंकल ने अपने आंसुओं को रोकते हुए कहा।

एक पल के लिए मेरे दिल की धड़कन रुक गई। मैं स्तब्ध रह गया। मैंने दूसरे लोगों की ओर देखा। आदित्य और अजय काठ की तरह चुपचाप खड़े थे। उनके पास में नीलम खड़ी सुबक रही थीं। उन्होंने बिंदु का हाथ पकड़ रखा था, लेकिन बिंदु की हालत भी कोई बहुत अच्छी नहीं थी।

'लेकिन मेरी अभी-अभी उससे बात हुई थी,' मैं इतने ज़ोर से चिल्लाया कि सभी चौंक उठे।

आदित्य आए और मेरे कंधे पर अपनी मज़बूत बांह रख दी। उन्होंने मेरी पीठ को थपथपाया।

'आदित्य चाचू, आख़िर हुआ क्या?'

'वो नीचे गिर गई,' आदित्य ने छत की ओर इशारा करते हुए कहा।

मैंने अपने आपको आदित्य की पकड़ से छुड़ाया और प्रेरणा के पास दौड़ते हुए गया। मैं अपने घुटनों पर बैठ गया और उसके बाल सहलाने लगा।

'प्रेरणा, मैं आ गया हूं, अब तो कुछ खा लो,' मैंने धीमे-से फुसफुसाते हुए कहा।

रमेश अंकल और गुप्ता मेरे पास आए और मेरा कंधा थपथपाया।

'पुलिस आ रही है,' गुप्ता ने कहा। 'बेहतर होगा कि बॉडी को डिस्टर्ब न किया जाए।'

'पुलिस? बॉडी? क्या?' मैंने कहा। 'हमें तो इसे अस्पताल ले जाना चाहिए।'

'सौरभ, उठ जाओ,' रमेश अंकल ने धीमी लेकिन सख़्त आवाज़ में कहा।

दोनों ने मुझे पकड़कर उठाया और कुछ क़दम पीछे ले गए। गुप्ता ने मेरी निगरानी करने की ज़िम्मेदारी ख़ुद ही ले ली थी। उन्होंने मेरा दायां हाथ ऐसे पकड़ा कि मैं कहीं भाग ना जाऊं।

नीलम और बिंदु अब ज़ोर से रोने लगे थे। कुछ बुज़ुर्ग औरतें आईं और उन्हें चुप कराने लगीं। मैंने देखा कि रमेश जी आंसुओं को रोकने की कोशिश कर रहे हैं। अजय ने आदित्य के सीने में अपना चेहरा छुपा लिया था।

परिवार की यह हालत देखकर आस-पड़ोस के लोग बात करने लगे कि अब क्या करना चाहिए।

'चलो, उसे एक तरफ़ कर दें,' अरोड़ा ने कहा।

'नहीं, हमें पुलिस के आने तक रुकना चाहिए,' गुप्ता ने कहा।

मैं जैसे सुन्न हो गया था। यह नहीं हो सकता था। शायद मैं एक बुरा सपना देख रहा था। शायद मैं अभी उठ जाऊंगा और सीधे प्रेरणा से मिलने के लिए दौड़ूंगा। और हम छत पर चांद देखते हुए एक-दूसरे को मिठाई खिलाएंगे।

प्रेरणा के सिर से निकला ख़ून अब मेरे पैरों तक पहुंच रहा था। अंधेरे में उसकी धीमी गति को मैं घूरकर देखता रहा। फिर मैंने प्रेरणा की ओर देखा। इस बार ध्यान से। उसके हाथों में मेहंदी लगी थी। यह उसने ख़ासतौर पर करवा चौथ के लिए लगाई थी। मेरा सिर चकराने लगा। मुझे अपने आसपास चीज़ें होती दिखाई दे रही थीं, लेकिन मैं उनका मतलब नहीं समझ पा रहा था। मुझे साइरन की आवाज़ सुनाई दी। पुलिस आ गई थी। मैंने देखा कि पुलिसवाले प्रेरणा के पिता से बात कर रहे थे। एक ने अलग-अलग एंगल से लाश की तस्वीरें खींचना शुरू कर दिया। घर और छत की तस्वीरें भी ली गईं।

'क्या अब हम बॉडी को एक तरफ़ कर दें?' अरोड़ा ने कहा। वो कॉलोनी के प्रेसिडेंट थे और चाहते थे कि भीड़ तितर-बितर हो जाए और ट्रैफ़िक खुल जाए।

'चलो, उसे उठाते हैं,' किसी ने कहा। किसी रोबोट की तरह मैं भी आगे बढ़कर उन छह लोगों में शामिल हो गया, जो प्रेरणा के शरीर को उठा रहे थे।

'नहीं, यहां नहीं। इसे घर में ले लाओ,' एक कांस्टेबल ने कहा।

लाश को घर में ले जाया गया, लेकिन कोई नहीं जानता था कि उसे रखना कहां है। कुछ चर्चा के बाद उसे बैठक में ले जाया गया। लेकिन यहां भी लाश को कहां रखा जाए, इसका फ़ैसला कोई कर नहीं पाया। आख़िर बैठक ज़िंदा लोगों के लिए होता है, जो कहीं भी बैठ सकते हैं—सोफ़े पर, आरामकुर्सी में, या डाइनिंग चेयर पर भी। लेकिन एक लाश को कहां रखा जाए? किसी ने कहा कि उसे कारपेट पर लेटा दिया जाए। लाश से अभी तक ख़ून बह रहा था और उसे हम जहां भी ले जाते, वहां ख़ून की लकीर बन जाती थी। यह बहुत ही बुरा सपना है, मैंने ख़ुद से कहा, जबकि मेरी आंखें ख़ून की लकीर को देख रही थीं।

'अख़बार बिछाओ,' एक पड़ोसी ने आइडिया दिया। इसके बाद पुराने अख़बारों की अनेक तहें कारपेट पर बिछा दी गईं। *दिल्ली टाइम्स* के पन्नों पर, जहां वरुण धवन और आलिया भट्ट का इंटरव्यू छपा था, हमने प्रेरणा की लाश

को पीठ के बल लेटाया। अब मैं उसका ख़ून से लथपथ चेहरा देख सकता था। उसकी नाक, गाल, और एक आंख बुरी तरह ज़ख़्मी हुए थे। अगर वह जीवित रहती तो इन्हें ठीक होने में बहुत समय लगता। एक पुलिसवाले ने कहा कि हम साइड में हो जाएं।

'उसे क्या हुआ है?' मैंने पुलिसवाले से पूछा।

'छत से गिर गई है, और क्या होगा? उसका सिर फट गया होगा,' पुलिसवाले ने कहा।

उसने प्रेरणा के हाथों और पैरों को एक सम्मानजनक, सीधे मुद्रा में ठीक कर दिया। लाशें बहुत सलीक़े से नहीं लेटी होती हैं। उन्हें ठीक करना होता है।

पुलिसवाला अपना काम इतने इत्मीनान से करता रहा, जैसे किसी अलमारी में कपड़े जमा रहा हो।

'अभी बीस मिनट पहले ही उससे मेरी बात हुई थी,' मैंने कहा।

कांस्टेबल ने आश्चर्य से मेरी ओर देखा।

'ज़िंदगी ख़त्म होने में एक मिनट भी नहीं लगता है,' उसने कहा।

मैंने फिर से प्रेरणा का चेहरा देखा। ख़ून, मिट्टी और घावों के कारण वह बिलकुल भी पहचान नहीं आ रही थी। मैंने उसकी बंद मुट्ठी पर हाथ रख दिया।

'उसे छुओ नहीं, हमें सबूत जुटाना हैं,' कांस्टेबल ने कहा।

'वो मेरी मंगेतर थी,' मैंने कहा। मेरी आवाज़ थरथरा गई।

'आई एम सॉरी,' कांस्टेबल ने कहा। उसने प्रेरणा का चेहरा एक काग़ज़ से छुपा दिया।

'कुछ और बेहतर चीज़ से चेहरा ढंको,' गुप्ता ने कहा। चंद मिनटों के बाद कोई एक सफ़ेद चादर ले आया। चादर में उसका पूरा शरीर ढंक गया, चेहरे समेत। अब मैं उसे नहीं देख सकता था।

और तब जाकर, मुझको इस बात का अहसास हुआ कि प्रेरणा अब नहीं है। अब वह कभी लौटकर नहीं आएगी। वह छत से गिर गई। वह छत पर मेरे लिए गई थी। मैं रोने लगा। कुछ पड़ोसी मुझे चुप कराने आगे बढ़े, लेकिन मैं क़ाबू के बाहर होता जा रहा था। तभी एक सीनियर पुलिस अधिकारी मेरी तरफ़ बढ़ा।

'छत पर तुम्हीं थे?' उसने ठोस, ठंडी आवाज़ में कहा। अभी-अभी जो ट्रैजेडी हुई थी, उससे उसको कोई सरोकार नहीं था।

अचानक पूछे गए इस सवाल से मैं चौंक गया। मैंने रोना बंद कर दिया, लेकिन कोई जवाब भी नहीं दिया। तीन और पुलिसवाले कमरे में चले आए थे। पड़ोसी एक-एक कर जाने लगे थे। जो रह गए थे, वो प्रेरणा के परिवारवालों से बात कर रहे थे और उन्हें दिलासा दे रहे थे।

'मैं तुमसे बात कर रहा हूं,' पुलिसवाले ने सख़्त लहज़े में कहा।

'जी,' मैंने कहा।

'तुम छत पर क्या करने गए थे?' उसने पूछा। मैंने उसके सीने पर लगी नेमप्लेट पढ़ी—विजेंदर सिंह। उसके कंधे पर जो पट्टी थी, उससे पता चलता था कि वह इंस्पेक्टर है।

'मैं उससे मिलने गया था,' मैंने कहा।

'तो तुम उससे मिले?'

'नहीं, वो मुझे वहां कहीं दिखाई नहीं दी थी।'

'तुम घर में किसी और से मिले थे?'

मैं अब असहज होने लगा। मुझे उसकी तफ़्तीश अच्छी नहीं लग रही थी। मेरी ख़ुद की एक डिटेक्टिव एजेंसी थी और मैं अच्छी तरह समझ रहा था कि वह किस तरफ़ जा रहा है। मुझे यह भी मालूम था कि जब मामला पुलिसवालों का हो, तो हमें कम से कम बोलना चाहिए।

'नहीं,' मैंने कहा।

'क्यों?'

'मैं पीछे के दरवाज़े से आया था और सीधे छत पर चला गया था।'

'छत पर क्यों?'

मैंने गहरी सांस ली और अपने आसपास देखा। सभी मातम मनाने या दिलासा देने में व्यस्त लग रहे थे।

'सर, आज करवा चौथ है और हमने ऊपर मिलने का प्लान बनाया था। वह मुझे और चांद को देखकर व्रत तोड़ने वाली थी।'

इंस्पेक्टर ने अपनी आंखें सिकोड़ लीं।

'करवा चौथ?'

'जी सर, आज करवा चौथ है। इस दिन शादीशुदा औरतें अपने पति के लिए व्रत रखती हैं।'

'मुझे मालूम है करवा चौथ क्या होता है, लेकिन तुम तो उसके पति नहीं हो। विक्टिम शादीशुदा नहीं थी।'

उसका नाम विक्टिम नहीं प्रेरणा है और मैं उससे दिलोजान से प्यार करता हूं—मैं कहना चाहता था।

'तीन महीने बाद हमारी शादी होने वाली थी। उसने मेरी ख़ातिर व्रत रखा था,' मैंने कहा।

'हम्म,' इंस्पेक्टर ने ऐसे कहा, जैसे उसे इस कहानी पर यक़ीन नहीं हुआ हो।

मैंने उसे पूरा वाकेया सुनाया। मैंने उसे बताया कि मैंने कैसे ऑटोरिक्शा लिया, उससे बातें की और यहां छत पर चला आया, लेकिन यहां कोई नहीं था।

'इसके बाद अंकल आए और मुझे नीचे ले गए। बस इतना ही,' मैंने कहा।

'यह तुम्हारा वर्ज़न है,' इंस्पेक्टर ने कहा।

'यही हुआ है,' मैंने कहा।

उसने फिर 'हम्म' किया। फिर वो रमेश अंकल की तरफ़ गया और उनसे कुछ सवाल करने लगा। कमरे में कई लोग थे, जिनमें से बहुतेरे मेरे रिलेटिव बनने जा रहे थे, इसके बावजूद मुझे लगा जैसे मैं अकेला हूं। बाहर एक कार का हॉर्न बजा। आदित्य बाहर गए। कार में कौन आया है, यह देखकर उन्होंने दरवाज़ा खोल दिया। एक सफ़ेद कैब भीतर आई। उसमें से अंजली बाहर निकली। उसके साथ उसका बैकपैक था, जो उसके दुबले-पतले शरीर की तुलना में बहुत भारी-भरकम लग रहा था।

'हाय, आदि मामू, क्या हो रहा है?' उसने अमेरिकन लहज़े में चहकते हुए कहा।

आदित्य ने गम्भीरता से सिर हिला दिया।

'क्या बात है?' अंजली ने कहा। फिर उसने आसपास देखा। कुछ तो गड़बड़ थी। आदित्य ने कोई जवाब नहीं दिया। वो दोनों बैठक में चले गए। अंजली ने फ़र्श पर बॉडी देखी, जो सफ़ेद चादर में लिपटी थी। ज़ाहिर है, कोई मर गया था।

'क्या हुआ? क्या मांजी?'

'हमारा सबकुछ चला गया। प्रेरणा चली गई,' रमेश अंकल ने रूंधे गले

से कहा।

अंजली बॉडी की तरफ़ गई और चादर हटाकर उसका चेहरा देखा। वहां उसकी कज़िन की लाश थी।

'प्रेरणा दीदी?' उसने कांपती हुई आवाज़ में कहा।

आदित्य उसे दूसरी तरफ़ ले गए।

'लेकिन वो... वो तो एकदम ठीक थी,' अंजली ने कहा। अब उसकी आंखों से आंसू बह निकले थे।

अजय, जो अभी तक जाने कहां खोया था, अंजली के पास गया। दोनों ने एक-दूसरे को हग किया और रोने लगे।

'जब चीज़ें थोड़ी शांत हो जाएं, तब हम परिवार के सभी सदस्यों से एक-एक कर बात करना चाहेंगे,' इंस्पेक्टर ने रमेश अंकल से कहा।

उन्होंने कोई जवाब नहीं दिया।

'और इससे भी,' इंस्पेक्टर ने मेरी ओर इशारा करते हुए कहा।

रमेश अंकल ने मेरी तरफ़ ख़ाली नज़रों से देखा और सिर हिला दिया।

'हम बाहर कुछ देर रुकेंगे। जाने से पहले एक बार फिर आपसे बात करेंगे,' इंस्पेक्टर ने रमेश अंकल से कहा। सभी पुलिसवाले बाहर चले गए।

मैं दीवार से टिककर खड़ा हो गया और प्रेरणा को एकटक देखता रहा। मुझे समझ नहीं आ रहा था कि अब मुझे क्या करना चाहिए। क्या मुझे यहां से चले जाना चाहिए? क्या मुझे जाने दिया जाएगा? लेकिन क्या मेरा यहां रुकना भी सही होगा? मुझे किसी की मदद की ज़रूरत थी। तब मुझे दुनिया के इकलौते ऐसे आदमी की याद आई, जो इस घड़ी में मेरी मदद कर सकता था। मैंने फ़ोन निकाल लिया।

अध्याय 3

मालवीय नगर मार्केट के शोर में मुझे अपने फ़ोन की आवाज़ नहीं सुनाई दी। ज़ेड डिटेक्टिव्ज़ ऑफ़िस के पास महावीर जनरल स्टोर्स पर ग्रॉसरी शॉपिंग के बाद जब मैंने अपना फ़ोन चेक किया तो उसमें चार मिस्ड कॉल्स पड़े थे। सौरभ ने कई बार मुझसे बात करने की कोशिश की थी।

उसने मुझे क्यों फ़ोन लगाया होगा, मैं सोचने लगा। उसने तो मुझसे एक महीने से बात करने की पहल नहीं की थी। शायद वो अपने फ़ोन पर ग़लती से बैठ गया होगा और मुझे इतने सारे कॉल्स चले गए होंगे। लेकिन मेरा उसको कॉल बैक करके उसकी और बातें सुनने का बिलकुल इरादा नहीं था।

मैंने फ़ोन को अपनी कमीज़ की जेब में रख लिया। फिर मैंने ग्रॉसरीज़ प्रॉडक्ट से भरे दोनों भारी बैग उठाए और घर जाने लगा। तभी मेरे फ़ोन की घंटी फिर बजी।

झुंझलाकर मैंने दोनों बैग नीचे रख दिए। फिर जेब से फ़ोन निकाला। सौरभ का ही कॉल था। क्या वह घर आ गया है? शायद उसे वॉशरूम जाना होगा, पर चाबी लाना भूल गया होगा। लेकिन मुझको क्या, भाड़ में जाए। मैंने अपना सिर हिलाया। लेकिन फ़ोन की घंटी बजती ही जा रही थी तो मुझे फ़ोन उठाना पड़ा।

'हां, सौरभ?' मैंने ठंडे लहज़े में कहा।

'केशव, तुम कहां थे?'

'दूध और वो तमाम ज़रूरी चीज़ें ख़रीद रहा था, जिनको तुम ख़त्म कर देते हो। अभी मेरे हाथ में बीस किलो सामान है। तुम्हें कोई प्रॉब्लम है?'

'भाई, क्या तुम यहां आ सकते हो?'

'क्या?' मैंने कहा। उसकी आवाज़ से लग रहा था कि कुछ हुआ है।

'हां, बिलकुल अभी, भाई?'

उसने दो महीने बाद मुझको भाई कहा था। क्या वह नशे में था?

'कहां आना है?'

'प्रेरणा के घर पर। तुमने तो देखा है ना? ए-956,' उसने कहा। उसकी आवाज़ में तनाव था।

मैंने समय देखा। साढ़े आठ बजे थे। वह मुझे वहां क्यों बुला रहा था? और उसके उस 'बेहतर होगा हम एक-दूसरे के रास्ते में ना आएं' का क्या हुआ?

और वैसे भी, मुझे उसकी बात क्यों माननी चाहिए?

'क्या काम है?' मैंने कहा।

'बस आ जाओ, भाई। प्लीज़। मैं तुम्हें सबकुछ बता दूंगा। पर तुम अभी आ जाओ।'

'मुझे आटा और दाल को घर पर रखने जाना होगा।'

'नहीं भाई, मैं हाथ जोड़ता हूं, फ़ौरन आ जाओ।'

मैं सोचने लगा कि आख़िर हुआ क्या है। कहीं ऐसा तो नहीं कि प्रेरणा ने उसको डम्प कर दिया?

'ठीक है, मैं सामान लेकर ही आता हूं। लेकिन लौटते समय तुमको इन्हें ले जाने में मेरी मदद करनी होगी।'

❖

मैं पच्चीस मिनट से कम समय में प्रेरणा के घर पहुंचा। इस दौरान सौरभ मेरी लोकेशन चेक करने के लिए मुझे तीन बार और कॉल लगा चुका था। जब मैं पहुंचा तब वह बाहर ही खड़ा था। घर के बाहर दिल्ली पुलिस की जिप्सी भी थी। उसमें पुलिसवाले बैठे समोसे खा रहे थे।

मुझे आते ही लगा कि कुछ ना कुछ तो ग़लत हुआ है।

'क्या बात है?' मैंने सौरभ से कहा।

'भाई,' सौरभ ने कहा और मुझे कसकर गले लगा लिया। उसने मुझे जकड़े रखा और फिर वह रोने लगा।

'गोलू, हुआ क्या है?' मैंने उसे पहले की तरह गोलू कहते हुए कहा। जब आपके दोस्तों को आपकी ज़रूरत होती है तो आप झगड़ा भूलकर पलभर में पहले जैसे हो जाते हैं और केयरिंग मोड में चले आते हैं।

'प्रेरणा,' उसने कहा, उसकी आंखों में अब भी आंसू थे, 'भाई, प्रेरणा।'

'क्या हुआ प्रेरणा को?'

उसने कुछ नहीं कहा। वह चुपचाप रोता रहा और घर की तरफ़ इशारा करता रहा। मैं भीतर गया। वहां सफ़ेद चादर में लिपटी एक लाश पड़ी थी।

आदित्य और रमेश वहीं खड़े थे।

'अंकल, क्या हुआ?' मैंने पूछा। रमेश ने मुझे देखा और कोई प्रतिक्रिया नहीं दी। सौरभ भीतर आया।

'भाई, प्रेरणा अब इस दुनिया में नहीं है,' उसने कहा और मेरी बांह पकड़कर रोने लगा।

हैरत से मेरी आंखें फैल गईं। सौरभ प्रेरणा के चेहरे से चादर हटाने के लिए आगे बढ़ा। आदित्य ने उसे धीमे-से रोक दिया।

'पुलिस ने कहा है कि इसे डिस्टर्ब ना किया जाए,' आदित्य ने कहा।

मैं जानना चाहता था कि हुआ क्या है, लेकिन सबसे पहले मुझे सौरभ को दिलासा देना था।

'वो मेरी ज़िंदगी थी,' सौरभ ने मेरा कॉलर थामते हुए कहा।

'मैं जानता हूं, सौरभ। आई एम सॉरी।' मैंने उसकी पीठ थपथपाते हुए कहा। हालांकि मैं प्रेरणा को बहुत अच्छे-से नहीं जानता था, मगर मेरे दोस्त को ऐसे रोता देखकर मेरा गला भर आया।

'लेकिन तुम तो उससे मिलने आए थे ना? फिर क्या हो गया?'

रोते-सिसकते हुए सौरभ ने पूरी कहानी सुना दी।

'ओह माय गॉड,' मेरे मुंह से निकला।

कुछ मिनटों के बाद एक सीनियर पुलिस अधिकारी हमारे पास आए। उनके साथ तीन कांस्टेबल और थे।

'ये कौन है?' सीनियर अफ़सर ने मेरी तरफ़ देखते हुए पूछा।

'ये केशव है, सौरभ का दोस्त,' रमेश ने कहा। 'केशव, ये इंस्पेक्टर सिंह हैं।'

मैंने अपना हाथ बढ़ाया लेकिन इंस्पेक्टर ने इग्नोर कर दिया। इंस्पेक्टर की उम्र कोई तीसेक साल की होगी। तनी हुई क़द-काठी, गोरा रंग और तीखे नैन-नक़्श।

'छत पर तुम भी थे?'

मैंने सिर हिलाकर मना कर दिया।

'इंस्पेक्टर साहब, आपको इतनी देर तक नहीं रुकना चाहिए। हम ठीक हैं। आपकी मदद के लिए शुक्रिया,' रमेश ने कहा।

'इस तरह के केस में हमें रुकना पड़ता है,' इंस्पेक्टर ने कहा।

'केस? क्या केस?' रमेश ने कहा। 'वो छत से गिरी है ना?'

'पता नहीं,' इंस्पेक्टर ने कहा। 'हमें यहां मौजूद सभी लोगों से बात करनी होगी। घर की सभी औरतें कहां चली गईं?'

'वो ऊपर हैं, मेरी मां के पास। उन्हें अभी तक इस बारे में बताया नहीं गया है,' रमेश ने कहा।

'अभी कुछ देर पहले जो लड़की बैकपैक लेकर आई थी, वो कौन थी?'

'मेरी भतीजी, अंजली। वो एक ट्रेकिंग ट्रिप से लौटी थी,' रमेश ने कहा।

इंस्पेक्टर ने नोटबुक निकाली।

'घर में कितनी औरतें हैं?'

'मेरी वाइफ़ नीलम, बहन बिंदु, और मेरी मां।'

'इनके अलावा?' इंस्पेक्टर ने नोट्स लेते हुए कहा।

'मेरा बेटा अजय, मेड सर्वेंट गोपिका, लेकिन आप ये सब क्यों पूछ रहे हैं?'

'हमें मालूम करना है कि हुआ क्या है।'

'एक एक्सीडेंट। वो छत से गिर गई,' रमेश ने कहा।

'लेकिन हम नहीं जानते कि ऐसा ही हुआ होगा। आपको क्या लगता है, मिस्टर सौरभ?'

सौरभ ने हैरत से इंस्पेक्टर की ओर देखा।

'सर, बेहतर होगा आप बाद में बात करें। अभी सब लोग बहुत डिस्टर्ब्ड हैं,' आदित्य ने कहा।

'बाद में बात करने का फ़ायदा नहीं है। इतनी देर में लोग पुलिस को सुनाने के लिए कहानियां बना लेते हैं।'

आदित्य इंस्पेक्टर के पास गए और हाथ जोड़े।

'आई एम सॉरी, इंस्पेक्टर सर, लेकिन हममें से किसी को कहानियां बनाने की ज़रूरत नहीं है। प्लीज़, मेरे भाई को अकेला छोड़ दीजिए। अभी तो हमने अपनी मां तक को इस बारे में नहीं बताया है,' आदित्य ने धीमे से कहा। 'लाश सामने पड़ी है, हम अभी तक अंतिम संस्कार के बारे में भी नहीं सोच पाए हैं।'

इंस्पेक्टर का तो पता नहीं, लेकिन बाक़ी के तीन कांस्टेबल की सहानुभूति

ज़रूर आदित्य के साथ थी। या शायद वे थक चुके थे और घर जाना चाहते थे।

'ठीक है,' इंस्पेक्टर ने कुछ देर रुककर कहा। 'क्या मैं उससे बात कर सकता हूं?' उन्होंने सौरभ की तरफ़ इशारा किया।

आदित्य ने सौरभ और मेरी तरफ़ देखा। सौरभ ने सिर हिलाकर हामी भर दी।

'चलो बाहर चलते हैं,' पुलिस इंस्पेक्टर ने अपनी अंगुलियां चटकाते हुए कहा।

अध्याय 4

'इससे पहले कभी पुलिस की जिप्सी में बैठे हो?' इंस्पेक्टर सिंह ने कहा।

सौरभ और मैं खचाखच भरी पुलिस जिप्सी में दो और पुलिस वालों के बीच ठसकर बैठे थे। फिर मेरे साथ मेरे ग्रॉसरी बैग्स भी थे। एक कांस्टेबल जिप्सी चला रहा था। इंस्पेक्टर सिंह आगे बैठे थे।

सौरभ ने जवाब नहीं दिया। वह अभी तक सदमे में था।

'जी सर,' मैंने कहा।

'कब?'

'गए साल हमने एक केस सॉल्व करने में पुलिस की मदद की थी।'

'रियली? कौन-सा केस?'

'ज़ारा लोन मर्डर केस। वह केस हौज़ ख़ास पुलिस स्टेशन हैंडल कर रहा था। इंस्पेक्टर राणा।'

'राणा सर? तो तुम उन्हें जानते हो? बाय द वे, अब वो एसीपी राणा हैं। उस केस के लिए थैंक्स।'

'इंस्पेक्टर सिंह, उस केस में हमने ही उनकी मदद की थी... वैसे अभी हम कहां जा रहे हैं?' जैसे ही गाड़ी ने मेन रोड से लेफ़्ट टर्न लिया, मैंने पूछा।

'मेरा स्टेशन यहीं पास में ही है। वहां चाय बुरी नहीं मिलती।'

मैंने सौरभ की तरफ़ देखा। वह हाथों से अपना चेहरा छुपाए बैठा था। ऐसा लग रहा था जैसे वो टूट गया है।

'बात तो हम यहां भी कर सकते हैं, सर,' मैंने कहा।

'क्यों? पुलिस स्टेशन चलने में कोई प्रॉब्लम है?'

'नहीं, बिलकुल नहीं,' मैंने कहा और चुप हो गया।

इंस्पेक्टर सिंह ताड़ गए कि मैं इससे अच्छा महसूस नहीं कर रहा था। उन्होंने कांस्टेबल को गाड़ी रोकने को कहा। वह एक अंधेरी और ख़ाली सड़क थी।

'ठीक है, तो यहीं बात करते हैं।'

उन्होंने अपने कांस्टेबलों को गाड़ी से बाहर जाने के लिए कहा और फिर मेरी तरफ़ देखा। वो चाह रहे थे कि मैं भी बाहर निकल जाऊं।

'जी?' मैंने कहा।

'मैं तुम्हारे दोस्त से बात करना चाहता हूं।'

'जी, बिलकुल कीजिए। मैं भी यहां रह सकता हूं। सौरभ, तुम चाहते हो ना कि मैं यहां रहूं?' मैंने कहा और सौरभ की ओर देखा। उसने हां कहने में कुछ सैकंड का समय लिया।

'ठीक है,' इंस्पेक्टर सिंह ने कहा। 'तो मैं घुमाए-फिराए बिना सीधी बात करता हूं। हमें इस बात पर क्यों यक़ीन करना चाहिए कि तुमने उसे छत से धक्का देकर नहीं गिराया है?'

'क्या?' सौरभ ने ऐसे कहा, जैसे उसे झटका लगा हो।

'तो तुम चाहते हो कि मैं मान लूं, वो यूं ही चलते-फिरते छत से गिर गई?' इंस्पेक्टर ने अपनी दाढ़ी खुजाते हुए कहा।

'मुझे नहीं पता, सर।'

'लोग छत से यूं ही नहीं गिर जाते। मैंने छत पर जाकर उसका मुआयना किया है। उसकी दीवार ही चार फ़ीट ऊंची है। ऐसा तो हो ही नहीं सकता कि वहां से ऐसे ही गिर गई हो,' सिंह ने कहा।

'मुझे भी यही लगता है, लेकिन जब मैं छत पर पहुंचा, तब वो वहां नहीं थी।'

'तुम्हें इसकी बात पर भरोसा है?' सिंह ने मुझसे पूछा।

'बिलकुल, अगर वो कह रहा है कि वो उस समय वहां नहीं थी तो यही सच है।'

इंस्पेक्टर ने गहरी सांस छोड़ी।

'यह भी तो हो सकता है कि जब तुम छत पर गए, तब उसने तुम्हें देखा ना हो। वो आकाश में चांद को खोज रही हो। और तुमने उसे हल्के से धक्का दे दिया हो। धड़ाम।'

सिंह ने ऐसा कहते समय धक्का देने का इशारा भी किया।

'मैंने प्रेरणा को धक्का दिया? मैंने उसे मारा? आप मज़ाक़ तो नहीं कर रहे हैं, इंस्पेक्टर? मैं अपने प्यार को मारूंगा?'

'शायद तुमको मालूम नहीं, ऐसा कितनी बार होता है,' सिंह ने मुस्कराते हुए कहा। सभी चुप हो गए। हमें झींगुरों की आवाज़ें सुनाई दे रही थीं। इंस्पेक्टर ने कहा—

'तुम क्या करते हो, सौरभ?'

'मैं एक सॉफ़्टवेयर कम्पनी में काम करता हूं—साइबरसेफ़।'

'इंजीनियर हो?'

'जी।'

'और तुम्हारा दोस्त?'

'मैं भी साइबरसेफ़ में काम करता हूं। इसके अलावा हम दोनों मिलकर एक छोटी-सी डिटेक्टिव एजेंसी भी चलाते हैं,' मैंने कहा।

'क्या?' सिंह ने चौंकते हुए कहा।

मैंने उन्हें ज़ेड डिटेक्टिव्ज़ और उसमें आने वाले छोटे-मोटे केसेस के बारे में बताया।

'ओह, तब तो मेरा पाला प्रोफ़ेशनल्स से पड़ा है,' सिंह ने हंसते हुए कहा। 'तो तुम लोग मुझे सच नहीं बताओगे, राइट?'

'सर, हम आपको सच ही बता रहे हैं,' मैंने कहा।

'तुम्हें कैसे पता? तुम तो वहां थे भी नहीं,' सिंह ने कहा। 'या क्या तुम भी छत पर थे?'

'नहीं सर, मैं वहां नहीं था।'

'फिर? तुम अपने दोस्त को कितना जानते हो?'

मैं उसे बहुत अच्छी तरह से जानता हूं—मैं कहना चाहता था, पर कहा नहीं। पुलिस को पलटकर जवाब देना अच्छा आइडिया नहीं कहा जा सकता। आख़िरकार सौरभ ने कहा—

'सर, आपको जो पूछना हो, मुझसे पूछिए। मेरी हालत अभी अच्छी नहीं है, लेकिन मैं आपको सबकुछ बतलाऊंगा। आप प्रेरणा से मेरी चैट्स देख सकते हैं, जो उस हादसे के कुछ मिनट पहले हुई थीं। हम दोनों के बीच बहुत प्यार था,' सौरभ ने कहा और उसकी आंखें भर आईं।

'अपने आपको संभालो,' सिंह ने कहा।

सौरभ ने सिर हिला दिया। इंस्पेक्टर ने आगे कहा—

'तुम समझ नहीं रहे हो, यह एक हाई-प्रोफ़ाइल केस है। न्यू फ्रेंड्स कॉलोनी एक पॉश एरिया है। बिज़नेस फ़ैमिली। जवान लड़की। करवा चौथ। परिवार के लोगों ने अभी तो हमें जाने को कह दिया, लेकिन जल्द ही सबको यह पता चल जाएगा। पूछताछ होगी, पोस्टमार्टम होगा, मीडिया में शोर मचेगा। अभी हम एक बहुत ही शांत माहौल में बैठे हैं, लेकिन ऐसा हमेशा रहने वाला नहीं है।'

'मैं जानता हूं, सर,' मैंने कहा।

'मैं तुम्हें अभी पुलिस स्टेशन ले जा सकता हूं और तुम्हारे दोस्त के ख़िलाफ़ एक एफ़आईआर दर्ज कर सकता हूं। कल सुबह जब मीडिया के लोग पुलिस थाने आएंगे तो इससे मुझे अपनी बात रखने में मदद मिलेगी।'

'एफ़आईआर? सर, आप क्या कह रहे हैं?' सौरभ ने कहा।

मैं सोचने लगा कि अब क्या किया जाए। एक ही नाम मेरे दिमाग़ में आया।

'आप एसीपी राणा से बात कर सकते हैं। आप उनसे हम दोनों के बारे में मालूम कर सकते हैं। दरअसल, हम लोग तो उल्टे क़ातिल को ढूंढ़ने में आपकी मदद कर सकते हैं,' मैंने कहा।

'राणा सर तुम लोगों की ज़िम्मेदारी लेंगे?' सिंह ने कहा।

'जी सर। मैंने आपको बताया था ना कि हमने एक केस सॉल्व करने में उनकी मदद की थी,' मैंने कहा।

इंस्पेक्टर सिंह ने मेरी तरफ़ देखा। उसे यह अच्छा नहीं लगा था कि मैं एक बड़े पुलिस अधिकारी का नाम बीच में ला रहा था। फिर भी उन्होंने कुछ देर रुककर कहा—'ठीक है, राणा सर को कॉल लगाओ।'

अध्याय 5

इंस्पेक्टर सिंह, सौरभ और मैं हौज़ ख़ास पुलिस थाने में एसीपी राणा के ऑफ़िस में बैठे थे। सौरभ ने उनको पूरी कहानी सुनाई।

'एक करवा चौथ मर्डर,' राणा ने चाय की चुस्की लेते हुए कहा। 'ये दिल्ली भी कमाल का शहर है। लेकिन चाय बहुत बोरिंग है। सिंह, तुमको असली ड्रिंक चाहिए?'

'अभी ऑन ड्यूटी हूं, सर।'

'तुम भी बोरिंग हो,' राणा ने मुस्कराते हुए कहा। 'एनी-वे, मेरी गट फ़ीलिंग तो ये है कि... चलो जाने दो। सिंह, ये तुम्हारा केस है, तुम ही इसको हैंडल करो।'

'नहीं सर, मैं आपकी राय जानना चाहता हूं।'

राणा ने चाय ख़त्म की और ख़ाली गिलास एक तरफ़ रख दिया। 'मामला पेचीदा है—एक्सीडेंट भी हो सकता है, सुसाइड भी हो सकता है, मर्डर भी हो सकता है।'

'मैं हर एंगल से जांच करूंगा, सर।'

'नहीं ये सुसाइड नहीं हो सकता,' सौरभ ने कहा।

'हुंह? क्यों?' राणा ने कहा।

'वो मेरा इंतज़ार कर रही थी, मुझसे मिलना चाहती थी। मेरे पास चैट्स हैं।'

'तब तो एक्सीडेंट या मर्डर?' राणा ने कहा। 'उम्मीद करना चाहिए यह एक्सीडेंट ही हो, इससे सबका सिरदर्द कम हो जाएगा।'

'ऐसे कोई कैसे छत से गिर सकता है, सर?' सिंह ने कहा।

'तब तो गुड लक। क्योंकि मीडिया इसके पीछे पड़ जाएगा। किसी नतीजे पर नहीं पहुंचने पर वो लोग तुम्हारी नाक में दम कर देंगे। पोस्टमार्टम का क्या हुआ?'

'अभी पोस्टमार्टम होना बाक़ी है, सर।'

'गुड,' राणा ने कहा। 'फ़ोरेंसिक भी करवाओ। घर में बहुत सारे लोग रहते हैं?'

'जॉइंट फ़ैमिली है। एक मेड सर्वेंट भी है। और यह भी,' सिंह ने सौरभ की ओर इशारा करते हुए कहा।

सौरभ कुछ कहने ही वाला था कि एसीपी राणा ने उसे रोक दिया।

'सिंह, ये भले लड़के हैं। ये दिखने में चूतिये लग सकते हैं, लेकिन ये तुम्हारे लिए बहुत मददगार साबित होंगे। मुझे यह कहते हुए अच्छा तो नहीं लग रहा, लेकिन ज़ारा लोन मर्डर केस में इन्होंने मेरी बहुत मदद की थी। और उसी का नतीजा है यह एसीपी ऑफ़िस।'

'लेकिन, सर...'

'वेल, सिंह, एक हाई-प्रोफ़ाइल केस को सॉल्व करने से कॅरियर में बहुत मदद मिलती है। इसके लिए हमें जिससे जो मदद मिले, ले लेना चाहिए।'

'लेकिन यह छत पर था, सर,' सिंह ने कहा। 'यह शक के दायरे में है।'

'लेकिन अभी एफ़आईआर मत करो। पहले घर के लोगों से बात कर लो। मेरे लिए इतना तो कर सकते हो ना? मैं ज़िम्मेदारी लेता हूं। ये कहीं भागकर नहीं जाएगा।'

'मैं भला क्यों भागूंगा, सर,' सौरभ ने कहा।

'जब मैं बात कर रहा हूं तो तुम चुप नहीं रह सकते?' राणा ने सख़्त लहज़े में कहा।

सौरभ ने सिर हिलाते हुए गर्दन झुका ली।

'ठीक है, सर। आप जैसा कहते हैं, मैं करूंगा,' सिंह ने कहा।

'गुड,' राणा ने कहा। 'अब इन लोगों को जाने दो। घर के लोगों से बयान ले लो, फिर हम इस पर बात करेंगे।'

सिंह ने सिर हिला दिया। सौरभ और मैं जाने के लिए उठ खड़े हुए। राणा हमें छोड़ने बाहर आए।

'थैंक यू, सर,' मैंने पुलिस थाने के बाहर आकर राणा से कहा।

'वेलकम। लेकिन अगर तुमने क़त्ल किया हो तो भी भागने की ग़लती मत कर बैठना,' राणा ने हंसते हुए कहा।

'बिलकुल, सर,' सौरभ ने कहा। 'मेरा मतलब है, मैंने कुछ किया ही

नहीं है।'

'गुड। अब रोना-धोना कम करो और दिमाग़ का इस्तेमाल करो। अगर मीडिया ने इस क़त्ल की ज़िम्मेदारी तुम पर डाल दी तो तुम इससे अपना पिंड नहीं छुड़ा पाओगे। तुम्हारी अरेंज्ड मैरिज हो रही थी?'

'हां, तकनीकी रूप से तो अरेंज्ड ही थी, लेकिन...'

'लेकिन क्या? अरेंज्ड थी तो इतना रो क्यों रहे हो?'

'मैं उससे प्यार करता था।'

राणा ने ठहाका लगाकर सिर हिला दिया।

'तो प्यार ने तुम्हारी ले रखी है,' राणा ने कहा।

उन्होंने एक ऑटोरिक्शा वाले को इशारा देकर रोका। पुलिसवाले को देखते ही ऑटो वाले ने फ़ौरन ब्रेक लगा दी।

'इन बैग्स में क्या है?' राणा ने कहा।

'दूध, आटा और दाल। इसमें से कुछ चाहिए, सर?' मैंने रिक्शे में बैठते हुए कहा।

अध्याय 6

'बात मीडिया में चली गई है,' मैंने सौरभ की ओर न्यूज़पेपर बढ़ाते हुए कहा। यह समाचार सिटी के भीतरी पन्नों पर छपा था—

करवा चौथ के दिन व्रत कर रही एक युवती छत से गिरी

इंटरनेट आंत्रप्रोन्यर प्रेरणा मल्होत्रा, उम्र 27 साल, की गुरुवार रात न्यू फ्रेंड्स कॉलोनी स्थित अपने तीन मंज़िला घर की छत से गिरकर मौत हो गई। यह रिपोर्ट लिखे जाने तक घटना के कारणों के बारे में पता नहीं चल सका था। पड़ोसियों का कहना है कि वह अपना करवा चौथ का व्रत तोड़ने के लिए छत पर गई थी, जहां से वह गिर पड़ी। न्यू फ्रेंड्स कॉलोनी थाना क्षेत्र के निरीक्षक विजेंदर सिंह का कहना है कि वे एक पड़ोसी के द्वारा फ़ोन किए जाने के बाद घटनास्थल पर पहुंचे थे। उन्होंने आगे कहा, फ़िलहाल इस मामले में किसी नतीजे पर पहुंचना संभव नहीं है। जांच चल रही है।

एक पड़ोसी ने बतलाया कि लड़की की सगाई हो चुकी थी और उसकी शादी होने वाली थी। उसने अपने होने वाले पति के लिए व्रत रखा था। शायद दिनभर भूखी रहने के कारण उसे चक्कर आ गया हो और वह छत से गिर पड़ी हो। मृतका ईटो नामक एक स्टार्टअप, जो कि एक फ़ूड डिलीवरी एप्प है, की को-फ़ाउंडर भी थी।'

सौरभ ने न्यूज़पेपर को एक तरफ़ फेंक दिया और सोफ़े पर बैठकर सामने की दीवार को घूरने लगा।

'आज तुम काम पर मत जाओ, मैं जैकब को बोल दूंगा,' मैंने कहा।

उसने सिर हिला दिया। मैं शॉवर लेने के लिए उठा।

'ये व्रत करने का आइडिया उसी का था, जबकि मैंने उसको मना किया था,' सौरभ ने कहा।

मैं उसके सामने सोफ़े पर जा बैठा।

'हां, मुझे उसे और सख़्ती से इसके लिए मना करना चाहिए था।'

'इसमें तुम्हारी कोई ग़लती नहीं है।'

'फिर किसकी ग़लती है? इस बुलशिट न्यूज़पेपर को देखो। वो इसलिए गिर गई, क्योंकि उसको चक्कर आ गया था? जबकि अभी चंद मिनटों पहले वह ख़ुशी-ख़ुशी मुझसे बात कर रही थी।'

'जल्दबाज़ी में लिखी गई ख़बर है। किसी पड़ोसी ने कुछ ऊलजुलूल बता दिया होगा, वही छाप मारा है।'

'वो उसको एक बेवक़ूफ़ लड़की की तरह दिखा रहे हैं, जो ऐसे ही चक्कर खाकर चार फ़ीट ऊंची मुंडेर से गिर जाएगी।'

'छोड़ो ना। तुमने अपने पैरेंट्स को बताया?'

'अभी नहीं। लेकिन शायद वो जानते हैं। उन्होंने फ़ोन किया था, मैंने उठाया नहीं।'

'रमेश अंकल ने उनको बताया होगा।'

'क्या पता?' सौरभ ने कहा और कंधे उचका दिए। 'ये ख़बर टीवी पर है?' उसने पूछा और फिर ख़ुद ही रिमोट उठाकर टीवी चैनल बदलने लगा। एक चैनल इस घटना पर रिपोर्टिंग कर रहा था। एक न्यूज़ एंकर लड़की बहुत जोशोख़रोश से बोल रही थी—

'हमें ख़बर मिली है कि प्रेरणा मल्होत्रा, न्यू फ्रेंड्स कॉलोनी में रहने वाली लड़की, के लिए बीती रात बहुत ही ट्रैजिक करवा चौथ साबित हुई। वह छत से गिर गई। पुलिस पोस्टमार्टम रिपोर्ट का इंतज़ार कर रही है। आपका पसंदीदा चैनल इस बारे में आपको लगातार अपडेट करता रहेगा कि यह कोई एक्सीडेंट है या दिल्ली के सबसे पॉश एरिया में एक और हाई-प्रोफ़ाइल क्राइम।'

'ये लीजिए। मौत पर मनोरंजन में आप सबका स्वागत है। यह हादसा उनके लिए पहले ही एक कंटेंट बन चुका है,' सौरभ ने कहा।

मैंने सौरभ के हाथ से रिमोट छीना और टीवी बंद कर दिया।

'इससे कोई फ़ायदा नहीं है,' मैंने कहा।

'फिर किससे है? किसी भी चीज़ से नहीं, है ना? कोई भी चीज़ अब उसे वापस नहीं ला सकती।'

'तुम चाहो तो मैं आज यहां तुम्हारे साथ हो सकता हूं।'

'कोई ज़रूरत नहीं। तुम काम पर जाओ। मीडिया तो अपना काम कर ही रहा है और टीआरपी बटोर रहा है। पुलिस अपना पिछवाड़ा बचाने की फ़िराक में है। तुम जाकर सॉफ़्टवेयर बेचो। पूरी दुनिया अपने-अपने काम पर लगी रहेगी।

एक मेरी ही दुनिया लुट गई है।'

यह कहते ही सौरभ फूट-फूटकर रोने लगा। मैंने उसकी पीठ थपथपाई। फिर जैकब को एक मैसेज लिखकर पूरी स्थिति समझाई। साथ ही यह भी जोड़ दिया कि सौरभ और मैं कुछ दिनों तक काम पर नहीं आ सकेंगे।

'मैं कुछ नाश्ता बना लाता हूं,' मैंने कहा।

'मुझे कुछ नहीं खाना,' सौरभ ने कहा। उसके मुंह से ऐसी बात मैंने इससे पहले कभी नहीं सुनी थी। कभी भी नहीं।

अध्याय 7

सफ़ेद कपड़े पहने तक़रीबन सौ लोग मल्होत्रा हाउस के बाहर खड़े थे। वे यहां इस परिवार के ग़म में शरीक़ होने आए थे। परिवार के लोग पुलिस का इंतज़ार कर रहे थे कि वे कब शवगृह से बॉडी लाएं और कब शवदाहगृह में उसका अंतिम-संस्कार किया जा सके।

'पुलिस आ गई है,' आदित्य ने कहा। पुलिस की मोर्चुरी वैन घर के सामने आकर रुकी। बॉडी के साथ इंस्पेक्टर सिंह और एक कांस्टेबल था। ये लोग भी मातम के सफ़ेद कपड़ों में ही यहां आए थे।

सबसे पहले घर की महिलाओं ने प्रतिक्रिया की। प्रेरणा का मुरझाया, ठहरा हुआ चेहरा देखकर नीलम, बिंदु, मांजी और अंजली एक-दूसरे से लिपटकर ज़ोरों से रोने लगीं। रमेश और आदित्य चुपचाप खड़े रहे। अजय घर के एक कोने में छिपा रहा। वह अपनी भावनाओं पर क़ाबू पाने में नाकाम लग रहा था और शायद लोगों की भीड़ से डरा हुआ भी था। प्रेरणा की लाश सफ़ेद चादर में लिपटी शीशे के एक केस में रखी थी। पुलिस ने उसके चेहरे को साफ़ कर दिया था। अब वहां ख़ून के धब्बे नहीं थे। केवल एक शांति थी।

सौरभ फिर रोने लगा। उसने मेरी बांह को कसकर जकड़ रखा था। कुछ समय बाद सौरभ के माता-पिता भी चले आए और हाथ जोड़कर अपने बेटे के पास बैठ गए। सौरभ की मां ने भी उसे चुप कराने की कोशिश की।

एक पुरोहित मंत्रजाप करने लगा। इसके बाद बॉडी को मोर्चुरी वैन में ले जाया गया। परिवार के लोगों ने फ़ैसला किया था कि वो शवयात्रा नहीं निकालेंगे। परिवार के सदस्य और दूसरे मेहमान अपनी-अपनी कारों में बैठ गए और वैन के पीछे-पीछे चलने लगे।

शवदाहगृह के स्टाफ़ के लिए तो यह रोज़मर्रा की बात थी। उन्होंने बॉडी को यंत्रवत उठाकर ट्रे में रख दिया, जो इलेक्ट्रिक भट्टी में चली गई। देखते ही देखते प्रेरणा उसमें समा गई। चिमनी से धुआं निकलने लगा, जो शवदाहगृह की इमारत के ऊपर फैल गया था। प्रेरणा आकाश में चली गई थी, हम सबसे हमेशा के लिए दूर।

इंस्पेक्टर सिंह आए और मेरे पास बैठ गए।

मैंने अभिवादन में सिर हिलाया।

'क्या सोच रहे हो?'

'अपने दोस्त के लिए अफ़सोस हो रहा है,' मैंने कहा।

'और?'

'अपने पास्ट की भी याद आ रही है, जिसमें ऐसे ही किसी की मौत हो गई थी।'

'तुम्हें पता है मैं अभी क्या सोच रहा हूं?'

मैंने सिर हिलाकर इनकार कर दिया।

'यह कि अगर प्रेरणा का ख़ून किया गया है तो ख़ूनी अभी यहां पर मौजूद है।'

मैंने इंस्पेक्टर की ओर देखा, लेकिन समझ नहीं पाया कि क्या प्रतिक्रिया दूं।

'क्या लगता है?' सिंह ने कहा।

मैंने सौरभ की ओर नज़र घुमा दी, जो अपने पैरेंट्स के साथ खड़ा सुबक रहा था। 'तब तो, इंस्पेक्टर, मेरे सबसे अच्छे दोस्त की ख़ातिर, हम पता लगाकर ही रहेंगे कि यह किसने किया है।'

अध्याय 8

'हमें यहां आने देने के लिए आपका शुक्रिया,' मैंने कहा। अंतिम संस्कार के चार दिन बाद सौरभ और मैं इंस्पेक्टर सिंह के साथ मल्होत्रा निवास पर पहुंचे थे। दरवाज़े की घंटी सिंह ने ही बजाई थी।

'मेरे पास और कोई चॉइस भी नहीं थी। तुमने राणा सर को बोलकर मुझे फ़ोन लगवा दिया,' सिंह ने कहा।

'हम यहां केवल आपकी मदद करने के लिए हैं, सर,' मैंने कहा।

'इतने सालों से मैं अपना काम तुम्हारी मदद के बिना ही कर रहा हूं,' सिंह ने कहा।

मेड ने दरवाज़ा खोला। उसकी उम्र बाईस-तेईस साल रही होगी। उसने सौरभ को पहचान लिया और हमें भीतर आने दिया।

'तुम्हारा नाम क्या है?' सिंह ने कहा।

'गोपिका।'

'यहां कितने समय से काम कर रही हो?'

'तीन साल से,' उसने कहा। वह इन सवालों से थोड़ी चौंकी हुई थी।

'यहां काम करना पसंद है?'

'मैं साहब को बुलाती हूं,' गोपिका ने कहा और हमारी आंखों से ओझल हो गई।

'आपने जो खोया है, उसके लिए मुझे बहुत खेद है, रमेश जी,' प्रेरणा के पिता को आता देख इंस्पेक्टर ने कहा।

'कोई बात नहीं,' रमेश ने कहा। 'हैलो सौरभ, तुम कब आए?'

'ये लोग मेरे साथ आए हैं।'

'ओह।'

'मुझे बस कुछ रूटीन पूछताछ करनी थी,' सिंह ने ज़रूरत से ज़्यादा विनम्रता से कहा।

'जी, ज़रूर,' रमेश ने कहा।

'मीडिया का कहना है कि वह छत से गिर गई थी। यानी यह एक एक्सीडेंट था,' सिंह ने कहा।

'मैंने वो सब पढ़ा।'

'आपको भी यही लगता है?',

रमेश ने गहरी सांस ली। उन्होंने कमरे में नज़र घुमाई और एक-एक कर सौरभ और मेरी तरफ़ देखा। रमेश मल्होत्रा पचास साल के थे, लेकिन मेहंदी से रंगे सफ़ेद बाल और कद-काठी के कारण अपनी उम्र से ज़्यादा के मालूम होते थे। उनके चेहरे की झुर्रियां उनकी गोरी त्वचा पर और ज़ाहिर हो रही थीं। वे एक सोफ़े पर बैठ गए और अपनी ढीली कमीज़ को दुरुस्त किया।

'मुझे कुछ पता नहीं, इंस्पेक्टर साहब। मैं बस इतना ही जानता हूं कि मैंने अपनी बेटी को खो दिया,' रमेश ने नज़रें नीची करते हुए कहा।

गोपिका चाय लेकर आई।

'पोस्टमार्टम की इजाज़त देने के लिए शुक्रिया,' सिंह ने कहा।

रमेश ने सिर हिला दिया।

'क्या पोस्टमार्टम से कुछ पता चला?' सौरभ ने पूछा।

इंस्पेक्टर ने सौरभ की तरफ़ देखा। वे उसके इस सवाल से हैरान और थोड़े नाराज़ दिखाई दे रहे थे। आख़िर यह पूछने वाला कौन होता था?

'हम अभी तक पूरी फ़ोरेंसिक रिपोर्ट का रास्ता देख रहे हैं। लेकिन मौत का कारण सिर में लगी चोट है। अभी तो हमारे पास इससे ज़्यादा कोई जानकारी नहीं है। शुरुआती जांच में बांहों और गर्दन पर कुछ खरोंचें पाई गई हैं, लेकिन बस इतना ही।'

'खरोंचें यानी हाथापाई, है ना?' मैंने कहा। इंस्पेक्टर ने मुझे घूरकर देखा।

'मामूली खरोंचें तो सड़क के पत्थरों से भी आ सकती हैं,' मैंने कहा।

'ठीक है,' रमेश ने कहा।

'मैंने कहा ना, हम फ़ोरेंसिक रिपोर्ट का इंतज़ार कर रहे हैं। उसी से हमको पता चलेगा कि क्या उस रात कोई और भी वहां छत पर था। फ़िंगरप्रिंट्स, डीएनए—हमने हर चीज़ की जांच करवाई है,' सिंह ने कहा।

'ये तो अच्छी बात है,' सौरभ ने कहा।

'तो अब तुम मुझको बताओगे कि क्या अच्छा है और क्या अच्छा नहीं

है?' सिंह ने कहा।

'नहीं सर, मैं तो बस आपकी कार्रवाई की तारीफ़ कर रहा था,' सौरभ ने कहा।

'इन दोनों की अपनी एक डिटेक्टिव एजेंसी है, इंस्पेक्टर साहब,' रमेश ने कहा।

सौरभ ने सिर हिला दिया।

'ये एक सीरियस केस है, मिस्टर मल्होत्रा। किसी नौकरानी ने फ़ोन चुराया या नहीं और मर्डर हुआ या नहीं, इन दोनों की जांच करना बहुत अलग-अलग बातें हैं,' सिंह ने कहा।

'मर्डर?' रमेश ने चौंकते हुए कहा।

'अगर यह एक्सीडेंट नहीं है तो मर्डर के सिवा क्या हो सकता है?' सिंह ने कहा।

'लेकिन मर्डर? मेरी लिटिल गर्ल को भला कौन मारेगा?'

'यह तो जांच से ही पता चलेगा,' सिंह ने कहा। 'मेरी जांच से।'

इंस्पेक्टर ने हमें घूरकर देखा। ज़ाहिर है, उसे हमारी मदद की कोई ज़रूरत नहीं थी।

'सौरभ प्रेरणा को जानता था। वह आपकी मदद कर सकता है, सर,' मैंने कहा।

'और तुम? तुममें कौन से सुर्खाब के पर लगे हैं?' सिंह ने कहा।

मैं चुप हो गया। सिंह रमेश की ओर मुड़े।

'इन दोनों ने मेरे सीनियर से बात कर ली और अपने को इस जांच में घुसा दिया। एसीपी राणा का कहना है कि ये मददगार साबित होंगे, लेकिन मुझको तो नहीं दिखाई देता कि कैसे,' सिंह ने कहा।

'इट्स ओके। इन्हें इनवॉल्व होने दीजिए। सौरभ तो हमारे अपने जैसा ही है,' रमेश ने कहा।

सौरभ ने सिर हिला दिया। मैं तो उनके अपने जैसा नहीं था, फिर भी मैंने थोड़ा-बहुत सिर हिला दिया।

'मुझे घर के सभी लोगों से बात करके उनके बयान लेने हैं,' सिंह ने कहा।

'ज़रूर,' रमेश ने कहा।

'क्या हम भी इसमें शामिल हो सकते हैं?' सौरभ ने कहा।

'नहीं,' सिंह ने कहा।

'लेकिन राणा सर ने आपसे कहा है—' मैं कह रहा था कि सिंह ने टोक दिया।

'राणा सर को जाकर बोल दो कि मैंने ना कहा है। तुम बयान बाद में पढ़ सकते हो। अगर तुमको मेरे साथ काम करना है, तो अपनी मत चलाओ। मैं तुमको बताऊंगा कि तुम्हें क्या करना है,' सिंह ने ऊंची आवाज़ में कहा।

सौरभ और मैंने सिर हिला दिया।

'नाराज़ मत होइए, इंस्पेक्टर साहब। चाय पीजिए,' रमेश ने कहा।

'रमेश जी, इस घर में लिविंग अरेंजमेंट क्या है?' सिंह ने नोटबुक निकालते हुए कहा।

'मैं, मेरी वाइफ़ नीलम, और बेटा अजय दूसरे फ़्लोर पर।'

इंस्पेक्टर लिखने लगे।

'और प्रेरणा भी यहीं रहती थी?'

'ज़ाहिर है... फिर तीसरे फ़्लोर पर मेरा भाई आदित्य। पहले फ़्लोर पर मेरी मां, बहन बिंदु और भतीजी अंजली।'

'कोई स्टाफ़?'

'एक फ़ुलटाइम मेड है गोपिका। मेरा ड्राइवर अनवर भी है, लेकिन वो यहां नहीं रहता।'

इंस्पेक्टर ने सभी के नाम लिख लिए।

'और आपकी बेटी की ज़िंदगी में कौन लोग महत्वपूर्ण थे?'

'इस बारे में तो सौरभ ही बेहतर बता सकता है। लेकिन मैं कहूंगा सौरभ और उसकी बिज़नेस पार्टनर नम्रता।'

'बिज़नेस पार्टनर?'

'हां, उसकी स्टार्टअप कम्पनी ईटो में,' सौरभ ने कहा। 'वो और नम्रता उसकी को-फ़ाउंडर थीं।'

'नम्रता कौन?'

'नम्रता तनेजा, एक्चुअली वह मेरे अपने एक बिज़नेस पार्टनर की बेटी है,' रमेश ने कहा।

इंस्पेक्टर ने उसका नाम भी लिख लिया।

'गुड। कल से बयान लेना शुरू करें?' सिंह ने कहा।

रमेश थोड़ा-सा झिझके। 'आप तो जानते ही हैं, अभी हमारे यहां मातम का माहौल है, लेकिन आपको अगर यह करना ही है तो कीजिए।'

'सॉरी सर, मैं केवल अपनी जॉब कर रहा हूं।'

'मैं समझ सकता हूं। मैं अभी आपको बहुत ख़ुशनुमा कम्पनी तो नहीं दे सकता, लेकिन क्या मैं आपको ड्रिंक ऑफ़र कर सकता हूं?'

सिंह ने सौरभ और मेरी तरफ़ देखा।

'हां, मैं तैयार हूं, लेकिन इसके लिए हमें इन दोनों की यहां ज़रूरत नहीं है।'

❖

'स्साला,' मैंने प्रेरणा के घर से बाहर निकलते हुए कहा।

'इनसिक्योर है,' सौरभ ने कहा।

हम प्रेरणा के घर के बाहर मेन रोड पर चल रहे थे और एक ऑटोरिक्शा खोज रहे थे।

'आख़िर हम बयान लेने के दौरान वहां क्यों नहीं हो सकते? अगर वो कुछ पूछना भूल जाए तो हम पूछ सकते हैं,' मैंने कहा।

'राणा से फिर बात करें?'

'हम बार-बार क्राय-बेबी की तरह उसके पास नहीं जा सकते।'

'वो यहां गिरी थी,' सौरभ ने रोड पर एक जगह दिखलाते हुए कहा।

'क्या उन्हें उसका फ़ोन मिला?'

'किसी को उसका फ़ोन सड़क के दूसरी तरफ़ मिला था। वह पूरी तरह से टूट चुका था। उससे अब कुछ भी हासिल नहीं किया जा सकता।'

'सड़क के दूसरी तरफ़? ये तो बड़ी अजीब बात है,' मैंने कहा।

हम सड़क के अंत तक पहुंच गए। आख़िरी के मकान से एक औरत ने सौरभ का नाम पुकारा।

'हैलो, कैसे हो तुम? मुझे पहचाना? मैं मिसेज़ गोयल?'

उसने मोटा चश्मा पहन रखा था कि उसकी उम्र सत्तर से भी अधिक लग रही थी।

'तुम्हीं मल्होत्रा के जमाई हो ना,' उसने कहा।

'हैलो, हां, मिसेज़ गोयल। आप रोका और सगाई में आई थीं।'

सौरभ और मैंने नमस्ते किया।

'कितना बुरा हुआ ना?' मिसेज़ गोयल ने कहा।

सौरभ ने सिर हिला दिया।

'अख़बार तो कह रहे हैं वो छत से फिसलकर नीचे गिर गई,' मिसेज़ गोयल ने कहा।

'पुलिस अभी मामले की जांच कर रही है,' सौरभ ने कहा।

'गुड।' फिर कुछ देर रुककर उन्होंने कहा, 'लेकिन मैं पुलिस का झमेला नहीं चाहती।'

'क्या मतलब?' मैंने त्योरी चढ़ाते हुए पूछा।

'ये केशव है, मेरा दोस्त,' सौरभ ने जल्दी से कहा।

'मुझे पुलिस से बात करना पसंद नहीं, लेकिन... उस शाम मैंने उसकी आवाज़ सुनी थी।'

'उसकी आवाज़?' सौरभ ने हैरत से कहा।

'हां, मैं अपनी छत पर थी और सूखे कपड़े नीचे ले जा रही थी। तभी मुझे चीख़-पुकार की आवाज़ें सुनाई दीं। मल्होत्रा परिवार हमसे तीन घर ही दूर है। जो हुआ, उसके बाद मुझे लगता है वो आवाज़ें मल्होत्रा के घर से ही आ रही थीं।'

हमने सड़क की ओर मुड़कर देखा। गोयल और मल्होत्रा परिवार के बीच सच में तीन ही घर थे और वे उनसे कम ऊंचाई के थे।

'आपने क्या सुना था?' मैंने कहा।

'कोई चीख़ रहा था, लेकिन मुझे शब्द नहीं सुनाई दिए।'

सौरभ और मैंने एक-दूसरे की तरफ़ देखा।

'प्लीज़, मुझे पुलिस के चक्कर में मत फंसा देना। मुझे ये सब कहना ही नहीं चाहिए था,' उन्होंने डरते हुए कहा।

'कोई समस्या नहीं होगी, आंटी,' सौरभ ने कहा। 'शुक्रिया। हमें इससे बहुत मदद मिलेगी।'

'एक्चुअली,' मैंने कहा, 'क्या हम आपकी छत देख सकते हैं?'

हम सीढ़ियां चढ़कर छत पर पहुंचे। शाम की रोशनी में आस-पड़ोस का

दृश्य साफ़ दिख रहा था।

'मुझे यहां से मल्होत्रा की छत दिखाई दे रही है। आपको कुछ दिखाई नहीं दिया?' मैंने कहा।

'उस शाम अंधेरा ज़्यादा था। और मोतियाबिंद होने के बाद से मुझे सब साफ़ नहीं दिखाई देता...'

'लेकिन आपने कुछ सुना ज़रूर था?' सौरभ ने कहा।

'मैंने सुना कि कोई चिल्ला रहा था। और कोई ज़ोर से चीखा भी था। बिलकुल चीखा था।'

'समय?'

'साढ़े सात और आठ के बीच। मेरा टीवी सीरियल आठ बजे शुरू हो जाता है, तो उससे पहले की ही बात है।'

'आदमी की आवाज़ थी या औरत की?' मैंने कहा।

'पता नहीं। कभी-कभी कुछ पता नहीं चलता कि किसकी आवाज़ है।'

अध्याय 9

मैंने डिनर में पनीर और मटर के साथ पकाए गए मैगी नूडल्स सर्व किए। सौरभ ने कई हफ़्तों के बाद पहले की तरह डटकर खाया।

'सॉरी, तुम्हारे लिए ज़्यादा नहीं बच पाया है,' उसने कहा। वह सर्विंग बॉउल में से अस्सी फ़ीसदी नूडल्स सफ़ाचट कर गया था।

'मुझे तो ख़ुशी है कि तुम जी भर के खा रहे हो।'

'पहली बार मेरे खानपान से तुम्हें ख़ुशी हो रही है।'

'एक सप्ताह का और ऑफ़ ले लो, ऑफ़िस का काम मैं संभाल लूंगा,' मैंने मुस्कराते हुए कहा।

सौरभ ने नूडल्स में अपना फ़ोर्क घुमाया।

'जब मैं ऑटो में था, तो प्रेरणा ने कहा था कि वो मुझसे कुछ शेयर करना चाहती है। लेकिन उसने कहा था कि वो मुझे तभी बताएगी, जब मैं वहां पहुंच जाऊंगा।

'रियली? क्या?'

'कुछ पता नहीं,' सौरभ ने कहा और अपना फ़ोन निकाल लिया। उसने अपनी ओल्ड चैट्स स्क्रॉल कीं और उन्हें पढ़ता रहा। फिर बोला—' उसने कहा था, मुझे अभी-अभी कुछ पता चला है और मैं तुमसे शेयर करना चाहती हूं।'

'शायद कोई वर्क-रिलेटेड अच्छी ख़बर हो?'

'पता नहीं।'

'ये नम्रता तनेजा का क्या चक्कर है,' मैंने कहा।

'सगाई के दिन तुम उससे मिले तो थे। बैक गार्डन में, याद आया?'

'हां, लेकिन उसके बारे में और बताओ।'

'नम्रता दीदी ईटो में को-सीईओ हैं। वो प्रेरणा से बड़ी हैं। शायद पैंतीस साल उम्र होगी। तनेजा लोग मल्होत्रा परिवार के पुराने दोस्त हैं, और वो अमृतसर से हैं।'

'अनमैरिड?'

'हां।'

'प्रेरणा की उससे बनती थी?'

'आई थिंक सो। मैं उससे कुछेक बार मिला था। स्टाइलिश लेडी मालूम होती है। इससे पहले वह विदेश में रहकर काम कर चुकी है।'

'और उसकी फ़ैमिली?'

'तनेजा अंकल अमृतसर में रहते हैं। रमेश अंकल की तरह उनकी एक कार-डीलरशिप भी है। वो दोनों किसी दूसरे बिज़नेस में पार्टनर्स भी हैं।'

मैंने सौरभ की प्लेट में कुछ और नूडल्स डाल दिए।

'और अपनी फ़ैमिली से प्रेरणा की रिलेशनशिप कैसी थी?'

'उसके डैडी को उस पर बहुत नाज़ था। वो परिवार में इकलौती थी, जो उनकी तरह एक आंत्रप्रिन्योर बनी थी।'

'क्या उनके बीच कभी बहसें होती थीं? वो उससे कभी डांट-डपट करते थे?'

'कुछ ख़ास नहीं। वो मेहनत से काम करती थी और देर से घर आती थी। इस पर वो उसको कभी-कभी टोकते थे। लेकिन इससे ज़्यादा नहीं। प्रेरणा अपने फ़ैमिली में एक स्टार की तरह थी, उससे ऊंची आवाज़ में कोई बात नहीं करता था।'

'और उसकी मम्मी?'

'नीलम आंटी? ओह वेल, तुमने तो उनको देखा है। वो एकदम टिपिकल पंजाबी घरेलू आंटी जैसी हैं। ज़्यादातर समय किचन में ही रहती हैं। अपने पति के ख़िलाफ़ कभी एक शब्द नहीं बोलतीं। उन्हें अभी डायबिटीज़ की शिकायत हो गई है, वैसे वो भी अच्छी-ख़ासी फ़ूडी थीं।'

'प्रेरणा के साथ उनका बर्ताव कैसा था?'

'सच कहूं तो आई थिंक वो एक-दूसरे के ज़्यादा क्लोज़ नहीं थे।'

'मां और बेटी एक-दूसरे की क्लोज़ नहीं थीं?'

'हां, प्रेरणा कहती थी कि उसकी मां अजय को ज़्यादा चाहती थीं। वही टिपिकल बेटा और वही सब।'

'और अजय?'

'वो सीरियस टाइप का बच्चा है। बोर्ड्स की तैयारी कर रहा है। प्रेरणा उससे बहुत प्यार करती थी।'

मैंने सिर हिला दिया।

'आख़िर प्रेरणा से किसी को भी क्या दिक़्क़त हो सकती थी? वो इतनी स्वीट थी। याद है?' सौरभ ने कहा।

मैं मुस्करा दिया। मुझे प्रेरणा से अपनी पहली मुलाक़ात याद हो आई।

अध्याय 10

छह माह पहले

'कमीज़ अंदर कर लो,' सौरभ ने कहा। वह अपनी ख़ुद की कमीज़ के बटन लगा रहा था। हम लोधी गार्डन्स में गार्डन रेस्तरां में आए थे। सौरभ पहले ही दो बार प्रेरणा से मिल चुका था और अब वो मेरी अप्रूवल चाहता था। उसे तो प्रेरणा से प्यार हो ही गया था।

'यह तो रोमैंटिक डेट जैसी जगह है। यहां मुझे क्यों ले आए?' मैंने कहा। हम अपनी रेस्तरां की एक कैनोपी के नीचे अपनी टेबल पर बैठे थे। सूरज ढल रहा था और लालटेनें जल उठी थीं।

'वो अपनी कज़िन अंजली के साथ आ रही है,' सौरभ ने कहा। उसने मेन्यू उठाया और उसे ऐसे देखा, जैसे कोई रेडियोलॉजिस्ट एक्सरे की रिपोर्ट को देखता है।

'तुम्हें क्या लगता है, हमें उनके आने से पहले कुछ ऑर्डर कर देना चाहिए?'

'सौरभ, अभी तुम अपनी ज़िंदगी के इस सबसे ज़रूरी फ़ैसले के अलावा किसी और बात के बारे में मत सोचो।'

'तुम उससे मिल लो, तुम्हारी राय मायने रखती है, भाई। ओके, तो मेज़्ज़े प्लैटर कैसी रहेगी?'

'लगता है तुम पहले ही मन बना चुके हो।'

'वैसे, फ्रेंच फ्राईज़ भी बुरी नहीं हैं।'

'मेरा मतलब था तुम प्रेरणा के बारे में मन बना चुके हो, गोलू।'

'ओह, मैं अभी भी उसको इम्प्रेस करने की ही कोशिश कर रहा हूं। तभी तो मैंने यह फ़ैन्सी जगह चुनी है। नहीं तो मैं किसी अच्छे पंजाबी फ़ूड या चाट वाली जगह पर ही जाता।'

'गोलू, फ़ोकस करो।'

'श्शश... वो लोग आ रहे हैं।'

मैंने पीछे मुड़कर देखा। दो लड़कियां रेस्तरां में आईं। उनकी एक जैसी हाइट और एक जैसा रंग था। लेकिन उनमें से एक थोड़ी मोटी थी और दूसरी एकदम सींकिया। मैंने प्रेरणा की तस्वीरें देखी थीं, इसलिए उसे पहचान लिया। उसने मस्टर्ड प्रिंट वाली मरून सलवार कमीज़ पहनी थी, कानों में चांदी के झुमके थे और माथे पर छोटी-सी काली बिंदी लगा रखी थी। काग़ज़ों से भरा एक बड़ा-सा काला हैंडबैग उसके कंधे पर झूल रहा था।

प्रेरणा के साथ आई लड़की, जो शायद उसकी कज़िन थी, ने घुटनों से फटी जीन्स पहन रखी थी और उसकी सफ़ेद टी-शर्ट में भी कई जगह छेद थे। मैं समझ गया कि शायद यही आजकल का इंटरनेशनल लुक है। उसके बाल छोटे थे और अपने दुबलेपन और पीठ पर टंगे बैकपैक के कारण वो मिडिल स्कूल के किसी लड़के जैसी लग रही थी। प्रेरणा ने सौरभ को देखकर वेव किया। वो हमारी टेबल की तरफ़ बढ़ी आ रही थी।

सौरभ उठा और प्रेरणा को धीरे-से हग किया।

'हैलो,' सौरभ ने कहा। उसकी आवाज़ फ़ॉर्मल थी, लेकिन उसकी आंखें प्रेरणा पर टिक गईं। वो इसके सिवा और कुछ नहीं कह सका।

'आप केशव हैं ना?' प्रेरणा ने कहा और हंस पड़ी। 'आपका दोस्त तो हमें इंट्रोड्यूस ही नहीं करवा रहा है।'

'हुं,' सौरभ ने जैसे होश में आते हुए कहा। 'नहीं, मेरा मतलब है, हां केशव, ये प्रेरणा हैं, मेरी...'

वह बोलते-बोलते रुक गया और सोचने लगा कि उनके मौजूदा रिलेशनिशप स्टेटस के लिए सही शब्द क्या होना चाहिए।

'फ्रेंड?' प्रेरणा ने मुस्कराते हुए कहा। 'या, अगर हम और एक्यूरेट शब्दों का प्रयोग करें तो, पोटेंशियल मैरिज कैन्डिडेट, जिस पर केशव को अपनी राय देनी है?'

'कम ऑन प्रेरणा, ये सच नहीं है,' सौरभ ने कहा।

मैंने प्रेरणा से हाथ मिलाया।

'सौरभ पहली बार मुझे किसी लड़की से मिलाने लाया है। तो मैं गेस कर रहा हूं कि आप उसके लिए स्पेशल हैं,' मैंने कहा।

'बिलकुल स्पेशल है। मैं अंजली हूं, और बाय द वे, लगता है आज सेल्फ़-इंट्रोडक्शन डे है,' प्रेरणा की कज़िन ने कहा।

उसके बोलने का लहज़ा अमेरिकन था, लेकिन वह फ़ेक नहीं लग रहा था, जैसा कि पॉश दिल्ली के उन बच्चों का होता है, जो टीवी पर 'द बिग बैंग थ्योरी' या 'फ्रेंड्स' देखकर अमेरिकन एक्सेंट की नक़ल करने लग जाते हैं।

'ओह, सॉरी, सॉरी। अंजू, सौरभ और केशव से मिलो। अंजली गीतू बुआ की बेटी है और सीएटल से आई है।'

'नो मोर सीएटल, अब तो मैं यही की हूं, नेशनल कैपिटल रीजन की,' अंजली ने कहा और हंस दी। पता नहीं, वजह क्या थी—उसकी दुबली-पतली क़दकाठी, या उसके पहनावे से झलक रही बेतक़ल्लुफ़ी या उसका अजीबोग़रीब बोलने का लहजा—लेकिन मैं अपनी आंखें उससे हटा नहीं पाया।

मुझे दो टैटूज़ दिखाई दिए। उसकी गर्दन पर फ़्लाइट की पोज़ में एक ईगल बना था, और उसकी बाईं बांह पर हिंदी में 'मां' लिखा हुआ था। क्रोम बेंगल्स और नोज़ रिंग, साथ ही दोनों कानों में तीन छोटी-छोटी सिल्वर ईयररिंग्ज़। वह मेटल डिटेक्टर से चुपचाप नहीं निकल पाती होगी।

दोनों लड़कियां हमारे सामने बैठ गईं। सौरभ प्रेरणा को देखकर मुस्कराता रहा। कई मिनट बीत गए, उसने एक शब्द नहीं कहा। मैं अंजली को देख रहा था, जो इन दोनों लवबर्ड्स को देखकर ख़ुद ही अचम्भे में थी।

'कुछ ऑर्डर करें?' आख़िरकार प्रेरणा ने ख़ामोशी तोड़ी और मेन्यू उठा लिया।

'यस, यस,' सौरभ ने कहा, 'मैं केशव से यही तो कह रहा था।'

'ओके, तो मेज़्ज़े प्लैटर के साथ अगर फ्रेंच फ्राईज़ मंगवाएं तो कैसा रहे?' प्रेरणा ने कहा।

सौरभ का मुंह खुला का खुला रह गया।

'क्या?' प्रेरणा ने कहा।

'मैं भी तो ठीक यही ऑर्डर करने जा रहा था।'

'वॉटेवर,' अंजली ने कहा। 'लेकिन मैं यहां कुछ खाने नहीं, बल्कि अपने फ़्यूचर जीजू से मिलने आई हूं।'

'श्श्श...' प्रेरणा ने उसे कोहनी मारकर चुप कराया।

अंजली ज़ोरों से हंस दी और मुंह पर हाथ रख लिया। उसकी दुबली-पतली काया हंसने से हिल रही थी। मैं उस पर से अपनी आंखें क्यों नहीं हटा पा रहा था?

वेटर आकर ऑर्डर ले गया। मैंने कहा—

'तो, आप क्या करती हैं, अंजली?'

'ओह, मैं?' अंजली ने कहा। 'मैं द इंक में जर्नलिस्ट हूं, जिसे बहुत कम पैसा दिया जाता है और जिसका ओहदा भी बहुत छोटा-सा है।'

'डोंट बी मॉडेस्ट। द *इंक* तो आज की तारीख़ के हॉटेस्ट न्यूज़ पोर्टल्स में है और तुम उसमें सोशल एंड इन्वाइरन्मेन्टल इशूज़ डेस्क की हेड हो। बोलो हो कि नहीं?' प्रेरणा ने कहा।

'ओह, प्रेरणा दीदी, आप मुझे सच में बेटर फ़ील कराती हैं,' अंजली ने कहा और हंस दी।

'इट्स रियली इंस्पायरिंग गाईज़, ये लोग जो कुछ कर रहे हैं,' प्रेरणा ने कहा।

'इन्वाइरन्मेन्ट? ग्रेट। डेल्ही को उसकी सख़्त ज़रूरत है, यहां का पॉल्यूशन देखते हो,' सौरभ ने कहा।

'आई एग्री,' अंजली ने कहा। 'इसीलिए अपनी तरफ़ से थोड़ी कोशिश कर रही हूं।'

'आप सीएटल से यहां क्यों आईं?' मैंने कहा। मेरी आंखें उसकी नोज़-रिंग पर जमी हुई थीं।

'हां, मैंने वहां जर्नलिज़्म की पढ़ाई की थी, और इन्वाइरन्मेन्टल इश्यूज़ पर मेरा फ़ोकस था। जब ट्रम्प पॉवर में आया, तब मैं ग्रेजुएट कर चुकी थी। लेकिन वहां का पोलिटिकल माहौल मुझको अच्छा नहीं लगा। तो मैं इंडिया चली आई, ताकि काम भी कर सकूं और अपनी फ़ैमिली से रीकनेक्ट भी कर सकूं। मुझे उम्मीद है कि मैं यहां के लोगों को पॉल्यूशन और क्लाइमेट चेंज जैसी बातों के बारे में सोचने के लिए तैयार कर सकूंगी।'

'ये सब बहुत ज़रूरी मसले हैं—' मैंने अपनी बात शुरू की ही थी कि प्रेरणा ने बीच में रोक दिया।

'गाईज़,' प्रेरणा ने मेन्यू को उलटते-पुलटते हुए कहा। 'ये जगह फ़ैन्सी है, लेकिन पता है मुझे क्या अच्छा लगता है?'

'क्लीयरली, क्लाइमेट चेंज इतना ज़रूरी मसला नहीं है, जितना कि फ़ूड,' अंजली ने मुझसे कहा।

'इस इंसान के साथ तो बिलकुल नहीं,' मैंने सौरभ की तरफ़ इशारा करते

हुए कहा।

'क्या भाई?' सौरभ ने प्रेरणा की ओर देखते हुए कहा। 'सॉरी, तो तुम क्या कह रही थीं, प्रेरणा?'

'शायद मेरी बात सुनने में मिडिल क्लास जैसी लगे, लेकिन मैं तो अभी चाट खाना पसंद करूंगी, और उसके बाद कोई टेस्टी नॉर्थ इंडियन फ़ूड,' प्रेरणा ने कहा।

सौरभ की आंखें प्रेरणा की आंखों से बंध गईं। ऐसा लगा, जैसे आकाश में काल्पनिक आतिशबाज़ियां होने लगी थीं। उसको अपने सपनों की लड़की मिल गई थी। होरोस्कोप के प्लेनेट मैचिंग की किसको परवाह? जब दो लोगों की खाने की पसंद मिल जाए, तब तो उसे स्वर्ग में बनी जोड़ी ही कहेंगे।

'क्या मैं कुछ कह सकता हूं? एक्चुअली, एक नहीं दो बातें,' सौरभ ने प्रेरणा की आंखों में झांकते हुए कहा।

' 'क्या?

'एक तो ये कि इस जगह को छोड़कर फ़ौरन चाट खाने के लिए यूपीएससी लेन में चलते हैं।'

'श्योर,' प्रेरणा ने मुस्कराते हुए कहा। 'और दूसरी बात?'

'आई थिंक, अब मैं इसको लेकर बिलकुल क्लीयर हूं,' सौरभ ने कहा और अपनी सीट से उठकर एक घुटने पर जा बैठा। 'प्रेरणा मल्होत्रा, विल यू मेरी मी?'

अध्याय 11

'बहुत हो गया, आंटी, रियली,' मैंने कहा, इसके बावजूद नीलम आंटी ने मेरी पहले ही खचाखच भरी प्लेट में तीन और लड्डू रख दिए।

ऐसे तो सौरभ और प्रेरणा का रोका कोई बड़ा फ़ंक्शन नहीं होना चाहिए था। आख़िर कुछ लोग चाय पर ही मिल रहे थे। लेकिन एक पंजाबी घर में एक चाय सेशन में उससे ज़्यादा कैलरीज़ होती हैं, जितनी कि एक नॉर्मल-साइज़्ड एडल्ट को एक पूरे दिन में लेनी चाहिए। मेरी प्लेट में ही छोले-भटूरे, पाव-भाजी, हक्का-नूडल्स, दही-वड़ा, गुलाब-जामुन, समोसा और अब तीन लड्डू रखे थे।

सौरभ के पैरेंट्स सुबह आ गए थे। वो भी खाने-पीने के बड़े शौक़ीन थे। जैसे ही उन्हें घर में घुसने से पहले काजू-कतली खिलाई गई, उन्हें मल्होत्रा परिवार से प्यार हो गया। गोलमटोल पैरेंट्स अपने गोलमटोल बेटे के साथ बैठे थे और अपनी गोलमटोल बहू का इंतज़ार कर रहे थे। ओके, मैं थोड़ी ज़्यादती कर रहा हूं, लेकिन फिर भी किसी को मोटा बोलने से तो अच्छा है कि उसे गोलमटोल बोल दिया जाए।

मैं पहली बार प्रेरणा के घर पर आया था। ग्राउंड फ़्लोर पर सीटिंग अरेंजमेंट करने के लिए पूरे तल को ख़ाली कराया गया था। हॉल में साठ से ज़्यादा मेहमान थे। पंजाबी बच्चे बैठक में आ-जा रहे थे और रास्ते में कोल्डड्रिंक्स बिखराते जा रहे थे।

प्रेरणा ने गोल्ड एम्ब्रॉयडरी वाला हरा लहंगा पहना था, सौरभ ने क्रीम-कलर की शेरवानी और पगड़ी पहनी थी। अपने चिकने-चुपड़े क्लीन-शेव चेहरे के साथ वो ट्रेडिशनल वियर कॉमर्शियल्स में दिखाए जाने वाले किसी बड़े-से बच्चे जैसा लग रहा था। रोका सेरेमनी एक छोटी-सी पूजा के साथ शुरू हुई। इसके बाद शगुन—बतौर सौरभ के पैरेंट्स ने प्रेरणा को सोने की एक जोड़ी चूड़ियां दीं। दोनों ही तरफ़ से भर-भर के मिठाइयां भेंट की गईं। कुछ मिठाइयों के बास्केट्स तो इतने बड़े थे कि उसमें एक अच्छे-ख़ासे आदमी को बिठाया जा सकता था।

'रमेश जी, आपकी ख़ातिरदारी ने तो हमारा दिल जीत लिया,' सौरभ के पिता प्यारेलाल माहेश्वरी ने कहा।

रमेश ने हाथ बांध लिए। वो उसी मुद्रा में झुककर खड़े हो गए, जिसकी लड़की के बाप से अपेक्षा की जाती है।

'अब प्रेरणा आपकी हो गई है,' उन्होंने कहा।

'अजी, अभी कहां, रमेश जी। लेकिन हमें अब तारीख़ तय कर लेनी चाहिए। क्या कहते हो, सौरभ बेटा?' सौरभ की मां रोशनी ने कहा।

सौरभ और प्रेरणा ने एक-दूसरे की ओर देखा। सौरभ तो अगले ही घंटे शादी करने को तैयार था, लेकिन प्रेरणा को थोड़ा समय चाहिए था। उसके स्टार्टअप को अभी थोड़े और अटेंशन की ज़रूरत थी। उसने कहा कि वो अपनी वेडिंग की प्लानिंग भी अच्छे-से करना चाहती थी।

'दोनों एक साथ क्यों नहीं हो सकते? कम्पनी भी चलाओ और वेडिंग प्लानिंग भी कर लो?' सौरभ ने कहा।

'अभी तो पहले इंगेजमेंट ही फ़िक्स कर लेते हैं,' रमेश ने कहा।

प्रेरणा कुछ कहती, इससे पहले एक एक लम्बा-तगड़ा आदमी कमरे में अपना गिटार लेकर आया। उसने एक बूढ़ी औरत का हाथ पकड़ रखा था।

'आदित्य चाचू, फ़ाइनली। आप अभी तक कहां थे?' प्रेरणा ने अपने छह फ़ुटे हैंडसम अंकल की ओर देखते हुए कहा, जो अपनी उम्र से बहुत छोटे लग रहे थे।

'मैं मांजी को लेने गया था। ख़ैर, मेरे पास तुम्हारे लिए एक स्पेशल सॉन्ग है,' आदित्य ने कहा।

सफ़ेद बालों वाली प्रेरणा की दादी निर्मला मल्होत्रा, या मांजी, धीरे-धीरे चल रही थीं। उन्होंने सफ़ेद सिल्क की सलवार-कमीज़ और सोने के दो भारी हार पहन रखे थे। वो प्रेरणा और सौरभ के पीछे एक कुर्सी पर जा बैठीं। दोनों ने उनके पैर छुए।

'मुंडा सोणा है, सेहत है,' मांजी ने कहा। पंजाबियों के लिए लिए मोटापा ही सेहत होती है।

'शुक्रिया, मांजी,' सौरभ ने चौड़ी मुस्कराहट के साथ कहा।

'अंजली कहां है?' प्रेरणा ने कहा।

'मैंने उसे चेंज करने को कहा था। वो शर्ट और जीन्स में ही आ रही थी, लेकिन इस तरह के फ़ंक्शन में लड़कियां ऐसे कपड़े पहनती हैं क्या?' मांजी ने कहा।

तभी अंजली कमरे में आई। उसने गोल्ड एम्ब्रायडरी वाली पीली कुर्ती

और ब्लैक टाइट्स पहन रखे थे। सौरभ ने मुझे अंजली की ओर ताकते हुए पाया तो उसकी त्योरियां चढ़ गईं।

मांजी को उनके हिस्से की हज़ार कैलरीज़ वाली प्लेट थमाई गई।

'मैं उन्हें खिला दूंगी,' बिंदु ने कहा और एक कुर्सी खींचकर मांजी के पास बैठ गईं। उन्होंने लाल और गोल्ड कलर की साड़ी पहनी थी। वह यक़ीनन पार्लर से स्टाइलिश बाल बनवाकर आई थीं, जो उनके कर्ली बालों से अलग थे। उन्होंने चश्मा भी नहीं पहना था।

दूसरा समोसा खाना शुरू करते ही मांजी रोने लगीं और ज़ोर-ज़ोर से पंजाबी में बोलने लगीं—

'अगर रमेश के डैडी आज होते तो कितने ख़ुश होते।'

रमेश, बिंदु और नीलम ने धीमे-से सिर हिलाया।

'रमेश के डैडी ने इतना मुश्किल वक़्त देखा, लेकिन आज ये सब देखने के लिए वो नहीं रहे,' मांजी ने हाथ फैलाते हुए कहा। वो बैठक की लंबाई-चौड़ाई और फ़र्श पर पड़े गिफ़्ट की ओर इशारा कर रही थीं।

मांजी को अपनी स्पीच यहीं ख़त्म कर देनी चाहिए थी, लेकिन वो रुकी नहीं—

'मैं एक साल की थी, जब मेरे मां-बाप लाहौर से अमृतसर चले आए। उन्होंने मुझको इसके जैसे ही सेब के एक बक्से में छुपा रखा था,' उन्होंने फ्रूट बास्केट्स में से एक की ओर इशारा करते हुए कहा। 'मैं अठारह की थी, जब रमेश के डैडी से मेरा ब्याह हुआ। तब वो एक मामूली स्कूटर मैकेनिक थे। और मेरे रमेश को देखो। जब रमेश के डैडी गए, तो रमेश ने पूरे परिवार को संभाला। वह गैराज में काम करता था। स्कूटर की एक छोटी-सी डीलरशिप खोलने के लिए भी उसने पैसे उधार मांगे थे।'

रमेश मांजी के पास जाकर खड़े हो गए और उनके कंधे को थाम लिया। उन्होंने उनकी कलाई पकड़ ली।

'बेटा, भगवान सबको तेरे जैसा बेटा और नीलम जैसी बहू दे। उसने आदित्य, गीतू और बिंदु का मुझसे भी अच्छे से ख़याल रखा और टीवी सीरियल में दिखाई जाने वाली नालायक बहुओं की तरह कभी आंख नहीं उठाई।'

नीलम अपनी सास के मुंह से यह सुनकर ख़ुश लग रही थीं, लेकिन वो इसकी उम्मीद नहीं कर रही थीं, इसलिए इससे थोड़ी चकित भी थीं।

'स्कूटर डीलरशिप से मारुति डीलरशिप और फिर पोचा डीलरशिप, ये

कोई हंसी-खेल नहीं है।'

'पोचा नहीं, मांजी, पोर्शे कार, पो र शे,' रमेश ने कहा, लेकिन मांजी ने अनसुना कर दिया।

'अमृतसर में अस्सी गज का मकान था और अब दिल्ली में देखो इसने ये कैसा महल बना लिया है। मिसेज़ गोयल मुझसे कह रही थीं कि इस जैसी कोठी की क़ीमत तीस करोड़ रुपए होती है।'

'मांजी, बस,' रमेश ने धीमे-से फुसफुसाते हुए कहा, लेकिन मांजी किसी की सुनना नहीं चाहती थीं।

'भगवान की दुआ से मेरे बेटे ने इतना कुछ हासिल किया है। और आज का ये दिन भी कितना अच्छा है। वाहेगुरु दी मेहर है।'

प्रेरणा के परिवार के सभी लोगों की आंखों में आंसू आ गए। शायद सौरभ की आंखों में भी। मेहमान तालियां बजाने लगे। शायद मांजी की स्पीच की सराहना में ही नहीं, बल्कि इस उम्मीद में भी कि इसके बाद वो चुप हो जाएंगी।

उस शाम सभी एक-एक कर जोड़े को आशीर्वाद देते रहे और उन्हें मिठाई खिलाते रहे। आख़िर में यह नौबत आ गई कि सौरभ तक का जी भर गया।

'बस, बहुत हो गया बिंदु बुआ,' सौरभ ने कहा। उसका मुंह बेसन के लड्डू से भरा था।

'आज के दिन कुछ भी बहुत नहीं है। आज से तुम हमारे अपने बेटे हो,' बिंदु ने कहा।

आदित्य ने सबका ध्यान खींचने के लिए गिटार के तार छेड़ दिए।

'हैलो एवरीवन,' आदित्य ने अपनी भारी आवाज़ में कहा। 'मैं आदि हूं, प्रेरणा का चाचू। मैं बड़ा भाई हूं, लेकिन मैंने अपने परिवार के लिए इतना कुछ नहीं किया, जितना मेरे कमाल के भाई रमेश ने किया है।'

यह सुनकर प्रेरणा, अंजली और अजय मुस्करा दिए। आदित्य ने अपने घुंघराले बालों को पीछे झटका और गिटार बजाने के लिए अपनी पोज़िशन ले ली।

'मेरी नन्ही भतीजी के लिए, जिस पर हम सबको नाज़ है।'

उन्होंने एक फ़िल्मी गाना गाया, जो वैसे तो भाई-बहन के लिए था, लेकिन उन्होंने गाने के बोल में बहन शब्द को भतीजी से बदल दिया था।

इसके बाद की शाम अल्कोहल, पंजाबी डीजे, खाने-पीने और उसके बाद थोड़े और खाने-पीने से भरी थी। डांस फ़्लोर पर आकर सौरभ तो जैसे पगला ही

गया। उसके अजीबोग़रीब मूव्ज़ देखकर उसके इन-लॉज़ अपने भावी दामाद को लेकर सोच में पड़ गए होंगे। ज़ाहिर है, मैं भी डांस फ़्लोर पर उसका साथ दे रहा था। एक दर्जन और पंजाबी अंकल्स और आंटीज़ के साथ हम भांगड़ा करते रहे।

कुछ देर बाद मैंने देखा कि अंजली दीवार से टिककर खड़ी है। मैं उसके पास चला गया।

'आप डांस नहीं कर रही हैं?' मैंने कहा।

'करती, लेकिन मेरी ऐड़ी में चोट लगी है।'

'ओह, क्या हुआ?'

'कमऑन, ये सब होता रहता है।'

'नहीं सीरियसली, वॉट हैप्पंड?'

'ट्रेकिंग ट्रिप। नीचे उतरते समय मेरी ऐड़ी मुड़ गई।'

'आप ट्रेक करती हैं?'

'मैं केवल एक बोरिंग डेस्क-जॉब जर्नलिस्ट ही नहीं हूं। आई लव नेचर। ट्रेकिंग मेरा पैशन है।'

'कूल। आपने कहां ट्रेक किया था?'

'अभी तो मनाली से आई हूं। इस साल शायद एवरेस्ट बेस कैम्प जाऊं।'

'आप एवरेस्ट चढ़ेंगी?'

'केवल बेस कैम्प तक,' अंजली ने कहा और हंस दी। 'एवरेस्ट ट्रेकर्स यहीं से अपनी जर्नी शुरू करते हैं।'

'फिर भी यह कम इम्प्रेसिव बात नहीं है।'

'मैं जब छोटी थी, तब से माउंट-क्लाइम्बिंग कर रही हूं। जब मेरे स्टेपडैड अच्छे मूड में होते थे तो मुझे ले जाया करते थे। मैंने बोडिंग स्कूल में भी यह जारी रखा था।'

'ओह, आपके पैरेंट्स यहां हैं?'

'नहीं, वो इसके लिए सीएटल से नहीं आ सके, पर शादी में आएंगे।'

सौरभ ने मुझे बताया था कि अंजली की मां गीतू ने यूएस में एक कैब ड्राइवर जोगी से शादी की थी। वो कई दशक पहले वहां चली गई थीं। फिर वो दोनों अलग हो गए और गीतू ने सीएटल में एक अमेरिकी स्कूल टीचर ग्रेग डेविस से शादी कर ली।

'एनी-वे, ये सब बोरिंग बातें क्यों करना? आप डांस फ़्लोर पर जाइए,

अपने फ्रेंड को कम्पनी दीजिए,' अंजली ने कहा।

मैं मुस्कराया और उस मेकशिफ़्ट डांस फ़्लोर की ओर चला गया, जिसे प्लास्टिक से बनाया गया था और जिसके नीचे मल्टीकलर्ड लाइट्स लगाई गई थीं। बेबी डॉल गाना शुरू हुआ ही था। सौरभ सनी लियोनी की तरह कूल्हे मटका रहा था। 'ओके, अब रुक जाओ गोलू', मैं उससे कहना चाहता था, 'तुम्हारे ससुराल वाले अभी भी यह शादी तोड़ने के बारे में सोच सकते थे।'

'भाई, मैं बहुत ख़ुश हूं,' उसने नाचते हुए कहा। 'अब जाकर मैं समझा कि जब तुम मुझे प्यार के बारे में बताते थे तो तुम्हारा क्या मतलब होता था। यह सच में एक बहुत ही अमेज़िंग फ़ीलिंग है।'

मैं मुस्करा दिया।

'क्या भाई, तुम ख़ुश नहीं हो?'

'मैं तुम्हारे लिए ख़ुश हूं।'

'तुम्हें भी अपने लिए कोई लड़की ढूंढ़ लेनी चाहिए। उसे प्यार करो और उसी से शादी करो। यह बहुत ख़ूबसूरत होता है।'

'गोलू, अब ये तो कभी नहीं होगा।'

'क्यों नहीं होगा? तुम कब तक मुझे इन मीनिंगलेस टिंडर-भाभियों से मिलवाते रहोगे?'

मैं हंस दिया और अंजली की तरफ़ देखने लगा।

'नहीं, वो नहीं, भाई। मुझे प्रॉमिस करो कि तुम प्रेरणा की फ़ैमिली में हुक-अप्स की तलाश नहीं करोगे।'

'क्या? ऑफ़कोर्स नॉट।'

'मैंने तुम्हें उससे बातें करते देखा था।'

'मैं उसे डांस करने के लिए बोल रहा था, लेकिन उसके पैर में चोट आई हुई है। बस इतनी ही बात हुई।'

'पक्का ना?' सौरभ ने कहा और फिर से अपना सनी लियोनी स्टेप्स करने लगा।

'हां, और ये सही स्टेप्स नहीं है, लाओ मैं तुम्हें बताता हूं इस गाने पर कैसे नाचते हैं,' मैंने कहा।

अध्याय 12

प्रेरणा और सौरभ की सगाई की सेरेमनी किसी छोटे-मोटे किंगडम के प्रिंस की ताजपोशी से कम नहीं थी। यह फ़ंक्शन न्यू फ्रेंड्स क्लब में हुआ था और इसका बजट पचास लाख रुपए था।

'नहीं, नहीं, बिलकुल नहीं,' सौरभ ने कहा। रमेश ने उसे चाबियां सौंपी थीं। तो क्या वो लोग सच में ही सौरभ को फ़ॉक्सवैगन जेटा देने जा रहे थे और वो इससे इनकार कर रहा था?

'आप लोग ही इसे समझाइए,' रमेश ने सौरभ के पैरेंट्स से कहा। वो लोग मुस्करा भर दिए, जैसे अपने इकलौते बेटे की यह बात उनके दिल को छू गई हो। लेकिन भीतर ही भीतर वो सोच रहे थे कि ये आख़िर सौरभ कर क्या रहा है। ये दहेज़ थोड़े ना है, ये तो ससुराल वालों का प्यार है प्यार।

'मुझे केवल प्रेरणा चाहिए,' सौरभ ने अपनी मंगेतर की ओर इशारा करते हुए कहा। प्रेरणा ने नारंगी रंग का लहंगा पहन रखा था, जिसकी क़ीमत दो लाख रुपए थी। उसका मेकअप और हेयर-डू किसी प्रोफ़ेशनल से करवाया गया था और उसका अपना बिल पचास हज़ार रुपयों का था।

प्रेरणा और सौरभ क्लब के हॉल में दो अलग-अलग सिंहासनों पर बैठे थे। मेहमान एक-एक कर उन्हें आशीर्वाद देते जा रहे थे।

मैं उन दोनों के पास खड़ा सोच रहा था कि आख़िर ये स्टेज कितना मज़बूत है जो इतने सारे ओवरवेट पंजाबियों का वज़न झेल पा रहा है।

अलवर से मेरे पैरेंट्स भी सेरेमनी में आए थे। डिनर बुफ़े के बाद मां मेरे पास आईं और बोलीं—'अब तुझे भी सेटल हो जाने के बारे में सोचना चाहिए, बेटा।' उनके हाथ में खाने की प्लेट थी।

'ये सब मेरे लिए नहीं है।'

'क्या मतलब?'

'कुछ नहीं। और मां, आप कहीं आराम से बैठकर खा लीजिए, आप खड़ी क्यों हैं? वहां जाइए, सौरभ के पैरेंट्स वहां बैठे हैं,' मैंने कहा।

मां के चले जाने के बाद आदित्य आए और मेरे कंधे पर हाथ रखा।

'बोर हो रहे हो?' उन्होंने कहा।

'हुम, नहीं तो, मैं ठीक हूं।'

'चलो, बैक गार्डन में चलते हैं,' उन्होंने कहा और मुझे अपने पीछे-पीछे आने का इशारा किया।

❖

बैकयार्ड में अंजली एक पेड़ के नीचे बेंच पर बैठी थी। उसके एक हाथ में व्हिस्की और दूसरे में सिगरेट थी।

'आहा, तो दूल्हे के दोस्त साहब आए हैं,' उसने मुझको देखते ही कहा।

'हां, यह गुमसुम मालूम हो रहा था,' आदित्य ने कहा।

दोनों हंस पड़े। आदित्य ने बेंच के नीचे से ब्लैक लेबल व्हिस्की की एक बोतल निकाली और दो गिलास निकाले। फिर गिलासों में व्हिस्की उड़ेली।

'चीयर्स,' मैंने एक गिलास उठाते हुए कहा।

'तुमने देखा? तुम्हारे दोस्त ने एक अच्छी कार रिजेक्ट कर दी,' अंजली ने कहा।

'वो ऐसा ही है,' मैंने कहा।

'मैं तो इम्प्रेस हो गई। इंडिया के मर्दों से मैं ऐसी उम्मीद नहीं करती।'

'वो कार मेरे काम आ सकती थी, पर भैया मुझे क्यों देने लगे?' आदित्य ने हंसते हुए कहा।

'शट अप, आदित्य। सॉरी, आई मीन, आदित्य मामू, ऐसी बात मत करो,' अंजली ने अपनी भूल सुधारते हुए कहा। 'सॉरी, मैं वैसे बात नहीं करना चाहती थी।'

'इट्स ओके,' आदित्य ने कहा। 'अगर तुम मेरे साथ ड्रिंक और स्मोक कर सकती हो तो मुझे मेरे फ़र्स्ट नेम से भी बुला सकती हो और मुझसे एक दोस्त की तरह भी बात सकती हो। केशव?'

उन्होंने मुझे सिगरेट ऑफ़र की, लेकिन उसकी बू से लग नहीं रहा था कि उसमें तंबाकू है।

'इसमें बस थोड़ी-सी मनाली की चरस है, डोंट वरी,' अंजली ने कहा। 'मैं ट्रेक के बाद थोड़ी-सी लेती आई थी।'

मैंने एक कश लगाया। फ़ौरन मुझे भीतर से बेहतर महसूस हुआ।

मैंने अंजली को सिगरेट थमा दी। अब उसने एक कश लिया।

'आह, ये तो बढ़िया है,' उसने कहा।

मैंने ग़ौर किया कि अंजली ने वही फटी हुई जींस पहन रखी थी, जो उसने उस दिन पहनी थी, जब मैं उससे और प्रेरणा से मिला था। उसने एक लम्बी सफ़ेद कुर्ती के साथ कुछ चांदी के गहने भी पहन रखे थे, शायद सभी आंटीज़ की तसल्ली के लिए।

'लेकिन अंजली, मुझको एक बात समझ में नहीं आती। एक तरफ़ तो भैया कहते हैं कि धंधा मंदा चल रहा है, और दूसरी तरफ़, ये शानदार फ़ंक्शन देखो,' आदित्य ने कहा।

'जब बेटी की शादी की बात आती है तो इंडियन डैड्स सब होशोहवास गंवा देते हैं। वैसे इस फ़ंक्शन के लिए थोड़ा पैसा प्रेरणा दीदी ने भी दिया है।'

'और कार के बारे में क्या? कार, वो भी फ़ॉक्सवैगन जेटा? दामाद को इंगेजमेंट गिफ़्ट के तौर पर?'

'इनसाइड स्टोरी ये है कि अंकल को पता था सौरभ मना कर देगा। उसने तो छोटी-मोटी गिफ़्ट्स के लिए भी मना कर दिया था। फिर भी रमेश अंकल ने सोचा कि दिखाने में क्या हर्ज है। कार तो शोरूम के बाहर निकलेगी ही नहीं।'

'रियली?' मैंने कहा।

अंजली ने मुझे देखकर आंख मारी और हंस पड़ी। आदित्य भी ज़ोरों से हंसे। हंसने से उनके घुंघराले बाल हल्के से हिलने लगे।

'तब तो उसको कार ले लेनी चाहिए थी। भैया का चेहरा देखने लायक़ होता,' आदित्य ने ठहाका लगाते हुए कहा।

अंजली ने व्हिस्की का पूरा गिलास ख़ाली कर दिया। फिर उसने एक और पेग के लिए गिलास आगे बढ़ा दिया।

'जॉब में मेरा पिछला हफ़्ता बहुत ही ख़राब बीता। मुझे इसकी ज़रूरत है।'

आदित्य ने उसका गिलास भर दिया।

'कम से कम तुम्हारे पास कोई काम तो है,' आदित्य ने कहा और हंस दिए। 'मुझे देखो। दिनभर घर में बैठा रहता हूं।'

'लेकिन वो केवल घर नहीं है, वो तुम्हारा स्टूडियो भी है।'

'हां, लेकिन मैं वहां करता क्या हूं? यूट्यूब पर मैंने जो पिछला गाना

लगाया था, उसको तीन हज़ार व्यूज़ मिले। बस।'

'लेकिन वो बहुत अच्छा गाना था। मुझे बहुत पसंद आया।'

'किसको फ़र्क़ पड़ता है?'

'और वो जो ताज के बार में काम का ऑफ़र आया था?'

'भैया ने मना कर दिया। उन्होंने कहा कि मल्होत्रा मोटर्स के ऑनर का भाई बार में काम करेगा? लेकिन मैं सोच रहा हूं, लीला में काम करने लग जाऊं। भैया वहां कभी नहीं जाते, उनको पता ही नहीं चलेगा।'

'कभी-कभी रमेश अंकल इतने रिग्रेसिव हो जाते हैं ना, इइइश,' अंजली ने कहा।

'आई एम श्योर, जल्द ही मैं भी कार बेचने लगूंगा।' आदित्य ने कहा।

'नहीं, प्लीज़। तुम उसके लिए बहुत कूल हो। मेरे रॉकस्टार मामू।'

आदित्य का फ़ोन बजा। किसी रिश्तेदार का फ़ोन था, जो कह रहे थे कि अंदर उनकी ज़रूरत है। वो वहां से उठकर चले गए।

'पिछले हफ़्ते जॉब में क्या ख़राब हुआ?' मैंने बात आगे बढ़ाने के लिए अंजली से कहा।

'लोगों को नौकरियों से निकाला जा रहा है। मीडिया की हालत पतली है,' अंजली ने कहा।

'हां, फ़ेसबुक और गूगल के पास सारे विज्ञापन जा रहे हैं। लेकिन क्या तुम्हारा जॉब सेफ़ है?'

'अभी के लिए तो है। मैं लकी थी कि मेरे बॉयफ्रेंड ने द इंक में मेरे लिए काम ढूंढ़ लिया।' अंजली ने एक कश लेते हुए कहा।

'ओह,' मैंने कहा। लेकिन ये सुनकर मुझे बड़ी निराशा हुई। मैंने अपना गिलास फिर भर लिया।

'ओह क्या?' उसने कहा।

'मुझे नहीं पता था तुम्हारा बॉयफ्रेंड है।'

'क्यों? क्या मैं इतनी बुरी हूं?' अंजली ने हंसते हुए कहा।

'नहीं। सॉरी, बस मुझे पता नहीं था।'

'इसी इडियट के लिए तो मैं इंडिया आई हूं। उसका नाम पराग है। डैम, मुझे चढ़ गई है, नहीं तो मैं ये किसी को बताती नहीं हूं,' उसने कहा।

'पराग तुम्हारा...'

'बॉयफ्रेंड भी है और बॉस भी,' उसने हंसते हुए कहा। 'शायद एक दिन मंगेतर और हसबैंड भी बनेगा।' फिर उसने अंदर चल रहे फ़ंक्शन की ओर इशारा करते हुए कहा—'ऑफ़कोर्स, मेरी शादी में ये सब पंजाबी ड्रामा नहीं होगा।'

'सभी को अपनी-अपनी तरह से सेलिब्रेट करने का हक है,' मैंने कहा।

'तुम कितने नॉन-जजमेंटल हो। एनी-वे, ले-ऑफ़ तो द इंक में भी हुए थे। वैसे भी हम लेफ़्ट-विंग पब्लिकेशन हैं। इंडिया में कोई भी लेफ़्ट-विंग के व्यूज़ नहीं सुनना चाहता।'

'यह तो सच नहीं है।'

'कोई भी नहीं पढ़ना चाहता कि हिंदुओं और मुसलमानों को कैसे अलग किया जा रहा है। या पॉपुलेशन कितनी बड़ी प्रॉब्लम है। या देश में आज भी जाति के नाम पर ज़ुल्म किए जाते हैं। कोई भी उस तरह के आर्टिकल्स को क्लिक नहीं करता। लोगों को तो शायद बस फ्री-फ़ूड डिलीवरीज़ चाहिए।'

'इस तरह के आर्टिकल्स थोड़े डिप्रेसिंग लगते हैं,' मैंने कहा।

'लेकिन वो आज की सच्चाई हैं,' अंजली ने ठोस आवाज़ में कहा।

'ऑफ़कोर्स।'

'इसीलिए तो हम उनको लिखते हैं। इसीलिए तो हम सारा काम करते हैं। ईमानदारी और इंसाफ़ के लिए।'

'मुझे यक़ीन है, तुम लोगों को तुम्हारी ऑडियंस मिलेगी। पोलिटिक्स में हमेशा दो पहलू होते हैं और दोनों ही पहलुओं को सुनने वाले लोग मिलते हैं।'

'होप ये जल्दी हो। ख़ैर, मेरी जॉब तो सेफ़ है। मैं बॉस के साथ सोती जो हूं,' अंजली ने हंसते हुए कहा।

मैं समझ नहीं पाया कि इस पर कैसे रिएक्ट करूं। लानत है, कई सालों बाद एक लड़की पसंद आई थी और वो भी सिंगल नहीं मिली।

'तुम्हें अंदर जाना है?' मैंने कहा।

'ऑनेस्टली, नहीं। मुझे वहां बिलकुल अच्छा नहीं लगता। रूसी ज़ार की तरह ज्वलेरी पहने वो तमाम लोग, जो ऊपर से जताते हैं कि उन्हें आपकी फ़िक्र है और वो आपसे प्यार करते हैं, लेकिन दरअसल वो केवल अपनी अमीरी को शो-ऑफ़ करते हैं।'

'तुम वाक़ई लेफ़्ट-विंग क्रूसेडर हो।'

'मुझे पता नहीं, मैं क्या हूं,' व्हिस्की और चरस के कारण उसकी आवाज़ लड़खड़ा रही थी। 'मेरा सिर घूम रहा है।'

वह मुड़ी और मेरी गोद में सिर रखकर लेट गई। फिर उसने अपने पैर उठाए और बेंच पर टिका दिए।

'आह नाइस,' उसने कहा। 'ज़रा ऊपर इन पेड़ों और तारों को तो देखो। इनमें कुछ भी दिखावटी नहीं है। ना ये पंजाबी हैं, ना पूंजीवाद हैं। इसके बावजूद ये कितने ख़ूबसूरत और शानदार हैं।'

उसने एक और कश लिया और मेरी तरफ़ बढ़ा दिया। मैं उसे लेने के लिए उसकी ओर झुका। हमारी आंखें मिलीं। मुझे पता ही नहीं चला कि सौरभ कब बैक गार्डन में चला आया था।

'केशव, तुम यहां हो? मैं तुम्हें सब जगह ढूंढ़ आया,' सौरभ ने कहा।

मैंने अंजली के चेहरे से अपनी आंखें उठाईं और सौरभ की तरफ़ देखा। उसके साथ एक औरत भी थी।

'ओह हाय,' मैंने कहा।

अंजली ने मेरी गोद से अपना सिर उठाया।

'हाय सौरभ,' उसने कहा, 'एंड हैलो नम्रता दीदी, यू लुक अमेज़िंग।'

'तुम यहां क्या कर रहे हो, केशव?' सौरभ ने अंजली की बात को इग्नोर करते हुए कहा। दूरी और अंधेरे के कारण शायद उसको लगा होगा कि हम सिगरेट के बजाय कुछ और शेयर कर रहे थे।

'मैं थोड़ी हवा खाने आया था,' मैंने कहा। लेकिन सौरभ अपसेट लग रहा था। वो चुप रहा।

'हाय, मैं नम्रता हूं। ईटो में प्रेरणा की पार्टनर,' उस लेडी ने ख़ुद ही अपना इंट्रोडक्शन दिया। उसने लाल बॉर्डर वाली मैजेंटा रॉ-सिल्क साड़ी पहनी थी। उसकी उम्र तीसेक साल की रही होगी। उसके बाल कमर तक लम्बे थे, जो उसके शॉर्प फ़ीचर्स के साथ जंचते थे।

'सौरभ ने मुझे आपके बारे में बताया था,' मैंने कहा। 'आपकी सक्सेस के लिए कॉन्ग्रैट्स।'

'अभी तो बहुत लम्बा सफ़र तय करना है। जब इतने सारे इन्वेस्टर्स आपके ऊपर लदे हों तो उसका प्रेशर भी बहुत होता है।'

'लवली साड़ी, दीदी,' अंजली ने कहा। 'आप एक ड्रिंक लेना चाहेंगी?'

नम्रता ने सिर हिला दिया। 'तुम जानती हो कि मैं ड्रिंक नहीं लेती।'

'सौरभ?' अंजली ने कहा। सौरभ ने भी सिर हिलाकर मना कर दिया।

'लोग अंदर डांस कर रहे हैं। आख़िर इंगेजमेंट रोज़-रोज़ नहीं होती। तुम यहां पर अपना मूनलाइट बार कंटिन्यू करोगे या अपने बेस्ट फ्रेंड की इंगेजमेंट में अंदर जाकर डांस करोगे?' सौरभ ने मुझसे कहा। ज़ाहिर है कि दूल्हे राजा ग़ुस्से में थे।

'ऑफ़कोर्स,' अंजली ने कहा। 'ये प्रेरणा दीदी की इंगेजमेंट है। हमें डांस करना चाहिए। और आज तो मेरी ऐड़ी में भी चोट नहीं है।'

अंजली और नम्रता एक साथ चल दिए। उनके दूर जाते ही सौरभ ने कहा—'तुम यहां कर क्या रहे हो?'

'सॉरी गोलू, बस थोड़ी हवा खाने चला आया था। आदित्य चाचू और अंजली ने थोड़ी ड्रिंक ऑफ़र की और...'

'चाचू कहां हैं?'

'वो अंदर चले गए।'

'केशव, वो मेरी वाइफ़ की रिलेटिव है।'

'क्या?' मैंने चौंकते हुए कहा। जब सौरभ मुझे भाई के बजाय मेरे नाम से बुलाता है तो इसका मतलब है कि वो डेफ़िनेटली अपसेट है।

'वो प्रेरणा की फ़र्स्ट कज़िन है, तुम्हारी टिंडर हुक-अप नहीं।'

'तुम क्या बोल रहे हो?'

'मैंने उसे तुम्हारी गोद में देखा और तुम दोनों के मुंह...'

'हम स्मोक कर रहे थे। वो ही ऐसे लेट गई थी, मैंने कुछ नहीं किया।'

'एग्ज़ैक्टली। तुम तो कभी कुछ करते ही नहीं हो, लड़कियां ही तुम्हारे पीछे-पीछे चली आती हैं।'

'गोलू, कुछ भी नहीं हो रहा था। वैसे भी उसका एक बॉयफ्रेंड है।'

'थोड़ी रिस्पेक्ट शो करो, ओके? पैरेंट्स भी यहीं हैं।'

'आई स्वेयर—'

लेकिन उसने मेरी बात बीच में ही काट दी।

'तुमको चरस पीने के लिए कोई और मौक़ा नहीं मिला कि मेरी इंगेजमेंट

में ही शुरू हो गए। नम्रता दीदी ने देखा है। अब वो प्रेरणा को बताएंगी। वो मेरे बारे में क्या सोचेगी?'

हम साथ में चल रहे थे, मैंने सौरभ के कंधे पर हाथ रख दिया।

'गोलू, चिल। लिसन, इससे पहले कि हम अंदर जाकर डांस शुरू करें...'

'क्या?'

'बेंच के नीचे एक ब्लैक लेबल है।'

'मेरे पैरेंट्स को यह अच्छा नहीं लगेगा।'

'एक सिप।'

हम दौड़कर अंदर गए। उसने बॉटल में से जल्दी से कुछ छोटे-छोटे घूंट भरे।

'प्रेरणा की फ़ैमिली में ये सब चूतियापा मत करो,' सौरभ ने कहा।

'बिलकुल नहीं करूंगा, क़सम खाता हूं,' मैंने कहा। 'मैंने तो इस बारे में सोचा भी नहीं। अब चलो, मल्होत्रा परिवार को हमारा फ़ेमस कॉकरोच डांस दिखाते हैं।'

अध्याय 13

'फ़ैमिली तो नॉर्मल ही लगती है,' मैंने हमारे एम्बैरेसिंग कॉकरोच डांस की यादों से लौटकर कहा। 'हर पंजाबी फ़ैमिली जैसी।'

'हमें पूरे परिवार के बयान पढ़ने होंगे,' सौरभ ने कहा।

आधी रात हो चुकी थी। सौरभ हॉट चॉकलेट पी रहा था।

'हमें प्रेरणा की ज़िंदगी से जुड़े दूसरे लोगों से भी मिलना चाहिए। जैसे कि नम्रता,' मैंने कहा। 'कोई और है?'

'एक एक्स-बॉयफ्रेंड है।'

'एक्स बॉयफ्रेंड?'

'हां, मुझसे पहले। उसके पहले जॉब के दौरान था। मैंने तुम्हें कभी बताया नहीं।'

'तुम उसके बारे में क्या जानते हो?'

'ईटो शुरू करने से पहले वो कोटक महिंद्रा में काम करती थी। वहां वो नीरज नाम के उस आदमी को डेट करती थी। फिर उनका ब्रेकअप हो गया। इसी वजह से उसने वो कम्पनी भी छोड़ दी।'

'क्या हुआ था?'

'प्रेरणा ने इस बारे में मुझे कभी कुछ ज़्यादा नहीं बताया। उसने स्टूपिड रीज़न्स के चलते उससे ब्रेकअप किया था। इससे प्रेरणा का दिल टूट गया था। बाद में उसने प्रेरणा की ज़िंदगी में वापस लौटने की कोशिश भी की, लेकिन प्रेरणा ने बैंक छोड़ दी और मूव-ऑन कर गई।'

'वो लोग अब भी टच में थे?'

'पता नहीं,' सौरभ ने कहा। 'वो आदमी कितना बड़ा लूज़र होगा, जिसने प्रेरणा जैसी लड़की को छोड़ दिया।'

❖

'नहीं, तुम लोग कॉपीज़ नहीं बना सकते,' सिंह ने कहा।

हम उसके ऑफ़िस में चरमराती हुई कुर्सियों पर बैठे थे। हमारे सामने एक

ब्राउन फ़ोल्डर रखा था, जिसमें बहुत सारे काग़ज़ थे।

'तो क्या हम फ़ोन से इसकी तस्वीरें ले सकती हैं?' सौरभ ने कहा।

'तुम्हें क्या लगता है मैं बेवक़ूफ़ हूं?' सिंह ने कहा।

'किन मायनों में, सर?' सौरभ ने कहा।

'क्या?'

'नहीं, सर, इसका मतलब है कि आप बेवक़ूफ़ नहीं हैं,' मैंने फ़ौरन कहा।

'तो फिर फ़ोटो खींचने और कॉपीज़ लेने में क्या फ़र्क़ है?' सिंह ने कहा।

'फ़ोटो खींचना आसान होता है, इससे काग़ज़ भी बचता है,' सौरभ ने कहा।

'तुम्हें लगता है मैं काग़ज़ बचाने के लिए कॉपीज़ नहीं लेने दे रहा हूं? तुमको क्या लगता है मैं कौन हूं? ग्रेट थंडर गर्ल की तरह कोई एन्वायरन्मेंटल एक्टिविस्ट?'

'नहीं सर, आप पुलिस इंस्पेक्टर हैं, ग्रेटा थुनबर्ग नहीं,' मैंने कहा।

'एग्ज़ैक्टली। और इसीलिए मैं नहीं चाहता कि ये बयान मीडिया में लीक हो जाएं। वो हमारी जांच का हिस्सा हैं।'

'हम किसी से शेयर नहीं करेंगे, सर,' मैंने कहा।

'यहीं बैठकर पढ़ लो, उस रूम में,' उन्होंने अपनी अंगुलियां चटखाते हुए और उनके ऑफ़िस के पास एक ख़ाली कैबिन की ओर इशारा करते हुए कहा। 'और हां, अपने फ़ोन यहां छोड़ जाओ।'

मैंने सौरभ की ओर देखा। अगर उसने फ़ोन से फ़ोटो खींचने की बात नहीं कही होती तो हम शायद कुछ क्लिक्स ले सकते थे।

'श्योर, सर,' मैंने कहा और हमने अपने फ़ोन टेबल पर रख दिए।

मैंने ब्राउन फ़ोल्डर उठाया।

सौरभ ने सिंह की ओर देखा।

'हां, और कुछ?' सिंह ने सौरभ की ओर देखते हुए कहा।

'अगर हमें कुछ चाय और बिस्किट मिल पाते, सर,' सौरभ ने जाते-जाते कहा।

अध्याय 14

मिस प्रेरणा मल्होत्रा की मौत के मामले में आरंभिक जांच

मल्होत्रा हाउस, ए-956, न्यू फ्रेंड्स कॉलोनी के निवासियों के लिखित बयान

बयान 1 : नौकरानी गोपिका
बयानकर्ता : कांस्टेबल श्याम गहलोत

तुम्हारा पूरा नाम और उम्र क्या है और तुम कहां की रहने वाली हो?
मेरा नाम गोपिका पासवान है। मैं बाइस साल की हूं और बिहार के गया की रहने वाली हूं।

मृतका से आपका संबंध?
मैं प्रेरणा दीदी के घर में पिछले तीन सालों से हाउस-हेल्प का काम कर रही हूं।

तुम्हें ये नौकरी कैसे मिली और तुम यहां पर क्या काम करती हो?—*मुझे एक घरेलू नौकर एजेंसी की मदद से नौकरी पर रखा गया था। मैं मल्होत्रा परिवार के घर में ही रहती थी। मैं घर की सफ़ाई करती थी, कपड़े धोती थी और नीलम मैडम और बिंदु मैडम का रसोईघर में हाथ बंटाती थी। मैं आस-पड़ोस की दुकानों से घर का सामान भी ख़रीदकर लाती थी।*

फ़ैमिली से और ख़ासतौर पर मृतका से तुम्हारे ताल्लुक़ कैसे थे? क्या कोई झगड़े वग़ैरा हुए थे?
मैं हमेशा अपना काम ईमानदारी से करती हूं। परिवार के सभी लोग बहुत अच्छे हैं और मुझे पसंद करते हैं। वो मेरे लिए गिफ़्ट्स भी लेकर आते हैं। प्रेरणा दीदी के रोका और सगाई दोनों पर उन्होंने मुझे नई साड़ी दी थी।

प्रेरणा दीदी ने मुझसे कभी ज़्यादा बात नहीं की। वो अपने काम में बहुत बिज़ी रहती थीं। कभी-कभी तो वो आधी रात को काम से लौटतीं, तब मैं उन्हें डिनर देती थी। कभी वो सुबह सात बजे काम पर निकल जातीं और मुझे उनके लिए नाश्ता बनाना पड़ता। वो खाने की बहुत शौक़ीन थीं और हमेशा स्वादिष्ट खाना

चाहती थीं। उन्हें मेरे हाथ के गोभी के परांठे बहुत पसंद थे।

उन्होंने मुझे एक बार ही डांटा था, जब उन्होंने अनवर को मेरे कमरे में देखा था। लेकिन अनवर तो मेरे भाई जैसा है। कभी-कभी मैं उसके लिए चाय बनाती हूं, जब वो रमेश सर को शाम को लेकर आता है। प्रेरणा दीदी ने कहा कि ड्राइवर का मेरे कमरे में आना ठीक नहीं है। मैंने उनको सॉरी बोला। बात वहीं ख़त्म हो गई।

17 अक्टूबर की रात को तुम कहां थीं?

घर में ही थी। मैंने सबके लिए शाम की चाय बनाई थी, तश्तरियां धोकर साफ़ की थीं। नीलम मैडम किचन में खाना बनाने आईं। उनको डायबिटीज़ है, इसलिए वो करवा चौथ का व्रत नहीं रख सकतीं। मैंने कहा कि मैं उनका हाथ बंटाती हूं। लेकिन उन्होंने कहा कि मैं जाकर अपने कमरे में आराम करूं, क्योंकि मैंने सुबह का खाना भी बनाया था, सबके लिए चाय बनाई थी और डिनर के लिए टेबल सजाई थी। मैं अपने कमरे में जाकर लेट गई। कुछ देर बाद मैंने बहुत सारी आवाज़ें सुनीं। घर के सभी लोग बाहर दौड़कर जा रहे थे। मैंने देखा कि सड़क पर बहुत भीड़ जमा थी और वहां प्रेरणा दीदी की लाश पड़ी थी।

रूम में तुम्हारे सिवा भी कोई और था?

मैंने आपको सब कुछ पहले ही बता दिया है।

सवाल का जवाब दो—तुम्हारे कमरे में कोई और था?

अनवर था। मैंने उसके लिए थोड़ा चाय और नाश्ता बचा रखा था। लेकिन आप लोग उसको कुछ मत करना। वो भले मुसलमान हो, पर अच्छा आदमी है।

अनवर कितनी देर तुम्हारे कमरे में था?

दस मिनट। या शायद थोड़ी और देर... शायद आधा घंटा। लेकिन नीचे शोर मचने से पहले ही वो चला गया था। मैं क़सम खाकर कहती हूं। हवलदार जी, आप किसी को कुछ मत बताना...

घर में किसी को तुम्हारे और अनवर के संबंध के बारे में पता है?

नहीं, हवलदार जी। लेकिन आप किसी को मत कहना। वो लोग अनवर को नौकरी से निकाल देंगे। पिछली बार भी प्रेरणा दीदी ने उसको बहुत डांटा था।

प्रेरणा ने अनवर को क्या बोला था?

अनवर पैंतालीस साल का शादीशुदा मर्द है और उसके दो बच्चे हैं। प्रेरणा दीदी सही थीं। उन्होंने उससे पूछा कि वो मेरे कमरे में क्यों आया? हमने कहा कि हम केवल चाय पी रहे थे। हमने क़सम खाकर कहा कि हम दोनों भाई-बहन की तरह हैं... हां, मैं जानती हूं कि हम जो कर रहे हैं, वो ग़लत है, लेकिन उसकी बीवी बहुत दूर अलीगढ़ में है। और उसने मुझसे कहा कि अगर मैं मुसलमान बन जाऊं तो मैं भी उसकी बीवी बन सकती हूं। उसके धर्म में ये चलता है। हवलदार जी, आप अनवर को तंग मत करना। वो बहुत अच्छा आदमी है।

क्या अनवर प्रेरणा से नाराज़ हो गया था?

वो भी आदमी है, हवलदार जी। जब डांट पड़ी तब उसको ग़ुस्सा आया था, लेकिन उसने कभी भी प्रेरणा दीदी को कुछ नहीं बोला।

उसने तुमको क्या बोला?

(चुप्पी)

हम पुलिस वाले हैं, हमसे कुछ छिपाना ठीक नहीं। डांट खाने के बाद अनवर ने प्रेरणा के बारे में क्या कहा था?

उसने कहा कि ये लड़की अपने आपको समझती क्या है? जब मैं यहां काम करने आया था, तब ये बच्ची थी। और अब ये मुझ पर चिल्ला रही है, जबकि रमेश सर ने भी कभी मुझसे ऊंची आवाज़ में बात नहीं की। मेरा मन कर रहा है कि उसे एक तमाचा जड़ दूं।

क्या उसने कभी कहा था कि वो प्रेरणा को नुक़सान पहुंचाएगा?

नहीं, हवलदार जी। उसके बाद फिर कभी कुछ नहीं हुआ। अनवर अच्छा आदमी है। उसको कुछ नहीं होगा ना, हवलदार जी?

अध्याय 15

सौरभ और मैंने फ़ोल्डर को एक तरफ़ रख दिया। पुलिस स्टेशन का एक पीयून दो कप चाय लाया था।

सौरभ ने एक बड़ा सिप लिया।

'तुम्हें क्या लगता है?' मैंने कहा।

'पुलिस स्टेशन के स्टैंडर्ड को देखते हुए चाय बुरी नहीं है। लेकिन बिस्किट्स होते तो और अच्छा होता।'

'सौरभ, मैं इस बयान के बारे में बात कर रहा हूं।'

'ओह,' सौरभ ने कहा और चाय का प्याला एक तरफ़ रख दिया। 'अनवर और गोपिका, वॉव, इस बारे में तो किसी को भी आइडिया नहीं था।'

'हो सकता है, प्रेरणा को उनके अफ़ेयर के बारे में पता चल गया हो। वो अनवर पर चिल्लाई हो और उसे ज़लील किया हो। उसने उसे छत पर जाते देखा हो तो गुस्से में उसे छत से धक्का दे दिया हो।'

'तुम्हें ऐसा लगता है?'

'वो कर सकता है। गोपिका नहीं कर सकती, वो तो मरियल-सी है,' मैंने कहा।

'अभी तो कुछ भी कहना जल्दबाज़ी होगी। आगे पढ़ते हैं।'

बयान 2 : रमेश मल्होत्रा (मृतका के पिता)
बयानकर्ता : इंस्पेक्टर विजेंदर सिंह

आपका पूरा नाम और उम्र क्या है और आप कहां से हैं?
मेरा नाम रमेश मल्होत्रा है। मैं पचास साल का हूं। हम लोग अमृतसर से हैं, लेकिन अभी नई दिल्ली की न्यू फ्रेंड्स कॉलोनी में रहते हैं।

17 अक्टूबर की रात आप कहां पर थे?
मैं न्यू फ्रेंड्स कॉलोनी के मार्केट में था। मैं पान लेने गया था। मार्केट में ही मुझे वाइफ़ नीलम का फ़ोन आया। उसने मुझे कहा कि मैं जल्दी घर आ जाऊं,

क्योंकि मेरी बेटी प्रेरणा का एक्सीडेंट हो गया है। मैं दौड़ता-भागता घर पहुंचा तो देखा सड़क पर उसकी लाश पड़ी थी।

पिछले कुछ महीनों में आपने अपनी बेटी के बर्ताव में कोई बदलाव देखा था?

प्रेरणा की शादी होने वाली थी। वो स्वभाव से ही वर्कोहलिक थी, इसलिए अपनी वेडिंग की प्लानिंग को लेकर भी बहुत एक्साइटेड रहती थी। सौरभ से उसकी बहुत बातें होती थीं।

क्या वो किसी चीज़ को लेकर अपसेट या तनाव में थी?

मुझे तो ऐसा नहीं लगा। कभी-कभार उसे वर्क-प्रेशर ज़रूर महसूस होता था, या इंवेस्टर्स के टारगेट्स को लेकर वो दबाव में रहती थी।

क्या उसके कोई दुश्मन थे, या किसी से उसका कोई विवाद हुआ था?

(थोड़ा रुककर) दो साल पहले उसका अपने एक्स-बॉयफ्रेंड नीरज अरोड़ा से ब्रेकअप हुआ था। ब्रेकअप से पहले उनकी लड़ाइयां होती रहती थीं। ब्रेकअप के बाद वो छह महीनों तक डिप्रेशन में थी।

यू मीन, उस तरह का डिप्रेशन, जिसमें ट्रीटमेंट लेना पड़ता है?

नहीं, वैसा नहीं। लेकिन वो लम्बे समय तक उदास रही थी।

ब्रेकअप क्यों हुआ था?

पता नहीं। आजकल के बच्चे लोग अपने पैरेंट्स को सारी बातें कहां बतलाते हैं?

फ़ैमिली के लोगों से उसके ताल्लुक़ कैसे थे?

प्रेरणा हमारी फ़ैमिली की स्टार थी। वो ना केवल एक अचीवर थी, बल्कि एक अच्छी इंसान भी थी और सभी की मदद करती थी। घर में उसका किसी से कोई विवाद नहीं था। हमारे परिवार के लोग आपस में एक-दूसरे से बहुत जुड़े हुए हैं।

आप क्या काम करते हैं?

दिल्ली में मेरी एक कार डीलरशिप है, और अमृतसर में एक के साथ मेरी पार्टनरशिप है। दिल्ली वाली डीलरशिप पोर्शे की है और अमृतसर वाली फ़ॉक्सवैगन की। अमृतसर में हमारी एक ऑटो पार्ट्स फ़ैक्टरी भी है।

परिवार की फ़ाइनेंशियल पोज़िशन कैसी है?

वेल, जैसा कि आप देख सकते हैं, हम लोग काफ़ी कम्फ़र्टेबल हैं। भगवान का दिया सब कुछ हमारे पास है।

अभी बिज़नेस कैसा चल रहा है?

जैसा कि आपने पेपर में पढ़ा ही होगा, ऑटो सेक्टर का धंधा इधर मंदा है। कार सेल्स डाउन हो गई हैं। लेकिन बिज़नेस में उतार-चढ़ाव होते रहते हैं। आई एम सॉरी, लेकिन इंस्पेक्टर साहब, इस सबका मेरी बेटी के केस से क्या ताल्लुक़ है?

ऐसे ही पूछ रहा था। ख़ैर, परिवार के दूसरे लोगों से आपकी रिलेशनशिप कैसी है?

मेरी मां तो मुझे रोज़ ही आशीर्वाद देती है कि मैं फ़ैमिली को इस मुक़ाम तक लेकर आया। लेकिन अपने भाई आदित्य से मेरी ज़्यादा नहीं बनती।

क्यों?

अहम सवाल काम का है। मैं चाहता हूं कि वो डीलरशिप के काम में मेरा हाथ बंटाए। लेकिन वो रॉक सिंगर बनना चाहता है। अब आप ही बताइए, मोहम्मद रफ़ी और किशोर कुमार के देश में एक रॉक सिंगर क्या कमाएगा और क्या खाएगा? उसने अपने फ़्लोर पर एक फ़ैंसी स्टूडियो बना रखा है, जहां वो अपना शोर-शराबा करता रहता है। लेकिन मेरा बर्ताव उसके साथ अच्छा ही रहता है। मैं उससे कहता हूं कि वो जिस दिन चाहे, फ़ैमिली बिज़नेस को जॉइन कर सकता है। लेकिन वो ही नहीं चाहता।

और आपकी बहन?

मेरी दो बहनें हैं। गीतू सीएटल, यूएस में अपने अमेरिकन हसबैंड के साथ रहती है। बिंदु अनमैरिड है और हमारे साथ रहती है। गीतू की बेटी अंजली भी मेरे घर में मुफ़्त में रहती है। मेरा मतलब है—ज़ाहिर है—मैं अपनी बहन या भांजी से तो किराया-भाड़ा लेने से रहा। वैसे भी पंजाबी फ़ैमिलीज़ में बहन की देखभाल भाई लोग ही करते हैं।

बिंदु प्राइमरी स्कूल टीचर है। उसको जो सैलेरी मिलती है, उससे तो वो एक ढंग का कमरा भी नहीं ले सकती। लेकिन मैंने ही उससे कहा कि तुम्हारा भाई है तो चिंता करने की क्या ज़रूरत है, हमारे साथ रहो।

आपको क्या लगता है, प्रेरणा के साथ उस दिन क्या हुआ होगा?

यह तो आप लोग पता करने की कोशिश कर रहे हैं ना?

फिर भी, आप अपनी ओर से गेस करके बताइए।
मुझे नहीं पता, इंस्पेक्टर। ये मेरे लिए सदमे जैसा है। भगवान ही जानता है, क्या हुआ था।

'वेल, अभी तक तो भगवान ही जानता है,' सौरभ ने बयान पढ़ने के बाद कहा।

'भगवान, और क़ातिल,' मैंने कहा।

'गुड पॉइंट। आगे पढ़ें?' सौरभ ने कहा।

मैंने सिर हिला दिया।

बयान 3 : नीलम मल्होत्रा (मृतका की मां)

बयानकर्ता : इंस्पेक्टर विजेंदर सिंह

आपका पूरा नाम और उम्र क्या है और आप कहां से हैं?
मेरा नाम नीलम मल्होत्रा है। मैं सैंतालीस साल की हूं। मेरी फ़ैमिली लुधियाना से है। शादी के बाद मैं अपने पति के साथ अमृतसर चली गई। दस साल पहले हम लोग दिल्ली आ गए।

जिस समय यह हुआ, तब आप कहां पर थीं?
मैं किचन में थी। उस दिन करवा चौथ था, लेकिन डायबिटीज़ के कारण मैं व्रत नहीं रख सकती। मैं पूरी फ़ैमिली के लिए डिनर बना रही थी कि तभी मैंने आदि के चिल्लाने की आवाज़ सुनी और बिंदु दौड़ती हुई नीचे गई। मैं उनके पीछे-पीछे चली गई। मैंने देखा कि सड़क पर... प्रेरणा...

किचन में आपके साथ कोई और भी था?
उस समय तो नहीं। डिनर के समय बिंदु अक्सर मेरा हाथ बंटाती है, लेकिन उस दिन वो अपने कमरे में थी। मैंने गोपिका को भी डिनर के लिए प्लेट्स लगाने और फिर अपने कमरे में आराम करने के लिए भेज दिया था।

आपने अपनी मेड को क्यों अपने कमरे में भेज दिया?
क्योंकि वो दिनभर से काम कर रही थी और थकी हुई लग रही थी। आख़िर इंसानियत भी कोई चीज होती है।

क्या आपकी बेटी से किसी की कोई दुश्मनी थी?
प्रेरणा तो सबकी चहेती थी।

फिर भी फ़ैमिली में या बाहर के किसी शख़्स पर आपको शक है?
फ़ैमिली में? आप क्या कह रहे हैं? हमारी बहुत रिस्पेक्टेड फ़ैमिली हैं और घर के लोग आपस में एक-दूसरे के बहुत क्लोज़ हैं। हम सभी साथ बड़े हुए हैं। सभी प्रेरणा को प्यार करते थे। बाहर का मुझे पता नहीं। वो अपने काम या दूसरी चीज़ों के बारे में घर पर ज़्यादा बातें नहीं करती थी।

आपको क्या लगता है, उस दिन क्या हुआ होगा?
मैंने तो उसे कहा ही था कि करवा चौथ का व्रत ना रखे, इससे कमज़ोरी महसूस होगी। वो इस सबकी आदी नहीं है। अगर मुझे कुछ घंटों खाना ना मिले तो मुझे चक्कर आने लगते हैं। उसके साथ भी यही हुआ होगा। उसने पूरे दिन कुछ नहीं खाया था। छत पर वो थाली, छलनी और फ़ोन लेकर खड़ी थी। फ़ोन चलाते समय उसका ध्यान नहीं रहा होगा, पैर फिसला होगा और वो नीचे गिर गई होगी।

आपको लगता है, वह एक एक्सीडेंट था?
और क्या हो सकता है, इंस्पेक्टर साहब?

बयान 4 : आदित्य मल्होत्रा (मृतका के काका)
बयानकर्ता : इंस्पेक्टर विजेंदर सिंह

आपका पूरा नाम और उम्र क्या है और आप कहां से हैं?
मेरा नाम आदित्य मल्होत्रा है। मैं सैंतीस साल का हूं। मेरी पैदाइश अमृतसर में हुई, लेकिन दस साल पहले दिल्ली चला आया। इस बीच मैं गोवा में और एक साल मनाली में भी रहा हूं।

17 अक्टूबर की रात को आप कहां पर थे?
मैं अपने अपार्टमेंट में था, हमारी कोठी के तीसरे फ़्लोर पर। मैं अपने म्यूज़िक के काम में लगा था।

म्यूज़िक का काम यानी?
मैं प्रोफ़ेशन से म्यूज़िशियन हूं। मैं गाता हूं और गाने भी कम्पोज़ करता हूं। मेरे अपार्टमेंट में मेरा अपना एक स्टूडियो है। मैं एक साथ बहुत सारे प्रोजेक्ट्स पर काम करता हूं। एनी-वे, तो मैं स्मोक करने के लिए अपने स्टूडियो से बाहर बालकनी में आया, तो देखा नीचे भीड़ जमा थी। मैं नीचे की ओर भागा और वहां प्रेरणा को सड़क पर पड़ा देखा। मैं भीतर आया, ज़ोर से चिल्लाया और सबसे

बाहर निकलने को कहने लगा।

क्या आप हमेशा घर से ही काम करते हैं?

हां, बशर्ते बाहर मेरा कोई गिग ना हो।

ये गिग क्या होता है?

कहीं पर गाने का कोई काम। मैं कभी-कभी द लीला पैलेस में गिग्स करता हूं।

क्या आपने पिछले कुछ महीनों में प्रेरणा के बर्ताव में कोई बदलाव देखा था?

शायद वो काम को लेकर स्ट्रेस में थी। फिर शादी की तैयारी भी एक एक्स्ट्रा काम ही था। इसके अलावा...

इसके अलावा क्या?

शादी के पहले वो अपना वज़न भी कम करना चाहती थी। वो इसके लिए बहुत कोशिश भी कर रही थी। उसने मुझसे फ़िटनेस टिप्स भी ली थीं। मैंने उसको डाइट और एक्सरसाइज़ से जुड़ी कुछ एडवाइस दी थीं, लेकिन वो उसे कर नहीं सकी। इससे उसका स्ट्रेस और बढ़ गया। आई थिंक, उसने करवा चौथ का व्रत भी इसीलिए रखा, क्योंकि वो फ़ास्ट करना चाहती थी।

क्या आप किसी ऐसे शख़्स को जानते हैं, जो उससे नाराज़ हो? जैसे कि कोई ऐसा इंसान जिससे उसका कोई इशू रहा हो और वो बदले में उसको नुक़सान पहुंचा सकता हो?

ईटो की ग्रोथ को लेकर वो बहुत प्रेशर में थी। वो एक टफ़ और स्ट्रिक्ट बॉस थी। तो हो सकता है, उसके किसी एम्प्लाई के दिल में उसको लेकर ग़ुस्सा हो।

आपको लगता है कोई एम्प्लाई उसको मार सकता है?

ड्यूड—आई एम सॉरी, मेरा मतलब है, इंस्पेक्टर सर, मैंने अपनी लाइफ़ में एक दिन भी किसी ऑफ़िस में काम नहीं किया। मुझे कैसे पता चलेगा?

आपको क्या लगता है, क्या हुआ होगा?

मुझे नहीं पता।

आपकी फ़ैमिली कैसी है?

वॉट डु यू मीन आपकी फ़ैमिली कैसी है? जैसी सबकी फ़ैमिली होती है, वैसी।

हम कोई अलग से नहीं हैं।

यह एक जॉइंट फ़ैमिली है?
हां, लेकिन देश में जॉइंट फ़ैमिलीज़ की कमी नहीं है। वैसे भी हम सबका अपना एक स्पेस है। फ़ैमिली में हमारे बीच बहुत सारा प्यार और इज़्ज़त है।

क्या आपको लगता है फ़ैमिली का कोई शख़्स आपकी भतीजी की मौत के मामले में इनवॉल्व हो सकता है?
इम्पॉसिबल। प्रेरणा तो हमारी बच्ची थी।

आपके भाई से आपकी रिलेशनशिप कैसी है?
इससे इस केस का क्या लेना-देना है?

आपने अभी कहा कि फ़ैमिली में बहुत प्यार और रिस्पेक्ट है, लेकिन हमारा समझना यह है कि आपके और आपके भाई के बीच अच्छे संबंध नहीं हैं।
(थोड़ा रुककर) भैया इस बात को नहीं समझते कि पैशन और अपने दिल की आवाज़ सुनने का क्या मतलब होता है। उनको लगता है कि मैं जब तक शोरूम में नहीं बैठूंगा, तब तक अच्छा आदमी नहीं बन पाऊंगा। भैया सबकी मदद करते हैं, लेकिन मेरे कॅरियर में कभी मदद नहीं करेंगे... ख़ैर, मैं फिर पूछता हूं इससे इस केस का क्या संबंध है?

हम बस बात कर रहे हैं, मिस्टर आदित्य। प्लीज़, परेशान मत होइए। तो क्या हम यह कह सकते हैं कि आप अपने भाई से नाराज़ हैं?
कैसी नाराज़गी?

यही कि आपके भाई इतने क़ामयाब हैं। आपकी भतीजी भी लाइफ़ में इतना अचीव कर रही थी। वो फ़ैमिली की स्टार थी, आपके भाई की आंख का तारा थी... तब आप सोचते हैं कि...
मैं क्या सोचता हूं? आपका दिमाग़ तो सही है इंस्पेक्टर? आपने मुझसे कहा कि हम केवल बात कर कर रहे हैं और अब आप मुझे इस तरह ज़लील कर रहे हैं।

मैं ऐसा कुछ नहीं कर रहा हूं।
प्लीज़, क्या मैं यह बयान देने से यहीं पर मना कर सकता हूं? मैं आपसे और बात नहीं करना चाहता।

बयान 5 : बिंदिया मल्होत्रा (मृतका की बुआ)
बयानकर्ता : इंस्पेक्टर विजेंदर सिंह

आपका पूरा नाम और उम्र क्या है और आप कहां से हैं?
मेरा नाम बिंदिया मल्होत्रा है। मैं बयालीस साल की हूं। मैं दिल्ली में रहती हैं, लेकिन ओरिजनली अमृतसर से हूं। सभी मुझे बिंदु कहते हैं।

17 अक्टूबर को आप क्या कर रही थीं?
मैं अपने स्टूडेंट्स के यूनिट टेस्ट पेपर्स जांच रही थी। मैं महारानी बाग़ के नई दिल्ली म्युनिसिपल कॉर्पोरेशन स्कूल में प्राइमरी टीचर हूं। मैंने आदि को चीख़ते हुए सुना। वो हम सबसे बाहर जाने को बोल रहे थे। मैं बाहर गई और देखा कि... मेरी लिटिल गर्ल... हमारी फ़ैमिली की लिटिल गर्ल...

बिंदिया मैडम, अपने आपको संभालने के लिए, आपको अगर थोड़ा समय चाहिए तो हम बाद में आपसे सवाल पूछ लेंगे।
नहीं, नहीं, आख़िर मैं कितना रोऊंगी? इसका फ़ायदा भी क्या है? वो तो अब चली गई। आपको जो पूछना हो पूछिए।

सबसे बढ़कर तो हम यही पता करने की कोशिश कर रहे हैं कि क्या प्रेरणा का किसी से कोई झगड़ा या मनमुटाव था।
मुझे तो ख़याल नहीं आता। वो हमेशा काम करती रहती थी। मैंने उससे कहा भी कि इतना काम करना ठीक नहीं, अपना ख़याल रखना भी ज़रूरी है, पर वो सुनती ही नहीं थी। प्लस, शादी से पहले वो इतनी डायटिंग भी कर रही थी। शायद उस दिन वो अच्छा महसूस नहीं कर रही होगी।

आपको लगता है वो एक एक्सीडेंट था?
इसके सिवा और क्या हो सकता है? एक लिटिल गर्ल को कौन नुक़सान पहुंचाना चाहेगा?

बिंदिया मैडम, आपकी शादी नहीं हुई?
नहीं।

क्या मैं पूछ सकता हूं, ऐसा क्यों?
मुझे कोई मिला ही नहीं। जब मैं स्कूल में थी, तब मैं किसी के साथ रिलेशनशिप में थी। लेकिन मेरा दिल टूट गया। कई सालों तक मैं किसी भी लड़के से रिश्ते

के लिए मिलने से इनकार करती रही। मैं किसी पर भरोसा नहीं कर पा रही थी। इसी में समय निकल गया।

क्या आपको इस बात का अफ़सोस होता है?
कभी-कभी, पर ज़्यादा नहीं। लोग शादी इसलिए करते हैं ताकि अपना घर-परिवार बना सकें। मेरे पास तो पहले ही इतनी अच्छी फ़ैमिली है। वैसे आप ये सब क्यों पूछ रहे हैं?

प्रेरणा की शादी होने वाली थी।
हां तो? इसका क्या कनेक्शन है?

घर में इतना सेलिब्रेशन हो रहा था, वो इतनी ख़ुश थी, क्या आपको इससे जलन महसूस हुई?
क्या?

जलन यानी ईर्ष्या। उसके पास वह था, जो आपके पास कभी नहीं हो पाया था। क्या आपको करवा चौथ पर तकलीफ़ होती थी कि दूसरी औरतें दुल्हन की तरह तैयार होकर अपने पतियों के लिए व्रत रख रही हैं और आप वैसा नहीं कर पा रही हैं?
हां, करवा चौथ के दिन मुझे अपने भीतर ख़ालीपन का अहसास तो होता है। लेकिन मैं प्रेरणा के लिए बहुत ख़ुश थी। वो मेरी बेटी जैसी थी। जलन का तो सवाल ही नहीं उठता।

आर यू श्योर?
आप कहना क्या चाहते हैं?

कुछ नहीं। आप और कुछ कहना चाहेंगी?
यही कि आप अपनी नौकरी कर रहे हैं, ये ठीक है, लेकिन हमारे दुख को लेकर इतने इनसेंसेटिव मत बनिए।

बयान 6 : अंजली डेविस (मृतका की कज़िन)
बयानकर्ता : इंस्पेक्टर विजेंदर सिंह

आपका पूरा नाम और उम्र क्या है और आप कहां से हैं?
मेरा नाम अंजली डेविस है। मैं सीएटल, यूएस से हूं। अभी मैं दिल्ली में अपने

अंकल के यहां रहती हूं। मैं छब्बीस साल की हूं।

आपका सरनेम थोड़ा अजीब लगता है।
मेरे पापा, यानी मेरे स्टेपफ़ादर अमेरिकन हैं। ये उन्हीं का सरनेम है।

आपके पापा का क्या हुआ?
जब मैं तीन साल की थी, तब मेरे पैरेंट्स का डाइवोर्स हो गया था। फिर मेरी मदर ने ग्रेग डेविस से शादी कर ली और मैं उनको ही अपना पापा मानती हूं।

17 अक्टूबर की रात को आप कहां थीं और क्या कर रही थीं?
मैंने एवरेस्ट बेस कैम्प पर एक ट्रेकिंग ट्रिप के बाद दिल्ली में लैंड किया ही था। मैंने काठमांडू से कोलकाता तक की फ़्लाइट ली और फिर वहां से दिल्ली आई। दिल्ली एयरपोर्ट से मैंने उबर कैब ली। जब मैं घर पहुंची तो देखा कि वहां बहुत भीड़ जमा है। कार्पेट पर प्रेरणा दीदी की बॉडी सफ़ेद लादर में लिपटी हुई थी।

आपने उबर कैब किस समय ली और आप घर कब पहुंचीं?
ये लीजिए, मेरा फ़ोन चेक कर लीजिए (इंवेस्टिगेटिंग ऑफिसर को फ़ोन हैंड-ओवर कर दिया गया)

इंस्पेक्टर सिंह की टिप्पणी :
मिस अंजली डेविस के फ़ोन की जांच की गई। उबर एप्प हिस्ट्री में राइड के डिटेल्स थे। एक मारुति स्विफ़्ट डिज़ायर कैब बुक की गई थी। उसे करतार सिंह चला रहे थे, जिनकी ड्राइवर रेटिंग 4.6 स्टार्स थी। राइड 6 बजकर 51 मिनट पर इंदिरा गांधी इंटरनेशनल एयरपोर्ट टर्मिनल वन से शुरू हुई। उबर टैक्सी ने रिंग रोड का रास्ता पकड़ा और 8 बजकर 07 मिनट पर ए-956, न्यू फ्रेंड्स कॉलोनी पहुंची। टैक्सी भाड़े के रूप में 458 रुपए चुकाए गए। 21.3 किलोमीटर की यात्रा की गई। इसके बाद बयान देने वाले व्यक्ति को फ़ोन लौटा दिया गया।

अंजली मैडम, प्रेरणा के मंगेतर मिस्टर सौरभ के मुताबिक वो 7 बजकर 50 मिनट पर छत पर पहुंचे, लेकिन वो उस समय वहां नहीं थी। क्या यह सच है?
मैं इस सवाल का जवाब कैसे दे सकती हूं? मैं तो उस समय कैब में थी।

क्या आप कह रही हैं कि मिस्टर सौरभ सच नहीं बोल रहे?
मैं केवल इतना ही कह रही हूं कि मैं इसे कन्फ़र्म नहीं कर सकती। लेकिन अगर

उन्होंने ऐसा कहा है तो उनकी बात पर भरोसा किया जाना चाहिए।

क्या आपको मिस्टर सौरभ माहेश्वरी पर शक़ है?
नहीं। वो प्रेरणा से बहुत प्यार करते थे और शादी को लेकर बहुत एक्साइटेड थे।

और दूसरे फ़ैमिली मेम्बर्स?
उनके बारे में क्या?

प्रेरणा के साथ फ़ैमिली मेम्बर्स की रिलेशनशिप को आप कैसे डिस्क्राइब करेंगी?
अगर आप उनसे पूछें तो वो यही कहेंगे कि वो एक लविंग जॉइंट फ़ैमिली है, जिसमें सब एक-दूसरे की इज़्ज़त करते हैं।

क्या यह सच है?
नहीं, मेरे ओपिनियन में तो नहीं। इस फ़ैमिली की वही हालत है, जो दूसरी फ़ैमिलीज़ की होती है।

आप ऐसा क्यों कह रही हैं?
दोनों भाई, यानी मेरे अंकल्स, एक-दूसरे से नफ़रत करते हैं। मेरी ग्रैंडमदर का दिमाग़ चल निकला है। शायद उनको डिमेंशिया हो गया है, लेकिन किसी को परवाह नहीं है। रमेश अंकल का बिज़नेस ठीक से नहीं चल रहा है। आदित्य मामू का कोई जॉब या सोर्स ऑफ़ इनकम नहीं है। नीलम आंटी और प्रेरणा के बीच लगातार बहस होती रहती थी। नीलम आंटी की नज़र में कपड़े पहनने से लेकर काम करने तक प्रेरणा कुछ भी ठीक से नहीं कर सकती थी। मेरी मदर विदेश में हैं और पूरी फ़ैमिली ने उन्हें इग्नोर कर रखा है। अब तो मेरे स्टेपफ़ादर भी उनके साथ नहीं रहना चाहते। इन फ़ैक्ट, मैंने जानबूझकर अपने आपको इस फ़ैमिली में इनवॉल्व कर लिया है ताकि मुझे कहीं तो कोई फ़ैमिली जैसी चीज़ दिखाई दे।

ये तो आप सबसे एकदम उल्टी ही कहानी सुना रही हैं।
यही तो बात है। दुनिया की नज़रों में ये लोग एक परफ़ेक्ट पंजाबी खानदान की तरह बिहैव करना चाहते हैं। लेकिन यहां पर कुछ भी ठीक नहीं है। वैसे भी किस फ़ैमिली में सब कुछ ठीक होता है?

आपने मिस बिंदिया के बारे में कुछ नहीं कहा?
वेल, वो नाइस हैं। बट ऑफ़कोर्स, उनकी अपनी प्रॉब्लम्स हैं। बहुत-सी चीज़ें

हैं, जिनका उनको सामना करना पड़ता है। लेकिन इस बारे में बात करने का क्या मतलब?

किस तरह की प्रॉब्लम्स?

मैंने कहा था, इस बारे में बात करने का कोई मतलब नहीं। फ़ैमिली के टंटे हैं। प्रेरणा की मौत से इस सबको कोई सरोकार नहीं। वैसे भी आप हमारे घरेलू मामलों को लेकर इतने क्यूरियस क्यों हो रहे हैं?

ऐसा कुछ नहीं है। मैं तो जानना चाह रहा था कि आख़िर हुआ क्या था। वो लोग कह रहे हैं कि यह एक एक्सीडेंट है।

यह एक्सीडेंट नहीं है। बहुत साफ़-साफ़ तौर पर यह एक्सीडेंट नहीं है।

आप ऐसा क्यों कहती हैं?

क्योंकि प्रेरणा कोई स्टूपिड लड़की नहीं थी कि छत से ऐसे ही नीचे गिर जाए। वो बिलकुल ठीक थी। वैसे भी पड़ोस वाली मिसेज़ गोयल ने मुझे बताया था कि उस शाम उन्होंने हमारी छत पर चीख़-पुकार और बहस की आवाज़ें सुनी थीं।

रियली? ये मिसेज़ गोयल कौन हैं?

ए-959: ये उनके घर का पता है। उनके घर की ऊंचाई हमारे जितनी ही है और बीच के सभी घर छोटे हैं। कल जब मैं बाज़ार जा रही थी, तब उन्होंने मुझे ये बताया।

तब तो हम उनसे ज़रूर बात करेंगे।

थैंक यू। क्या आपने फ़ैमिली में सब लोगों से बात कर ली है?

हां, तक़रीबन सभी से। बस आपकी दादी मां बची हैं।

ओह, तब तो आपको गुडलक।

बयान 7 : निर्मला मल्होत्रा (मृतका की दादी)
बयानकर्ता : इंस्पेक्टर विजेंदर सिंह

प्रणाम। अगर मैं आपसे कुछ पूछूं तो चलेगा?

नहीं चलेगा तो नहीं, पर तुमको पूछना ही है तो पूछो।

ये बस एक रिक्वेस्ट है, हम आपको फ़ोर्स नहीं कर सकते। वैसे भी ये आपकी पोती के लिए है। बस कुछ सवाल?

अब आप मेरी पोती के लिए क्या कर सकते हैं? वो तो चली गई। हुण की? (अब क्या?)

हम ये जानना चाह रहे हैं कि उसके साथ ये किसने किया।

कोई भला क्या कर सकता है? जब किसी के जाने का टाइम हो जाता है तो उसको जाना पड़ता है। ये उसकी क़िस्मत थी।

सच बात है, लेकिन हमें ये मालूम करना है कि ये किसने किया था।

ओ आया सी (वो वहां पर था)।

कौन वहां पर था, निर्मला जी?

जिसने ये किया, वो वहीं पर था। मेरे घर में।

आपके घर में? कौन था आपके घर में?

मुझे क्या मालूम? अंधेरा था। मैं सो रही थी और मेरी नींद खुली ही थी। मैंने चश्मा भी नहीं लगा रखा था। पर मुझे पता है कि वो वहां पर था।

ये तो बहुत सीरियस मसला है। क्या आप यह कहना चाह रही हैं कि जिस इंसान ने प्रेरणा मल्होत्रा को मारा, वो आपके घर में ही था?

मैंने तो ये पहले ही बता दिया। क्या आप बहरे हैं जो सुन नहीं सके थे?

क्या आपकी उस इंसान से बात हुई? वो आदमी था या औरत?

दिखने में तो आदमी ही लगता था। ओ आया सी। जब मैं उस पर चीखी तो उसने कोई जवाब नहीं दिया। बस कमरे से बाहर उड़ गया।

उड़ गया? निर्मला जी, मैं सीरियस बात कर रहा हूं।

तो मैं क्या चुटकुले सुना रही हूं?

आप कह रही हैं कि क़ातिल उड़ गया?

तो?

कुछ नहीं। क्या मैं कुछ जनरल सवाल पूछ सकता हूं? जैसे कि आपका नाम और उम्र क्या है और आप कहां की रहने वाली हैं?

तुम मुझे इतनी देर से निर्मला जी बोल रहे हो तो नाम तो तुमको मालूम है ही। मेरी उम्र जानकर क्या कर लोगे? वो तो मुझे ही नहीं पता। मेरे पिता कहते थे कि मैं आज़ादी से पहले जन्मी थी। लाहौर में। बंटवारे के बाद हम अमृतसर चले आए।

और उसके बाद यहां। क्यों? तुमको मेरा बायोडाटा क्यों चाहिए?

ऐसा कुछ नहीं है, निर्मला जी, हम केवल रूटीन क्वेरी कर रहे हैं। फ़ैमिली में सब लोगों के आपसी ताल्लुक़ कैसे हैं?

ये मुझे क्या पता? मुझे कोई कुछ बताता है क्या? सभी अपने मन की करते हैं। ये प्रेरणा ही आधी रात को घर आती थी। कहती थी कि काम से आ रही हूं। आधी रात को लड़कियां कौन-सा काम करती हैं? और ये गीतू की लड़की को देखो। वो मेरे पास वाले कमरे में रहती है। अंडरवियर जैसी छोटी-छोटी चड्डियां पहने घर में घूमती रहती है। रमेश और आदित्य दोनों ने ही इन लड़कियों पर सख़्ती नहीं की है। नीलम को ले लो। उसने अपनी लड़की को खिला-खिलाकर भैंस बना दिया। पूरे घर में एक बिंदु ही है, जो मेरी परवाह करती है। नहीं तो मैं तो अभी तक मर चुकी होती।

आप ऐसा क्यों कह रही हैं?

आस-पड़ोस वाले सभी हमसे जलते हैं। हमारी कोठी सबसे ऊंची है। जो अमृतसर में हमको जानते हैं, वो भी हमसे जलते हैं। दूसरों को क़ामयाब होता देखकर कौन सुखी होता है? वो सभी मुझको नुक़सान पहुंचाना चाहते हैं।

वो सभी कौन? और परिवार के लोगों के बारे में क्या?

मैं जिनको जानती थी, उन सबके बारे में बता दिया। घर में मुझको नीलम पर भरोसा नहीं। इन बहुओं के बारे में आप कुछ नहीं कह सकते। मैं उसके हाथ का पकाया खाना तभी खाती हूं, जब वो ख़ुद पहले उसे चखकर दिखा दे।

आपकी बहू आपका बुरा चाहती है?

ये कैसा बेवक़ूफ़ी भरा सवाल है। हर बहू अपनी सास का बुरा चाहती है।

माफ़ कीजिए, लेकिन क्या आपके पास इस बात के कोई ज़ाहिर कारण हैं कि नीलम मल्होत्रा आपको चोट पहुंचाना चाहती है?

वो हर रात को आती है।

कहां?

मेरे सपनों में। एक दिन वो मुझे नींद में आकर बोलेगी कि मैं सांस लेना बंद कर दूं। तब मैं क्या करूंगी?

टिप्पणी: *निर्मला की मानसिक हालत के मद्देनज़र पुलिस अधिकारी ने इस*

बयान को यहीं पर रोक दिया। इसी के साथ अभी तक लिए गए सभी बयान पूरे हो गए हैं।

❖

'हो गए पूरे,' मैंने काग़ज़ों को फ़ाइल में रखते हुए कहा।

'डिनर पर इस बारे में बात करें?' सौरभ ने घड़ी देखते हुए कहा। 'आठ बज गए। देर से खाना मुझे सूट नहीं करता। हल्दीराम चलें?'

मैंने उसे देखा और अपना सिर हिला दिया।

'क्या? मुझे एसिडिटी हो जाती है। और हां, इसी से याद आया, मुझे पेट की दवाई भी लेनी है। इसलिए हमें रास्ते में केमिस्ट के यहां भी जाना होगा।'

अध्याय 16

'दो छोटे-भटूरे प्लीज़, और एक प्लेन लस्सी,' सौरभ ने कैशियर काउंटर पर कहा।

'लेकिन मुझे कुछ नहीं खाना है,' मैंने कहा।

'पता है। ये सब मेरे लिए है,' सौरभ ने कहा।

हम मालवीय नगर के सी ब्लॉक ओल्ड मार्केट में हल्दीराम वाले के यहां आए थे। यहां के स्वादिष्ट कम्फ़र्ट फ़ूड के कारण यह दुकान बहुत चलती है। हल्दीराम भारतीयों को ठीक उसी तरह समझता है, जैसे मैक्डॉनल्ड्स अमेरिकियों को समझता है। लेकिन इस जैसी जगह पर होने का एक नुक़सान यह भी था कि यहां बहुत शोरगुल था। हमें चिल्ला-चिल्लाकर बात करनी पड़ रही थी।

'नाइस प्लेस, है ना?' सौरभ ने कहा। उसने भटूरे का एक टुकड़ा तोड़ते हुए कहा, जिससे उसमें भरी हवा निकल गई।

'तुम्हें खाना मिल गया, तुम ख़ुश,' मैंने कहा।

'ख़ुश? तुम मज़ाक़ कर रहे हो? मैं बस कोशिश कर रहा हूं कि बहुत बुरा नहीं महसूस करूं, क्योंकि मेरी ज़िंदगी तो पहले ही ख़त्म हो चुकी है।'

'गोलू, तुम्हारी ज़िंदगी अभी ख़त्म नहीं हुई है। तुम अभी यहां हो, मेरे साथ। प्लीज़, ऐसी बातें मत कहो।'

'प्रेरणा को यह जगह बहुत पसंद थी,' सौरभ ने कहा और उसकी आंखें गीली हो गईं। लेकिन मैं तय नहीं कर पा रहा था कि ये दुख के कारण आए आंसू हैं या छोले में पड़ी हरी मिर्च के कारण।

मैंने विषय बदल दिया।

'पुलिस ने केवल घर के लोगों के बयान लिए हैं, बाहर वालों के नहीं।'

'जैसे कि?' सौरभ ने एक छोटी-सी डकार को छुपाने के लिए हाथ से मुंह ढंकते हुए कहा।

'जैसे बिज़नेस पार्टनर नम्रता। और वो एक्स बॉयफ्रेंड नीरज। उन लोगों से हमें ख़ुद बात करनी चाहिए।'

'श्योर। शक़ के दायरे में आए लोगों की लिस्ट बहुत लम्बी है ना?'

'घर में सात लोग हैं—रमेश, नीलम, अजय, आदित्य, बिंदु, मांजी और अंजली।'

'और इसके लिए नौकरानी गोपिका और ड्राइवर अनवर। इसमें नम्रता और नीरज को भी जोड़ लो।'

'यानी ग्यारह लोग? ये तो बहुत ज़्यादा हैं। हमें इस लिस्ट को छांटना होगा,' मैंने कहा।

हमसे दो टेबल छोड़कर बैठी एक भरी-पूरी सरदार फ़ैमिली हैप्पी बर्थडे गाने लगी—'हैप्पी बड्डे टु यू, हैप्पी बड्डे डियर गूगल...'

मैं सोचने लगा कि ग्लोबल सर्च इंजिन के इतने फ़ैन कब से हो गए कि लोग बुधवार की रात को घर से बाहर आकर उसकी एनिवर्सिरी सेलिब्रेट कर रहे हैं। फिर मैंने एक क्यूट सरदार किड को एक केक पर पांच मोमबत्तियां बुझाते देखा। मैं समझ गया कि गूगल उसी का निकनेम होगा। 'हम यहां बात नहीं कर सकते, यहां बहुत शोर है,' मैंने कहा।

'ठीक है, घर चलते हैं,' सौरभ ने कहा और उठ गया। बस रास्ते में कैमिस्ट के यहां रुकना होगा। मेरे पेट के लिए क़ायम चूर्ण, पुदीन हरा और ईनो लेना है।

'तुम्हारे तीन पेट हैं? तीन दवाइयां क्यों ले रहे हो?'

'तीनों दवाइयों का अपना अलग फ़ंक्शन है, मैं रास्ते में बताऊंगा। चलो।'

❖

रात के दो बज रहे थे। बयानों में हमें जो कुछ याद आ रहा था हमने याद किया और नोट्स बना लिए। हम लिविंग रूम के फ़र्श पर बैठे थे, हमारे आसपास काग़ज़ बिखरे थे और हमारे लैपटॉप भी वहीं रखे थे। मैंने कन्वेक्शन हीटर चालू कर दिया था।

सौरभ ने बहुत देर तक सोचने के बाद कहा—'हमें कुछ लोगों को इस लिस्ट से बाहर करना होगा। पैरेंट्स को निकाल देते हैं। वो लोग ऐसा नहीं कर सकते।'

'कर तो सकते हैं पर बहुत रेयर मौक़ों पर। जैसे कि ऑनर किलिंग के केस में।'

'ऑनर किलिंग क्या? उनको तो मुझे अपने दामाद के रूप में पाकर गर्व

हुआ था। वो तो मेरी सगाई पर गाड़ी भी दे रहे थे।'

'जिसे तुमने लेने से इनकार कर दिया। आई एम प्राउड ऑफ़ यू,' मैंने कहा।

'वॉटेवर। तो ऑनर किलिंग का तो मामला नहीं है। रमेश और नीलम मल्होत्रा के नाम काट देते हैं।'

'हां, फ़िलहाल के लिए तो,' मैंने कहा।

सौरभ ने मेरी तरफ़ देखा और दोनों के नाम काट दिए।

'गोपिका तो यह कर नहीं सकती। उसे तुमने देखा है कितनी मरियल है? चार फुटिया। चालीस किलो से ज़्यादा वज़न नहीं होगा। वो क्या खाकर प्रेरणा को धक्का देकर गिराएगी?' मैंने कहा।

'क्या तुम फिर से प्रेरणा को मोटी कह रहे हो, भाई?'

'तुम ये सब बंद करोगे? मैं सीरियस हूं।'

सौरभ ने गोपिका का नाम भी काट दिया।

'ड्राइवर यह कर सकता है, मैं अनवर का नाम नहीं हटा रहा हूं,' सौरभ ने कहा।

'नम्रता?'

'वो इतनी नपी-तुली औरत है, वो कैसे करेगी? लेकिन हमने अभी तक उससे बात नहीं की है, इसलिए उसका नाम रहने देते हैं,' सौरभ ने कहा।

'और नीरज?'

'उसका नाम तो डेफ़िनेटली रखना होगा। उसे जल्द ही मिलना भी होगा। नीरज अरोड़ा, बास्टर्ड।'

'ईज़ी, गोलू। लिस्ट पर फ़ोकस करो। मांजी का नाम?'

'हां, उनका नाम भी हटाना चाहिए, अलबत्ता सबसे ज़्यादा साइको तो वही लगती हैं।'

'लेकिन वो किसी के साथ हाथापाई नहीं कर सकतीं।'

मैंने निर्मला मल्होत्रा का नाम भी काट दिया।

'अंजली? वो तो वारदात के टाइम घर पर ही नहीं थी। पुलिस ने उसका फ़ोन चेक करके कन्फ़र्म कर दिया है,' सौरभ ने कहा।

'ठीक है, उसका नाम भी काट दो। बिंदु?'

'भाई, वो प्रेरणा को बहुत प्यार करती थी। इन फ़ैक्ट, पूरे घर में प्रेरणा को सबसे ज़्यादा प्यार वो ही करती थीं।'

'तुम ऐसा क्यों कह रहे हो?'

'वो ही रोज़ उसका टिफ़िन पैक करती थीं। दिन में दो बार फ़ोन करके पूछती थीं कि खाया या नहीं। जब मांजी या नीलम आंटी कुछ कह देते थे तो वो ही प्रेरणा को डिफ़ेंड करती थीं। नो वे, भाई, बिंदु बुआ नहीं हो सकतीं।'

'ठीक है,' मैंने कहा।

'वैसे भी बिंदु बुआ दुबली-पतली, कमज़ोर हैं।'

मैंने कोई जवाब नहीं दिया।

सौरभ ने बिंदु का नाम लिस्ट से हटा दिया।

'हम बहुत सारे लोगों का नाम बहुत जल्दी में हटा रहे हैं,' मैंने कहा।

'अभी केवल ज़रूरी नामों पर फ़ोकस करते हैं। बाद में ज़रूरत पड़ने पर देख लेंगे।'

'फ़ाइन। इसमें आख़िरी नाम आदित्य का है। मैं उसका नाम नहीं हटा रहा हूं,' मैंने कहा।

रात के तीन बज चुके थे।

'तो अब कितने नाम बचे?' मैंने कहा।

'इस राउंड में हम ग्यारह से चार पर आ गए हैं। अनवर, नम्रता, नीरज और आदित्य चाचू।'

'ठीक है। इन सभी से बात करते हैं,' मैंने कहा।

नींद के मारे मेरी आंखें बोझिल हो गई थीं।

'सॉरी भाई, मेरे काम की वजह से तुमको जागना पड़ रहा है,' सौरभ ने काग़ज़ सहेजते हुए कहा।

'तुम्हारा नहीं, हमारा काम।'

सौरभ मुस्करा दिया।

'काम से याद आया। कल सुबह ऑफ़िस में प्रेज़ेंटेशन भी है।'

'भाड़ में गया ऑफ़िस,' मैंने कहा और नींद से मेरी आंखें मुंद गईं।

अध्याय 17

'और ये है, लेडीज़ एंड जेंटलमेन, साइबरसेफ़ का पेटेंटेड ट्रिपल लेयर्ड सेफ़्टी प्रोटोकॉल सिस्टम, जिसे हम आपके बैंक में इम्प्लीमेंट करने का प्लान कर रहे हैं। आज मार्केट में इससे सिक्योर और कोई सेफ़्टी सॉल्यूशन नहीं है,' मैंने अपना प्रेज़ेंटेशन ख़त्म करते हुए कहा। आठ लोगों का ग्रुप मेरे सामने बिना कोई प्रतिक्रिया दिए बैठा रहा। तालियों की गड़गड़ाहट तो दूर, अगर उनमें से कोई हल्की-सी हामी भी भर देता, या इंट्रेस्टिंग और ओके जैसा एक शब्द का कमेंट भी कर देता, तो भी मैं ख़ुश हो जाता। लेकिन ऐसा कुछ नहीं हुआ। कॉर्पोरेट में काम करने वालों का ख़ून पूरे का पूरा चूस लिया जाता है। उनमें जोशोख़रोश से रिएक्ट करने की भी ताक़त नहीं बचती। वो केवल चुपचाप सांस लेते रहते हैं, जैसे अपने अंतिम संस्कार का रास्ता देख रहे हों।

'मैंने अपना प्रेज़ेंटेशन फ़िनिश कर दिया है, गाईज़,' मैंने उन आठ मुर्दों को जगाने की कोशिश करते हुए कहा।

क्लाइंट ग्रुप में सबसे बुज़ुर्ग आदमी, जिनका नाम मिस्टर नंदी था और जो फ्रेंच कट दाढ़ी रखते थे, ने आख़िरकार चुप्पी तोड़ी—

'ये सब तो ठीक है, पर इस पैकेज में ख़र्चा कितना आएगा?'

'इसका जवाब मेरे कलीग देंगे, जो इसकी बजटिंग कर रहे थे,' मैंने कहा।

मैं सौरभ की ओर मुड़ा, जो अपने फ़ोन में बिज़ी था।

'सौरभ?' मैंने कहा। लेकिन वो दोनों हाथों से मैसेज लिखता रहा।

'सौरभ?' हमारे बॉस जैकब ने कहा, जो सौरभ के पास बैठे थे।

'प्रजेंट सर,' सौरभ बोला, जैसे कि वो किसी क्लास में बैठा हो। उसने फ़ोन से सिर उठाया।

'क्लाइंट जानना चाहते हैं कि इसका एन्युअल मेंटेनेंस बजट कितना होगा,' जैकब ने कहा।

'जी, जी, सर,' सौरभ ने कहा। 'वन सैकंड।' उसने अपना लैपटॉप खोल लिया।

'सॉरी सर, आपका सवाल क्या था?'

❖

'तुम कर क्या रहे थे?' मैंने सौरभ से कहा।

हम एक शेयर्ड उबर टैक्सी में थे। हम अभी-अभी साइबरहब गुड़गांव स्थित अपने ऑफ़िस से निकले थे और अब साउथ एक्सटेंशन में पोर्शे शोरूम की तरफ़ जा रहे थे। कार में हमारे सिवा और कोई राइडर नहीं था।

'नम्रता से मीटिंग फ़िक्स कर रहा था, और नीरज अरोड़ा का पता लगाने की कोशिश कर रहा था।'

'क्लाइंट प्रेज़ेंटेशन के बीच में?'

'मुझे इसकी परवाह नहीं। मैं इस केस को लेकर ऑब्सेस्ड हो गया हूं। मुझे हर हाल में यह मालूम करना है कि प्रेरणा के साथ यह किसने किया। एनी-वे, इस शुक्रवार को हम नम्रता से मिल रहे हैं।'

'तुमने उसे मिलने का कारण क्या बताया?'

'मैंने उसे कहा कि मैं बहुत डिस्टर्ब्ड हूं और प्रेरणा को अच्छी तरह जानने वाले लोगों से बात करना चाहता हूं।'

मैंने सौरभ की ओर देखकर कहा—'और वो मान गई? ये सुनने में बड़ी अजीब वजह मालूम होती है।'

'मैं और क्या कहता? मैं यह तो कह नहीं सकता था कि हम प्रेरणा मर्डर केस की जांच कर रहे हैं। ना ही यह कह सकता था कि चलो हैंग आउट करते हैं।'

'क्या तुमने उसको यह नहीं कहा कि हम साइबरसेफ़ को पिच करना चाहते हैं?'

'इस बात पर भरोसा करना तो और मुश्किल होता। मेरी मंगेतर और उसकी को-फ़ाउंडर की मौत अभी दो सप्ताह पहले हुई है और मैं कहता कि मैं उसे बिज़नेस पिच करना चाहता हूं? नहीं, मुझे उसको कोई इमोशनल रीज़न देना था।'

ड्राइवर ने सड़क के किनारे गाड़ी रोक दी। कोई बीसेक साल की एक लड़की टैक्सी में आई। वह फ्रंट में बैठ गई, लेकिन कपड़ों से भरे उसके तीन शॉपिंग बैग उसमें फ़िट नहीं हो रहे थे।

'आई एम सॉरी, क्या मैं इन्हें पीछे रख सकती हूं?' उसने कहा।

'श्योर,' मैंने कहा और मुस्करा दिया।

'थैंक्स। बाय द वे, मैं रुचि हूं,' उसने अपने माथे पर झुक आई बालों की लट को पीछे करते हुए कहा।

'पता है,' मैंने कहा और ड्राइवर के फ़ोन पर उबर एप्प की ओर इशारा कर दिया, जहां राइडर्स का नाम दिखलाई देता था।

'ओह,' उसने कहा और हंस दी। 'गुड टु मीट यू।'

'केशव,' मैंने कहा और हाथ आगे बढ़ा दिया। 'बिग शॉपिंग डे?'

पिछले एक साल में मैंने लड़कियों से बातें करने के मैथॅड में महारत हासिल कर ली थी। कूल खेलो, थोड़ा-सा इंट्रेस्ट दिखाओ लेकिन उतावले मत नज़र आओ, और जल्दी से जल्दी एक डेट की जुगाड़ करो।

'यस,' उसने कहा। 'मैं जल्द ही दोस्तों के साथ हॉलिडे पर गोवा जा रही हूं, और मेरे पास कोई कपड़े नहीं थे।'

'या शायद, आपको नए कपड़े ख़रीदने के लिए एक एक्सक्यूज़ की तलाश थी,' मैंने मुस्कराते हुए कहा।

'टु। लेकिन हम लड़कियों को कपड़े ख़रीदने के लिए किसी एक्सक्यूज़ की भी ज़रूरत नहीं होती है,' उसने हंसते हुए कहा। मैंने नोटिस किया कि उसकी नाक बहुत क्यूट थी।

सौरभ ने मुझको एक डर्टी लुक दी। ज़ाहिर है, हम अपनी बातचीत से रास्ता भटक गए थे। लेकिन अव्वल तो उसने एक शेयर्ड कैब बुक की थी, क्योंकि वो पैसे बचाना चाहता था और दूसरे मैं स्कोर करने का कोई भी मौक़ा क्यों छोड़ूं?

हमारी कैब रमेश के पोर्शे शोरूम पहुंची और बाहर जाकर रुक गई।

'तुम भी यहां शॉपिंग करने आए हो?' रुचि ने लग्ज़री कार शोरूम को देखकर कहा।

'हम लड़कों को कार ख़रीदने के लिए किसी एक्सक्यूज़ की ज़रूरत नहीं होती,' मैंने कहा और आंख मारी। एक पल को तो उसे इस पर यक़ीन हो गया। शायद वो यह सोच नहीं पाई थी कि पोर्शे ख़रीदने वाला भला एक शेयर्ड वैगन-आर टैक्सी में क्यों आएगा? हम दोनों एक-दूसरे को देखकर मुस्करा दिए। मैंने अपने फ़ोन की ओर इशारा किया, यह देखने के लिए कि क्या वो नम्बर एक्सचेंज करना चाहेगी।

लेकिन ड्राइवर जल्दी में लग रहा था, इसलिए सौरभ के बाहर निकलते

ही वो कार चलाने लगा।

'रुचिवांडरर ऑन इंस्टा,' उसने कहा और गाड़ी ने स्पीड पकड़ ली।

'ग़लत बात है, बहुत ग़लत बात है,' सौरभ ने कहा। हम शोरूम की तरफ़ चल रहे थे।

'क्या ग़लत है?'

'भाई, वो अभी यंग है, कॉलेज में ही होगी।'

'लड़की एडल्ट होनी चाहिए, उम्र से फ़र्क़ नहीं पड़ता।'

'और मैं जानता हूं कि तुम सीरियस नहीं हो। ये तुम्हारा एक और फ़्लिंग होगा।'

'हुक-अप, यस। वो कौन-सी सीरियस लग रही है, गोलू। जस्ट टाइमपास।'

'तुम्हें क्या हो गया है, भाई? तुम तो कभी एवरलास्टिंग ट्रु लव की बात किया करते थे।'

'मैं स्टूपिड था। लेकिन अब मेरा उस सबमें कोई भरोसा नहीं है।'

'क्या?'

'ट्रु लव जैसी कोई चीज़ नहीं होती। ये दुनिया बड़ी सेल्फ़िश है। यहां किसी को किसी की परवाह नहीं है।'

'रियली? तो फिर प्रेरणा और मेरे बारे में क्या? तुम इस केस के लिए इतना टाइम क्यों दे रहे हो? तुम्हें तो इसकी परवाह है।'

'मैं केवल पहेलियां सुलझा रहा हूं।'

'ये सही नहीं है, भाई। बात इतनी ही नहीं है...'

'श्श्श। अब ये बताओ कि पार्किंग में हमको अनवर कैसे मिलेगा? और ये इस शोरूम के आसपास इतने सारे सिक्योरिटी गाड्र्स क्यों लगा रखे हैं?'

अध्याय 18

'मैं चाय पीने आया था, साहब,' अनवर ने कहा। हम शोरूम के बाहर एक चाय की दुकान पर थे और वो वहां अपनी कमर सीधी करके एक स्टूल पर बैठा था। उसकी उम्र पैंतालीस साल थी, लेकिन अपने गठीले बदन और मज़बूत बांहों के कारण वो इससे अधिक नौजवान लग रहा था। उसने डार्क ब्लू यूनिफ़ॉर्म पहनी थी, जिसमें शर्ट की पॉकेट पर मल्होत्रा मोटर्स का लोगो लगा था। उसके धूप से झुलसे चेहरे पर शाम की रोशनी गिर रही थी, जिससे उसकी दाढ़ी और निखरकर दिख रही थी।

'आप मुझसे क्यों बात करना चाहते थे?' अनवर ने कहा।

'चिंता वाली कोई बात नहीं है,' सौरभ ने कहा।

'चिंता?' अनवर ने कहा। एक लड़का आया और हमारे सामने तीन चाय और चार समोसे रख गया। समोसा देखते ही सौरभ का ध्यान कुछ पल के लिए डगमगा गया था।

'हम पुलिस नहीं हैं, इसलिए चिंता करने की बात नहीं है। हम तो बस सच जानना चाहते हैं,' मैंने कहा।

'सच?' अनवर ने कहा।

'प्रेरणा के साथ जो हुआ, उसका सच,' सौरभ ने कहा। उसने पहले ही अपने मुंह में समोसा ठूंस लिया था।

'मुझे कुछ पता नहीं, साहब। प्रेरणा मैडम तो एकदम ठीक-ठाक थीं। मैं ही उनको जाने कितनी बार शादी की ख़रीदारी कराने ले गया। वो हमेशा बहुत ख़ुश दिखाई देती थीं।'

'लेकिन तुम्हारी उनसे बहस हुई थी,' मैंने कहा।

'साहब, पुलिस इसको लेकर पहले ही गोपिका को तंग कर चुकी है। लेकिन हमारा कोई झगड़ा नहीं हुआ था।'

'गोपिका ने अपने बयान में कहा है कि तुम्हारी प्रेरणा से बहस हुई थी और बहस की वजह थी, तुम्हारा गोपिका के कमरे में होना,' मैंने कहा।

अनवर ने हैरत से देखा।

'कोई बात नहीं, अनवर, तुम बस इनकी बात का जवाब दो,' सौरभ ने कहा।

अनवर ने रूमाल से माथे का पसीना पोंछा।

'मैडम बहुत ज़्यादा काम करती थीं। एक दिन उनका मूड ख़राब था। इसलिए वो मुझ पर चिल्ला पड़ीं। और वो भी केवल इसलिए कि मैं नौकरानी के कमरे में चाय पीने आया था,' अनवर ने कहा।

'जब प्रेरणा छत से गिरी तब तुम गोपिका के कमरे में थे?'

'हां सर, लेकिन...'

'बोलते जाओ, हम सुन रहे हैं,' मैंने कहा।

'प्रेरणा मैडम मेरी बच्ची की तरह थीं। वो पांच साल की थीं, जब मैंने इस घर में काम करना शुरू किया। मैं उनको रोज़ स्कूल ले जाता था—अमृतसर में भी और दिल्ली में भी। आप मुझ पर शक मत कीजिए।'

'मुझे अपना फ़ोन दिखाओ,' मैंने कहा।

'क्या?'

'अगर तुमने कुछ ग़लत नहीं किया है तो मुझे अपना फ़ोन दिखाओ—अभी।'

'क्या साहब? मैं चलता हूं, रमेश सर मुझे बुलाते ही होंगे।'

'तो तुम चाहते हो मैं पुलिस को बता दूं कि तुमने अपना फ़ोन दिखाने से मना कर दिया था?'

अनवर बैठ गया। उसने आसपास देखा, फिर अपने पैंट की जेब से फ़ोन निकाला और मुझे दे दिया। होमस्क्रीन पर चार बच्चों की तस्वीर थी, जिनकी उम्र दो से तेरह साल तक की थी।

मैंने उसके फ़ोन में फ़ोटो एप्लिकेशन खोला। वहां उसकी और गोपिका की कुछ तस्वीरें थीं। एक सेल्फ़ी में वो अपना सिर उसके कंधे पर टिकाए हुए थी और उसने उसे अपनी बांहों में थाम रखा था। दूसरी तस्वीर में अनवर बत्तीसी दिखाकर मुस्करा रहा था और गोपिका उसके गालों को चूम रही थी।

'तो तुम इस तरह से चाय पीते थे?' मैंने अनवर को वह फ़ोटो दिखाते हुए कहा।

अनवर सौरभ की ओर मुड़ा और अपने हाथ जोड़ लिए।

'मेरी कोई बुरी नीयत नहीं है, सर। प्लीज़ अपने दोस्त को बोल दो कि मुझसे ऐसे बात ना करे। मैं गोपिका को अपनी बेगम बनाऊंगा।'

'तुम पहले से शादीशुदा हो। ये होमस्क्रीन पर तुम्हारे बच्चों की तस्वीर है ना?' सौरभ ने कहा।

'मैं गोपिका को चाहता हूं, साहब। मेरे अब्बा की भी दो बीवियां थीं।'

'वो बाईस साल की है और तुम पैंतालीस के?'

'जानता हूं, साहब। पर वो भी मुझको चाहती है। दरअसल, उस रात मैंने अलीगढ़ में अपने घर पर वीडियो कॉल लगाया था। मैं चाहता था कि वो अम्मी और अब्बा से बात करे।'

'और तुम्हारी बीवी का क्या होगा?'

'मैंने उसकी बात अपनी बीवी से भी करवाई थी।'

सौरभ ने हैरानी से मेरी तरफ़ देखा। मैंने सिर हिलाया और मुस्करा दिया। कुछ लोग टिंडर के बिना भी अच्छी तरह से मैनेज कर लेते हैं।

'प्रेरणा मैडम ने हम दोनों को एक-दूसरे की बांहों में देख लिया था। वो मुझ पर बहुत चिल्लाईं। बात खुल जाने के बाद मैंने सोचा कि अब मुझे गोपिका से निक़ाह करना ही होगा। इसीलिए मैं उसके कमरे में गया था, अपनी फ़ैमिली को उसे दिखाने के लिए।'

'कॉल कितना लम्बा चला था?' मैंने कहा।

'यही कोई आधा घंटा।'

'तुमने वीडियो कॉल कैसे किया?'

'वॉट्सएप्प पर। गोपिका के कमरे में। वहां अच्छा वाईफ़ाई कनेक्शन मिल जाता है, इसीलिए मैं वहां गया था, साहब। मैं क़सम खाकर कहता हूं। और कोई बात नहीं है।'

मैं वॉट्सएप्प पर अनवर की कॉल हिस्ट्री में गया। प्रेरणा की मौत वाले दिन उसने 'अब्बा मोबाइल' नाम के कॉन्टैक्ट को वीडियो कॉल लगाया था। कॉल 7 बजकर 29 मिनट से 8 बजकर 02 मिनट तक चली थी।

'ये कॉल तुमने की थी?' मैंने कहा।

'हां, साहब। मेरा बड़ा बेटा वीडियो कॉल के दौरान स्क्रीनशॉट लेता रहता है। उसने ये मुझे भेजे थे, आप फ़ोटो में जाकर देखिए।'

मैंने उसके फ़ोन में फिर से फ़ोटोज़ चेक किए। वहां उस वीडियो कॉल के चार स्क्रीनशॉट्स थे और फ्रेम में अनवर और गोपिका दिखाई दे रहे थे। स्क्रीन पर टाइम देखा जा सकता था।

मैंने अनवर का फ़ोन उसे लौटा दिया।

'ये बेगुनाह है और इसके पास अपनी बेगुनाही का सुबूत भी है', मैंने कहा।

सौरभ ने सिर हिला दिया।

'अब मैं जा सकता हूं, साहब?'

'कुछ और पूछना है?' मैंने सौरभ से कहा।

'केवल एक सवाल? तुम एक बार में दो औरतों से प्यार कैसे कर सकते हो?'

अध्याय 19

सौरभ और मैं चाणक्यपुरी के द लीला पैलेस होटल के चेरी बार में घुसे। इस ख़ूबसूरत बार से बाहर गार्डन, फ़ाउंटेंस और पानी का नज़ारा दिखता था। एक कोने में तीन लोगों का बैंड म्यूज़िक बजा रहा था।

आदित्य गिटार बजा रहे थे और गा भी रहे थे। उनके पीछे एक ड्रमर और एक कीबोर्ड प्लेयर बैठे थे। आदित्य ने स्कल-मोटिफ़ वाली ब्लैक स्लीवलेस टी-शर्ट और रिप्ड ब्लू जींस पहनी थी। उन्होंने सिर पर बंडाना बांध रखा था और कलाइयों में मेटल चेन्स झलक रही थीं।

वो गन्स एन रोज़ेज़ का गाना *नवम्बर रेन* गा रहे थे—

व्हेन आई लुक इनटु योर आईज़
आई कैन सी अ लव रिस्ट्रेंड
बट डार्लिन व्हेन आई होल्ड यू
डोंट यू नो आई फ़ील द सेम?

एक वेटर आकर हमें मेन्यू दे गया। सौरभ ने डिम लाइट में कॉकटेल्स की लिस्ट देखी।

'डैम, एक मोहितो के लिए आठ सौ रुपए?' सौरभ ने कहा।

'और वह भी जीएसटी के पहले का रेट है,' मैंने कहा।

'ऑफ़कोर्स। हम जो भी ड्रिंक लें, उसमें से गवर्नमेंट को भी कुछ सिप्स चाहिए।'

हमने बीरा की दो बोतलें ऑर्डर कीं। मेन्यू में यही सबसे सस्ती ड्रिंक थी।

ऊंची पिच और वॉल्यूम पर भी आदित्य परफ़ेक्ट नोट्स हिट कर रहे थे—

नथिन लैस्ट्स फ़ॉरेवर
एंड वी बोथ नो हार्ट्स कैन चेंज
एंड इट्स हार्ड टु होल्ड द कैंडल
इन द कोल्ड नवम्बर रेन।

गाना ख़त्म होने के बाद बैंड ने एक ब्रेक लिया। एक लड़की आदित्य

के पास आई। उन्होंने कुछ देर बातें की, फिर नम्बर्स एक्सचेंज किए। लड़की ने आदित्य को एक टाइट हग दिया, उनके कानों में कुछ कहा और जाने से पहले उनकी गर्दन पर किस किया। आदित्य स्टेज के पास एक टेबल पर अकेले जाकर बैठ गए।

'लेट्स गो,' मैंने कहा।

आदित्य ने एक गहरी सांस ली। हम उठे। हमने एक-दूसरे की तरफ़ देखकर याद दिलाया कि हमें बहुत स्मूद खेलना है।

'हे, आदित्य चाचू,' सौरभ ने कहा।

'सौरभ?' आदित्य ने अपनी ग्रीन टी के कप से सिर उठाते हुए कहा।

'येस, वॉव, आप यहां गाते हैं। लॉबी में हमारी एक क्लाइंट मीटिंग थी। सो कूल टु सी यू,' सौरभ ने कहा। 'आप केशव से मिले हैं?'

आदित्य ने उठकर मुझसे हाथ मिलाया।

'ऑफ़कोर्स। मैं तुम्हारे लिए ड्रिंक मंगवाऊं?'

'हमारे पास बीयर है,' मैंने अपनी टेबल की ओर इशारा करते हुए कहा।

'आओ, मेरे पास बैठो। मेरे पास अगले सेट से पहले दस मिनट का समय है।'

हम अपनी ड्रिंक्स उनकी टेबल पर ले आए।

'आप ड्रिंक नहीं कर रहे?' मैंने कहा।

'काम पर नहीं,' आदित्य ने अपने गले की तरफ़ इशारा करते हुए कहा, 'इससे मेरा गला ख़राब हो जाता है। वैसे भी अल्कोहल से मेरा काम नहीं चलता।'

मैंने सिर हिला दिया। मैंने देखा कि उनकी गर्दन पर लव बाइट्स और लिपस्टिक के निशान थे। आदित्य की नज़र मुझ पर पड़ी तो वो अपने हाथ को गर्दन पर रगड़ने लगे।

'सॉरी,' आदित्य ने हंसते हुए कहा, 'ये सब मेरे जॉब का हिस्सा है। लेकिन रमेश भैया को मत बताना कि मैं यहां काम करता हूं।'

'नो वे,' सौरभ ने कहा।

'वैसे भी वो शायद जानते ही हैं। लेकिन इन दिनों वो थोड़े ज़्यादा डिस्टर्ब्ड हैं,' आदित्य ने कहा।

'हां, वो सब बहुत शॉकिंग था,' सौरभ ने कहा।

'यस मैन,' आदित्य ने अपनी चाय पीते हुए कहा।

'चाचू, प्रेरणा के साथ कोई ऐसा क्यों करेगा?'

आदित्य ने कप रखकर सिर हिला दिया।

'यस मैन, व्हाय?' उन्होंने कहा।

'आपको बिलकुल आइडिया नहीं है, लाइक, रियली? आपका फ़्लोर टैरेस के नीचे ही तो है। आपने कुछ सुना नहीं?' सौरभ ने कहा।

'वॉट डु यू मीन, मैन? मैंने बताया ना कि मैं उस टाइम म्यूज़िक बना रहा था।'

'कैसा म्यूज़िक?' मैंने कहा।

आदित्य ने मुझे देखा।

'तुम म्यूज़िक जानते हो? मैं कैसे बताऊं कैसा म्यूजिक?'

'आप कवर्स गाते हैं। गन्स एन रोज़ेज़ का नम्बर सुनकर मैंने ये गेस किया है। तो फिर आप कौन-सा ओरिजिनल म्यूज़िक बनाते हैं? जस्ट क्यूरियस,' मैंने कहा।

'मेरा अपना काम है, मैन। मैं बहुत सारी चीज़ों पर काम करता हूं...' आदित्य की आवाज़ भटक गई।

कुछ देर बाद सौरभ ने कहा—

'आपके और रमेश अंकल के बीच अब सब ठीक है?'

आदित्य ने कंधे उचका दिए।

'तुम तो उनको जानते ही हो। रिजिड एज़ फ़क। उनकी बेटी की मौत हुई है, इसलिए मैं कुछ कहता नहीं। लेकिन हां, उनको थोड़ा काम-डाउन होने की ज़रूरत है।'

'आई एग्री,' सौरभ ने कहा, 'लेकिन क्या आपको लगता है...'

'मुझे जाना होगा। अगले सेट के लिए वार्मअप करना है,' आदित्य ने बीच में टोकते हुए कहा। 'वेटर को मेरा नाम बोल देना, तुम लोगों को डिस्काउंट मिल जाएगा।'

अध्याय 20

'अगर मैं सवाल नहीं पूछ सकता तो हमें कुछ भी कैसे पता चलेगा? चिट-चैट से तो कुछ होने वाला नहीं है,' मैंने कहा।

'लेकिन क्या करूं? आदित्य चाचू फ़ैमिली मेम्बर हैं। वो लोग मुझे आज भी अपने दामाद की तरह देखते हैं। मैं उन लोगों से बहुत सारे सवाल पूछकर उनको अनकम्फ़र्टेबल नहीं कर सकता,' सौरभ ने कहा।

हम बाराखम्बा रोड पर कोटक महिंद्रा बैंक की नई दिल्ली ब्रांच के रिसेप्शन पर थे।

'नीरज अरोड़ा,' मैंने रिसेप्शनिस्ट से तीसरी बार कहा। उसने बीस मिनट पहले हमें एक मिनट के लिए वेट करने को कहा था।

'एक पॉइंट के बाद सवाल मुश्किल हो ही जाते हैं,' मैंने सौरभ से कहा।

'हां, इस नीरज के साथ तुम जितना चाहे टफ़ हो सकते हो, मुझे उससे नफ़रत है,' सौरभ ने कहा।

'क्यों?'

'वो प्रेरणा के साथ था।'

'लेकिन तुमसे पहले।'

'फ़र्क़ नहीं पड़ता।'

एक लम्बा-तगड़ा और गोरा-चिट्टा आदमी रिसेप्शन पर आया।

'आप लोग मुझसे मिलने आए थे?' उसने ओवर-फ्रेंडली वे में मुस्कराते हुए कहा।

सौरभ ने कुछ नहीं कहा।

'आप...?' सौरभ को देखते ही नीरज ने मुस्कराना बंद कर दिया। 'आप... सॉरी, मैं थोड़ा कंफ़्यूज़ हो रहा हूं।'

'हां, मैं सौरभ ही हूं। हम कभी मिले नहीं, लेकिन आपने मुझे तस्वीरों में देखा होगा।'

'आप प्रेरणा के मंगेतर थे,' नीरज ने कहा।

'क्या हम बातें कर सकते हैं?'

'किस बारे में?'

'चलो, बाहर चलते हैं,' मैंने कहा।

बैंक के बाहर स्टारबक्स था। हम वहीं चल दिए। नीरज एक बड़े-से सोफ़े पर मेरे सामने बैठ गया। उसका स्टाफ़ आइडेंटिटी कार्ड उसके गले में लटक रहा था। सौरभ कॉफ़ी ऑर्डर कर रहा था, इसलिए उसका ध्यान उससे हटकर मुझ पर चला आया।

'सॉरी, लेकिन आप लोग मुझसे क्यों मिलना चाहते थे?'

'प्रेरणा के बारे में बात करने के लिए,' मैंने कहा।

नीरज तनाव से भर गया।

'प्रेरणा के बारे में क्या बात करना है? उसके साथ जो हुआ... वो बहुत बुरा था। बहुत ही बुरा।'

सौरभ काउंटर से लौट आया। उसके पास कॉफ़ी के तीन कप और मफ़िन्स, सिनैमॅन रोल्स और क्रोइसैंट्स से भरी एक प्लेट थी। क्या हमें हर बार किसी से बात करते समय ऐसा मिनी-बुफ़े करना होगा?

सौरभ मेरे पास बैठ गया।

'सौरभ, मैं दुख जताना चाहूंगा। जो हुआ, वो टोटली अनएक्सपेक्टेड था,' नीरज ने कहा।

सौरभ के एक हाथ में मफ़िन था। वह एक बाइट लेने ही जा रहा था कि यह सुनकर रुक गया और नीरज को देखने लगा।

'किसी ने उसका मर्डर किया है,' उसने कहा, 'प्लेन और सिम्पल।'

मर्डर शब्द सुनते ही नीरज का गला सूख गया।

'लेकिन पेपर में तो आया था कि यह एक्सीडेंट है, वो छत से गिर गई थी।'

सौरभ और मैंने कोई जवाब नहीं दिया।

'तुम लोग मेरी तरफ़ ऐसे क्यों देख रहे हो?'

'उससे तुम्हारी आख़िरी बार कब बात हुई थी?' सौरभ ने कहा।

नीरज ने घड़ी देखी और उठ गया।

'मेरे पास इस सबके लिए समय नहीं है, मैं कुछ कस्टमर्स को एक्सपेक्ट कर रहा हूं।'

'तो क्या तुम यह चाहते हो कि हमारे बजाय पुलिस तुम्हारे ऑफ़िस आकर तुमसे पूछताछ करे?' मैंने कहा।

नीरज ने गहरी सांस ली।

'मेरा उससे दो साल पहले ब्रेकअप हो गया था। अब मुझे क्या मालूम उसके बाद क्या हुआ।'

'लेकिन तुमने उसको बहुत बुरी तरह से ट्रीट किया था,' सौरभ ने कहा।

'मैं ऐसा करना चाहता नहीं था,' नीरज ने कहा और आई कॉन्टैक्ट से बचने के लिए अपना सिर घुमा लिया। 'तब हम दोनों बहुत यंग थे। एनी-वे, उस सबका आज क्या मतलब है?'

'तुम लोगों का ब्रेकअप क्यों हुआ?' मैंने कहा।

'मैं यंग था। उसको कमिटमेंट चाहिए था और वो मैं नहीं दे सकता था।'

'बस इतना ही बात थी? झूठ मत बोलो, यू सेल्फ़िश एसहोल,' सौरभ ने कहा।

'सौरभ,' मैंने कहा।

'फ़ाइन। शायद मैं थोड़ा बेहतर बर्ताव कर सकता था। मेरे सभी दोस्त बोलते थे कि मैं दिखने में उससे अच्छा था। मैंने उसे वेट लूज़ करने के लिए भी कहा था।'

'तो तुमने उसको इसलिए डम्प कर दिया, क्योंकि तुमको लगता था कि वो ज़्यादा हॉट नहीं लगती थी?' सौरभ ने कहा।

नीरज ने अपना कप नीचे रख दिया।

सौरभ बोलता रहा—'तुम्हें पता है वो डिप्रेशन में चली गई थी? उसने जॉब छोड़ दिया। उसका कॉन्फ़िडेंस चला गया।'

'हां, लेकिन क्या उसने तुमको बताया कि मैंने कितनी बार उससे माफ़ी मांगी? मैंने पहले ही कह दिया था कि तब हम यंग थे। मैं ख़ुद पर क़ाबू नहीं रख पाया। मेरे फ्रेंड्स लोग क्लब्स में अपनी सुपर-स्किनी गर्लफ्रेंड्स को शॉर्ट स्कर्ट्स में ला रहे थे। मुझे लगा मुझे भी ऐसा ही चाहिए। मैं ग़लत था।'

'तुम सिक हो।'

'मैंने कहा ना कि मैं ग़लत था। मैंने प्रेरणा को भी यही कहा। मैं उसके पास फिर लौटकर जाना चाहता था। मैं शादी करना चाहता था। और मैंने की।'

'और मैंने की से तुम्हारा क्या मतलब है?' मैंने कहा।

'कुछ नहीं,' नीरज ने कहा।

'मेरे कुछ सवाल हैं, सच-सच जवाब देना,' मैंने कहा।

'श्योर।'

सौरभ अपना दूसरा मफ़िन इस तरह से चबाने लगा, जैसे कि वह उस बेचारे पर अपना फ्रस्ट्रेशन निकालना चाहता हो।

'पिछले साल तुम्हारी प्रेरणा से कितनी बार बातें हुईं?'

'ज़्यादा नहीं। मैं हफ़्ते में एक बार चैट पर मैसेज भेज देता था, लेकिन ज़्यादातर वो मुझे इग्नोर करती थी।'

'तुम यह जानने के बावजूद उसे मैसेज करते थे कि अब वो मेरे साथ है?' सौरभ ने कहा। उसके गाल अब लाल सुर्ख़ हो गए थे।

'हां,' नीरज ने कहा।

'यू एसस्स्स्स...' सौरभ उसे मारने को उठ खड़ा हुआ।

'तुमने ही तो कहा था कि सच-सच बोलना,' नीरज ने कहा। मैंने सौरभ को पीछे खींच लिया।

'शांत हो जाओ, गोलू। हम जो करने आए हैं, उसी पर फ़ोकस करो।'

'मैं इसके लिए भी आया था। मैं बहुत दिनों से इस आदमी की जमकर पिटाई करना चाहता था,' सौरभ ने नीरज की तरफ़ फ़ोर्क दिखाते हुए कहा।

'कटलरी को नीचे रखो, गोलू,' मैंने कहा।

नीरज बोलता रहा—

'मैं फिर से उसकी ज़िंदगी में आना चाहता था। सौरभ बीच में आ गया, लेकिन ये एक अरेंज्ड मैरिज थी।'

'तो क्या अरेंज्ड मैरिज में फ़ीलिंग्स नहीं होतीं?' सौरभ ने कहा।

'श्शश, सौरभ। नीरज, तो क्या तुम लोगों की बातें हुईं? क्या तुम उससे मिले?'

'जब उसने फ़ोन उठाया, तब कुछ बार हमारी बातें हुई। और इस साल मैं दो बार उससे मिला था।'

'इस साल? तुम उससे इस साल दो बार मिले?' सौरभ ने कहा।

जब माहौल में स्ट्रेस आ जाए तो शुगर की मदद लेनी चाहिए। यह

सोचकर मैंने सौरभ की ओर सिनैमॅम रोल बढ़ा दिया।

'ट्राय दिस, ये बहुत अच्छा है,' मैंने कहा। सौरभ ने मेरी तरफ़ हैरत से देखा, लेकिन प्लेट ले ली।

'नीरज, तुम उससे आख़िरी बार कब मिले थे?' मैंने कहा।

'मैं नोएडा में उसके ईटो ऑफ़िस के बाहर खड़ा उसका इंतज़ार कर रहा था। जब उसने जॉब छोड़ दिया तो मैंने उससे कहा कि मुझसे बात करे। मैंने कहा कि वो मुझे माफ़ कर दे, मैंने इनसेंसिटिव बिहेव किया था। प्रेरणा में बहुत रेयर क्वालिटीज़ थीं। वो स्मार्ट थी, हार्ड-वर्किंग थी, केयरिंग थी, काइंड और फ़नी थी। वो एक ड्रीम पार्टनर थी।'

'नहीं, तुम्हें लगा था कि ईटो में जाकर वो बहुत पैसा कमा लेगी, इसीलिए तुम उसकी ज़िंदगी में फिर आना चाहते थे, है ना? यू एक्स्ट्रा-थिन एसहोल,' सौरभ ने कहा।

'नहीं। क्योंकि मैं उसे मिस करता था। मैं उससे प्यार करता था।'

यह सुनते ही सौरभ को कुछ हो गया। वह आगे बढ़ा और उसने नीरज का गला पकड़ लिया। नीरज की आंखें फटी की फटी रह गईं।

'मैं आज इस बास्टर्ड की जान ले लूंगा।'

'प्लीज़, प्लीज़, मुझे छोड़ दो,' नीरज ने कहा। कस्टमर्स और स्टारबक्स स्टाफ़ हमारी तरफ़ देखने लगे। लेकिन दिल्ली में इस तरह की छोटी-मोटी लड़ाइयों पर कोई ज़्यादा ध्यान नहीं देता। जब तक ख़ून ही नहीं बह जाता, तब तक लोग चुपचाप कॉफ़ी पीते रहते हैं।

'स्टॉप, गोलू,' मैंने कहा और सौरभ का हाथ नीरज की नाज़ुक गर्दन से खींच लिया।

हम यहां पर मामले का सुराग़ लेने आए हैं। ये अपने जलनख़ोर मंगेतर वाला रोल छोड़कर डिटेक्टिव वाले मोड में आ जाओ—मैं उससे कहना चाहता था।

'नीरज, तुम्हारी उससे आख़िरी बार बात कब हुई थी?'

'जिस दिन उसकी मौत हुई, उस दिन,' नीरज ने कहा।

सौरभ और मैं उठ खड़े हुए।

'किस समय पर?'

'मैंने उससे चैट पर कहा था कि आज करवा चौथ है। मैं केवल एक ही लड़की की कल्पना अपने पत्नी के रूप में करता हूं और वो तुम हो। सौरभ, प्लीज़ मुझे मारना मत।'

'नहीं मारेगा,' मैंने कहा। मैंने सौरभ का हाथ कसकर पकड़ रखा था। 'सौरभ, क्या प्रेरणा ने कभी तुमको बताया था कि नीरज उसकी ज़िंदगी में फिर से आना चाहता है?'

'नहीं। वो इतना ही कहती थी कि नीरज उससे माफ़ी मांगता रहता है, बस।'

'तुम्हारी उससे कितनी बजे चैट हुई थी?'

नीरज ने फ़ोन निकाला, चैट्स को स्क्रॉल किया और कहा—शाम छह बजे के क़रीब।'

'क्या मैं वो चैट्स देख सकता हूं?' मैंने कहा।

'मैं फ़ॉर्मली उसे शादी के लिए प्रपोज़ करना चाहता था और करवा चौथ से अच्छा दिन इसके लिए और क्या हो सकता था?' नीरज ने मुझे अपना फ़ोन थमाते हुए कहा।

सौरभ आंख के कोने से फ़ोन की स्क्रीन को देखने लगा।

मेरे सामने 17 अक्टूबर, शाम 6 बजकर 05 मिनट की चैट्स थीं—

नीरज : प्लीज़ पी, मुझसे पांच मिनट के लिए मिल लो।
प्रेरणा : नहीं एन, मैं नहीं मिल सकती। फ़ैमिली घर पर है, आज करवा चौथ है।
नीरज : लेकिन तुम्हारी तो अभी तक शादी नहीं हुई, फिर तुम क्यों मना रही हो?
प्रेरणा : मैं नहीं मिल सकती।
नीरज : अभी भी टाइम है। हम एक-दूसरे को बहुत प्यार करते थे।
प्रेरणा : वो पास्ट की बात है। आई एम श्योर, आज तुम्हारे आसपास बहुत सारी मिनी-स्कर्ट वाली लड़कियां होंगी।
नीरज : मुझे वो लड़कियां नहीं चाहिए। प्लीज़, बस पांच मिनट।
प्रेरणा : मैं नहीं कर सकती। और सॉरी, मैं बिज़ी हूं, मुझे जाना होगा।
नीरज : मैं तुम्हें कुछ देना चाहता हूं। मैं बाहर ही खड़ा हूं।
प्रेरणा : बाहर?
नीरज : मेरा मतलब है न्यू फ्रेंड्स कॉलोनी के ए ब्लॉक पार्क में। तुम्हारे घर के

ठीक बाहर। मैं यहां से तुम्हारा घर देख सकता हूं।

प्रेरणा : क्या तुम मेरी स्टॉकिंग कर रहे हो?

नीरज : नहीं, मैं यहां इसलिए आया ताकि तुम्हारे लिए मिलना आसान हो। मैं कॉर्नर बेंच पर बैठा हूं।

प्रेरणा : तुम अपना टाइम वेस्ट कर रहे हो, घर जाओ।

नीरज : प्लीज़, पी।

दस मिनट बाद, 6 बजकर 20 मिनट पर।

नीरज : आर यू देयर?

बीस मिनट बाद, 6 बजकर 40 मिनट पर।

नीरज : मैंने तीन बार कॉल करने की कोशिश की। प्लीज़ उठा लो। ब्लू टिक्स हैं, यानी तुमने मेरे मैसेज देख लिए हैं।

एक घंटा बाद, 7 बजकर 47 मिनट पर।

नीरज : मैं जा रहा हूं। मैं केवल पांच मिनट ही चाहता था।

यह आख़िरी वाला मैसेज अनरीड रह गया था। मैंने नीरज को फ़ोन लौटा दिया।

'तो तुम वहीं पर थे। उसके घर के पास, जब उसकी मौत हुई,' मैंने कहा।

'हां, लेकिन मैं उससे मिल नहीं पाया। अब मैं जा सकता हूं? मैंने तुम्हें सबकुछ बता दिया है।'

मैंने सिर हिला दिया। नीरज भी जाने के लिए उठ खड़ा हुआ।

'तुम्हें पता है उस समय तुम्हारे उसके घर के क़रीब होने का क्या मतलब है?' सौरभ ने कहा।

'क्या?' नीरज ने कहा।

सौरभ ने दोनों हाथों से उसकी कॉलर पकड़ ली।

'यह कि तुम शक़ के दायरे में हो और मैं तुम्हारा पीछा नहीं छोड़ूंगा,' सौरभ ने कहा। उसके गाल अब सेब की तरह लाल हो चुके थे।

अध्याय 21

ईटो की को-फाउंडर नम्रता तनेजा हमें उसके ऑफ़िस के एंट्रेंस में मिली।

'वेलकम, सौरभ,' नम्रता ने कहा। 'सो नाइस ऑफ़ यू टु कम बाय। और तुम केशव हो ना? हम इंगेजमेंट पर मिले थे।'

'यस,' मैंने उससे हाथ मिलाते हुए कहा।

ईटो का ऑफ़िस नोएडा सेक्टर 16 में एक बिल्डिंग के दसवें माले पर था। दो हज़ार स्क्वायर फ़ीट के स्पेस में एक लम्बी सफ़ेद डेस्क थी, जिसके दोनों ओर सफ़ेद रंग की कुर्सियां रखी थीं। स्टाफ़ के लोग कम्प्यूटर के सामने बैठे कोड लिख रहे थे या स्प्रेडशीट्स बना रहे थे। ये सभी बीसेक साल के नौजवान थे। फ़्लोर-टु-सीलिंग विंडोज़ के कारण ऑफ़िस में धूप भरी हुई थी। दीवारों पर तीन भारी-भरकम टीवी स्क्रीन लगे हुए थे, जिन पर स्टैटिस्टिक्स दिखाए जा रहे थे, जैसे कि एप्प पर वर्तमान में मौजूद यूज़र्स, मौजूदा सर्वर लोड और फ़ुलफ़िलमेंट रेट। नम्रता का केबिन सफ़ेद डेस्क के दूसरे छोर पर था। इसी केबिन में प्रेरणा भी बैठती थी।

'प्लीज़, हैव ह सीट। आप पेपरमिंट टी लेंगे?' नम्रता ने कहा। उसने स्काय ब्लू रंग की रॉ-सिल्क साड़ी पहनी थी। इसके साथ एक पतला सिल्वर नेकलेस, मैचिंग ईयररिंग्स और ब्रैसलेट्स भी पहन रखे थे।

नम्रता की खिड़की के बाहर डीएनडी का फ़्लाई-वे देखा जा सकता था। यही वह सड़क थी, जो नोएडा और दिल्ली को जोड़ती थी। धूप रोकने के लिए नम्रता ने ब्लाइंड्स को आधा नीचे कर दिया। हम डेस्क पर आमने-सामने बैठे थे। रूम की मिनिमलिस्ट डिज़ाइन के कारण वो किसी स्पेसशिप जैसा लग रहा था।

'ब्यूटीफ़ुल प्लेस,' मैंने कहा।

'थैंक यू,' नम्रता ने कहा। 'यहां की इंटीरियर डिज़ाइन में प्रेरणा का बड़ा योगदान था।'

उसने प्रेरणा की डेस्क और कुर्सी की ओर नज़र घुमाई, जो कि केबिन के दूसरे छोर पर ख़ाली पड़ी थी।

सौरभ उठा और उस डेस्क पर चला गया। वहां प्रेरणा की फ़ैमिली की फ्रेम्ड तस्वीर और उसका कम्प्यूटर था। सौरभ के साथ भी एक तस्वीर थी, जो इंगेजमेंट के दिन की थी। दोनों ने एक-दूसरे का हाथ थाम रखा था, और उनकी अंगुलियों में नई इंगेजमेंट रिंग्स साफ़ दिखाई दे रही थीं।

'तुम यहां पहले आए हो, सौरभ?' नम्रता ने कहा।

'हां, एक-दो बार,' उसने अपनी आंख के कोने से आंसू पोंछते हुए कहा। नम्रता उठ गई और सौरभ की तरफ़ चली गई। फ़र्श पर उसकी हाई-हील्स की आवाज़ खनकती रही।

'आई एम सो सॉरी,' उसने कहा और सौरभ को हग कर लिया। मैं अपनी जगह बैठा रहा। मैंने देखा कि नम्रता की डेस्क पर दो ट्रॉफ़ीज़ हैं।

'हॉट स्टार्टअप्स अवार्ड'—उनमें से एक पर लिखा था।

'वुमन आंत्रप्रिन्योर ऑफ़ द ईयर अवार्ड—नम्रता तनेजा'—दूसरी पर लिखा था।

ट्रॉफ़ीज़ के पास प्रिंटेड ए-4 शीट्स का बंच रखा था। उन पर नम्रता की फ़ॉक्सवैगन की कीज़ पेपरवेट का काम कर रही थीं। मैं क़रीब से देखने के लिए आगे झुका।

'ईटो फ़ाइनेंशियल रिपोर्ट्स फ़ॉर द लेटेस्ट क्वार्टर' एक शीट के कोने पर मैं इतना ही पढ़ सका।

'यू फ़ाइन?' नम्रता ने सौरभ से कहा। उसने सिर हिला दिया। दोनों डेस्क पर लौट आए और अपनी अपनी जगह बैठ गए। एक स्टाफ़ मेम्बर लेदर एंड वुड ट्रे लेकर आया, जिसमें पेपरमिंट टी के तीन कप थे। चाय के साथ वॉलनट्स और ब्रिक-रेड रेज़ीन्स से भरी एक प्लेट भी थी।

'गोजी बेरीज़। सुपरफ़ूड, लॉट्स ऑफ़ एंटीऑक्सीडेंट्स,' नम्रता ने कहा। लेकिन जब सामने सौरभ जैसा सुपर-ईटर हो तो फ़ूड कितना सुपर है और वो आपकी सेहत के लिए कितना अच्छा है—इससे कोई फ़र्क़ नहीं पड़ता। सौरभ ने मुट्ठीभर के नट्स और बेरीज़ हाथ में भर लिए, अपने ग़म को कैलरीज़ में डुबो देने के लिए।

'आप किसी ख़ास रीज़न से मिलना चाहते थे?' नम्रता ने चाय का एक छोटा-सा सिप लेते हुए कहा।

'नहीं, नम्रता दीदी। बस मैं ये सब समझ नहीं पा रहा था। जो हुआ वो

कितना अजीब है। अभी तो हम अपनी पूरी ज़िंदगी साथ बिताने की प्लानिंग कर रहे थे, और अगले ही पल वो हमेशा के लिए चली गई।'

'मैं तुम्हारे दुख के साथ रिलेट कर सकती हूं,' नम्रता ने कहा और एक ठंडी सांस ली। 'मैंने और उसने मिलकर यह कम्पनी बनाई। ईटो को हम यहां तक लेकर आए। और अब वो नहीं है।'

'मैं उन लोगों से मिलना चाहता था, जो उसके क़रीब हों। ताकि इसे बेहतर ढंग से समझ सकूं,' सौरभ ने कहा।

नम्रता ने अपनी साड़ी के किनारे से अपनी आंख पोंछी।

'सॉरी, मैं इमोशनल होना नहीं चाहती थी,' नम्रता ने कहा और मुस्करा दी। 'मैं फ़ाउंडर सीईओ हूं, स्टाफ़ के लोग क्या सोचेंगे? मुझे स्ट्रान्ग रहना होगा।'

'यहां बहुत काम है?' मैंने कहा।

'हां। हम ग्रो कर रहे हैं। तीन राउंड की फ़ंडिंग यानी इंवेस्टर्स के तीन सेट। वो परफ़ॉर्मेंस, ग्रोथ और प्रॉफ़िट्स देखना चाहते हैं। रेज़िंग मनी कोई मज़ाक़ तो है नहीं। उसके लिए और भी ज़्यादा अर्न करना पड़ता है।'

मैंने एक गोजी बेरी उठाई और सोचने लगा कि आगे की तहक़ीक़ात इस तरह से कैसे करूं कि उसके एंटीना जाग्रत ना हो जाएं।

'क्या स्टाफ़ के लोग प्रेरणा को पसंद करते थे?' मैंने कहा।

'पसंद? सभी उसको प्यार करते थे। मैं भी उसे बहुत चाहती थी। मेरी छोटी बहन जैसी थी,' नम्रता ने कहा।

'क्या स्टाफ़ के लोग उसको स्ट्रिक्ट समझते थे? कोई उससे अपसेट था?' मैंने कहा।

'नॉट एट ऑल। सौरभ से पूछो, वो जानता है कि वो कितनी काइंड थी।'

सौरभ ने सिर हिला दिया।

'लेकिन तुम दोनों ने ये बिज़नेस शुरू कैसे किया?' मैंने कहा। 'जस्ट क्यूरियस।'

'मेरे डैड और रमेश अंकल पुराने दोस्त और बिज़नेस पार्टनर्स हैं। जब प्रेरणा ने डिसाइड किया कि इस स्टार्टअप को डेवलप करना है तो रमेश अंकल ने उसे मेरे पास भेजा। मैं सॉफ़्टवेयर कंसल्टेंट के रूप में काम करती थी। मुझे उसका जोश और उसका बिज़नेस प्लान पसंद आया। हम दोनों के पास कुछ सेविंग्स थीं, जिसे हमने इंवेस्ट किया। इसके बाद जो हुआ, वो तो इतिहास है।'

'तो अब प्रेरणा की हिस्सेदारी का क्या होगा?' मैंने कहा। नम्रता यह सुनकर चौंक गई।

'हमें पेपरवर्क करना होगा। उसके नॉमिनी तो रमेश अंकल ही होंगे। रियली, केशव? तुम्हें लगता है हमें इस बारे में बात करनी चाहिए?'

'आई एम सॉरी,' मैंने कहा। 'मैं ख़ुद अपना एक स्टार्टअप खोलना चाहता हूं, इसलिए कुछ सवाल पूछ रहा था।'

'फिर भी, हमें सेंसेटिव होना चाहिए, नहीं?' नम्रता ने मेरी तरफ़ देखते हुए कहा। 'एनी-वे, अभी मुझे एक इंवेस्टर कॉल अटेंड करनी है।'

अध्याय 22

'तुम्हें लगता है तुम्हारा प्लान काम करेगा?' सौरभ ने कहा। उसने इतना कोलोन लगाया था कि पूरे प्लैनेट के लिए वो एयर-फ्रेशनर बन सकता था। हम मल्होत्रा हाउस जा रहे थे। मैंने हवा आने के लिए अपने तरफ़ की विंडो रोल-डाउन की।

'ये तुम्हारी परफ़ॉर्मेंस पर डिपेंड करता है,' मैंने कहा।

'फ़ाइन, मैं ट्राय करूंगा,' सौरभ ने कहा। हमारी कैब घर के ड्राइव-वे में प्रवेश कर चुकी थी।

❖

'तुम्हें यहां देखकर अच्छा लगा। नहीं तो ये घर आजकल बहुत सूना-सूना लगता है', बिंदु ने सौरभ की कटोरी में दो चम्मच दाल उड़ेलते हुए कहा।

'मेरी ख़ातिर करने के लिए शुक्रिया, अलबत्ता मैं बिन बुलाया मेहमान हूं,' सौरभ ने कहा।

'और साथ में मैं भी लदकर चला आया हूं,' मैंने कहा।

'अरे, तुम भी तो घर के जैसे हो,' बिंदु ने कहा।

हम ग्राउंड फ़्लोर पर बारह-सीटर टेबल पर बैठे थे। सबसे बीच वाली कुर्सी पर रमेश थे। सौरभ और मैं उनके दाहिने तरफ़ थे। नीलम, बिंदु, अजय, अंजली और मांजी भी हमारे साथ थे। गोपिका किचन से गर्मागर्म फुलके लेकर आ रही थी। हम उन्हें पीली दाल, बैंगन का भर्ता, भिंडी मसाला और पालक पनीर के साथ खा रहे थे।

'आदि कहां है?' रमेश ने फुलके का एक कौर तोड़ते हुए कहा।

'उन्होंने कहा था कि वो आज देर तक काम करेंगे,' नीलम ने कहा।

'बार में गाना गाना, जबकि सब लोग ड्रिंक कर रहे हों। ये काम है?' रमेश ने कहा।

'तुम उसके पीछे क्यों पड़े रहते हो?' मांजी ने कहा। उनकी थाली में केवल पीली दाल और चावल थे। वो कांपते हाथों से रुक-रुककर उन्हें खा रही थीं।

'कौन उसके पीछे पड़ा है?' रमेश ने कहा

'रहने दीजिए, रमेश जी,' नीलम ने कहा। 'तुम कैसे हो, सौरभ? गए हफ़्ते तुम्हारे पैरेंट्स भी यहां आए थे। सो नाइस ऑफ़ देम।'

'उन्होंने नमस्ते कहा है। मैं भी ठीक हूं, आंटी। आज यहां आकर अच्छा लग रहा है, आप लोग मुझे अपने बेटे की तरह ट्रीट करते हैं।'

'तुम तो हो ही हमारे बेटे,' बिंदु ने कहा।

गुड—मैंने मन ही मन सोचा। सौरभ ने हमारे प्लान का ग्राउंडवर्क अच्छे से जमा लिया था।

'तो, तुम लोग क्या अब भी पुलिस की मदद कर रहे हो?' अंजली ने कहा। अब जाकर मैंने उसे ध्यान से देखा। वह अपनी पिंक डॉनल्ड डक टी-शर्ट में प्रिटी लग रही थी।

सौरभ ने मुझे अंजली को देखते देख लिया और खखार दिया।

'नॉट रियली,' मैंने कहा। 'पुलिस हमारी मदद लेने में ज़्यादा दिलचस्पी नहीं दिखा रही है। पुलिस ने आपको कुछ बताया, रमेश अंकल?'

'वो कह रहे थे कि फ़ोरेंसिक रिपोर्ट्स जल्द ही आ जाएंगी। वो घर के सभी लोगों के मोबाइल डिटेल्स भी चाह रहे थे, भगवान जाने किसके लिए। प्रेरणा बदनसीबी से छत से गिर गई, अब ये मैटर क्लोज़ कर देना चाहिए।'

'आप क्या कह रहे हैं, वीरजी? हमें ये तो पता लगाना ही चाहिए कि ये किसने किया है,' बिंदु ने कहा।

'तुम चाहती हो कि पास-पड़ोस के लोग रोज़ हमारे घर के सामने पुलिस की जिप्सी खड़ी देखें?'

'ओ आया सी,' मांजी ने कहा। उनकी आंखें अब भी अपनी थाली पर जमी हुई थीं और वो ख़ुद से ही बड़बड़ा रही थीं। 'ओ आया सी, ओ आया सी।'

'मांजी, मेहरबानी करके चुप हो जाओ,' रमेश ने कहा। अंजली ने मांजी की पीठ थपथपाई और उन्हें एक गिलास पानी दिया।

'इसके लिए सॉरी। मांजी की तबीयत ठीक नहीं रहती,' रमेश ने कहा। 'अंजली, इन्हें अपने रूम में ले जाओ, प्लीज़।'

अंजली ने मांजी का हाथ पकड़ा और दोनों धीरे-धीरे सीढ़ियां चढ़कर ऊपर जाने लगे।

'मैंने सुना है कि तुम लोग नम्रता से मिले थे,' रमेश ने उनके जाने के बाद कहा।

सौरभ के हाथ का कौर वहीं का वहीं रह गया।

'हां, पिछले हफ़्ते मिले थे,' उसने धीरे से कहा।

'क्यों?' रमेश ने कहा।

'मैं प्रेरणा को मिस कर रहा था। ईटो उसके लिए कितना मायने रखता था। मैं एक बार फिर उसका ऑफ़िस देखना चाहता था।'

बिंदु ने दिलासा देने के लिए सौरभ की कलाई थपथपाई।

'नम्रता ने मुझे कॉल किया था। उसे अच्छा लगा कि तुम दोनों वहां गए, लेकिन तुम्हारे दोस्त के सवाल से वह हैरान थी। प्रेरणा की हिस्सेदारी के बारे में कुछ। क्यों, केशव?'

'ओह, सॉरी अंकल। मैं क्यूरियस हो गया था।'

'केशव बेटा, नम्रता हमारी फ़ैमिली जैसी है। हम उसके पैरेंट्स को लम्बे समय से जानते हैं।'

'केशव के लिए मैं भी माफ़ी मांगता हूं,' सौरभ ने कहा।

'इट्स ओके, बेटा। हम नम्रता पर ट्रस्ट करते हैं। प्रेरणा के शेयर्स जल्द ही सॉर्ट-आउट कर लिए जाएंगे। उसे ऐसा नहीं लगना चाहिए कि मैंने तुम दोनों को उस पर प्रेशर डालने के लिए भेजा था।'

'हम इस बात का ध्यान रखेंगे,' सौरभ ने कहा। अंजली टेबल पर लौट आई थी।

नीलम ने हमारी कटोरियों में और सब्ज़ी डाल दी।

'हो गया, नीलम आंटी। मेरा पेट भर गया है,' मैंने कहा।

'तुमने तो कुछ खाया ही नहीं,' उन्होंने और पनीर डालते हुए कहा।

'नहीं, नहीं, सच में मेरा हो गया है,' मैंने कटोरी को अपने हाथों से ढांकते हुए कहा।

यह देखकर अंजली हंस दी।

'नीलम आंटी के प्यार और ख़ातिरदारी का मज़ा लो, केशव। ये कभी-कभी ही मिलता है,' अंजली ने कहा।

'क्यों? गीतू तुमको ठीक से खाना नहीं खिलाती थी क्या?' नीलम ने कहा।

'हां, खिलाती तो थी, अगर बेक्ड बीन्स और ब्रेड को खाना कहा जा सकता हो तो,' अंजली ने हंसते हुए कहा।

'क्या? गीतू खाना नहीं पकाती थी?'

'नहीं, मेरे पैरेंट्स की खाना पकाने से दुश्मनी थी। वैसे भी अमेरिका में यहां जैसा शानदार खाना कहां होता है। इस मामले में आपका कोई जवाब नहीं है, नीलम आंटी।'

नीलम मुस्करा दीं। वो सौरभ की थाली-कटोरी भर देने के लिए उसकी ओर बढ़ीं और उसने बिलकुल इनकार नहीं किया।

'रमेश अंकल, मुझे एक छोटी-सी प्रॉब्लम हो रही है। मुझे आपकी एडवाइस चाहिए,' सौरभ ने कहा। आख़िरकार उसने हमारे प्लान वाली बात कही थी। रमेश ने अपनी थाली से मुंह उठाकर देखा।

'एडवाइस? हां, हां, बोलो।'

'मालवीय नगर में हमारे फ़्लैट की लीज़ ख़त्म हो गई है। हम काम में इतने बिज़ी रहे कि नई जगह देख नहीं पाए। अगर आप कुछ हफ़्तों के लिए कोई गेस्टहाउस सजेस्ट कर देते तो हम वहां चले जाते,' सौरभ ने कहा।

'ओह, मैं देखता हूं। शोरूम के पास कुछ जगहें होनी चाहिए।'

वो ऑप्शंस के बारे में सोचने लगे। लेकिन हम यह नहीं चाहते थे। हमें इसे और इमोशनल बनाना था। मैंने सौरभ को इशारा किया कि थोड़ा और कोशिश करे।

'खाने का जहां तक सवाल है तो हम ब्रेड-बटर खाकर भी काम चला सकते हैं। कितनी अजीब बात है कि प्रेरणा और मैंने सोचा था कि साथ मिलकर एक नया घर लेंगे, अब मुझे ही कुछ सोचना पड़ेगा।'

'हां, ज़िंदगी बहुत कठिन चीज़ है,' रमेश ने कहा।

डैम, वो अब भी हमारी बात नहीं समझ पा रहे थे।

ग़नीमत है कि नीलम ने आकर हमारी जान बचाई।

'ब्रेड और बटर? तुम्हें तो घर का प्रॉपर खाना खाना चाहिए। रमेश जी?' नीलम ने अपने पति की ओर देखा।

इस बार बात बन गई।

'ओह, गेस्टहाउस में क्यों रहोगे? ये इतना बड़ा घर किसलिए है? यहीं रहो। कुछ हफ़्तों की ही तो बात है, जैसा कि तुमने कहा।'

सौरभ ने मेरी ओर देखा। अब मुझे अपना पार्ट प्ले करना था।

‘नहीं, अंकल, हम ऐसा नहीं कर सकते। हम अपने को आप पर थोप...’ मैंने कहा।

‘थोपना क्या? परिवार में तो ऐसी कोई बात होती नहीं। केवल तुम दोनों ही हो ना? कितनी जगह चाहिए तुम्हें?’

‘एक रूम बहुत है। घर में जहां भी आपके लिए कन्वीनिएंट हो,’ मैंने कहा।

‘आदित्य के पास तो पूरा फ़्लोर है,’ बिंदु ने कहा।

‘नहीं, उससे मत कहो। वो शिकायत करेगा। ये लोग मेरे मेहमान हैं। अगर तुम्हें ठीक लगे तो प्रेरणा के कमरे में रह लो। इससे काम चलेगा?’

‘मैं भी वही रूम मांगने वाला था,’ सौरभ ने कहा और टेबल के नीचे से मुझे हाई-फ़ाइव किया।

अध्याय 23

'सॉरी, आई एम लेट,' अंजली ने कहा।

मरून टर्टलनेक और ब्लैक स्लैक्स पहने और कंधे पर बड़ा-सा लैपटॉप बैग टांगे वह बहुत अच्छी लग रही थी।

'काम से आ रही हो?' मैंने कहा।

'सॉर्ट ऑफ़। अब मैं फ्रीलांस करती हूं। मेरे पुराने ऑफ़िस के पास एक स्टारबक्स में बैठकर मैं काम करती हूं।'

हम साइबरहब में डंकिन डॉनट्स में थे। सौरभ ने हम सबके लिए हॉट टी विद जिंजर और कोई एक दर्जन डॉनट्स ऑर्डर किए थे। डॉनट्स अलग-अलग तरह के थे और एक बड़े-से गुलाबी बॉक्स में पेश किए गए थे।

'इतने डॉनट्स कौन खाएगा?' मैंने कहा।

'चिल, ये टेकअवे बॉक्स है। जो बच जाएगा, हम घर ले जाएंगे,' सौरभ ने शुगर से भरा एक डॉनट उठाते हुए कहा।

'मुझसे मिलने के लिए थैंक्स, गाईज़,' अंजली ने कहा। अपनी टर्टलनेक में वह बहुत ही क्यूट लग रही थी। मैं सोच रहा था कि अब मैं अगर उसे डेट करूं तो सौरभ को कोई ऐतराज़ तो नहीं होगा। आख़िरकार अब वो फ़ैमिली टैबू वाली बात तो रह नहीं गई थी।

'डॉनट?' सौरभ ने ऑफ़र किया। उसने मना कर दिया।

'मैं प्रेरणा दीदी के केस में तुम लोगों से कुछ बातें शेयर करना चाहती हूं।'

'क्या?' मैंने कहा।

'फ़ैमिली के बारे में। यह फ़ैमिली इतनी परफ़ेक्ट है नहीं, जितनी वो उसको दिखाते हैं। दूसरी फ़ैमिलीज़ की तरह उसके भी बुरे हाल हैं।'

'ओके...' मैंने कहा। मैं समझ नहीं पा रहा था कि अब वो क्या कहेगी।

'तुम लोग अब भी इस केस की जांच कर रहे हो?'

सौरभ और मैंने एक-दूसरे की ओर देखा।

'हम नहीं कर सकते। मेरा मतलब है, हम कर नहीं पा रहे हैं,' सौरभ ने

कहा। 'तुमने रमेश अंकल की बात सुनी। केशव ने नम्रता दीदी से कुछ पूछ क्या लिया, उन्हें यह अच्छा नहीं लगा। ऐसे में हम फ़ैमिली की इंवेस्टिगेशन कैसे कर पाएंगे?'

'और पुलिस?' अंजली बोली।

'उनका तो इसमें इंट्रेस्ट ही नहीं लगता है। वो बस कुछ रूटीन रिपोर्ट्स कर रहे हैं, ताकि केस बंद करने से पहले यह दिखा सकें कि उन्होंने कुछ कोशिश की थी,' मैंने कहा।

'हां, रमेश अंकल केस को बंद करवा देना चाहते हैं। लेकिन बिंदु मासी और मैं—हम दोनों जानना चाहते हैं कि उस रात को आख़िर हुआ क्या था। मांजी भी कहती हैं कि उन्होंने किसी को देखा था। मिसेज़ गोयल ने आवाज़ें सुनी थीं। हम इसे एक एक्सीडेंट कैसे मान लें?'

'हम तो बिलकुल नहीं मान रहे हैं,' मैंने कहा। 'तुम कुछ शेयर करने वाली थीं?'

अंजली आगे झुकी।

'वेल, इस घर में रहते हुए तुम ख़ुद जान जाओगे। लेकिन यह फ़ैमिली दिखावा करने में माहिर है।'

'जैसे कि?' मैंने कहा।

'रमेश अंकल बहुत स्ट्रेस्ड हैं।'

'कारों की सेल बहुत गिर गई है,' सौरभ ने कहा।

'बात केवल इतनी भर नहीं है। हर रात अंकल अकेले पीठकर ड्रिंक करते हैं।'

'तुम्हें कैसे पता?' मैंने कहा।

'मैंने देखा और सुना है। वो नीलम आंटी से लड़ाई करते हैं। प्रेरणा से भी उनके आर्गुमेंट्स होते थे। वो उस पर चिल्लाते थे। रात को वो सीढ़ियों पर ऊपर-नीचे होते रहते हैं। देर तक स्मोकिंग करते हैं, कभी घर से बाहर तो कभी छत पर जाकर।'

'वेट, तुमने कहा वो छत पर जाते हैं?' सौरभ ने कहा।

'हां, कभी-कभी। क्यों?'

'तुम्हें लगता है अंकल भी इसमें इनवॉल्व हो सकते हैं?' मैंने कहा।

'पता नहीं। मैं बस बता रही हूं। आख़िर वो केस को क्लोज़ करवाने के लिए इतने बेचैन क्यों हैं? यह पूरी फ़ैमिली हर चीज़ पर परदा क्यों डालना चाहती है?'

'और कौन-सी चीज़ों पर उन लोगों ने परदा डाला है?' मैंने कहा।

अंजली ने अपने होंठ भींच लिए।

'क्या अंजली? क्या वो लोग कुछ और भी छुपा रहे हैं?' सौरभ ने कहा।

अंजली टेबल को घूरती रही। वो चुप रही। ऐसा लग रहा था, जैसे वो बहुत सोच-समझकर बोलना चाह रही हो।

'टेक योर टाइम,' मैंने अपना कप उठाते हुए कहा।

उसने गहरी सांस ली।

'मुझे कुछ ऐसी बात पता चली है, जो मुझे मालूम नहीं होनी चाहिए थी। पर्सनल है।'

'क्या?' मैंने कहा।

'उन्होंने मुझे क़सम दी है कि मैं किसी को नहीं बताऊंगी। इससे पूरे परिवार को शर्मिंदगी का सामना करना पड़ सकता है। फ्रैंकली, उसका इस केस से कोई ताल्लुक़ नहीं है। तो बेहतर होगा मैं ना बताऊं। सॉरी, यह पहले फ़ैमिली की तरफ़ से आना चाहिए था।'

'क्या बात है, अंजली?' सौरभ ने अपना तीसरा डॉनट नीचे रखते हुए कहा।

'इस केस से जुड़ी बात नहीं है, मेरा विश्वास करो। मैं बस इतना बताना चाह रही हूं कि यह फ़ैमिली सच्चाई से आंखें चुराती है। इसीलिए वो लोग इस केस को भी बंद करवा देना चाहते हैं। लेकिन तुम लोग ऐसा नहीं चाहते।'

'हम ऐसा कभी नहीं चाहेंगे,' मैंनें कहा।

'इसके लिए शुक्रिया। अगर मेरी मदद की ज़रूरत हो तो मैं हमेशा राज़ी हूं,' अंजली ने कहा।

'तुम नम्रता को कितनी अच्छी तरह से जानती हो?' मैंने कहा।

'उसकी पार्टनर?'

'उसके बारे में कुछ ऐसा, जो तुम्हें चिंतित करता हो?'

'ओह, तो क्या वो भी शक़ के दायरे में है?'

मैं बिना पलकें झपकाए उसे देखता रहा।

'आर यू सीरियस?' उसने कहा और सौरभ की ओर देखा।

'वो अकेली नहीं है। नीरज भी सस्पेक्ट है।'

'दीदी का एक्स?'

'हां, तुम उसे जानती हो?'

अंजली ने सिर हिला दिया।

'मेरे इंडिया आने से पहले ही उनका ब्रेकअप हो गया था। लेकिन मुझे याद है, प्रेरणा दीदी को इससे कितनी तकलीफ़ हुई थी।'

सौरभ और मैंने एक-दूसरे की तरफ़ देखा। अब हम सबसे पहले फ़ैमिली का वो शेमफ़ुल सीक्रेट जानना चाहते थे। लेकिन इसके लिए उसे फ़ोर्स करने का कोई फ़ायदा नहीं था। हमें इत्मीनान से काम लेना था।

'छह डॉनट बचे हैं,' सौरभ ने अंजली से कहा। 'तुम इनमें से तीन अपने घर ले जाना चाहोगी?'

अध्याय 24

'ये प्रेरणा का कमरा है, जैसा कि तुम जानते ही हो,' रमेश ने कहा।

'जी, अंकल,' मैंने कहा, क्योंकि सौरभ कुछ बोल नहीं पा रहा था। 'थैंक यू सो मच।'

यह रूम रमेश के फ़्लोर पर था। हम दोनों दो-दो सूटकेस लेकर उसमें घुसे।

'मैं बता नहीं सकता, आप हमारे लिए कितने मददगार साबित हुए हैं,' मैंने कहा।

'डोंट बी फ़ॉर्मल। और जब भी तुम्हारी मर्ज़ी हो, खाने पर हमारे साथ आ जाना। या गोपिका तुम्हारा खाना यहीं ला देगी।'

'ओह अंकल, हम खाना ऑर्डर कर देंगे...' मैंने कहा।

'ये घर है। यहां बाहर से खाना ऑर्डर करने की ज़रूरत नहीं है,' रमेश ने कमरे के बाहर जाते हुए कहा।

मैंने अपना सूटकेस खोला और क्लोज़ेट में कपड़े जमाने लगा।

'अंजली पर हाथ साफ़ करने की मत सोचना,' सौरभ ने फुसफुसाते हुए कहा।

'क्या?'

'कुछ नहीं। मैं कहना चाहता था कि अब हम इस घर में हैं, प्लीज़, इसे अपने लिए एक मौक़े की तरह मत लेना।'

'ऑफ़कोर्स नॉट,' मैंने कहा, हालांकि यह कहते हुए मेरा दिल बैठ गया। मैंने अपना ख़ाली सूटकेस दीवार से सटाकर रख दिया।

प्रेरणा की अलमारी में अब भी उसके कपड़े थे। सौरभ ने एक मरून और मस्टर्ड सलवार कमीज़ देखी।

'मुझे ये ड्रेस याद है। ये उसने लोधी गार्डन्स में पहनी थी, जब तुम उससे पहली बार मिले थे,' सौरभ ने कहा। कपड़े को सहलाते हुए वह फूट पड़ा।

मैंने उसके कंधे पर हाथ रख दिया। 'आर यू श्योर कि तुम इस रूम में

रह सकते हो?'

उसने ख़ुद को संभाला और सिर हिला दिया।

'उसके साथ क्या हुआ था, यह जानने का यही इकलौता रास्ता है।'

❖

एसीपी राणा का एयर-कंडीशंड ऑफ़िस किसी इंस्पेक्टर के कैबिन से तीन गुना बड़ा और दस गुना साफ़-सुथरा था। इंस्पेक्टर सिंह ने मुझे और सौरभ को दोपहर में मिलने बुलाया था। अपने नए रोल में एसीपी राणा वीआईपी सिक्योरिटीज़ और रैलीज़ के लिए पुलिस डिप्लॉयमेंट मैनेज करने के लिए काम कर रहे थे। उन्होंने अपने कम्प्यूटर में खुली हुई स्प्रेडशीट को सेव किया और हमारी तरफ़ मुड़े।

'मैं क्राइम को मिस करता हूं। मर्डर, रेप, रॉबरी। इन सब स्टूपिड रिपोर्ट्स और पेपरवर्क से तो वो सब कहीं बेहतर है।'

'हो सकता है प्रेरणा मल्होत्रा के केस में भी कोई क्राइम ना हो, सर,' सिंह ने कहा।

'उस मामले में हंड्रेड परसेंट क्राइम हुआ है। वो छत पर सूखने के लिए रखा हुआ कोई पेटीकोट नहीं थी, जो नीचे गिर जाए,' एसीपी राणा ने कहा और सौरभ की ओर देखा।

'कुछ नहीं तो इस हीरो ने ही उसे धक्का देकर गिरा दिया होगा।'

'आप क्या कह रहे हैं, सर?' सौरभ का चेहरा सफ़ेद पड़ गया। एसीपी ठहाका लगाकर हंस पड़े, लेकिन किसी और को मुस्कराहट भी नहीं आई।

'जोक था, गाईज़।'

मैंने एक फ़ेक-स्माइल दी।

'एनी-वे, प्रोग्रेस क्या है? सिंह यहां मिलना चाहता था। तुम लोग उसे परेशान तो नहीं कर रहे हो?'

'नहीं, सर,' मैंने कहा।

'ये लड़के मुझे कुछ नहीं बता रहे हैं,' सिंह ने कहा। 'मैंने इन्हें फ़ैमिली के लोगों के बयान पढ़ने को दिए थे, उसके बाद ये ख़ुद ही जाकर सब लोगों से पूछताछ करने लगे। और अब तो ये मल्होत्रा हाउस में भी रहने लगे हैं।'

मैंने इंस्पेक्टर सिंह की ओर हैरत से देखा।

'तुमको क्या लगता था, मुझे पता नहीं चलेगा? रमेश मल्होत्रा ने मुझे बताया कि तुम दोनों ने वहां डेरा डाल रखा है।'

'वेल डन, घर जमाई,' एसीपी राणा ने सौरभ की ओर देखा और खिलखिला दिए।

'सर, प्लीज़।'

'अगर मैं मज़ाक़ ना करूं तो मेरी ज़िंदगी ही क्या रह जाएगी? ऑफ़िस में इस स्टूपिड कम्प्यूटर के सामने बैठा रहूं और रात को अपनी स्टूपिड वाइफ़ की बातें सुनता रहूं,' एसीपी ने कहा।

'इंस्पेक्टर, आप भी तो हमारे साथ काम करने में दिलचस्पी नहीं दिखा रहे हैं,' मैंने सिंह से कहा।

'मैं क्यों तुम लोगों के साथ काम करूं? मैं पुलिस हूं, तुम क्या हो?'

'मेरी मां और बीवी की तरह लड़ाई मत करो,' एसीपी ने कहा। 'सिंह, इन दोनों का इस्तेमाल करो। अब तो घर में घुस गए हैं, तुम्हारे काम आएंगे।'

सिंह ने ठंडी सांस छोड़ी।

'फ़ैमिली ही नहीं चाहती कि मामले में आगे जांच हो। कोई भी सुराग़ नहीं मिल रहा है। शायद हमें केस बंद करना पड़े।'

'बयानों से कुछ पता चला?'

'कुछ नहीं, सर। वही सब नॉर्मल फ़ैमिली डेस्प्यूट्स।'

एसीपी ने अपनी चेयर मेरे और सौरभ की ओर घुमा ली।

'तुम लोगों का क्या ख़याल है?'

'केस बंद करने का तो सवाल ही नहीं उठता,' मैंने कहा। 'हमने तो सस्पेक्ट्स के नाम भी शॉर्टलिस्ट कर लिए हैं।'

'सस्पेक्ट्स?' सिंह ने पूछा।

'ऐसा है कि ये दोनों ओवरकॉन्फ़िडेंट इडियट्स हैं, लेकिन कभी-कभी कोई अच्छी चीज़ ले आते हैं। इनकी बातें सुनो। अपना इगो बीच में मत लाओ,' राणा ने सिंह से कहा।

सिंह ने गहरी सांस छोड़ी और हमारी तरफ़ मुड़े।

'ठीक है, बताओ कौन सस्पेक्ट्स हैं?'

'अभी तक तो आदित्य, नम्रता और नीरज सस्पेक्ट्स हैं।'

'और तुम लोग इस नतीजे पर कैसे पहुंचे?'

हमने उनको उन लोगों से हमारी मीटिंग्स के बारे में बताया।

'तुम्हारे पास केवल थ्योरीज़ हैं,' सिंह ने कहा।

'लेकिन हमारा अगला क़दम सबूत जुटाने का होगा। इसीलिए हम उस घर में रहने के लिए गए हैं,' सौरभ ने कहा।

सिंह ने कोई जवाब नहीं दिया।

'तुमने इन लोगों की वैल्यू देखी? इनके साथ मिलकर काम करो तो केस सॉल्व हो जाएगा। इन्हें तुम्हारे सपोर्ट की ज़रूरत है और तुम्हें इनके दिमाग़ की,' एसीपी ने कहा।

'सर, आपका मतलब है मेरे पास दिमाग़ नहीं है?' सिंह ने कहा।

'अब टची मत होओ, सिंह। मेरी वाइफ़ ऐसा कहती है। मैं उससे कहता हूं कि आज मेड ने अच्छा खाना बनाया है तो वो पलटकर कहती है, आपका मतलब है, मैं अच्छा खाना नहीं बनाती? ये बहुत अनॉइंग होता है। तुम बस इन दोनों को यूज़ करो, ये पहले ही घर में घुस चुके हैं।'

सिंह चुप रहे।

'डील? फ्रेंड्स?' एसीपी ने कहा। 'तो अब हैंडशेक करो।'

सिंह, सौरभ और मैंने हाथ मिलाए।

'गुड। ऑल द बेस्ट,' एसीपी ने कहा और उठ खड़े हुए। 'मुझे जाना होगा। ऐम्बीअन्स मॉल में मेरी वाइफ़ और मदर हैं। उनको हाउसफ़ुल 4 देखना है। टिकट प्राइसेस देखो, ये भी अपने आपमें एक क्राइम है।'

सिंह ने राणा से हाथ मिलाया और वहां से चला गया। हम राणा के ऑफ़िस में रुके रहे।

'सुनो, तुम दोनों सिंह के सामने सब कुछ उजागर मत किया करो।'

हम दोनों ने हैरत से एक-दूसरे की ओर देखा।

'लेकिन आपने ही तो हमारे हाथ मिलवाए,' मैंने कहा।

'रमेश केस बंद करवाने के लिए सिंह से डील कर सकता है।'

'क्या रमेश अंकल नहीं चाहते कि वो मालूम करें, उनकी बेटी को किसने मारा? क्या वो उसे जस्टिस दिलाना नहीं चाहते?' सौरभ ने कहा।

'कुछ लोगों को जस्टिस से ज़्यादा मन की शांति प्यारी होती है। एनी-वे, मुझे जाना है। मेरी वाइफ़ अक्षय कुमार का एक सैकंड भी मिस करना बर्दाश्त नहीं कर सकती।'

अध्याय 25

'कार में बैठो,' सौरभ ने ओला कैब की ओर इशारा करते हुए नीरज से कहा। यह कैब हमने नीरज से पूछताछ के दूसरे राउंड के लिए हायर की थी।

'मेरी एक मीटिंग है,' नीरज ने थूक गटकते हुए कहा। 'बॉस के साथ परफ़ॉर्मेंस रिव्यू है।'

सौरभ ने नीरज का कॉलर पकड़ लिया।

'मैं तुम्हारा बॉस हूं, चल गाड़ी में बैठ।'

ओला ड्राइवर ने मुड़कर देखा कि चल क्या रहा है। सौरभ ने नीरज की कमीज़ पर से अपनी पकड़ ढीली कर दी।

'गाड़ी चलाते रहोगे तो फ़ाइव-स्टार रेटिंग दूंगा,' सौरभ ने ड्राइवर से कहा।

'एक्चुअली, अब तो सिक्स-स्टार रेटिंग भी आ गई है। मुझे कॉम्प्लिमेंट के साथ वही देना।'

मैंने रिज रोड डेस्टिनेशन दिया था। यह दिल्ली का फ़ॉरेस्टेड एरिया है। और अगर अख़बारों की मानें तो दिल्ली के सभी किडनैपर्स अपने विक्टिम्स को लेकर यहीं पर आते हैं।

'तुम आख़िर चाहते क्या हो?' गाड़ी के चलते ही नीरज ने कहा।

'तुम हमारे प्राइम सस्पेक्ट्स में से एक हो,' मैंने कहा।

'सस्पेक्ट?'

'सस्पेक्ट तो क्या, मुझे पूरा यक़ीन है, तुमने ही ख़ून किया है,' सौरभ ने कहा।

'क्या?'

'क्या तुम उससे पहले भी उसके घर के बाहर वाले पार्क में जाकर बैठे थे?' सौरभ ने पूछा।

'नहीं।'

'लेकिन जिस दिन तुम बैठे, उसी दिन वो छत से गिरकर मर गई,' मैंने कहा।

'वेल, उससे तो मुझे भी शॉक लगा था,' नीरज ने कहा।

सौरभ ने नीरज के गले में बैंक आईडी की डोरी को पकड़ा और उसे नीरज के गले पर कसने लगा। नीरज चिल्लाने लगा।

'हेल्प, हेल्प।'

ड्राइवर ने फिर मुड़कर देखा।

'सर, ये सब क्या है। मुझे तो लगा था आप डिसेंट लोग हैं।'

सौरभ ने नीरज को छोड़ दिया। नीरज गहरी सांसें लेने लगा।

'ज़्यादा ड्रामा मत करो, ओके? मैंने हल्का-सा ही कसा था,' सौरभ ने कहा।

'लेकिन मैं इसके लिए पुलिस में तुम्हारी रिपोर्ट कर सकता हूं।'

'पुलिस तो हमारे साथ काम कर रही है। सो, गो फ़क योरसेल्फ़,' सौरभ ने कहा।

'क्या?'

मैंने अपना ज़ेड डिटेक्टिव्ज़ बिज़नेस कार्ड उसके सामने लहराया।

'हमने पुलिस को बैंक आने से रोका, नहीं तो वो वारंट लेकर तुम्हें पकड़ने आ रहे थे।'

'लेकिन क्यों?'

ड्राइवर फिर मुड़ा।

'क्या ये क्रिमिनल है, सर?' सौरभ ने सिर हिलाया और ड्राइवर को भी अपना बिज़नेस कार्ड दे दिया।

'क्या आप पुलिस के लोग हो?'

'जासूस,' मैंने कहा।

'तब अगर आप इसको पीटना चाहते हो तो ठीक है। हम रिज पहुंचने ही वाले हैं। इसको अच्छे से ठोको।'

'तुम प्लीज़ ड्राइविंग पर ध्यान लगाओ,' नीरज ने कहा। 'मैं क्रिमिनल नहीं हूं।'

'हर क्रिमिनल यही कहता है,' ड्राइवर ने कहा। हम फ़ॉरेस्टेड एरिया में आ गए थे।

'ड्राइवर भैया, हमें थोड़ी प्राइवेसी चाहिए। ज़रा दस मिनट के लिए आप साइड में जाएंगे?' मैंने कहा।

ड्राइवर इस बात से थोड़ा निराश हुआ कि वो एक्शन नहीं देख पाएगा। कार से निकलकर वो एक तरफ़ चला गया।

'मुझे फिर से अपना फ़ोन दिखाओ', ड्राइवर के जाने पर मैंने नीरज से कहा।

'क्यों?'

'तुम्हारी लोकेशन हिस्ट्री देखनी है,' मैंने कहा।

'ये क्या होता है?'

'गूगल मैप्स को सब पता होता है कि हम कहां-कहां गए। मुझे कन्फ़र्म करना है।'

नीरज ने अपना आईफ़ोन आगे बढ़ा दिया। शुक्र है कि बहुत-से लोगों की तरह उसने अपनी लोकेशन ट्रैकिंग सर्विसेस को स्विच-ऑफ़ नहीं किया था। अगर हम इसे ऑफ़ ना करें तो गूगल हमारे एक-एक क़दम की जानकारी रखता है, बशर्ते फ़ोन हमारे साथ हो।

गूगल मैप्स का 'योर टाइमलाइन' फ़ीचर ब्लू लाइंस में बता रहा था कि उस दिन नीरज कहां-कहां गया था।

'ओके, तो मैं देख सकता हूं कि 17 अक्टूबर को शाम साढ़े 5 बजे तुम ऑफ़िस में थे। फिर मैप बताता है कि तुम न्यू फ्रेंड्स कॉलोनी गए। ए ब्लॉक। तुम 6 बजकर 5 मिनट पर वहां पहुंचे।'

'ये सब मैं पहले ही बता चुका हूं। मैं ए ब्लॉक पार्क में पहुंचा। बेंच पर बैठा। प्रेरणा को फ़ोन लगाया। उसने मुझसे बात नहीं की। मैंने मैसेजेस भेजे तो उसने रिप्लाई किया वो मिल नहीं सकती। उसके बाद उसने रिप्लाई करना भी बंद कर दिया। मैंने एक घंटा वेट किया, फिर चला आया।'

'एक मिनट,' मैंने कहा और फ़ोन चेक किया। गूगल मैप्स हिस्ट्री बता रही थी कि वह 7 बजकर 47 मिनट पर ए ब्लॉक से चला गया।

'तुम वहां 1 घंटा 40 मिनट रहे थे,' मैंने कहा।

'ऑब्वियसली, मुझे एग्ज़ैक्ट ड्यूरेशन याद नहीं,' नीरज ने कहा।

'भाई, इसका मतलब है कि जब प्रेरणा छत से गिरी, तब ये वहां पर था। पार्क से इसने उसके घर के बाहर भीड़ जमा देखी होगी। उसने उसकी लाश को भी देखा होगा।'

'क्या तुमने देखा था?' मैंने कहा।

नीरज ने कुछ नहीं कहा।

'जवाब दो, यू इडियट। और झूठ बोलने की कोशिश भी मत करना,' सौरभ ने कहा।

'हां, देखा था,' नीरज ने धीरे से कहा।

'क्या देखा था, एसहोल? और ये बात तुमने उस दिन क्यों नहीं बताई?' सौरभ ने कहा। ग़ुस्से से उसका चेहरा लाल हो गया था।

'मैंने टेरेस पर रोशनी को आते देखा था। दूर से प्रेरणा की परछाईं दिख रही थी।'

'यानी तुमने उसको छत पर ज़िंदा देखा था। और शायद, तुम इकलौते ऐसे आदमी हो, जिसने उसको ऐसे देखा है,' मैंने कहा।

'क़ातिल के अलावा,' नीरज ने कहा।

'क्या मतलब?' मैंने कहा।

नीरज ने गहरी सांस ली।

'इतनी दूर से मुझे साफ़ नहीं दिखाई दिया। पर प्रेरणा छत पर थी और मुंडेर पर कुछ जमा रही थी। मैंने उसे कॉल करने की कोशिश की, लेकिन उसने फ़ोन काट दिया।'

'बोलते जाओ,' मैंने कहा।

'वो नज़रों से ओझल हो गई, क्योंकि वो छत की मुंडेर से दूर चली गई थी। कुछ मिनटों बाद वो फिर दिखाई दी। इस बार उसकी पीठ मुंडेर की तरफ़ थी। वो दूर गई और फिर लौट आई, ऐसा दो बार हुआ। फिर वो पीछे की तरफ़ गिर पड़ी। मुझे ज़मीन पर धप्प से गिरने की आवाज़ आई।'

'तब तुमने क्या किया?'

'मैं घबरा गया। कुछ ग़लत हुआ था। मैं वहां नज़र नहीं आना चाहता था। मेरे पिता एक सीनियर आईएएस ऑफ़िसर हैं। वो नहीं चाहते कि मैं ऐसी किसी चीज़ में इनवॉल्व हो जाऊं। इसलिए मैं वहां से चला आया। तुम गूगल मैप्स देख सकते हो। मैं वहां से सीधे अपने घर बापा नगर चला आया था।'

'बुज़दिल,' सौरभ ने कहा।

नीरज ने कोई जवाब नहीं दिया।

'तुम्हें छत पर कोई और दिखाई दिया था?' मैंने कहा।

'नहीं। वो बहुत ऊंचाई पर और दूर थी। लेकिन कोई भी छत की मुंडेर पर अपनी पीठ ऐसे नहीं करता है। वहां कोई ज़रूर होगा, जिसने उसको धक्का

दिया होगा।'

'और वो कोई तुम नहीं थे?' सौरभ ने कहा।

'नहीं, बिलकुल नहीं। मैं क़सम खाता हूं।'

सौरभ ने नीरज को ज़ोर से थप्पड़ रसीद कर दिया।

'क्यों? मैंने कुछ नहीं किया है,' नीरज ने कहा, वो लगभग रुआंसा हो गया था।

'ऐसे ही मारा, क्योंकि हो सकता है तुम झूठ बोल रहे हो,' सौरभ ने कहा।

मैंने नीरज की ओर देखा।

तभी मेरे दिमाग़ में कुछ कौंधा। अगर नीरज प्रेरणा को मारने गया होता, तो उसने घर में घुसने का क्या प्लान बनाया होता? उसे कैसे पता चलता कि प्रेरणा आज करवा चौथ का व्रत रख रही है? उसे कैसे पता होता कि पीछे का दरवाज़ा खुला था? यह तो क़ातिल को ही मालूम था कि प्रेरणा छत पर है और उसे पीछे का रास्ता भी पता था।

'इसे छोड़ दो, गोलू,' मैंने कहा।

'क्या?' सौरभ ने आश्चर्य से कहा।

'इसने कुछ नहीं किया है। जाओ, नीरज। हम तुम्हें कहीं छोड़ दें क्या?'

'मैं पैदल ही चला जाऊंगा। थैंक्स।'

वो कार से निकला, कुछ क़दम चला और अगले मोड़ से मुड़ गया।

उसके जाने के बाद मैंने सौरभ को बताया, जो मैं सोच रहा था।

सौरभ ने ठंडी सांस ली।

'एग्री?' मैंने कहा।

सौरभ ने सिर हिला दिया।

ओला ड्राइवर चला आया।

'आपने उसको जाने दिया?' उसने कहा।

'हां, वो बेक़सूर है,' मैंने कहा और डेस्टिनेशन बदलकर मालवीय नगर कर दिया।

'मुझे आप लोग अच्छे लगे। मैं भी आपको फ़ाइव-स्टार दूंगा,' ड्राइवर ने कहा।

अध्याय 26

'डैम, वो बैक डोर लॉक। वो हमारे दिमाग़ में क्यों नहीं आया?' सौरभ ने हमारी शॉर्टलिस्ट में से नीरज का नाम काटते हुए कहा।

'कभी-कभी फ़ैक्ट्स ख़ुद को धीरे-धीरे ही उजागर करते हैं,' मैंने कहा। 'और ये कौन-सी ड्रिंक है? शुगर सीरप और व्हिस्की?'

'ये मेरा स्पेशल कॉकटेल है। हनी विद व्हिस्की। सो सेटिस्फ़ाइंग।'

'केवल शुगर एडिक्ट्स के लिए,' मैंने कहा।

हम अपने मालवीय नगर वाले घर में थे। हमने अभी तक यह घर ख़ाली नहीं किया था।

'शायद नम्रता ने भी यह नहीं किया है,' सौरभ ने कहा।

'ओह,' मैंने कहा। ज़ाहिर है, बैक डोर वाला लॉजिक उस पर भी लागू होता था।

सौरभ ने सिर हिलाया। वह सोफ़े से उठा और सोच में डूबा हुआ किचन तक चला गया। वहां से वह हल्दीराम भुजिया का एक किलो का एक्स्ट्रा-लार्ज पैकेट उठा लाया। मैं सोचने लगा कि इस तरह की अनहेल्दी चीज़ों को बेचना लीगल कैसे है? या कम से कम उन पर कोई वॉर्निंग तो होनी ही चाहिए। जैसे कि सिगरेट के पैकेट्स पर कैंसरग्रस्त लोगों की तस्वीरें होती हैं, उसी तरह से इन चीज़ों पर सुपर-फ़ैट अंकल्स की तस्वीरें होनी चाहिए, जो या तो बिस्तर पर पड़े हैं या कार्डियक अरेस्ट से जूझ रहे हैं। या उन पर थुलथुल पंजाबी आंटियों के फ़ोटो होने चाहिए। मेरी भौहें तन गईं।

'कम ऑन, अब तुम मुझे ऐसे मत देखो। अब बिना मंचीज़ के ड्रिंक्स कैसे ली जा सकती है?'

'तुम डाइट कब शुरू करोगे?'

'प्लीज़, फिर से वह सब शुरू मत करो। मैं दुखी हूं ना? मेरी मंगेतर की मौत हो गई है। मुझे अभी बख़्श दो।'

'सीरियसली? तो अब तुम यह करोगे?'

'सॉरी, मैं इसके बाद सैलेड ले लूंगा। अभी हम फिर से केस की बात कर सकते हैं?'

मैं उससे कहना चाहता था कि ईटिंग हेल्दी का मतलब होता है सलाद खाना, भुजिया के बाद सलाद खा लेना नहीं, लेकिन मैंने सोचा कि केस के बारे में बात करना ही ठीक रहेगा।

'अब हमारी शॉर्टलिस्ट में केवल आदित्य है।'

'चाचू?'

'वो टैरेस के ठीक नीचे रहते हैं। वो इतने स्ट्रॉन्ग भी हैं कि प्रेरणा को धक्का दे सकें। वो अपने भाई से नफ़रत करते हैं। उनके पास पैसा नहीं है। प्रेरणा की शादी पर इतना ख़र्चा होता देख जल गए होंगे।'

'मांजी बार-बार कहती रहती हैं—ओ आया सी, याद है?' सौरभ ने कहा।

'हां... यानी वो आया था,' मैंने कहा।

'एग्ज़ैक्टली। आया था यानी कोई पुरुष। उन्होंने अपने कमरे के बाहर किसी को देखा था।'

'उनका दिमाग़ थोड़ा चला हुआ है।'

'ठीक है, लेकिन कभी-कभी दिमाग़ी तौर पर डिस्टर्ब्ड लोग भी सच्ची बात कह जाते हैं।'

मैंने अपनी ड्रिंक फ़िनिश की। सौरभ मेरे लिए एक और हनी वाली ड्रिंक बनाने लगा। मैंने उसे रोक दिया।

'मेरे लिए प्लीज़ प्लेन वॉटर और व्हिस्की।'

'भाई, मुझे ये देखकर हर्ट हो रहा है कि तुमको मेरा कॉकटेल अच्छा नहीं लगा।'

'फ़ोकस करो, गोलू।'

सौरभ ने मुझे बिना शुगर वाली ड्रिंक थमा दी।

'तो तुमको लगता है, ये चाचू ने किया है?'

'वो डेफ़िनेटली प्राइम सस्पेक्ट हैं। लेकिन कन्फ़र्म होने के लिए हमें और सबूत जुटाने होंगे।'

'कैसे?'

'हम मल्होत्रा हाउस में और क्या करने गए हैं, मिस्टर ऑलमोस्ट जमाई

राजा?'

❖

'मल्होत्रा जी, इस सब फ़ॉर्मेलिटी की कोई ज़रूरत नहीं है,' सिंह ने कहा।

सौरभ, रमेश, सिंह और मैं मल्होत्रा हाउस के ग्राउंड फ़्लोर पर थे। गोपिका ने हमारे सामने मौजूद बड़ी-सी कॉफ़ी टेबल पर समोसे, पकौड़े, ढोकले, बर्फ़ी, लड्डू और गाजर का हलवा सजा दिया था।

'मेरे पास कुछ अपडेट्स हैं। डीएनए फ़ॉरेंसिक रिपोर्ट आ गई है। हमारे पास सेलफ़ोन टॉवर लोकेशन रिपोर्ट भी है,' सिंह ने कहा।

उन्होंने अपना लेदर ब्रीफ़केस खोला और उसमें से दो फ़ाइलें निकालीं।

'ये सेलफ़ोन टॉवर लोकेशन रिपोर्ट है,' सिंह ने पहली ब्राउन फ़ाइल खोलते हुए कहा। 'उस दिन अंजली को छोड़कर सभी घर पर थे। अंजली रास्ते में थी। उसकी सेलफ़ोन टॉवर लोकेशन में एयरपोर्ट, एरोसिटी, धौलाकुआं, एम्स, आश्रम चौक और यहां के डिटेल्स हैं।'

'मैं भी बाहर था,' रमेश ने कहा। 'मैंने बताया था ना, मैं पान लेने बाहर गया था।'

'हो सकता है, सर,' सिंह ने कहा। 'ये केवल सेलफ़ोन टॉवर लोकेशन है। पान की दुकान नज़दीक है, आपका फ़ोन तब भी उसी टॉवर से कनेक्टेड रहेगा।'

'ठीक है,' रमेश ने कहा।

'मेरे पास कुछ इससे ज़्यादा इंट्रेस्टिंग है, सर।'

'क्या?'

'मिस नम्रता तनेजा का फ़ोन भी उस समय पर ए ब्लॉक, न्यू फ्रेंड्स कॉलोनी, सेल फ़ोन टॉवर की लोकेशन बता रहा है।'

सौरभ और मैंने एक-दूसरे की ओर देखा। नम्रता तो नोएडा में रहती थी।

'आपने उसका फ़ोन भी ट्रैक किया?' रमेश ने कहा।

'बिलकुल, सर। हम आधा-अधूरा काम नहीं करते,' सिंह ने कहा। उसे तारीफ़ पाने की उम्मीद थी, लेकिन रमेश की प्रतिक्रिया कोई बहुत अच्छी नहीं थी। इंस्पेक्टर सिंह ने समोसे की एक बाइट ली और अपनी बात जारी रखी।

'इतना ही नहीं, हमने नीरज अरोड़ा को भी चेक किया। आपने अपने बयान में उसके बारे में बताया था ना? एक्स बॉयफ्रेंड। उसकी टॉवर लोकेशन भी वही है—न्यू फ्रेंड्स कॉलोनी।'

'क्या?' रमेश ने इतनी ज़ोर से कहा कि गोपिका ने किचन से झांककर देखा कि माजरा क्या है। सिंह गर्व से मुस्करा रहे थे।

'मैंने आपको पहले ही कह दिया सर, हम चोखा काम करते हैं।'

'वो बास्टर्ड यहां पर क्या कर रहा था? तो क्या यह उसने किया है?' रमेश ने कहा।

सिंह ने कंधे उचका दिए। मुस्कराते हुए उन्होंने फ़ाइल टेबल पर रख दी। फिर अपनी प्लेट में उन्होंने समोसा, लड्डू और गाजर का हलवा भर लिया। दिल्ली पुलिस वालों के लिए फ़िट रहना बड़ा मुश्किल है। वो जहां भी जाते हैं, उनकी ऐसी ही ख़ातिरदारी की जाती है।

'हां, नीरज पार्क में था। हमें पता है। लेकिन यह उसने नहीं किया है,' सौरभ ने कहा।

'क्या?' सिंह ने कहा। वो इस बात से निराश थे कि हम उन्हें ख़ुद पर इतराने का मौक़ा नहीं दे रहे थे।

सौरभ ने नीरज से हुई हमारी मुलाक़ात और उसके बाद हम किस नतीजे पर पहुंचे, इस बारे में बताया।

'डैम, तुम लोगों को मुझे इस बारे में पहले बताना चाहिए था,' सिंह ने कहा।

इंस्पेक्टर ने प्लेट फिर से टेबल पर रख दी। हमने उसकी प्राइमरी सस्पेक्ट की हवा निकाल दी थी। इसके बाद गाजर के हलवे में कैसे कोई स्वाद रह जाता?

'रहने दीजिए, रमेश जी। इस सबमें कोई पॉइंट नहीं है। मैं चलता हूं,' सिंह ने कहा और उठ खड़े हुए।

'क्या बात है, सिंह सर?' रमेश ने कहा।

'रमेश जी, मेरी वैल्यू नहीं की जा रही है।'

'बिलकुल की जा रही है। आप बैठ जाइए। समोसा खाइए। गरमागरम हैं,' रमेश ने कहा और हमारी तरफ़ देखकर कहा—'और तुम दोनों—पुलिस की इंसल्ट मत करो। जो भी करो, पुलिस को बताकर करो।'

'लेकिन अंकल...'

रमेश ने बीच में ही बात काट दी।

'माफ़ी मांगिये,' उन्होंने कहा।

'सॉरी, सिंह सर,' हम दोनों ने एक साथ कहा।

कुछ देर ठहरकर सिंह बैठ गए।

'सिंह सर, और दूसरी फ़ाइल?' रमेश ने कहा।

'हां, वो फ़ोरेंसिक रिपोर्ट है। मैं बताऊं कि उसमें क्या है, बशर्ते इन दोनों को पहले ही नहीं पता हो?'

'बिलकुल सर, बताइए उसमें क्या है?' रमेश ने कहा।

'फ़िंगरप्रिंट्स और डीएनए असेसमेंट्स। दो अलग-अलग लैब्स से। रमेश जी, हम ये सब हर केस में नहीं करते। आपके लिए हम अपनी तरफ़ से पूरी कोशिश कर रहे हैं,' सिंह ने कहा।

'आप तो हमारे लिए फ़ैमिली की तरह हैं, सिंह सर,' रमेश ने कहा।

सिंह ने दूसरी फ़ाइल खोली।

'हमने फ़िंगरप्रिंट्स एनालिसिस किया है। हमने बॉडी से प्रिंट लिए हैं, छत पर बहुत सारी जगहों से लिए हैं, करवा चौथ की थाली, छलनी और दुपट्टे से भी लिए हैं।'

'और?' रमेश ने कहा।

'कुछ भी नहीं। बॉडी पर या कहीं पर भी कुछ नहीं है,' सिंह ने कहा और फिर हमारी तरफ़ मुड़कर बोले, 'अब इसका पता लगाकर दिखाओ, मिस्टर डिटेक्टिव्ज़।'

'आपको कोई फ़िंगरप्रिंट्स नहीं मिले?' सौरभ ने कहा।

'हां, प्रेरणा के फ़िंगरप्रिंट्स हैं, ऑफ़कोर्स। लेकिन किसी और के नहीं,' सिंह ने कहा।

'मैंने अभी आपको बताया कि नीरज ने उसे छत पर किसी से जूझते हुए देखा था। वहां कोई तो ज़रूर था,' सौरभ ने कहा।

इंस्पेक्टर ने अपनी दाढ़ी खुजाई।

'कभी हैंड ग्लव्ज़ जैसी चीज़ के बारे में सुना है, मिस्टर सौरभ?' सिंह ने ऐसे कहा, जैसे वो इस थ्योरी को क्रैक करने वाले दुनिया के पहले आदमी थे।

'लेकिन छत के बारे में क्या? और थाली?' रमेश ने कहा।

'कुछ नहीं। बस मुंडेर के पास एक जगह पर...' सिंह ने कहा और बोलते-बोलते बीच में रुक गए।

'एक जगह पर क्या?' सौरभ ने कहा।

'एक जगह पर आपकी अंगुलियों के निशान हैं, डिटेक्टिव सर,' सिंह ने चमकती आंखों से कहा।

'ओह,' सौरभ ने कहा। 'ज़ाहिर है, मैं छत पर गया था और मुंडेर से झांककर नीचे देखा था। क्या आप फिर से मुझ पर शक़ कर रहे हैं?'

'मैं तो नीरज पर शक़ कर रहा था, लेकिन तुम्हीं ने कहा कि वो नहीं है। फिर और कौन हो सकता है?'

'सर, कम ऑन,' सौरभ ने कहा।

'तुम लोग फिर से यह सब शुरू मत करो। और क्या मिला, सिंह सर?' रमेश ने कहा।

'हमने दो अलग-अलग लैब्स से फ़ुल डीएनए एनालिसिस भी कराया है। इसमें लेटेस्ट अमेरिकी मशीनों का इस्तेमाल किया गया है,' सिंह ने कहा।

'ये डीएनए क्या होता है?' रमेश ने कहा।

'हम सभी का एक यूनिक बायोलॉजिकल डीएनए होता है, जो हमारे किसी भी बॉडी सेल में पाया जा सकता है। अगर मरने वाले की क़ातिल से हाथापाई होती है तो उसकी बॉडी पर क़ातिल के डीएनए मिलते हैं। ठीक है ना, सिंह सर?' मैंने कहा।

'ऐसा है तो पूरी बात भी तुम्हीं बता दो,' सिंह ने कहा।

'सॉरी, सर,' मैंने कहा। 'मैं इंटरप्ट नहीं करना चाहता था।'

इंस्पेक्टर ने मुझको एक डर्टी लुक दी और अपनी बात ज़ारी रखी—

'स्किन सेल्स या नाख़ूनों या बालों का कोई हिस्सा। अगर क़त्ल से पहले हाथापाई या छीनाझपटी हुई हो तो मरने वाले की बॉडी पर क़ातिल का कुछ ना कुछ डीएनए रह ही जाता है,' सिंह ने रिपोर्ट का आख़िरी पेज खोलते हुए कहा।

'तो क्या कुछ मिला?' रमेश ने कहा।

'कुछ नहीं। हमारी टीम को बॉडी से कोई फ़ॉरेन डीएनए नहीं मिला है। आपके होने जा रहे जमाई राजा के भी नहीं।'

'मैं उससे उस दिन मिल ही नहीं पाया था,' सौरभ ने कहा।

'तुम अपने बारे में इतनी सफ़ाई क्यों देते रहते हो?' सिंह ने कहा।

रमेश ने सिंह से दोनों फ़ाइलें ले लीं, चश्मा लगाया और एक-एक पेज

पलटकर देखने लगे।

'मैं आपको बता रहा हूं, सर। या तो क़ातिल लकी साबित हुआ कि उसका कोई डीएनए या फ़िंगरप्रिंट नहीं छूटा। या फिर वह ज़रूरत से ज़्यादा चालाक है और पूरी तैयारी से आया था,' सिंह ने कहा।

रमेश अगले दस मिनटों तक फ़ाइलें पढ़ते रहे। सिंह ने अपनी प्लेट में मौजूद स्नैक्स को ख़त्म किया और थोड़ा-सा और गाजर का हलवा ले लिया।

'ये तो आपने बहुत सारा काम कर लिया, सिंह सर, आपका बहुत-बहुत शुक्रिया। हमारे पास अब भी साफ़-साफ़ जवाब नहीं हैं, लेकिन हम इस मामले की जांच में आगे तो बढ़े हैं। तुम दोनों क्या कहते हो?'

'बिलकुल, अंकल। इंस्पेक्टर सिंह तो बेस्ट हैं,' सौरभ ने कहा।

मैं जानता था कि सिंह को अपसेट कर देने के बाद सौरभ को उसको ख़ुश करने की खुजली मच रही थी, लेकिन इसका ये मतलब नहीं कि उसे ऐसी फ़ेक बातें कहने की ज़रूरत थी।

'वेल,' सिंह ने सौरभ की पीठ थपथपाते हुए कहा, 'मुझे ख़ुशी है कि अब जाकर तुमको ये बात समझ में आ गई।'

वॉव, इसने कहा और उसने मान भी लिया—मैंने मन ही मन सोचा। ख़ुशामद चीज़ ही ऐसी है कि अच्छे-अच्छे जांच-तहक़ीक़ात करने वालों की भी आंख में धूल झोंक सकती है।

अध्याय 27

'मुझे सोना है,' मैंने कहा। मैं अंधेरे में सौरभ का फ़ोन टटोल रहा था, जिसका अलार्म तड़के पांच बजे बज उठा था। सौरभ उठ गया था और शॉवर भी ले चुका था। उसने ऑपरेशन आदि सर्च के लिए एक ब्लैक हुडी पहन रखी थी। मैंने अलार्म बंद किया और आंखें मूंद लीं। सौरभ ने मेरी बांह खींची।

'उठ जाओ, हमारे पास टाइम कम है,' सौरभ ने कहा।

मैं जैसे-तैसे बेड पर से उठा। आधी नींद में वॉशरूम गया और बर्फ़ जैसा ठंडा पानी अपने चेहरे पर छिड़क दिया।

'ओके, तो तुम्हारा प्लान यह है कि हम गोपिका से पहले पहुंच जाएंगे और छिप जाएंगे?'

'इसके अलावा कोई और चारा ही नहीं है। उनके अपार्टमेंट की चाबी किसी और के पास नहीं है।'

मैंने अपनी टी-शर्ट पर एक थिक ब्लैक वूलन स्वेटर पहन लिया।

'तो यह कैसे होगा?' मैंने कहा।

'हर सुबह छह बजे के क़रीब, गोपिका आदि चाचू के यहां जाती है, साफ़-सफाई के लिए। वो सुबह साढ़े पांच बजे उठ जाते हैं और गोपिका के लिए दरवाज़ा खुला छोड़ देते हैं। वो आती है, सफाई करती है और चली जाती है।'

'और आदि चाचू सोते रहते हैं?'

'नहीं, अकसर वो जॉगिंग करने चले जाते हैं। गोपिका के लिए दरवाज़ा खोलने के बाद वो अपने रूम में जाते हैं ताकि रनिंग वियर पहन सकें। हमें तभी भीतर जाना होगा और वहां छुप जाना होगा। गोपिका के सफाई करके चले जाने के बाद हमें तलाशी लेना होगी।'

'लेकिन गोपिका हमें देख सकती है। या आदि चाचू भी जॉगिंग पर जाने से पहले देख सकते हैं।'

'मैंने कहा ना। दोनों के चले जाने तक हमें छिपे रहना होगा।'

'बेवकूफ़ी भरा प्लान है। इसमें ख़तरा है।'

'तुम्हारे पास इससे बेहतर कोई प्लान है?'

मैंने सिर हिला दिया।

'पता था। तो अब मेरे पीछे-पीछे आओ और सीढ़ियों तक चलो। और चुप रहना,' सौरभ ने कहा और बाहर चला गया।

❖

'सौरभ, ये पागलपना है,' मैंने फुसफुसाते हुए कहा। 'इस तरह से सीढ़ियों पर वेट करना। कोई जाग गया तो?'

'श्श्श... कोई नहीं उठेगा। अभी सुबह भी नहीं हुई है और अभी बहुत सर्दी और अंधेरा है।'

हम छत की ओर जाने वाली सीढ़ियों पर बैठ गए, आदि के अपार्टमेंट के ठीक ऊपर। मैंने समय देखा। 5 बजकर 40 मिनट हो रहे थे।

पांच मिनट बाद हमने कुछ सुना। एक दरवाज़ा खुला, फिर सन्नाटा छा गया। दो मिनट बाद सौरभ ने मुझे उठने का इशारा किया।

'यू श्योर?' मैंने कहा।

सौरभ ने सिर हिला दिया। हम दबे क़दमों से नीचे उतर रहे थे। सौरभ का वज़न इतना था कि पूरी कोशिश करने के बावजूद उसके चलने से धप्प की धीमी आवाज़ आ रही थी।

चर्ररररर... आदि के अनलॉक्ड डोर ने आवाज़ की। सौरभ ने उसे खोल दिया था। मेरा दिल तेज़ गति से दौड़ रहा था। अगर हम पकड़े गए तो क्या कहेंगे? ज़्यादा से ज़्यादा हम इतना ही कह सकते हैं कि हमें नींद में चलने की बीमारी है। लेकिन दोनों को?

मैंने अपने ओवरएक्टिव दिमाग़ से कहा कि चुप करो।

सौरभ और मैं आदित्य के ड्राइंग रूम में चले आए। भीतर अंधेरा था। मेरा दायां घुटना एक डाइनिंग टेबल से टकराया। उससे जो आवाज़ हुई, उसने मेरी रीढ़ की हड्डी में सिहरन दौड़ा दी। लेकिन दर्द के बावजूद मैंने आवाज़ दबाकर रखी। मैं गहरी सांसें ले रहा था।

'श्श्श...' सौरभ ने कहा और बाएं तरफ़ बेडरूम की ओर इशारा किया। हमें उसे अवॉइड करना था। इसलिए हम दाहिने तरफ़ बढ़े, जहां आदि का स्टूडियो था।

हम दबे पांवों से उसमें घुस गए। इसका दरवाज़ा भारी और साउंडप्रूफ़

था। हमें चारों तरफ़ से अंधेरे और ख़ामोशी ने घेरा हुआ था। स्टूडियो में पैडेड नॉइज़-रिडक्शन वॉल्स थीं।

'मुझे डर लग रहा है, गोलू,' मैंने कहा।

सौरभ स्टूडियो के बाथरूम की ओर बढ़ा और उसे खोला। हम दोनों अपने छुपने की जगह में चले गए और भीतर से दरवाज़ा लगा लिया।

हम बाथरूम में खड़े थे, लेकिन हमारे कान दरवाज़े पर लगे हुए थे। साउंडप्रूफ़िंग के कारण हम बाहर होने वाली हलचलों को सुन नहीं सकते थे। कुछ देर बाद मैंने कहा—

'दरवाज़ा खोलकर तो देखो। वरना हम तो कुछ सुन-समझ ही नहीं पाएंगे।'

हम स्टूडियो में चले आए। मैंने स्टूडियो का दरवाज़ा दस डिग्री जितना खोला और उसमें से झांककर देखा। कुछ दिखाई नहीं दिया, लेकिन किचन में बर्तनों की आवाज़ आ रही थी।

'गोपिका आ गई है,' मैंने कहा।

'और चाचू? उनके बेडरूम का दरवाज़ा खुला है क्या?'

मैंने स्टूडियो का दरवाज़ा थोड़ा और खोलकर देखा। बेडरूम का दरवाज़ा अब भी बंद था। डायनिंग टेबल पर केलॉग्स की स्पेशल "के" सीरियल, एक बॉउल, एक कॉफ़ी मग और अमूल स्किम्ड मिल्क का एक येलो कर्टन रखा था।

मैंने दरवाज़ा बंद कर दिया।

'क्या देखा?' सौरभ ने पूछा।

'कुछ कह नहीं सकता,' मैंने कहा। 'लेकिन टेबल पर ब्रेकफ़ास्ट सीरियल है।'

'ओह, कौन-सा सीरियल?'

'स्पेशल "के"। तुमने देखा सौरभ? जब हम आए थे, तब सीरियल वहां नहीं था। आदि ने अभी-अभी नाश्ता किया होगा।'

'हां शायद जॉगिंग पर जाने से पहले उन्होंने कुछ खाया होगा।'

'यानी अभी वो यहां नहीं होंगे। तो हम उनके रूम में जा सकते हैं।'

सौरभ ने सिर हिला दिया। मैंने स्टूडियो का दरवाज़ा फिर से खोला। हॉल में नज़र दौड़ाई। यहां से आदि के रूम तक जाने में बीस सैकंड का समय लगना चाहिए था, और हमें यह बिना कोई आवाज़ किए करना था।

तभी गोपिका किचन से हॉल में चली आई। मैं वहीं का वहीं ठिठक गया। वो यूं अचानक क्यों चली आई थी? मैंने स्टूडियो का दरवाज़ा बंद कर दिया, बस थोड़ा-सा खुला रखा ताकि बाहर देख सकूं। गोपिका ने टेबल से सीरियल का बॉउल और मग उठाया और उन्हें किचन में ले गई। मैंने पानी बहने की आवाज़ सुनी। यानी यही सही समय था।

मैंने सौरभ को चलने का इशारा किया। स्टूडियो का दरवाज़ा खोला और हॉल में चले आए। तभी किचन में एक फ़ोन बजा, जिसे सुनकर हम वहीं थम गए। गोपिका ने फ़ोन उठाया।

'अरे, रोज़-रोज़ गुड मॉर्निंग, वाह, वाह' उसने हंसते हुए कहा। शायद उसके सर्कल में से उसके किसी चाहने वाले का फ़ोन था। वह बातें करती रही। साथ ही वह स्क्रब भी करती जा रही थी, क्योंकि उसकी चूड़ियों की आवाज़ आ रही थी।

सौरभ और मैं लम्बे किंतु ख़ामोश डग भरते हुए आदि के रूम में चले गए। मैंने डोरनॉब घुमाया।

'एक मिनट, गोपिका। मैं चेंज कर रहा हूं,' भीतर से आदि की आवाज़ आई। मेरे सिर से पैर तक सुरसुरी दौड़ गई। मैंने सौरभ की ओर देखा। उसके चेहरे पर हवाइयां उड़ रही थीं। हम दम साधे खड़े रहे। गोपिका किचन में फ़ोन पर बात करती रही।

मैंने स्टूडियो की ओर इशारा किया। सौरभ और मैंने तेज़ी से क़दम पीछे खींच लिए और फिर से स्टूडियो में घुस गए। दरवाज़े को ज़रा-सा खुला रखा।

कुछ देर बाद आदि हॉल में आए।

'मैं जा रहा हूं। जाने से पहले दरवाज़ा लगा देना।'

गोपिका ने फ़ोन काटा और हॉल में आ गई।

'जी आदित्य साहब, आज स्टूडियो की सफाई करूं क्या?'

प्लीज़ नहीं बोल दो, प्लीज़ नहीं बोल दो, मैंने ख़ुद से कहा।

आदित्य कुछ देर रुके फिर कहा।

'ठीक है, कर दो। लेकिन किसी चीज़ को छूना नहीं। पहले मेरा बेडरूम ठीक कर दो, उसमें सामान बिखरा पड़ा है।'

'जी हां। आप इतनी सर्दी में भी बाहर जा रहे हैं। बड़ी हिम्मत वाली बात है।'

'मेरे लिए स्टेज पर अच्छा दिखना और फ़िट रहना ज़रूरी है। मैं रोज़ छह किलोमीटर दौड़ता हूं। उसके बाद एक घंटा जिम में,' आदि ने कहा।

मैंने मेन डोर खुलने की आवाज़ सुनी।

'और हां, गोपिका, आज मेरे लिए अंडे की भुर्जी बना देना। मैं लौटकर खाऊंगा।'

'ठीक है। हमेशा जैसे ना? छह अंडे, केवल सफ़ेदी?'

'हां, वही,' आदित्य ने कहा। आख़िरकार उनके अपार्टमेंट डोर के बंद होने की आवाज़ आई।

सौरभ ने राहत की सांस ली।

'वॉट द हेल,' सौरभ ने कहा। 'वो उस टाइम रूम में ही थे, हमारी तो ऐसी-तैसी हो जाती।'

'तुम्हारा प्लान, मिस्टर,' मैंने कहा।

सौरभ ने माथे से पसीना पोंछा।

'बाल-बाल बचे,' उसने कहा। 'हमें यहां रोशनी की ज़रूरत है, स्टूडियो का अंधेरा मुझे डरा रहा है।'

'बाथरूम की लाइट जला लो, स्टूडियो की लाइट नहीं जला सकते।'

सौरभ ने बाथरूम की लाइट जलाई। स्टूडियो में थोड़ा उजाला हुआ। मैंने अपने आसपास देखा। एक लम्बी-सी डेस्क थी, जिस पर एक आईमैक कम्प्यूटर, एक डिजिटल पियानो कीबोर्ड, एक माइक और बहुत सारे स्पीकर्स रखे थे। दीवार पर गिटार, सैक्सोफ़ोन और वॉयलिन टंगे थे। दूसरी तरफ़ वॉल-टु-वॉल वुडन क्लोसेट्स थे। मैं स्टूडियो की एक स्विवेल चेयर पर बैठा था।

'इतने आराम से क्यों बैठे हो? हम यहां कुछ करने आए हैं।'

'तुमने सुना नहीं। उन्होंने कहा था पहले मेरा रूम साफ़ करो। हम अभी वहां नहीं जा सकते।'

'उन्होंने स्टूडियो साफ़ करने को भी बोला है,' सौरभ ने कहा।

'हां।'

'तो तुम्हें फ़िक्र नहीं हो रही है? जब वो यहां आएगी तो हम क्या करेंगे?'

'जब वो यहां आएगी, तब हम आदि के रूम में होंगे।'

'लेकिन जाएंगे कैसे?'

'वही तो सोच रहा हूं। और तुम भी मेरे आसपास घूमने के बजाय बैठकर सोचो।'

सौरभ दूसरी चेयर पर बैठ गया। वो ख़ुद को एडजस्ट कर रहा था, तभी उसकी कोहनी पियानो की कीज़ को छू गई। रूम में म्यूज़िकल साउंड गूंज गया।

'फ़क, सौरभ, तुम कर क्या रहे हो?' मैंने कहा।

'डोंट वरी, ये साउंडप्रूफ़ रूम है,' सौरभ ने कहा।

वह एक मिनट चुपचाप बैठा रहा।

'सोच रहे हो कि दूसरे कमरे में कैसे जाओगे?' मैंने कहा।

'हां, लेकिन मुझे कुछ सोचने के लिए फ़ूड की ज़रूरत है, भाई। हमने ब्रेकफ़ास्ट प्लान क्यों नहीं किया?'

'घर का कोई भी सदस्य यहां हमें जासूसी करते पकड़ सकता है और तुमको जैम और टोस्ट की पड़ी है?'

'नहीं, ऐसी बात नहीं है, अलबत्ता जैम और टोस्ट सुनकर अच्छा लगा।'

'हमारा ही टोस्ट बनने वाला है।'

'ठीक है, ठीक है, सोचता हूं,' सौरभ ने कनपटी पर अंगुलियां रखते हुए कहा। मैं उठ खड़ा हुआ और फिर से स्टूडियो का दरवाज़ा खोला। आदि के रूम से वैक्यूम क्लीनर की आवाज़ आ रही थी।

मैंने टाइम देखा। साढ़े 6 बजे गए थे। आदि को गए दस मिनट हो गए थे। छह किलोमीटर की दौड़ और जिम में एक घंटा यानी वो डेढ़ से दो घंटा बाहर रहने वाले थे। हमारे पास तहक़ीक़ात करने के लिए 8 बजे तक का समय था।

मैंने दरवाज़ा बंद कर दिया।

'हमें किसी और जगह बैठना होगा। ना स्टूडियो, ना बेडरूम, बल्कि कहीं और,' सौरभ ने कहा।

'लेकिन कहां?'

'ये 2-बेडरूम अपार्टमेंट है, यहां कोई जगह सेफ़ नहीं है,' सौरभ ने कहा।

मैंने स्टूडियो के दूसरी तरफ़ वुडन क्लोसेट्स की ओर इशारा किया।

'नहीं, भाई। वो नहीं।'

'उन्हें खोलो तो,' मैंने कहा।

सौरभ क्लोसेट तक गया। दो वुडन डोर खोले। उसके भीतर चार लम्बे

शेल्फ़ थे। पहले में म्यूज़िक रिलेटेड बुक्स और मैगज़ीन्स थीं। दूसरे में सीडीज़ का कलेक्शन था, जो कि स्ट्रीमिंग ऑडियो के इस ज़माने में बेकार हो चुकी थीं। उसमें केबल्स से भरे बहुत सारे बक्से भी रखे थे। तीसरी शेल्फ़ में ब्लैंकेट्स, टॉवेल्स और बेडशीट्स थीं। बॉटम शेल्फ़ में गिटार के ख़ाली केसेस और म्यूज़िकल इंस्ट्रुमेंट्स और कम्प्यूटर इक्विपमेंट्स के पुराने पैकेजिंग मटैरियल थे।

'अंदर चले जाओ,' मैंने कहा।

'सीरियसली?' सौरभ ने कहा।

'कोई और चारा नहीं है। आदि ने गोपिका को बोला है कि किसी भी चीज़ को टच नहीं करना। इसलिए, होपफ़ुली, वो ये क्लोसेट नहीं खोलेगी।'

शेल्व्ज़ कम से कम चार फ़ीट चौड़े, तीन फ़ीट गहरे और बारह इंच ऊंचे थे। अगर हम कोशिश करते तो उसमें घुसकर बैठ सकते थे और गोपिका के जाने तक वेट कर सकते थे। सौरभ के वज़न को देखते हुए मैंने उसे सजेस्ट किया कि वो बॉटम शेल्फ़ ले। वैसे भी मैं सॉफ़्ट ब्लैंकेट्स वाली शेल्फ़ ही लेना पसंद करता।

जैसे ही सौरभ किसी संकरी गुफ़ा में भालू की तरह शेल्फ़ में घुसा, लकड़ी की चरमराने की आवाज़ आई। मैंने कुछ ब्लैंकेट हटाए और मेरी वाली शेल्फ़ में घुस गया। हमने दरवाज़े ज़रा से खुले रखे थे ताकि हमारा दम ना घुटे। हम दोनों दड़बे की मुर्ग़ियों की तरह क्लोसेट में दरवाज़े की तरफ़ मुंह करके लेटे पड़े थे।

'भाई,' सौरभ ने कहा।

'हां?'

'सांस लेने में तक़लीफ़ हो रही है।'

'बस आधे घंटे में वो चली जाएगी। उसको नीचे जाकर ब्रेकफ़ास्ट भी बनाना है।'

'आई होप सो। मुझे वॉशरूम जाना है।'

'रोककर रखो।'

'मैं आज सुबह भी नहीं गया था।'

'शट अप, गोलू।'

सौरभ चुप हो गया। कुछ समय तक हम केवल अपनी सांसों की आवाज़ें सुनते रहे। और फिर कुछ दूसरी ही आवाज़ आई—एक फ़ार्ट। जी हां, सबसे बुरे वक़्त में सबसे ग़लत जगह पर मेरे सबसे अच्छे दोस्त ने पाद दिया था।

'गोलू, वॉट द हेल?' मैंने अपनी नाक दबाते हुए कहा।

'सॉरी, ये मेरे कंट्रोल में नहीं था।'

'रियली?'

'वेल, मैंने पूरी कोशिश की थी।'

'अभी चुप रहो।'

मैंने क्लोसेट का दरवाज़ा कुछ इंच और खोल दिया, ताकि हवा तेज़ी से आ-जा सके। हर मिनट एक घंटे की तरह लग रहा था। दस मिनट बाद स्टूडियो का दरवाज़ा खुला।

'स्वीटी? क्या मैं तुम्हारी स्वीटी हूं?' गोपिका ने हंसते हुए कहा। वो फिर से अपने फ़ोन पर लग गई थी।

स्टूडियो में घुसते ही उसने वैक्यूम क्लीनर लगा दिया। पूरे कमरे में उसकी आवाज़ गूंजने लगी।

'क्या? स्वीटी? आवाज़ नहीं आ रही है,' उसने कहा और फ़ोन काट दिया।

वो पांच मिनट तक वैक्यूम क्लीनिंग करती रही। फिर वह डिवाइस को डिस्कनेक्ट करके बाहर ले गई। वो डस्टिंग वाला कपड़ा लेकर लौटी और टेबलें साफ़ करने लगी, कि तभी उसका फ़ोन फिर बजा।

'ये क्या स्वीटी-स्वीटी लगा रखा है? स्वीटी के लिए कोई गिफ़्ट क्यों नहीं लाए?' गोपिका ने कहा। हम दोनों दम साधे सुन रहे थे। वो फ़्लर्ट करते-करते रूम साफ़ करती रही।

'मैं भला क्यों फ़ोटो भेजूं? स्वीटी अभी काम कर रही है। बाय अभी,' उसने कहा और फ़ोन काट दिया। फिर बाथरूम का दरवाज़ा खोला। कुछ मिनटों के लिए वो उसमें गई। बाथरूम में पानी छलकने की आवाज़ आती रही। फिर वो स्टूडियो में लौट आई और क्लोसेट के बाहर आकर खड़ी हो गई। मेरा दिल ज़ोर से धड़कने लगा। क्या वो इसे खोलेगी? लेकिन क़िस्मत की बात थी कि उसके चाहने वाले ने हमें बचा लिया। फिर से फ़ोन बजा।

'क्या?' उसने खीझते हुए कहा। 'तुमने क्या भेजा? देखती हूं।'

वो अपना फ़ोन देखने लगी। सौरभ कबर्ड में ज़रा-सा हिला, जिससे लकड़ी चरमराने की आवाज़ हुई। मेरा दिल धक्क से रह गया।

'ये क्या अमेज़न वाउचर है? इसका मैं क्या करूंगी?' वो कह रही थी।

स्टूडियो का दरवाज़ा लगाए बिना वो बाहर चली गई। मैंने घड़ी देखी। 7 बजकर 5 मिनट हो रहे थे। फिर मैंने बाहर के मुख्य दरवाज़े को खुलते और ज़ोरों से बंद किए जाते सुना। इसके बाद सब तरफ़ सन्नाटा फैल गया। मैं दो मिनट तक चुप रहा और फिर बोला—

'वो चली गई। बाहर निकलो। काम करने का समय है,' मैंने कहा।

❖

'इस आदमी के पास कितने कपड़े हैं?' सौरभ ने कहा। वो आदि के क्लोसेट की छानबीन कर रहा था। यह क्लोसेट उनके बेड के सामने वाली पूरी दीवार को कवर कर रहा था। सिक्स-डोर क्लोसेट में हैंगर पर कम से कम पचास कमीज़ें टंगी थीं, उनके नीचे टी-शर्ट्स, पैंट्स, जिम क्लोद्स, मोज़े और अंडरवियर से भरी अनेक दराज़ें थीं। 'और इतनी सारी अंडरवियर?' सौरभ कैल्विन क्लीन्स का एक पुलिंदा पकड़कर बोला, 'कौन है ये?' अंडरवियर स्मगलर?'

'वक़्त बरबाद मत करो। हमारे पास केवल चालीस मिनट हैं। पूरे रूम की तलाशी लो। यहां कुछ ना कुछ होना चाहिए।'

'वेट,' सौरभ ने कहा और अंडरवियर वाली ड्रॉअर में अपना हाथ और गहरे धंसा दिया। वहां से वो एक चीज़ निकालकर बाहर लाया।

'ये देखो,' उसने कहा। उसके हाथ में कॉन्डम्स की एक स्ट्रिप थी।

'वॉव। कॉन्डम्स। तुमने तो ये देखकर ही उन्हें गुनहगार मान लिया होगा?'

'भाई, जो मिला है, वो दिखा रहा हूं।'

'ढूंढ़ते रहो,' मैंने कहा और आदि की टी-शर्ट और जिमवियर वाली ड्रॉअर में देखने लगा। जिम शॉर्ट्स के नीचे मुझे पोलिथीन में लिपटा एक पैकेट मिला, जो एक टेबल-टेनिस बॉल के आकार का था।

एहतियात से मैंने उसे खोला। प्लास्टिक की दो लेयर्स के बाद उसमें मुझे ब्राउन कलर की एक चीज़ दिखाई दी।

'ये क्या है?' मैंने कहा।

'दिखने में तो बोर्नविटा लग रहा है। बचपन में मुझे यह बहुत अच्छा लगता था।'

'दुनिया में ऐसी कौन-सी चीज़ है, जो तुमको खाने में अच्छी नहीं लगती हो, सौरभ?'

'भाई, ऐसी बात मत करो, क्योंकि मैंने आज कुछ भी नहीं खाया है।'

'फ़ोकस करो, गोलू। हमारे पास टाइम नहीं है।'

'सॉरी,' सौरभ ने कहा और मेरे हाथ में थोड़ा-सा ब्राउन पाउडर लेकर उसे सूंघा। उसने मुंह बना दिया।

'ये बोर्नविटा नहीं है। इसकी स्मेल गंदी है, विनेगर जैसी।'

'क्या है ये?'

'गूगल करता हूं।'

सौरभ ने फ़ोन निकाला और सर्च इंजिन में लिखा—'ब्राउन स्टिकी सब्स्टांस स्मेल्स लाइक विनेगर।' जो रिजल्ट आया, उसे उसने पढ़कर सुनाया—'हेरोइन। ये हेरोइन है। ब्लैक तार हेरोइन।'

'चाचू बहुत पार्टीबाज़ आदमी मालूम होते हैं,' मैंने कहा और हेरोइन का थोड़ा-सा हिस्सा अपने रिकॉर्ड के लिए पास रख लिया। फिर उसे पहले की तरह पैक करके अपनी जगह पर रख दिया।

'इस सबसे कुछ फ़ायदा नहीं है। हमें कुछ और चाहिए,' मैंने कहा। 'चाचू को सेक्स करना पसंद है और वो ड्रग्स के शौक़ीन हैं। ठीक है। लेकिन ये क़त्ल का सबूत नहीं है।'

'कम से कम क्लोसेट में तो कोई सबूत नहीं है,' सौरभ ने कहा। हमने कबड्र्स का कोना-कोना छान मारा था। फिर हमने बेड का मैट्रेस उठाकर देखा। वहां तो पूरा स्टोरेज स्पेस था। बेड की प्लायवुड के नीचे पुरानी गिटारें, एक ग्रामोफ़ोन प्लेयर और विनिल रिकॉड्र्स पड़े धूल खा रहे थे।

मैं एक-एक कर सब चीज़ें निकालने लगा।

'इन्हें वापस रखने में बहुत समय लग जाएगा,' सौरभ ने कहा।

'मैं बस पूरी तसल्ली कर लेना चाहता हूं,' मैंने कहा। 'अब आओ, मेरी मदद करो।'

मैंने ग्रामोफ़ोन निकाला और उसे फ़र्श पर रख दिया।

'मैं पहले बेडसाइड टेबल्स देखूंगा,' सौरभ ने कहा।

उसने बेड की एक साइड पर मौजूद टेबल की दो ड्रॉअर्स खोलीं।

'क्या हैं वहां?' मैंने विनिल रिकॉड्र्स निकालते हुए कहा।

'चार्जर्स, सनग्लासेस, कॉम्बिफ़्लैम टैबलेट्स, थोड़ा-सा कैश,' सौरभ ने कहा। फिर उसने दूसरी साइड की ड्रॉअर्स खोलीं और कहा—'मैगज़ीन्स, मल्टीविटैमिन कैप्स्यूल्स, प्रोटीन बार्स, थोड़े और प्रोटीन बार्स। यानी कुछ भी

काम का नहीं, भाई। एक्चुअली, अगर मैं एक प्रोटीन बार ले लूं तो क्या दिक़्क़त है? मुझे भूख लग रही है और यहां पर बहुत सारे हैं।'

'नहीं, ये ठीक नहीं होगा। आर यू श्योर, वहां पर और कुछ नहीं है?' मैंने एक पुरानी गिटार हटाते हुए कहा।

'हां, भाई। आर यू श्योर कि वो हमारे प्राइम सस्पेक्ट हैं?'

'हां, मैं श्योर हूं। ओके, सभी बड़े आइटम्स स्टोरेज के बाहर हैं। अब देखते हैं अंदर कुछ है या नहीं।'

'ये रूम तो अब किसी डिज़ॉस्टर ज़ोन जैसा लग रहा है।'

मैंने समय देखा। 8 बजने में 28 मिनट बाक़ी थे।

मैंने स्टोरेज में एक बार फिर देखा। वहां काग़ज़ के कुछ टुकड़ों और कुछ प्लास्टिक रैपर्स के अलावा कुछ नहीं दिख रहा था। लेकिन कोनों में अंधेरा था।

'लाइट जलाओ, मुझे साफ़ दिखाई नहीं दे रहा,' मैंने कहा।

सौरभ ने लाइट जला दी।

'वैसे भी वहां देखने को है क्या?' सौरभ ने कहा।

'अपने फ़ोन की टॉर्च भी जलाओ,' मैंने कहा और अपने फ़ोन की भी टॉर्च जला दी।

स्टोरेज स्पेस में एक-एक कर चीज़ें दिखाई देने लगीं। मुझे वहां काग़ज़ के छोटे टुकड़े, प्लास्टिक शीट्स, मकड़ी के जाले, प्लास्टिक सीरिंजेस और नीडल्स की स्ट्रिप दिखाई दीं।

'ये सब क्यों?'

'ड्रग्स के लिए,' मैंने कहा और एक सीरिंज उठा ली। वो ख़ाली थी। मैंने उसे स्टोरेज में फेंक दिया। वो लुढ़कते हुए एक कोने में चली गई, जहां एक सफ़ेद प्लास्टिक पाउच रखा था। मैंने उस पर रोशनी डाली।

'केवल एक प्लास्टिक बैग है,' सौरभ ने कहा। उसने स्टोरेज में हाथ डालकर उसे टटोला और कहा—'प्लास्टिक नहीं, ये रबर है। ओह वेट, फ़क।'

'क्या हुआ?'

'ये दस्ताने हैं।'

उसने वो पतले सफ़ेद रबर के दस्ताने उठा लिए। उसने उन्हें नाख़ूनों से पकड़ रखा था, ताकि फ़िंगरप्रिंट्स ख़राब ना हो जाएं।

'फ़ॉरेंसिक रिपोर्ट याद है? नो फ़िंगरप्रिंट्स,' सौरभ ने कहा।

'डैम,' मैंने कहा।

मैंने एक दस्ताने को ग़ौर से देखा। उसमें कुछ था।

'ये क्या है?'

सौरभ ने दस्ताने को उलट दिया। उसमें से कुछ गिरा। मैंने उसे उठा लिया। वो सोलिटेयर डायमंड रिंग थी, सोने में मढ़ी हुई।

'ये तो अंगूठी है,' मैंने सौरभ को दिखाते हुए कहा।

'वॉट द...' उसका मुंह खुला का खुला रह गया।

'तुम इसे पहचानते हो?'

'ये तो प्रेरणा की इंगेजमेंट रिंग है।'

'क्या? आर यू श्योर?'

'ऑफ़कोर्स। मैंने ही तो ख़रीदी थी,' सौरभ ने कहा और मेरे हाथ से रिंग ले ली।

'देखो, ओब्लोंग पिंक डायमंड, 1.2 कैरेट्स। उसकी पसंद।'

इससे पहले कि मैं कुछ कह पाता, मेरा फ़ोन ज़ोर से बज उठा और मैं चौंक गया।

'वॉट द हेल, भाई? तुमने तो कहा था फ़ोन साइलेंट पर है।'

'हां, फ़ोन साइलेंट ही है,' मैंने फ़ोन निकालते हुए कहा। 'लेकिन मैंने एक रिमाइंडर अलार्म सेट कर रखा था। अभी 7 बजकर 45 मिनट हुआ है। हमें अब पैक अप करना होगा। रूम जैसा था, उसे वैसा ही करना है। चलो, ये स्टूपिड गिटार रखने में मेरी मदद करो।'

मैंने इंस्ट्रुमेंट को उठा लिया।

सौरभ बिना हिले-डुले वहीं खड़ा रहा और अंगूठी को देखता रहा। 'ये हमारी रिंग थी, हमारा फ़्यूचर,' उसने कहा और रोने लगा। 'वो ऐसा कैसे कर सकते हैं?' सौरभ ने मेरे कंधे पर अपना सिर रख दिया। 'वो तो बस मुझे देखकर अपना व्रत तोड़ना चाहती थी।'

'गोलू, मैं तुम्हारा दर्द समझ सकता हूं। लेकिन हमारे पास अब एक और ज़रूरी दर्द है। यहां से बाहर निकलने के लिए अब हमारे पास केवल 11 मिनट बचे हैं।'

अध्याय 28

'पुलिस? लेकिन क्या हमें फ़ैमिली में किसी को पहले नहीं बताना चाहिए?' सौरभ ने अपने क्यूबिकल की वॉल पर झुकते हुए कहा।

हम ऑफ़िस में थे, और फ्रैंकली, हमें दुनिया में साइबरसिक्योरिटी की रत्तीभर भी फ़िक्र नहीं थी। हमारे दिमाग़ में केवल एक ही चीज़ थी—वो इंगेजमेंट रिंग।

'हमने पुलिस को प्रॉमिस किया है कि उससे सब कुछ शेयर करेंगे और ये तो बहुत ही बड़ी इनफ़ॉर्मेशन है।'

'लेकिन पुलिस क्या कर रही थी? क्या वो आदि का बेडरूम सर्च नहीं कर सकती थी?'

'अभी ये सब रहने दो। पॉइंट यह है कि हम साथ में काम कर रहे हैं।'

मेरे ऑफ़िस का फ़ोन बजा। बिग बॉस जैकब का कॉल था।

'ऑटो ब्रांड के लिए वो नई पिच।'

'जी, सॉरी, सर। थोड़ा लेट हो गया।'

'एक महीना लेट।'

'सॉरी, सर। मैं अभी कर देता हूं।'

जैकब ने फ़ोन काट दिया। मैं अपने कम्प्यूटर को देखता रहा।

'भाई, तुमको ये प्रज़ेंटेशन फ़िनिश करनी पड़ेगी, नहीं तो हमारी नौकरी चली जाएगी।'

लेकिन मेरा दिमाग़ तो इस केस में ही लगा हुआ था।

'पहले पुलिस को या फ़ैमिली को?'

'यानी तुम काम नहीं करोगे?'

'तुम्हारी मंगेतर का क़ातिल खुला घूम रहा है—तुम्हें क्या लगता है, मैं ऐसे में इस पिच के बारे में सोचूंगा?'

'हम कॉर्पोरेट्स में मिसफ़िट्स हैं। यूज़लेस। देर-सबेर हमें यहां से बाहर कर दिया जाएगा।'

'मुझे परवाह नहीं।'

'रमेश अंकल आदि चाचू से नफ़रत करते हैं, तो क्यों ना फ़ैमिली को ही पहले बताएं?'

'लेकिन वो दोनों भाई हैं। भाई से नफ़रत करना एक बात है और उसे जेल भिजवाना दूसरी बात।'

'फिर चाहे उसने उनकी बेटी को मारा हो?'

'चांस नहीं ले सकते। पंजाबी फ़ैमिलीज़ में ख़ून लस्सी से भी ज़्यादा गाढ़ा होता है।'

❖

'ओह माय गॉड,' सिंह ने कहा। वो सौरभ के फ़ोन में दस्तानों और रिंग की तस्वीरें देख रहे थे।

हम उनके ऑफ़िस में थे और उनके सामने बैठे थे।

'ये दोनों चीज़ें कहां पर हैं?'

'हमारे मालवीय नगर वाले घर में,' मैंने कहा। 'हमने फ़िंगरप्रिंट्स बचाने के लिए दस्तानों को छुआ नहीं है।'

'गुड,' सिंह ने कहा। 'और वहां पर इस तरह से जाना भी बड़े गट्स की बात थी। हमारी टीम ने भी पूरे बंगले की छानबीन की थी, लेकिन उसको तो ये नहीं मिला।'

मैं कहना चाहता था कि शायद उनकी टीम मल्होत्राओं के द्वारा परोसे गए समोसे और काजू कतली खाने में ही मगन रह गई थी, लेकिन मैंने ख़ुद को रोक लिया।

'हमने प्रॉमिस किया था कि आपसे सबकुछ शेयर करेंगे,' मैंने कहा।

'चाय पीओगे? या कुछ खाओगे?'

इससे पहले कि सौरभ कुछ कहता, मैंने सिर हिलाकर मना कर दिया।

'अब आगे क्या करना है, सर?' मैंने कहा।

सिंह ने सौरभ को फ़ोन लौटा दिया। उन्होंने अपने दाएं हाथ से ठोढ़ी पकड़ी और गहरी सांस ली।

'मैं नम्रता तनेजा से बात करना चाहता था, लेकिन ये तो कुछ और ही चीज़ है।'

'क्या ये सबूत है?' सौरभ ने कहा।

'दस्ताने, मृतका की अंगूठी, यक़ीनन ये सबूत हैं,' सिंह ने कहा।

'क्या ये काफ़ी हैं?' मैंने कहा।

सिंह खड़े हो गए।

'किस चीज़ के लिए काफ़ी? उसको अरेस्ट करने के लिए? हां। ये साबित करने के लिए कि वो ही क़ातिल है? शायद हां। लेकिन हम ये सब कोर्ट में करेंगे। अभी तो वो हमारे लिए एक प्राइम सस्पेक्ट और एक्यूस्ड है,' सिंह ने कहा।

'तो क्या आप उन्हें अरेस्ट करेंगे?' सौरभ ने कहा।

'मुझे एक बार राणा सर से बात कर लेने दो,' सिंह ने कहा और अपने फ़ोन पर एक नम्बर डायल किया। 'राणा सर? गुड ईवनिंग,' उन्होंने कहा और अपने ऑफ़िस से बाहर चले गए, ताकि हम उनकी बातें ना सुन सकें। सौरभ और मैंने एक-दूसरे की ओर देखा। हम सोच रहे थे कि क्या हमने पहले पुलिस को बताकर ठीक किया। सिंह कुछ मिनटों में लौट आए।

'हम उसे अरेस्ट कर सकते हैं, लेकिन हमको सबूत हमारे पास चाहिए। वो दोनों चीज़ें तुम्हारे पास हैं ना?'

'जी,' सौरभ ने कहा।

'मैं किसी को भेजकर उन्हें यहां लिवा लाता हूं,' सिंह ने कहा।

मैं सोच रहा था कि पुलिस को सबूत देना ठीक रहेगा या नहीं। अगर पुलिस ने आदि से कोई डील की तो सिंह ये सबूत दिखाकर उनसे और पैसे ऐंठ सकते थे। लेकिन हमारे पास और क्या चारा था?

'श्योर, सर,' मैंने कहा।

'मैं पहले एक वॉरंट निकालना चाहता हूं, नहीं तो मीडिया कहेगा कि हमने प्रोसिजर का पालन नहीं किया। क्या वो फ़ेमस है? वो म्यूज़िशयन है, राइट?'

'वो फ़ेमस नहीं हैं, एक होटल में गाना गाते हैं,' मैंने कहा।

'गुड। मुझे दो दिन का समय दो, मैं उसके हाथ में बेड़ियां लगवा दूंगा,' सिंह ने कहा। हम जाने के लिए उठ खड़े हुए। 'और सुनो, बॉयज़,' सिंह ने कहा।

'जी, सर।'

'गुड वर्क। लेकिन जब तक मैं वॉरंट नहीं निकाल लूं, तब तक किसी को इस बारे में मत बताना।'

सौरभ ने मेरी तरफ़ देखा।

'ओके, सर,' मैंने कहा। 'जैसा आप कहें।'

अध्याय 29

जब सौरभ कन्फ़्यूज़्ड, स्ट्रेस्ड या टेंस होता है तो उसके पास इसका एक ही सॉल्यूशन होता है। वो कुछ पकाने लगता है। उसकी ज़िंदगी की सभी चीज़ें आख़िरकार खाने-पीने पर जाकर ख़त्म होती है। और वो जितनी मुश्किल घड़ी में होता है, उतनी ही शानदार डिश बनाने का फ़ैसला करता है।

'घर पर बटर चिकन बनाने की क्या ज़रूरत है? या तो इसे ऑर्डर कर दो या ख़ुद कहीं बाहर जाकर खा लो,' मैंने कहा।

'भाई, अभी मुझे परेशान मत करो। मैंने कहा था कि मुझे स्ट्रेस-फ्री होना है,' उसने कहा। वो गुस्से से प्याज़ काट रहा था, जैसे उनकी उससे कोई दुश्मनी हो।

'आराम से, तुमको देखकर मुझे डर लग रहा है,' मैंने कहा।

'ज़रा टमाटर और बटर देना।'

मैंने फ्रिज से छह टमाटर और बटर का आधा किलो का पैक निकाला और उसे थमा दिया।

उसने आधा बटर काटा और उसे कढ़ाही में रख दिया।

'तुम क्या पूरे ऑफ़िस को खाने पर बुला रहे हो?'

'नहीं, ये केवल हमारे लिए है।'

'तब हमें इससे कम बटर यूज़ नहीं करना चाहिए?'

सौरभ ने मेरी तरफ़ ऐसे देखा, जैसे मैंने उससे अपना धर्म बदलने को बोल दिया हो।

'इस डिश को क्या बोलते हैं?'

'बटर चिकन,' मैंने कहा।

'एग्ज़ैक्टली, तो इसके लिए हमें बटर की ज़रूरत होती है। अभी मुझे अकेला छोड़ दो। मैं कुकिंग कर रहा हूं,' सौरभ ने कहा। बटर पलभर में पिघल गया और उसमें बुलबुले फूटने लगे। सौरभ ने सारे प्याज़ कढ़ाही में डाल दिए और उन्हें चलाता रहा। अगर मैं वैसा कोई लिटररी नॉवल लिख रहा होता, जिन्हें

ब्रिटेन में रहने वाले गोरे पुरस्कार देते हैं, तो मैं बटर में भूने जा रहे प्याज़ की महक पर दो पैराग्राफ़ और लिख सकता था। लेकिन मेरे सामने अभी इससे बड़ी प्रॉब्लम्स थीं। जैसे कि 96 किलो की यह स्ट्रेस बॉल!

मैंने उसकी बांह थाम ली, जिससे वह कढ़ाही में चम्मच चला रहा था, और उसे रुकने को कहा। मैंने गैस की नॉब घुमाकर उसे बंद कर दिया। मैं सोच रहा था, काश ऐसी ही एक नॉब सौरभ के लिए भी होती।

'क्या प्रॉब्लम है, गोलू? मुझे बताओ।'

सौरभ ने मुझसे आंखें नहीं मिलाईं।

'मुझे सिंह को देखकर अच्छी फ़ीलिंग नहीं आई। मैंने पहले ही कहा था कि हमें फ़ैमिली को इनफ़ॉर्म करना चाहिए।'

'क्यों?'

'ज़रा सोचो। सिंह आदि चाचू के पास जाता है और सबूत नष्ट कर देने के लिए उनसे दस लाख रुपए मांग लेता है, तो? ...बाय द वे, अभी एक घंटा पहले दो कॉन्स्टेबल आए थे और रिंग और दस्ताने ले गए।'

'अगर हम देश की पुलिस पर ही भरोसा नहीं करेंगे तो हम कोई भी केस सॉल्व नहीं कर पाएंगे, गोलू।'

'तुम्हें पुलिस पर भरोसा है?'

'हंड्रेड परसेंट तो नहीं। लेकिन पूरा भरोसा तो हम फ़ैमिली का भी नहीं कर सकते। ज़रा सोचो। हम फ़ैमिली को इस बारे में बताते हैं। रमेश अंकल कहते हैं, अच्छी बात है, लेकिन बात को पुलिस तक मत ले जाओ, मैं फ़ैमिली की इज़्ज़त पर दाग़ नहीं लगने देना चाहता। तब क्या करोगे?'

सौरभ ने सिर हिलाया और गैस बर्नर फिर से चालू कर दिया।

'तब हम अकेले रमेश अंकल को नहीं बताएंगे, हम पूरी फ़ैमिली को बताएंगे। यानी आदि चाचू को छोड़कर सबको,' सौरभ ने कहा। वह टमाटर काटने लगा था और उसका रस सब तरफ़ बिखरने लगा था।

'उस घर में रमेश अंकल की ही चलती है,' मैंने कहा।

'लेकिन हो सकता है, घर के दूसरे लोग प्रेरणा के लिए जस्टिस चाहें। कोई न कोई तो ऐसा चाहेगा। मैं तो कहता हूं कि हमें जल्दी करनी चाहिए। इससे पहले कि आदि चाचू और पुलिस कोई डील कर लें... आऊ,' सौरभ चिल्लाया। टमाटर काटते-काटते वह अपना अंगूठा काट बैठा था। उसमें से ख़ून निकला

और टमाटर के रस में मिल गया।

'आज की डिश स्पेशल होगी। इसके लिए तुमने पसीना भले ना बहाया हो, ख़ून तो बहाया है,' मैंने कहा।

'डैम,' उसने कहा और अपना हाथ उठाया। वो अपना फ़र्स्ट-एड बॉक्स उठा लाया और उसमें एक बैंड-एड खोज निकाली।

'ठीक है,' मैंने कहा।

'क्या ठीक है? मेरा अंगूठा बहुत दर्द कर रहा है।'

'मेरा मतलब था, ठीक है, मल्होत्रा परिवार से बात करते हैं। एक और फ़ैमिली मीटिंग का टाइम आ गया है।'

अध्याय 30

'तुम लोग हमें बाहर ले जा रहे हो? क्यों?' अंजली ने कहा।

'अंकल ने हमें रहने के लिए घर दिया। इसके बदले में हम लोग थोड़ा-बहुत तो कुछ कर ही सकते थे,' मैंने कहा।

सौरभ और मैंने लोटस पॉन्ड पर एक डिनर ऑर्गेनाइज़ किया था। यह न्यू फ्रेंड्स कॉलोनी के ब्लॉक के. में एक चाइनीज़ रेस्तरां था। सबसे पहले अंजली ही वैन्यू पर पहुंची थी।

सौरभ ने पूरा मेन्यू छान मारा। कौन-सा हक्का नूडल्स ऑर्डर करना है, यह यक़ीनन क़ातिल का नाम उजागर करने से ज़्यादा ज़रूरी काम था।

'प्राइवेट रूम क्यों?' अंजली ने कहा।

'ताकि हम सब आराम से बातें कर सकें,' मैंने कहा। 'बाक़ी लोग कहां हैं?'

'आते ही होंगे। शायद सबके पास करने के लिए कुछ ना कुछ ज़रूरी काम है, एक मैं ही लेज़ी, जॉबलेस टाइप हूं।' अंजली ने हंसते हुए कहा। उसने अपने बाल और छोटे करवा लिए थे और अब वो उसके कानों को भी मुश्किल से कवर कर पा रहे थे। उसने अपनी ट्रेडमार्क नोज़रिंग और सिल्वर रिंग्स पहनी थीं। उसने सेल्फ़-डिज़ाइन वाली एक सफ़ेद कुर्ती के साथ टोर्न जीन्स पहनी थी।

मैं कोशिश कर रहा था कि उसको ज़्यादा नोटिस नहीं करूं, हालांकि मेरे भीतर कोई ऐसा भी था, जो उससे नज़रें नहीं हटा पाता था। लेकिन मैं जानता था कि स्कूल प्रिंसिपल सौरभ को यह अच्छा नहीं लगेगा।

'आज तुम अच्छे लग रहे हो,' अंजली ने कहा। 'तुम वर्कआउट करते हो क्या?'

नो, प्लीज़, ये मत करो मैं उससे कहना चाहता था—मेरे साथ फ़्लर्ट मत करो। हम ज़रा से ऑफ़-लिमिट हुए कि मेरा दोस्त जैसे फट पड़ेगा।

'मैं तो पहले जैसा ही हूं,' मैंने कहा। 'और तुम?'

अंजली मुस्करा दी।

'ऐसा लग रहा है जैसे सोशल कॉज़ेस में इंट्रेस्ट लेने वाली किसी फ्रीलांस

जर्नलिस्ट के लिए यहां करने को कुछ ज़्यादा काम नहीं हैं।'

'तुम पॉल्यूशन जैसे इशूज़ पर लिखती है, ये एक बड़ी प्रॉब्लम तो है ही।'

'हां, लेकिन इतनी बड़ी प्रॉब्लम नहीं है, जितना कि सबसे अच्छा मेकअप ख़रीदना,' अंजली ने कहा और हंस पड़ी। उसके सफ़ेद दांत उसकी कुर्ती से परफ़ेक्टली मैच कर रहे थे।

'मेकअप?'

'पिछले दो हफ़्तों में मुझे एक यही फ्रीलांस राइटिंग का काम काम मिला है। पब्लिक पॉलिसी में डिग्री होने का मुझे यही फल मिल रहा है। हो सकता है, एक दिन मैं अपनी एजुकेशन के बूते ऐसे क़ानूनों को रिकमेंड करूं, जो मेकअप प्रॉडक्ट्स को सब्सिडाइज़ करते हों।'

वो हंसती ही रही। उसकी ऊंची चीकबोन्स, कटावदार चेहरा और मल्होत्रा लड़कियों में पाई जाने वाली ट्रेडमार्क बड़ी आंखों के कारण मैं उससे नज़रें नहीं हटा पा रहा था। मेरे ख़याल से उसने मुझे उसे देखते देख लिया था।

मैं ज़ोर से खांसा, ताकि सौरभ का ध्यान इधर खींच सकूं। उसने मेन्यू पर से नज़रें उठाकर ऐसे देखा, जैसे कोई प्रोफ़ेसर किताब से नज़र उठाता हो।

'क्या?' सौरभ ने कहा। मैंने उसे इशारा किया कि वो भी अंजली से बातें करे।

'पराग कैसा है?' सौरभ ने उसके बॉयफ्रेंड को रेफ़र करते हुए कहा।

'ठीक ही होगा। मैंने सुना था कि उसे *देल्ही टाइम्स* में एडिटोरियल एड्स बेचने का जॉब मिल गया था। पैसा भी अच्छा मिल रहा था। दिल्ली आपको बदल देती है। वो इवेंचुली आपको आज्ञाकारी टाइप बना देती है।'

'तुम उसके टच में नहीं हो?' सौरभ ने कहा।

अंजली ने सिर हिला दिया। मेरा दिमाग़ फ़ौरन हरकत में आ गया। तो इसका मतलब वो सिंगल है। शायद वो मुझे पसंद भी करती है। लेकिन अगले ही पल इस विचार के लिए मैं ख़ुद को कोसने लगा। सौरभ यह पसंद नहीं करता, यह तो ठीक है ही, मैं भी एक रिलेशनशिप नहीं चाहता था। मैं फिर से उस रास्ते पर नहीं चलना चाहता था, जहां मैं किसी को इतना पसंद करने लग जाऊं कि अपने ऊपर लाखों कॉम्प्लिकेशंस लाद दूं और आगे चलकर मुझे मायूसियों का सामना करना पड़े।

'गुड ईवनिंग, रमेश अंकल,' अंजली ने अचानक कहा।

रमेश अंकल मांजी, नीलम और बिंदु के साथ आ पहुंचे थे। अजय की

कोचिंग क्लास थी, इसलिए वो नहीं आया था। सभी सर्कुलर टेबल के इर्द-गिर्द अपनी कुर्सियों पर बैठ गए। सौरभ ने वेटर को बुलाया।

'आज मंगलवार है, इसलिए हम सब केवल वेजीटेरियन खाना खाएंगे,' रमेश अंकल ने मुस्कराते हुए कहा।

यह सुनकर जैसे सौरभ थोड़ा निराश हुआ। फिर उसने कुछ वेजीटेरियन डिशेस ऑर्डर कर दीं। इसके बाद वो सबको एड्रेस करके बोलने लगा—

'बहुत ख़ुशी हुई कि आप सब लोग यहां पर आए। हम दोनों अपने घर में जगह देने और फ़ैमिली मेम्बर की तरह ट्रीट करने के लिए आपको शुक्रिया कहना चाहते थे।'

'यू आर वेलकम, बेटा। इतने फ़ॉर्मल मत बनो,' नीलम ने कहा।

'फिर हमने यह भी सोचा कि इसी बहाने प्रेरणा के केस में हम आपको कुछ अपडेट्स दे दें,' मैंने सोचा।

पलभर में सभी के चेहरे से मुस्कराहट ग़ायब हो गई।

'रुको, क्या हमें पहले आदि का वेट नहीं करना चाहिए?' रमेश ने कहा।

सौरभ ने सिर हिलाया।

'नहीं, अंकल, आदि चाचू को इसके लिए इनवाइट नहीं किया गया है,' सौरभ ने कहा।

ऐसा लगा यह सुनकर रमेश शॉक्ड रह गए।

'बात क्या है?' नीलम ने कहा।

'तो क्या आदि...' बिंदु ने बोलना शुरू किया ही था कि रमेश ने उनकी बात बीच में ही काट दी।

'इन लोगों को ही बोलने दो।'

'हमें आदि चाचू के फ़्लैट में कुछ चीज़ें मिली हैं,' सौरभ ने कहा।

'एक्चुअली, हमने उनके फ़्लैट की छानबीन की थी,' मैंने कहा और फिर सौरभ और मैंने हमारे सर्च ऑपरेशन के बारे में बताया।

'ये तो बड़ी अजीब हरकत है। ख़ैर, तो क्या मिला तुम्हें?' रमेश ने कहा।

सौरभ ने अपना बैकपैक खोला, उसमें से सबूतों की तस्वीरों के प्रिंटआउट्स निकाले और एक-एक कॉपी सबको बांट दी।

'अंकल, मुझे यक़ीन है आप इसे पहचानते होंगे,' सौरभ ने कहा।

रमेश ने कमीज़ की जेब से पास की नज़र का चश्मा निकाला, उन्हें पहना

और प्रिंटआउट का क़रीब से मुआयना करने लगे। नीलम ने अपने पेज पर से नज़र उठाई तो ऐसा लगा, जैसे उनका चेहरा सफ़ेद पड़ गया हो। बिंदु के हाथ कांपने लगे। मांजी ने भी ध्यान से अपने पेज को देखा और कहा—

'ये क्या है? चूड़ी?'

'ये प्रेरणा की अंगूठी है,' रमेश ने कहा।

बिंदु ने रोना शुरू कर दिया। फिर नीलम भी रोने लगी। वेटर सूप लेकर आया तो रमेश ने उसे जाने का इशारा कर दिया।

'नहीं, नीलम, नहीं, हमने ये तय किया था कि अब और आंसू नहीं बहाएंगे। नहीं, बिंदु, तुम भी नहीं,' रमेश ने अपनी पत्नी और बहन का हाथ पकड़ते हुए कहा। मांजी काग़ज़ों को देखती रहीं। शायद उनके देखने और सुनने की ताक़त इतनी नहीं थी कि वो समझ सकें माजरा क्या है। रमेश ने भी उन्हें कुछ एक्सप्लेन नहीं किया। एक वेटर को उन्होंने कहा कि मांजी के लिए सूप ले आएं। सूप आया। मांजी मुस्कराईं और उसे चम्मच से पीने लगीं।

'बहुत अच्छा है,' मांजी ने कहा। रमेश मुस्कराए और मेरी तरफ़ मुड़े।

'तो, आदि ने मेरी लड़की को मारा है?' उन्होंने धीमी आवाज़ में कहा, लेकिन उसमें ग़ुस्सा झलक रहा था। टेबल पर मौजूद औरतों ने जैसे मारा शब्द सुना, वो उनकी ओर देखने लगीं।

'ये बहुत सॉलिड एविडेंस है,' मैंने कहा। 'ज़ाहिर है, ये आपके और आपकी फ़ैमिली के लिए बहुत ही शॉकिंग होगा।'

'ये सांप फ़ैमिली के बारे में क्या जाने?' रमेश ने इतनी धीमी आवाज़ में कहा कि मांजी सुन ना लें। 'ब्लडी अहसान फ़रामोश नशेड़ी। वो मुझसे और प्रेरणा से इसलिए नफ़रत करता था, क्योंकि हमने ज़िंदगी में एक मुक़ाम हासिल किया है।'

'तो आपको लगता है, ये वजह क़त्ल के लिए काफ़ी होगी?' मैंने कहा।

'क्या?' रमेश ने कहा।

'पुलिस का कहना है कि एविडेंस तो अच्छा है, लेकिन क़ातिल का मक़सद क्या था, इस बारे में अभी कुछ साफ़ नहीं हो पाया है।'

रमेश उठ खड़े हुए।

'पुलिस को इस बारे में कैसे पता चला?'

सौरभ ने रमेश को सिंह से हमारी मुलाक़ात के बारे में बताया।

'तुम लोगों का दिमाग़ ख़राब हो गया है? तुम पुलिस के पास क्यों गए?'

इस बार मांजी ने उनकी बात सुनी, उन्होंने अपने सूप में से सिर उठाकर देखा।

'की होया?' मांजी ने पंजाबी में कहा।

'कुछ नहीं, मांजी। आप खाना खाइए,' रमेश ने कहा और वेटर को इशारा किया कि वो बाक़ी का खाना ले आए। जैसे ही वेटर खाना लेने गया, रमेश ने मुट्ठियां भींच लीं।

'रमेश जी, शांत,' नीलम ने शांत आवाज़ में कहा।

'क्या शांत? ये लोग हमारे घर में रहते हैं, चोरों की तरह यहां-वहां छानबीन करते हैं और जो हाथ आता है, उसे पुलिस को दे देते हैं, और वो भी मुझे बताए बिना।'

'हम आपको बता ही तो रहे हैं, अंकल। आपने ही हमें कहा था कि पुलिस के साथ मिलकर काम करें,' सौरभ ने कहा।

'पुलिस के साथ माय फ़ुट। ये फ़ैमिली मैटर है। यहां क्या सही है क्या ग़लत है, ये मैं डिसाइड करूंगा।'

नीलम और बिंदु डर के मारे जैसे फ्रीज़ हो गईं। उनके मुंह से एक बोल नहीं फूटा। सौरभ ने बिंदु की ओर देखा, मानो कह रहा हो, आप प्लीज़ हमारा सपोर्ट कीजिए।

'ये लड़के तो बस यही कोशिश कर रहे हैं कि...' बिंदु ने कहा।

'शट अप और चुपचाप खाना खाओ, बिंदु,' रमेश ने कहा। 'अभी तक फ़ूड सर्व किया जा चुका था।'

बिंदु ने वेजिटेबल फ्राइड राइस से भरी अपनी प्लेट की तरफ़ आंखें झुका लीं। मैं अंजली की तरफ़ मुड़ा, मानो मन ही मन उससे कह रहा हूं कि वो कुछ बोले।

'ये दोनों और करते भी क्या, अंकल? इनकी तो यही ज़िम्मेदारी थी कि जो सबूत इनके हाथ लगता, पुलिस को दे देते,' अंजली ने कहा।

रमेश ने अंजली की ओर देखा, मानो उसकी इस जुर्रत पर हैरान हुए हों। उन्होंने एक चम्मच उठाई और टेबल पर ज़ोर से दे मारी।

'अगर ये इडियट पुलिस इंस्पेक्टर इस सबूत को लेकर मीडिया में चला गया तो क्या होगा? अगर ख़बर फैल गई तो क्या होगा? मल्होत्रा मोटर्स के फ़ैमिली मेम्बर एक-दूसरे का मर्डर करते हैं? हमारी क्या इज़्ज़त बचेगी?'

मैंने उनकी तरफ़ पानी का एक गिलास बढ़ाया, लेकिन उन्होंने इग्नोर

कर दिया।

'सॉरी, अंकल, लेकिन अगर आदि चाचू ने ही यह किया है तो ये ख़बर तो एक ना एक दिन बाहर जाएगी ही,' सौरभ ने कहा।

'अगर तुम लोगों ने मुंह बंद रखा होता तो नहीं जाती, लेकिन अब मुझको सिंह को हैंडल करना होगा।'

'अंकल, आप क्या कह रहे हैं? क्या आप नहीं चाहते कि प्रेरणा के क़ातिल को सज़ा मिले?' सौरभ ने कहा।

'चाहता हूं। लेकिन मैं यह भी चाहता हूं कि मेरे परिवार और बिज़नेस की इज़्ज़त मिट्टी में ना मिले।'

'तो क्या आप इसके लिए अपनी बेटी के हत्यारे को खुला घूमने देंगे?' अंजली ने कहा।

रमेश ने अंजली को घूरकर देखा।

'ज़िंदगी में हमारे सामने हमेशा ही ईज़ी चॉइसेस नहीं होतीं,' रमेश ने कहा। सब चुप हो गए। आख़िरकार रमेश ने अपनी प्लेट में कुछ नूडल्स लिए।

सभी चुपचाप खाते रहे। ऐसा लगा जैसे सभी कुछ कहना चाहते थे, लेकिन रमेश के कारण कुछ बोल नहीं पा रहे थे।

तभी अंजली ने कहा—

'बहुत हुआ। मैं जानती हूं आप क्यों इसे दबाना चाहते हैं। इसीलिए ना कि फ़ैमिली के सीक्रेट्स सबके सामने ना खुल जाएं? क्यों, नीलम आंटी?'

'मुझे नहीं मालूम, तुम किस बारे में बात कर रही हो,' नीलम ने अपनी प्लेट में से सिर उठाए बिना कहा।

'समय आ गया है कि हम अब सौरभ और केशव को बता दें कि आख़िर क्यों एक बाप अपनी बेटी के हत्यारे का नाम उजागर नहीं होने देना चाहता।'

रमेश उठ खड़े हुए और अपनी कांपती हुई अंगुली अंजली की तरफ़ उठा दी।

'अंजली, शट अप राइट नाऊ।'

'क्यों?'

'बिंदु, नीलम, तुम इसे कंट्रोल करो, नहीं तो...' उन्होंने अपना हाथ उठाया, जैसे अंजली को एक तमाचा जड़ देंगे।

'चुप हो जाओ, अंजली बेटा,' बिंदु ने कहा।

'की?' मांजी की ऊंची आवाज़ से सभी चौंक गए।

अंजली ने मांजी की ओर देखा।

'रमेश इतने गुस्से में क्यों है?' मांजी ने कान में अपनी हियरिंग डिवाइस खोंसते हुए कहा। 'पहले तो तुम मेरी ये सुनने की मशीन ठीक करा दो, अब तो यह भी काम नहीं कर रही है।'

'कुछ नहीं हुआ है, मांजी,' रमेश ने फिर से बैठते हुए कहा।

'ओ आया सी,' मांजी ने कहा।

'हां, मांजी, लेकिन अभी प्लीज़ खाना खा लो,' रमेश ने कहा और एक गहरी सांस छोड़ी।

अंजली ने ग़ुस्से से अपना निचला होंठ चबा लिया। नीलम ने उसका हाथ पकड़ लिया ताकि वह शांत रहे। रमेश उसकी ओर मुड़े।

'अंजली बेटा, ऐसा नहीं है कि मैं आदि को छोड़ दूंगा,' रमेश ने धीमी आवाज़ में कहा। 'प्रेरणा मेरे लिए सब कुछ थी। मैं आज रात को ही आदि से बात करूंगा। लेकिन हम अपनी फ़ैमिली की इमेज पर बट्टा नहीं लगा सकते, घर के अंदरूनी मामलों को पब्लिक में नहीं ला सकते।'

'कौन-से अंदरूनी मामले?' मैंने कहा। अब मेरे लिए अपनी क्यूरोसिटी को कंट्रोल करना बहुत मुश्किल हो गया था।

रमेश ने मुझे देखा।

'अंदरूनी यानी अंदरूनी। वैसे भी इस सबका इस केस से कोई सरोकार नहीं है,' रमेश ने कहा।

'लेकिन, अंकल...' सौरभ ने कहा।

'इनफ़। अब हम चलते हैं,' रमेश ने कहा।

सौरभ ने वेटर को इशारा किया और कहा— 'बिल ला दो।'

'आप मीठा नहीं लेंगे, सर? हमारे यहां की हनी नूडल आइस्क्रीम फ़ेमस है,' वेटर ने कहा।

अध्याय 31

'फ़क, वो तो बहुत ज़ोर से चिल्ला रहे हैं,' सौरभ ने कहा। हम प्रेरणा के रूम में एक बेड पर बैठे थे। लोटस पॉन्ड में डिनर के बाद हम घर पहुंच चुके थे। रमेश सीधे आदि के अपार्टमेंट में जा घुसे थे। बिंदु और नीलम लिविंग रूम में थीं। हममें से कोई समझ नहीं पा रहा था कि ऊपर वाले फ़्लोर पर क्या हो रहा है। लेकिन इतना तो तय था कि रमेश बहुत ग़ुस्से में थे।

धड़ाक्। मैंने ज़ोरों की आवाज़ सुनी। ऊपर वाले अपार्टमेंट में कोई भारी चीज़ फ़र्श पर गिरी थी।

सौरभ और मैं उछल पड़े।

'हमें सुनना चाहिए कि वो दोनों क्या बोल रहे हैं,' मैंने कहा।

'ठीक है, चलो।'

हम दोनों बेडरूम से बाहर निकल गए।

'क्या हो रहा है?' नीलम ने चिंतित आवाज़ में कहा।

'हम जाकर पता लगाते हैं,' सौरभ ने कहा।

'नहीं,' नीलम ने चीख़कर कहा। 'रमेश जी ने कहा है कि कोई भी वहां नहीं आएगा।'

'हम केवल सीढ़ियों पर खड़े रहेंगे,' सौरभ ने कहा। 'चलो, केशव।'

❖

लेकिन सीढ़ियों पर पहले ही कोई मौजूद था।

'अंजली?' मैंने फुसफुसाते हुए कहा।

'श्शश...' उसने चुप रहने का इशारा किया। सौरभ और मैं दबे पांव वहां चले गए।

'तुम यहां क्या कर रही हो?' मैंने धीमी आवाज़ में पूछा।

'ये जानने की कोशिश कि हो क्या रहा है। साथ ही यह कि कहीं कुछ बुरा ना हो जाए। मैंने कोई चीज़ टूटने की आवाज़ सुनी थी।'

हम आदि के अपार्टमेंट के ठीक बाहर खड़े थे और भीतर से आ रही

आवाज़ें सुन सकते थे।

'मैंने ड्रग्स लेना अब बंद कर दिया है,' आदित्य चिल्ला रहे थे।

'झूठे,' रमेश ने कहा।

'मुझे ड्रग्स के लिए पैसा कहां से मिलेगा? मेरे पास कुछ नहीं है। जो काम मैं करता हूं, उससे ज़्यादा पैसा नहीं मिलता। और तुम भी मुझे कुछ देते नहीं।'

अंजली ने दरवाज़े से कान लगा दिए। उसका कंधा मेरे कंधे को छू गया। उसके परफ़्यूम से पलभर को मेरा सिर चकरा गया।

'...तुमने मेरी लिटिल गर्ल को मार दिया। तुम ये बर्दाश्त नहीं कर पाए कि इस घर में कोई तरक़्क़ी कर रहा था,' रमेश ने कहा।

'मैंने कुछ नहीं किया है।'

'तो फिर वो अंगूठी जादू से तुम्हारे अपार्टमेंट में आ गई?' रमेश ने कहा। 'आज तो मैं तुम्हें नहीं छोड़ूंगा।'

मैंने कुछ तमाचों और मुक्कों की आवाज़ें सुनीं।

'मुझे मारो मत, भैया। अब हम बच्चे नहीं रहे,' आदित्य ने कहा।

'तुम्हें क्या लगता है, मुझे ये सब करते हुए अच्छा लग रहा है? मैंने तो इस घर में किसी पर एक अंगुली तक नहीं उठाई। लेकिन अब लगता है, मुझे ऐसा करना चाहिए था। मेरे प्यार ने तुम सबको बिगाड़ दिया है।'

कुछ और तमाचों की आवाज़ आई।

'मैंने प्रेरणा को नहीं मारा। वो मेरे लिए भी बेटी जैसी थी।'

'नॉनसेंस,' रमेश ने कहा। 'वैसे पुलिस को इस बारे में पता चल चुका है, और जल्द ही पूरी दुनिया भी जान जाएगी। तुम्हारी वजह से पहले हमें दुख मिला, अब तुम्हारे कारण हमें शर्मिंदगी भी झेलनी पड़ेगी।'

'क्या? कैसे? ये सब हो क्या रहा है?' आदि ने कहा।

'अगर तुमने पुलिस के सामने भी यही एक्टिंग की तो तुम्हारी बुरी गत होगी।'

'मैंने उसे नहीं मारा, रमेश भैया। मैं मांजी की क़सम खाता हूं।'

'तुम मांजी को भी मार दोगे। अब ये ड्रामा बंद करो।'

इसके बाद मुझे कुछ नहीं सुनाई दिया। शायद वो लोग चुप हो गए थे, या किसी दूसरे कमरे में चले गए थे। मैंने भी दरवाज़े पर अपना कान लगा दिया।

पलभर को मेरे गाल अंजली के गालों से टकरा गए। मैं तुरंत दूर हो गया। उसने मेरी तरफ़ देखा, लेकिन उसकी आंखों में अंदर चल रही लड़ाई को लेकर चिंता झलक रही थी। उसे नहीं पता था कि इस छुअन ने मेरे भीतर कैसी बिजलियां जगा दी थीं।

कुछ मिनटों के बाद हमें आदि के लिविंग रूम में रमेश के क़दमों की आहट सुनाई दी।

'जो मैंने कहा, वो याद रखना। पुलिस के सामने ठीक से बर्ताव करना। और भगवान के लिए, शेव बना लेना और नशे में मत रहना।'

उनकी आवाज़ मेन डोर के पास आती जा रही थी। हम तीनों सीढ़ियों पर ऊपर दौड़े और छत के दरवाज़े पर जाकर रुक गए। हमने सुना कि रमेश बाहर निकले, ज़ोर से दरवाज़ा लगाया और नीचे चले गए।

सौरभ और अंजली ने राहत की सांस ली।

'चलो, छत पर चलते हैं। ताज़ी हवा के लिए,' मैंने कहा।

अध्याय 32

हम तीनों उसी छत पर खड़े थे, जहां से प्रेरणा नीचे गिरी थी।

'ये तो मुझे हमेशा से पता था कि मेरी फ़ैमिली परफ़ेक्ट नहीं है, लेकिन ये इतनी फ़क्ड-अप होगी, ये मैंने नहीं सोचा था,' अंजली ने कहा। उसने एक सिगरेट जलाई और मुझे ऑफ़र की। सौरभ का सिर मेरी तरफ़ घूमा। मैंने मना कर दिया।

'दुनिया में कुछ भी हो सकता है,' मैंने कहा।

अंजली ने एक कश लिया और कहा, 'और मैं यूएस से यहां इसलिए चली आई कि मुझे एक फ़ैमिली मिलेगी।'

मेरा फ़ोन बजा। मैंने सौरभ को फ़ोन की स्क्रीन दिखाई। सिंह का फ़ोन था।

'अभी? रात के ग्यारह बज रहे हैं,' उसने कहा।

'उठा लूं क्या?' मैंने कहा।

'बिलकुल,' सौरभ ने कहा।

मैं सौरभ और अंजली से थोड़ा दूर हो गया।

सिंह ने कहा—'मिस्टर डिटेक्टिव, क्या चल रहा है? आई होप, मैं तुम्हें डिस्टर्ब नहीं कर रहा हूं।'

'नहीं सर। आप कैसे हैं? सब ठीक तो है ना?'

'तुम्हारे लिए एक गुड न्यूज़ है।'

'गुड न्यूज़?'

'हमने आदित्य मल्होत्रा के नाम का वॉरंट निकाला है।'

'वॉव।'

'इसीलिए डिटेक्टिव साहब, कभी भी पुलिस पर डाउट नहीं करना। हमने अभी तक अपने ज़मीर को गिरवी नहीं रखा है।'

'हम कभी डाउट नहीं करते, सर।'

'हम कल इस पर कार्रवाई करेंगे। आज की रात उसको अपनी कोठी में चैन की नींद सोने दो।'

'ठीक, सर।'

'किसी को बताना मत।'

'जी, सर।'

मैं लौट आया। सौरभ ने क्यूरियस होकर मेरी तरफ़ देखा।

'क्या बोल रहा था?' अंजली ने एक और सिगरेट जलाते हुए कहा।

'कुछ नहीं, बस रूटीन की बातें। एनी-वे, अब नीचे चलते हैं, मैं थक गया हूं।'

❖

'क्या? अरेस्ट वॉरंट? तो तुमने यह छत पर क्यों नहीं बताया?' सौरभ ने कहा। वो ये ख़बर सुनते ही बेड में उछल पड़ा था।

'क्योंकि अंजली वहां पर थी।'

'तो क्या हुआ?'

'वो फ़ैमिली से है, आफ़्टर ऑल।'

'क्या मतलब?'

'यानी कि हो सकता है वो रमेश अंकल के लिए अपनी कुछ ज़िम्मेदारी फ़ील करती हो। तो वह उन्हें यह बता देती। रमेश सिचुएशन को मैनेज करने की कोशिश करते या आदि को अंडरग्राउंड हो जाने को बोलते।'

'हम्म, शायद तुम सही हो,' सौरभ ने कहा। 'तो अब क्या?'

'सो जाओ। कल जो ड्रामा होने वाला है, उसके लिए हमें आज भरपूर आराम करना होगा। गुडनाइट,' मैंने कहा और अपनी आंखें मूंद लीं।

अध्याय 33

'वेक अप, केशव,' सौरभ ने मेरा कंधा झकझोरते हुए कहा।

मैंने आंखें खोलीं। ऐसा लग रहा था, अभी बाहर अंधेरा ही है।

'क्या बजा है?'

'साढ़े छह बज रहे हैं? लेकिन तुम ऐसे में सो कैसे सकते हो, तुम्हें साइरन की आवाज़ नहीं सुनाई दे रही?'

मैंने अपनी आंखें मलीं और बांहें फैला दीं। सच में साइरन की आवाज़ आ रही थी।

'बालकनी से देखते हैं,' सौरभ ने कहा।

मैंने दरवाज़ा खोला और बालकनी में चला गया। वहां जाते ही मुझे कड़ाके की सर्दी का अंदाजा अपने चेहरे पर हो गया।

धुंध में हमें तीन पुलिस जिप्सी दिखाई दे रही थीं। उनमें से एक की छत पर रिवॉल्विंग लाइट थी और उसमें साइरन बज रहा था। घर के बाहर बहुत सारे पुलिस वाले खड़े थे। हमारे फ़्लोर के दूसरे छोर पर दूसरी बालकनी में रमेश खड़े थे। वो हमारे पास आए और पूछा—'ये क्या हो रहा है?'

मैंने कंधे उचका दिए। सौरभ ने भी कोई जवाब नहीं दिया।

'मुझे सिंह जी ने फ़ोन लगाया था। नीचे जाकर देखते हैं,' रमेश ने कहा।

❖

ग्राउंड फ़्लोर पर पहुंचते ही गोपिका ने रमेश को चाय पेश कर दी। इंस्पेक्टर सिंह, सौरभ और मैं सामने वाले सोफ़े पर बैठ गए।

'सबके लिए यहीं पर चाय ले आओ,' रमेश ने कहा। 'और बाहर जो पुलिस वाले खड़े हैं, उन्हें नाश्ता दे दो।'

सिंह ने रमेश को यहां पर आने की वजह बताई।

'मैं जानता हूं, ये आपके लिए आसान नहीं होगा। इसीलिए हम इतनी सुबह आए हैं, ताकि कॉलोनी वालों को पता ना चले।'

'तो फिर आपकी जिप्सी इतना शोर क्यों कर रही है?' रमेश ने कहा।

'सॉरी,' सिंह ने कहा। फिर उन्होंने अपनी बेल्ट से अटैच वॉकी-टॉकी निकाली और कुछ इंस्ट्रक्शंस दिए। साइरन की आवाज़ बंद हो गई।

'आदित्य के ख़िलाफ़ सॉलिड एविडेंट मिले हैं। अब हम कार्रवाई को टाल नहीं सकते। हमें रात को ही वॉरंट मिला है। ये डिटेक्टिव बॉयज जानते हैं, मैंने इनको फ़ोन करके बताया था।'

रमेश ने हम दोनों को देखा।

'तुम जानते थे कि पुलिस आ रही है?' रमेश ने कहा। हम दोनों चुप रहे।

'इन दोनों ने हमारी बहुत मदद की है,' सिंह ने कहा।

'हां, मैं जानता हूं। हमने इनको मेहमानों की तरह ट्रीट किया और इन्होंने मेरे ही घर में छापा मारा। फिर मेरी पीठ पीछे पुलिस की मुखबिरी करते रहे।'

गोपिका सिंह के लिए चाय ले आई। उन्होंने चाय की चुस्कियां लीं। गोपिका के जाने के बाद वो फिर बोले—

'कभी-कभी ऐसा होता है कि वॉरंट की न्यूज़ लीक होते ही आरोपी फ़रार हो जाता है। लेकिन आपके सम्मान का ख़याल रखकर ही हम कल रात को अरेस्ट के लिए नहीं आए।'

'अरेस्ट?'

'ये एक अरेस्ट वॉरंट है, रमेश जी। सर्च वॉरंट नहीं।'

'क्या?' रमेश ने कहा और फिर हम दोनों की तरफ़ मुड़कर कहा, 'और मुझे किसी ने बताया ही नहीं?'

सौरभ और मैं चुपचाप सुनते रहे।

'वो आपका भाई है, लेकिन उसने आपकी बेटी को मारा है, रमेश जी। हमने क़ातिल को खोज निकाला है। वो आदमी, जिसने आपकी फ़ैमिली की ख़ुशियां छीन लीं,' सिंह ने कहा।

'तो क्या उसको अरेस्ट करने से ख़ुशियां लौट आएंगी?' रमेश ने ऊंची आवाज़ में कहा।

'ये मेरी ड्यूटी है, सर। आपकी बेटी को न्याय दिलवाना।'

सिंह रमेश के रिस्पॉन्स पर हैरान लग रहे थे। उन्होंने अपना चाय का कप नीचे रख दिया। अमूमन ऐसा होता है कि अपराधी को पकड़ने पर पुलिस को मुबारक़बाद दी जाती है और पीठ थपथपाई जाती है। उसे हीरो कहकर पुकारा

जाता है। लेकिन ज़ाहिर है, रमेश के दिमाग़ में कुछ और ही था।

'लेकिन मेरे और मेरी फ़ैमिली के बारे में क्या?' रमेश ने कहा और हमारी तरफ़ देखा। किसी ने कुछ नहीं कहा। रमेश ने अपनी बात जारी रखी—

'हम इसे एक एक्सीडेंट क्यों नहीं मान सकते? फ़ैमिली के नाम पर बट्टा लगाने से क्या होगा?'

सिंह ने कंधे उचका दिए। रमेश सौरभ की ओर मुड़े।

'तुम मुझे बताओ। तुम तो इस फ़ैमिली के एक पार्ट जैसे हो। अगर तुम्हारी फ़ैमिली के नाम पर ऐसे कीचड़ उछाला जाता तो तुमको कैसा लगता?'

'ऐसा नहीं होता है, अंकल,' सौरभ ने शांत आवाज़ में कहा।

'क्या मतलब?'

'मैं प्रेरणा से प्यार करता था। मुझे फ़ैमिली की इज़्ज़त-विज़्ज़त से कोई मतलब नहीं, मैं बस इतना चाहता हूं कि जिस इंसान ने उसे मुझसे छीन लिया, वो जेल में सड़े।'

'गुड। यही सोचने का ठीक तरीक़ा है। एंड डोंट वरी, हम उसको जेल में अच्छी तरह से सड़ा देंगे,' सिंह ने कहा और उठ खड़े हुए। 'चलो ऊपर चलते हैं। क्या मिस्टर आदित्य घर पर हैं?'

'आर यू श्योर कि अब कुछ नहीं हो सकता?' रमेश ने कहा।

रमेश और सिंह ने एक-दूसरे को इस तरह देखा, जैसे कि आंखों-आंखों में कोई बात हो रही हो। रमेश ने एक शब्द नहीं कहा, लेकिन—जैसा कि इंडिया में होता है—ये साफ़ था कि रमेश ने सिंह को रिश्वत ऑफ़र की है।

सिंह को ये बात अच्छी नहीं लगी कि हम दोनों के सामने उनसे ऐसी बात कही जाए। उन्होंने अपना सिर हिला दिया।

'मैं कुछ नहीं कर सकता, मल्होत्रा जी। चाय के लिए शुक्रिया,' सिंह ने कहा। उन्होंने वॉकी-टॉकी निकाली और अपनी टीम को इंस्ट्रक्ट किया। चंद ही पलों में आधा दर्ज़न पुलिस वाले सीढ़ियां चढ़कर आदि के अपार्टमेंट पर पहुंच गए।

❖

'वो दरवाज़ा नहीं खोल रहे हैं,' एक कॉन्स्टेबल ने कहा। वो रिंग बेल बजाता रहा। दूसरा पुलिस वाला दरवाज़े पर दस्तक देता रहा। रमेश, सौरभ और मैं अपार्टमेंट के बाहर खड़े थे।

'फ़ोन लगाओ,' सिंह ने कहा।

रमेश ने आदि को अनेक बार कॉल किया, लेकिन उन्होंने फ़ोन नहीं उठाया।

सिंह ने अपनी आंखें सिकोड़ते हुए कहा—'वो घर में है भी या नहीं?'

'रात को मेरी उससे बात हुई। तब तो वो यहां पर था,' रमेश ने कहा।

'ये ठीक बात नहीं है, रमेश जी। आप मुलज़िम को इस तरह से भगा नहीं सकते', सिंह ने निराशा भरी आवाज़ में कहा।

'मैंने कुछ नहीं किया है,' रमेश ने चिल्लाकर कहा। 'वो अंदर ही होगा। मुझे परवाह नहीं, चाहो तो लॉक तोड़ दो।'

सिंह ने एक पुलिस वाले को इशारा किया। वो दौड़कर नीचे गया और जिप्सी से एक टूलबॉक्स उठाकर ऊपर ले आया।

अध्याय 34

कुछ मिनटों तक केवल एक ही आवाज़ सुनाई दे रही थी और वो थी, आदि के दरवाज़े पर हैमरिंग की आवाज़।

'हो गया,' कॉन्स्टेबल ने कहा। उसने दरवाज़े को धकेला, जो तुरंत ही पूरा खुल गया।

हम सभी भीतर दाख़िल हुए। डाइनिंग टेबल पर वही स्पेशल "के" सीरियल बॉक्स रखा था। उसके साथ ही एक मिल्क कार्टन, ख़ाली बाउल और एक स्पून रखी थी। पुलिस आदि के बेडरूम की ओर बढ़ी।

उन्होंने दरवाज़े को कई बार नॉक किया। कोई जवाब नहीं आया। एक पुलिस वाले ने नॉब घुमाई।

'ये अंदर से लॉक्ड है,' उसने कहा।

'मैंने आपको पहले ही कहा था कि वो अंदर है। गांजा पीकर सो रहा होगा,' रमेश ने सिर हिलाते हुए कहा।

सिंह ने फिर टूलबॉक्स वाले कॉन्स्टेबल को बुलाया। चंद ही मिनटों में उसने इस वाले लॉक को भी तोड़ दिया।

सिंह आदि के बेडरूम में घुसे। हम सब लिविंग रूम में वेट करते रहे।

'आदित्य जी? आप यहां पर हैं, आदित्य जी? इंस्पेक्टर सिंह हियर,' सिंह ने धीमी आवाज़ में कहा। फिर मैंने सुना कि सिंह ने कमरे में रोशनी के लिए परदे हटाए।

एक मिनट बाद वो बेडरूम से बाहर निकले। उन्होंने अपने हाथ कमर पर रखे हुए थे।

'क्या वो अंदर है?' रमेश ने कहा।

सिंह ने अपने होंठ भींच लिए।

'मेरे साथ आइए,' सिंह ने कहा। हम सब बेडरूम में आए।

आदि बेड पर लेटे हुए थे। धूप उनके चेहरे पर उग आई दाढ़ी को सहला रही थी। ऐसा लग रहा था, उन्होंने कुछ भी नहीं पहना था। एक सफ़ेद चादर

उनकी बॉडी को कमर से नीचे कवर किए हुए थी। उनके ट्रैकपैंट्स, टी-शर्ट और अंडरवियर फ़र्श पर पड़े थे। उनकी गर्दन और कंधों पर छोटे-छोटे बाइटमार्क्स थे, वैसे ही, जैसे मैंने तब देखे थे, जब हम उनसे होटल लीला में मिले थे। ऐसा लग रहा था, ये लवबाइट्स किसी रिसेंट लवमेकिंग सेशन से मिले थे। उनकी छाती और पेट के बाल ट्रिम्ड थे और चेस्ट पर लाइटनिंग रॉड का एक टैटू बना था। वो किसी रॉन्ची रॉम-कॉम मूवी के इटैलियन हीरो लग रहे थे। बेडसाइड टेबल पर नीडल्स की स्ट्रिप के साथ एक सीरिंज रखी थी।

'ज़रा देखो इसको, नशेड़ी कहीं का, घोड़े बेचकर सो रहा है,' रमेश ने कहा। 'हमारी फ़ैमिली पर एक धब्बा।'

सिंह ने आदि की कलाई पकड़कर उनकी नब्ज़ जांची।

'ये सो नहीं रहे हैं, रमेश जी। इनकी मौत हो चुकी है,' सिंह ने कहा और आदि का हाथ छोड़ दिया।

❖

जैसे ही आदि की मौत की ख़बर फैली, आदित्य परिवार में जैसे सुनामी आ गई। अंजली दौड़ती हुई आई। अपने अंकल की लाश देखकर उसे मितली हो आई। पुलिस वाले बॉडी को तुरंत नीचे ले गए। नीलम और बिंदु एक कोने में बैठी रोने लगीं। वो सदमें में थीं। मांजी हैरान दिखाई दे रही थीं। वो लाश देखकर विलाप करने लगीं।

'मेरा छोटा आदि। की होया तेन्नू?' वो बार-बार यही बोल रही थीं।

सिंह नीलम के पास गए।

'नीलम जी, ये आपके घर में हो क्या रहा है?'

'किसी की बददुआ लग गई है हमें,' नीलम ने कहा। रमेश ने उनकी मर्ज़ी के बिना पुलिस वाले से बात करने के लिए अपनी बीवी को घूरकर देखा। नीलम ने जैसे ही यह देखा, वो सिंह से दूर हो गईं।

रमेश चाहते थे कि बॉडी का अंतिम संस्कार जितनी जल्दी हो सके, कर दिया जाए।

'हम जल्दी से पोस्टमार्टम कर लें, फिर आप फ़्यूनरल कर लेना,' सिंह ने कहा।

'हम कोई फ़्यूनरल नहीं करेंगे। आप पोस्टमार्टम के बाद बॉडी को चुपचाप जला देना। और प्लीज़, मीडिया तक यह सब नहीं पहुंचना चाहिए,'

रमेश ने कहा।

'मैं कोशिश करूंगा रमेश जी कि उनको पता ना चले,' सिंह ने कहा।

मांजी का विलाप घर में गूंजने लगा। वो आदि के पास बैठी हुई थीं।

'भगवान, तू मुझे क्यों नहीं उठा लेता? तू मेरे बच्चों की जान क्यों ले रहा है?' किसी ने उन्हें आदि से दूर किया। वो अपनी छाती पीटने लगीं। अपनी मां को इस हालत में देखकर रमेश की आंखों में भी आंसू आ गए।

'नीलम, प्लीज़ इनको ऊपर ले जाओ,' रमेश ने आंसू पोंछते हुए कहा। फिर उन्होंने हाथ जोड़े और सिंह की तरफ़ मुड़ते हुए कहा, 'सिंह जी, मैं आपसे विनती करता हूं, इस केस को अब क्लोज़ कर दीजिए।'

अध्याय 35

मल्होत्रा परिवार की औरतें सोफ़े पर एक-दूसरे को थामे बैठी थीं। उनकी आंखें रो-रोकर सूज गई थीं। अंजली ने बिंदु का हाथ थाम रखा था और उनके आंसू पोंछती जा रही थी। रमेश कोने में हाथ बांधे खड़े थे। उनके चेहरे पर जैसे घनेरे बादल घिर आए थे।

सौरभ और मैं डाइनिंग टेबल की कुर्सियों पर बैठे थे। हम काम से लौटकर आ चुके थे। घर का नज़ारा देखकर प्रेरणा की मौत के दिन की याद आ रही थी। तभी गोपिका आई और बोली—

'नीलम मैडम, आज डिनर में क्या बनाऊं?'

रमेश ने गोपिका को ऐसे घूरकर देखा, जैसे उसे भस्म कर देंगे।

'तुम किचन में जाओ, मैं आती हूं,' नीलम ने कहा। गोपिका जल्दी से चली गई।

बिंदु ने चुप्पी तोड़ी।

'वीरजी, क्या इंस्पेक्टर ने बताया कि आदि को क्या हुआ था?'

रमेश ने सिर हिला दिया।

'वो लोग पोस्टमार्टम की रिपोर्ट का रास्ता देख रहे हैं। लेकिन ऊपर से देखने पर लगता है कि ड्रग ओवरडोज़ का मामला है।'

'क्या ड्रग ओवरडोज़ से किसी की जान भी जा सकती है?' बिंदु ने कहा।

'हेरोइन जानलेवा होती है,' रमेश ने कहा और ठंडी आह भरी।

'हमने अभी तक पड़ोसियों को कुछ नहीं बताया है,' नीलम ने कहा।

'कोई पूछे तो यही कहना कि उसे ड्रग ओवरडोज़ हो गया था। कि उसके कुछ दोस्तों ने उसे ड्रग्स दी, उसने ट्राय की, और इसी चक्कर में उसकी जान चली गई,' रमेश ने कहा।

'अंकल, क्या आप श्योर हैं?' सौरभ ने कहा।

'क्या मतलब?' रमेश ने खीझते हुए कहा। 'ये एक्सीडेंटल ओवरडोज़ का मामला है, और क्या?'

'हां, अंकल, ओवरडोज़ तो है, लेकिन क्या एक्सीडेंटल भी है?'

रमेश की आंखें फैल गईं।

'क्या कहना चाहते हो?'

'वो ये कह रहा है कि हो सकता है ये एक्सीडेंट ना हो, दूसरी पॉसिबिलिटीज़ भी हो सकती हैं,' मैंने कहा।

'जैसे कि?'

'हो सकता है, उन्होंने जानबूझकर ख़ुद को ओवरडोज़ कर लिया हो, यानी ये एक सुसाइड हो। शायद रात को जो कुछ हुआ, उससे वो परेशान हों,' सौरभ ने कहा।

'क्या नॉनसेंस है,' रमेश ने कहा।

सौरभ ने अपनी बात जारी रखी। 'या यह भी हो सकता है कि किसी ने उन्हें ओवरडोज़ कर दिया हो, यानी कि ये एक मर्डर हो।'

रमेश ने कोई जवाब नहीं दिया। वो डाइनिंग टेबल पर आए और हमारे सामने खड़े हो गए।

'उठो।'

सौरभ और मैं अपनी-अपनी कुर्सियों से उठ गए।

'अभी, इसी वक़्त, मेरे घर से बाहर निकल जाओ,' उन्होंने धीमी आवाज़ में कहा।

'लेकिन, अंकल...' सौरभ ने कंफ़्यूज़्ड होते हुए कहा।

'मैंने कहा दफ़ा हो जाओ यहां से। नीलम, मेरी बेटी की इस बेवक़ूफ़ से शादी हुई नहीं, और उसका ये दोस्त वैसे भी हमारा कोई नहीं। तो फिर ये दोनों मेरे घर में क्या कर रहे हैं?'

नीलम रमेश को याद दिला सकती थीं कि उन्होंने ख़ुद ही हमें कुछ हफ़्तों के लिए प्रेरणा का कमरा रहने के लिए दिया था, लेकिन वो चुप रहीं।

'रमेश जी शांत हो जाइए। आज के दिन हम पहले ही बहुत कुछ सह चुके हैं,' नीलम ने कहा।

'इन दोनों से कहो कि अभी मेरे घर से बाहर निकल जाएं,' रमेश ने नीलम से कहा, अलबत्ता हम ख़ुद भी उनकी आवाज़ साफ़-साफ़ सुन सकते थे।

सौरभ और मैंने एक-दूसरे की ओर देखा। आख़िर हमने ऐसा क्या कर

दिया था? सौरभ ने कुछ ज़रूरी सवाल ही तो पूछे थे।

'तुम्हारे पास पंद्रह मिनट का समय है, उसके बाद यहां दिखाई मत देना,' रमेश ने कहा।

मैंने सिर हिला दिया। सौरभ और मैं सीढ़ियों की तरफ़ बढ़े।

'रुको,' पीछे से अंजली की आवाज़ आई।

हम ठहर गए। अंजली चलकर रमेश के पास गई।

'ये केवल हमारी मदद कर रहे हैं। आप इन्हें घर से क्यों निकालना चाहते हैं, अंकल?'

'क्यों? क्योंकि ये दोनों मेरा भेजा खा गए हैं। हमने प्रेरणा को खो दिया। वो अपने आपमें एक बहुत बुरा हादसा था। सब लोगों को लगता था वो एक एक्सीडेंट है। लेकिन नहीं, इन दोनों बेवक़ूफ़ों को अपना डिटेक्टिव बिज़नेस करना है, तो ये नई-नई कहानियां लेकर सामने आने लगे।'

'केवल कहानियां नहीं, अंकल। इन्होंने आदि के कमरे से सबूत भी खोज निकाले थे,' अंजली ने कहा।

'और मैं कितना बड़ा मूर्ख था, जो इन दोनों की बात मान ली।'

रमेश रोने लगे। रोते-रोते ही वो बोलते रहे।

'मैंने अपने सगे भाई को भला-बुरा कहा। मैं समझ ही नहीं पाया कि वो कितना कमज़ोर था। पता नहीं, उसने ग़लती से ख़ुद को ओवरडोज़ कर लिया, या मैंने उसे इतनी खरी-खोटी सुनाई और उसे मारा, इसलिए। लेकिन अब वो इस दुनिया में नहीं है। हां, वो किसी काम का नहीं था, लेकिन था तो मेरा भाई। मेरा इकलौता भाई।'

रमेश फूट-फूटकर रो दिए। नीलम ने उन्हें दिलासा दिया। उन्होंने ख़ुद को संभाला और बोले—

'ये दोनों अभी तक यहां पर क्या कर रहे हैं? गेट आउट,' रमेश ने ज़ोर से चिल्लाते हुए कहा। उन्होंने मेलोड्रामा से एंग्री मोड में आने में ज़्यादा वक़्त नहीं लिया था।

'अंकल, रुक जाओ,' अंजली ने सधी हुई आवाज़ में कहा।

'क्या तुम जैसे आजकल के लड़कों के मन में बुज़ुर्गों की कोई इज़्ज़त नहीं? मैंने कहा गेट आउट तो उसका मतलब है गेट आउट,' रमेश ने कहा।

'नहीं, अंकल। आप उन दो लोगों को घर से बाहर निकाल रहे हैं, जो सच जानने की कोशिश कर रहे हैं। क्यों?'

'मैं तुम्हें भी घर से बाहर निकाल सकता हूं,' रमेश ने कहा। अंजली और उन्होंने एक-दूसरे को घूरकर देखा। बिंदु को बीच में आना पड़ा।

'रमेश भैया, अंजली, प्लीज़ बैठ जाओ।'

'इससे कहो कि तमीज़ में रहे, नहीं तो मैं इसे भी अपने घर से निकाल बाहर कर दूंगा,' रमेश ने सोफ़े पर बैठते हुए कहा, लेकिन अंजली खड़ी रही।

'जानती हूं, रमेश अंकल। और यह पहली बार नहीं होगा, जब मुझे घर से बाहर निकाला जाएगा।'

'चुप करो, अंजली,' बिंदु ने कहा।

मैंने सौरभ की ओर देखा। उसने सीढ़ियों की तरफ़ इशारा किया कि अब हमें यहां से चले जाना चाहिए।

'सौरभ, केशव, रुको। तुम्हें हमारी फ़ैमिली के बारे में एक बात मालूम होनी चाहिए,' अंजली ने कहा।

'अंजली, रुक जाओ,' बिंदु ने कहा।

लेकिन अंजली ने उनकी एक नहीं सुनी।

'प्रेरणा और मैं बहनें थीं। जुड़वां बहनें,' अंजली ने कहा।

पूरा कमरा ख़ामोश हो गया। सौरभ और मैं अंजली को हैरत से देखते रहे। क्या मैंने जो सुना, वो सही था?

'हां,' अंजली ने कहा। 'हम कज़िन्स नहीं थीं, हम सगी बहनें थीं।'

रमेश ने अंजली को मारने के लिए हाथ उठाया। अंजली ने उन्हें घूरकर देखा।

'हां, अंकल, मारो मुझे, क्योंकि मैं सच बोल रही हूं। मुझे मारो, क्योंकि मैं सोचती हूं कि सौरभ और केशव को हमारी फ़ैमिली के इस सीक्रेट के बारे में पता चलना चाहिए। प्रेरणा और मैं सगी बहनें थीं, और वो हैं हमारी मां।'

अंजली ने बिंदु की ओर इशारा किया।

'अंजली, भगवान के लिए चुप हो जाओ,' बिंदु ने ऐसे कहा, जैसे अभी ग़श खाकर गिर जाएंगी।

ओके, तो अब मुझे इस उलझी हुई कहानी को समझने के लिए एक मिनट

का समय चाहिए था। बिंदु अंजली और प्रेरणा की मां थी, बुआ नहीं। इसका मतलब है बिंदु के भाई रमेश प्रेरणा के पिता नहीं थे, बल्कि उसके मामा थे? ये फ़ैमिली आख़िर क्या चीज़ है? मैंने सौरभ की ओर देखा। वो तो और उलझन में दिखाई दे रहा था।

जब मैं मल्होत्रा हाउस की इन रिलेशनशिप्स को फ़िगर आउट कर रहा था, तो एक और सवाल मेरे दिमाग़ में आया—क्यों? उन लोगों ने इस सबको एक राज़ बनाकर क्यों रखा था?

रमेश ने अपने दोनों हाथ हवा में उछाल दिए।

'ठीक है, तो अब सब लोग इस बात को जान गए हैं। मैंने अपनी पूरी ज़िंदगी इस फ़ैमिली के लिए क़ुर्बान कर दी और इस बात को अपने तक ही रखा, ताकि तुम लोगों को प्रोटेक्ट कर सकूं। लेकिन अब जब किसी को परवाह ही नहीं है तो यही सही।'

'प्लीज़ बैठ जाइए, रमेश जी,' नीलम ने कहा।

'नहीं, नीलम जी, दरअसल अच्छा ही हुआ कि ये सामने आ गया। तुमने भी तो इन लोगों के लिए इतना सैक्रिफ़ाइस किया और इस बात को एक राज़ ही रखा। याद है वो समय?'

नीलम धीरे-धीरे रोने लगी।

'मैंने वही किया, जो आपने कहा, रमेश जी। मैंने हमेशा आपको और पूरी फ़ैमिली को सपोर्ट किया। मैंने आपके फ़ैसलों को क़बूल किया। और भगवान जानता है कि मैंने कभी चूं नहीं करी, ना कभी किसी को इस बारे में बताया।'

'लेकिन यहां किसी को परवाह कहां है? इस फ़ैमिली और इसकी इज़्ज़त की आज किसी को फ़िक्र नहीं है। बुरे तो हम ही ठहराए जा रहे हैं,' रमेश ने कहा।

'नहीं, वीरजी, नहीं, प्लीज़,' बिंदु ने कहा। उन्होंने हाथ जोड़ रखे थे और उनकी आंखों में आंसू थे। उन्होंने कहा, 'आप कभी बुरे नहीं हो सकते, मेरे लिए तो आप भगवान जैसे हैं।'

बिंदु रमेश के पैरों में गिर पड़ी। सौरभ और मैं एक-दूसरे को हैरत से देख रहे थे। हम दो नए-नवेले जासूस थे, लेकिन हम इस फ़ैमिली ड्रामा के बीच में क्या कर रहे थे? कहीं हम किसी ग़लत टेलीसीरियल में तो नहीं घुस गए थे?

बिंदु हमारी तरफ़ मुड़ी।

'बैठ जाओ, लड़को,' बिंदु ने कहा। 'इससे पहले कि तुम यहां से जाओ, मैं तुम्हें बताती हूं कि वीरजी कितने बड़े आदमी हैं। ये तो एक फ़रिश्ते हैं।'

सौरभ और मैं बैठ गए। हम रमेश के सामने बैठे थे, लेकिन वो दूसरी तरफ़ देख रहे थे।

'छब्बीस साल पुरानी बात है। मैं सोलह साल की थी, जब मैं परम से मिली,' बिंदु ने शुरू किया।

'हमारी फ़ैमिली के माथे पर लगा कलंक,' रमेश ने कहा।

'वीरजी सही कह रहे हैं, लेकिन उस समय मैं उससे प्यार करने लगी थी। वो क्रिकेट बहुत अच्छा खेलता था और मैं उसकी दीवानी हो गई थी। मैं बच्ची ही तो थी, मुझमें तब कहां अक़्ल थी।'

रमेश ने अपना सिर हिला दिया। बिंदु ने आवाज़ मद्धम कर ली।

'और फिर, एक दिन वो भाग गया। उसके बाद वो फिर अमृतसर में दिखाई नहीं दिया।'

नीलम ने बिंदु का हाथ थाम लिया। बिंदु बोलती रही।

'वो बुज़दिल था। और मैं भी। मैंने तब तक छिपाया, जब तक मेरे बस का था। लेकिन एक समय के बाद इस बात को छुपाना मेरे लिए मुमकिन नहीं रह गया था। आख़िर मेरे पेट में परम के बच्चे थे—जुड़वां लड़कियां।'

अध्याय 36

बिंदु की कहानी बिंदु की ज़ुबानी
छब्बीस साल पहले

'वीरजी, मुझे माफ़ कर दीजिए,' मैंने कहा और मन ही मन गिना कि ये मैंने बीसवीं बार उनसे माफ़ी मांगी थी। पहले आठ बार मुझे माफ़ी के जवाब में करारा तमाचा मिला था। उसके बाद, वीरजी ने इसकी भी परवाह करना छोड़ दिया।

वीरजी बरामदे में जूट की चारपाई के इर्द-गिर्द मंडरा रहे थे। सर्दियों की धूप हमारे चेहरे पर खिल रही थी। हमारी आंखें चौंधिया गई थीं। चारपाई पर नीलम भाभी मेरे साथ बैठी थीं और उन्होंने मेरा हाथ थाम रखा था। मेरी बड़ी बहन गीतू दीवार के सहारे टिककर खड़ी थी।

'सात महीने? तुम अपने पेट में सात महीने से ये बच्चा लेकर घूम रही हो और इस घर में किसी को पता नहीं चला? नीलम?' वीरजी ने कहा।

नीलम ने आंख उठाकर अपने पति को देखा, लेकिन कोई जवाब नहीं दे पाईं। जबसे मेरे पेट में बच्चा दिखने लगा था, मैंने मोटा स्वेटर पहनना और ऊपर से चादर लपेटना शुरू कर दिया था।

'गीतू?' रमेश जी ने कहा।

'वीरजी, मैं तो ऐसी चीज़ के बारे में सोच भी नहीं सकती थी। ये अभी केवल सोलह साल की है,' गीतू ने कहा।

गीतू जान सकती थी, मैंने उसे बताने की कोशिश की थी। लेकिन वो शादी के बाद पहली बार अमेरिका से इंडिया आ रही थी और यूएस-इंडिया फ़ोन लाइन पर आवाज़ भी साफ़ नहीं थी, इसलिए या तो वह सुन नहीं पाई, या समझ नहीं पाई। चार महीने पहले मैंने उसे सीएटल में फ़ोन करके बताया था कि मेरे पीरियड्स मिस हो रहे हैं। मैंने उसे यह भी बताया था कि मैं परम को प्यार करती हूं। उसने हंसकर कहा कि यह कुछ भी नहीं है। लेकिन मैंने उसको यह नहीं बताया था कि रात को परम के साथ ख़ाली क्लास में मैं क्या-क्या करती थी। वैसे भी उसको कैसे ख़याल आता कि उसकी छोटी बहन इस उम्र में क्या गुल खिलाने लगी थी। लेकिन मैंने गीतू के सिवा इस बारे में किसी को नहीं बताया था। मेरी

मां तो यह सुनकर मुझे मार ही डालती। वैसे भी मांजी दो महीने पहले ही हरिद्वार में अपने मां-पिता के पास चली गई थीं। उन्होंने कहा था कि उनकी अंतिम इच्छा तीर्थयात्रा करने की है। मैंने सोचा कि नीलम भाभी को बता दूं, लेकिन वो तो तुरंत ही वीरजी को इस बारे में बता देतीं और वीरजी इसके लिए परम को जान से मार देते। इसलिए मैं इसे सबसे छुपाती ही रही।

मुझे प्रैग्नेंट होने से कोई दिक़्क़त नहीं थी। मैं सोचती थी कि यही मेरा नसीब है। मेरी बहन को एक साल पहले अपना जीवनसाथी मिल गया था, मुझे भी परम अपना जीवनसाथी ही लगता था। मैं सोचती थी कि परम मुझसे ब्याह करेगा। मैं उसके लिए रोटियां सेकूंगी और उसके बच्चे जनूंगी। परम ने मुझसे कहा था, मैं जल्द ही सब ठीक कर दूंगा, लेकिन तुम किसी को इस बारे में बताना नहीं। मैंने नहीं बताया। जब मेरे पेट में पांच महीने का बच्चा हो गया, तब भी शॉल ओढ़कर सबसे छुपाती रही। लेकिन परम ने मुझे धोखा दिया। मैं तो रास्ता देख रही थी कि एक दिन परम के माता-पिता मेरे ब्याह की बात चलाने आएंगे, लेकिन वो तो फ़रार ही हो गया। मेरे पास उसे खोज निकालने का कोई रास्ता नहीं था। इसके बावजूद मैं इतनी बड़ी मूर्ख थी कि उसकी राह तकती रही और इस बात को सबसे छुपाती रही। लेकिन एक दिन जब मैं बरामदे की चारपाई में सो रही थी तो नीलम भाभी ने मेरा पेट देख लिया। उन्होंने पूछताछ की तो मैं कुछ छुपा नहीं सकी। उन्होंने कहा कि उन्हें वीरजी को सब बताना ही पड़ेगा।

'कहां है परम? मैं उसको मार डालूंगा,' वीरजी ने कहा।

ओह वीरजी, अगर मुझे पता होता कि वो कहां है तो बात ही क्या थी। वीरजी बेचैनी से चारपाई के चक्कर काटते रहे। फिर उन्होंने कहा—'तुमने किसी डॉक्टर को दिखाया?'

मैंने सिर हिलाकर मना कर दिया।

'ठीक है। किसी डॉक्टर को मत बताना, नहीं तो जंगल की आग की तरह ये ख़बर सब तरफ़ फैल जाएगी। मैं किसी भरोसेमंद आदमी से बात करता हूं।'

मैंने फिर सिर हिला दिया, इस बार हामी भरते हुए।

'नीलम और गीतू के साथ जाओ और जो मैंने बोला, वो करो।'

'जी, वीरजी।'

'गीतू, इस बारे में किसी को मत बताना। जोगी को भी नहीं,' वीरजी ने कहा। गीतू के पति का नाम जोगी था।

गीतू ने भी हामी भर दी। जोगी दो महीने के लिए नीतू दीदी के साथ सीएटल से यहां आए थे। वहां वो टैक्सी चलाते थे। लेकिन अभी वो मोगा में अपने घर पर थे।

'वीरजी,' मैंने कहा।

'क्या?'

'मुझे माफ़ कर दीजिए।'

❖

डॉ. रेशमा अहलूवालिया ने मुझे अपने कैबिन से अटैच्ड एक रूम में लेटने को कहा। हम अमृतसर के ढाब खटिका स्थित प्रिंसेस ऑफ़ वेल्स ज़नाना हॉस्पिटल में आए थे। डॉ. ने मेरे पेट पर एक कोल्ड जेल गाया और उस पर एक मेटल प्रोब रख दिया। मेरे सामने एक स्क्रीन पर धुंधली, काली, सफ़ेद तस्वीरें दिखाई दे रही थीं।

गीतू दीदी और नीलम भाभी बेड के पास स्टूल पर बैठी थीं।

डॉक्टर ने प्रोब को घुमाया।

'तुम पहली बार अल्ट्रासाउंड कराने आई हो?' उन्होंने स्क्रीन पर से अपनी आंखें हटाए बिना कहा।

मैंने सिर हिलाकर हां कह दिया।

'तुम्हें हर महीने आना चाहिए था? अभी तक आई क्यों नहीं?'

मैंने कुछ नहीं कहा और नीलम भाभी की ओर देखा।

'सब ठीक है ना? कितने महीने हो गए हैं?' नीलम भाभी ने कहा।

'ये तो आपको पता होना चाहिए,' डॉक्टर ने वैसे सख़्त लहज़े में कहा, जैसे भारत के डॉक्टर्स अक्सर बोलते हैं। वो प्रोब को मूव करती रहीं और बोलीं— 'बहुत डेवलपमेंट हो चुका है। बेबी का हेड दिखाई दे रहा है।'

मुझे गोल आकार की कोई चीज़ दिखाई दी। डॉक्टर ने प्रोब घुमाया।

'और ये देखिये, एक और हेड?' डॉक्टर ने कहा।

नीलम भाभी स्क्रीन को क़रीब से देखने के लिए उठ खड़ी हुईं।

'यानी दो सिर वाला बच्चा?'

डॉक्टर ने नीलम भाभी की ओर देखा।

'अनपढ़ हो क्या? इसे जुड़वां बच्चे होने वाले हैं और डिलीवर कभी भी

हो सकती है।'

मेरा दिल डूब गया और सिर चकराने लगा।

'बधाई हो, यह तो डबल गुड न्यूज़ है,' डॉक्टर ने कहा, जबकि मैं तो सोच रही थी कि मुझे आत्महत्या कर लेनी चाहिए।

❖

'क्या बक़वास कर रहे हैं आप लोग? एबॉर्शन?' डॉ. अहलूवालिया ने नीलम भाभी की ओर ऐसे देखा, जैसे कि वो कोई क्रिमिनल हों।

हम अल्ट्रासाउंड के बाद फिर से डॉक्टर के कैबिन में आ गए थे।

'डॉक्टर, मेरे हसबैंड रमेश मल्होत्रा ने ये विज़िट अरेंज करवाई है। वो सालों से आपकी फ़ैमिली की कारों को रिपेयर करते आ रहे हैं...' नीलम भाभी ने कहा।

'तो? इसी वजह से मैंने अभी तक आपको यहां से निकाल बाहर नहीं किया है। आप एबॉर्शन की बात कर रही हैं? साढ़े सात महीने के जुड़वां बच्चे का? मैं तो आपको बोलने वाली थी कि सीज़ेरियन के लिए कोई तारीख़ तय कर लीजिए।'

'हमने तो एबॉर्शन की बात ही नहीं की, डॉक्टर,' गीतू दीदी ने कहा। 'हमारे भैया का कहना था कि हम आपसे सिचुएशन को हैंडल करने की बात करें।'

'सिचुएशन हैंडल करने का और क्या मतलब होता है? आप लोग ऐसा कैसे कर सकते हैं? इस लड़की के अंदर दो नन्हीं जानें पल रही हैं। अगर मैं आज इसका ऑपरेशन करूं तो वो सही-सलामत, जीते-जागते इस धरती पर जन्म ले लेंगे।'

मैं टूट गई। डॉक्टर के सख़्त शब्द, वीरजी के चेहरे की मायूसी, नीलम भाभी का अपमान—मेरे लिए ये सब बहुत था। अगर एबॉर्शन नहीं हो सकता तो कम से कम डॉक्टर मुझे कोई ऐसी चीज़ दे सकती थीं, जिससे मेरी जान चली जाए। मैंने डॉक्टर को अपनी पूरी सिचुएशन समझाई कि मैं इन बच्चों को जन्म नहीं दे सकती थी।

'तब तुमको पहले आना चाहिए था। बहुत पहले। तब हम कुछ कर सकते थे। लेकिन अभी कुछ नहीं हो सकता, तुम्हारे बच्चे दुनिया में आने के लिए तैयार हैं,' उन्होंने कहा।

'हम क्या करें, डॉक्टर?' नीलम भाभी ने हाथ जोड़ते हुए कहा।

'भैया तो इसे घर में ही नहीं घुसने देंगे,' गीतू दीदी ने कहा।

डॉक्टर उठ खड़ी हुईं और हमें बाहर का रास्ता दिखा दिया—

'ये आपको पहले सोचना चाहिए था। अभी जाइये यहां से। अब बेबीज़ की डिलीवरी के टाइम पर ही आना। ज़्यादा से ज़्यादा मैं इतना ही कर सकती हूं कि किसी को पता ना चले कि ये डिलीवर हुई है। अभी जाइये, मेरे पास दूसरे भी पैशेंट्स हैं।'

❖

'मांजी कब वापस आ रही हैं?' वीरजी ने नीलम भाभी से पूछा।

'वो लोग अभी तिरुपति में हैं और उसके बाद वो तमिलनाडु जाएंगे। उन्हें आने में कम से कम दो महीने लगेंगे।'

वीरजी ने सिर हिला दिया।

गीतू दीदी, वीरजी, नीलम भाभी और मैं खाना खा रहे थे। वीरजी ने मेरे दस साल के भाई आदि को टीवी देखने भेज दिया। हमें डॉक्टर को दिखाए एक सप्ताह हो गया था और हमारे पास कोई चारा नहीं रह गया था। वीरजी ने मुझसे कहा कि हम बच्चों को किसी अनाथालय में भेज देंगे। इसके बाद मैं तीन रात तक सो नहीं पाई। अल्ट्रासाउंड देखते समय जैसे ही मैंने बच्चों की एक झलक देखी थी, मेरे भीतर कुछ होने लगा था। मैं मां बनने वाली थी। एक मां अपने बच्चों को किसी यतीमख़ाने में कैसे भेज सकती है? वहां मेरे बच्चे दर्जनों दूसरे यतीम बच्चों के साथ रहेंगे, जिन्हें कभी मां-बाप का प्यार नहीं मिलेगा।

'मैं अपने बच्चों को पाल-पोसकर बड़ा करूंगी,' मैंने वीरजी से कहा।

'तुम पागल हो गई हो? ये नाजायज़ बच्चे हैं। और तुम इनका ख़र्चा कैसे उठाओगी?'

'वीरजी, मैं दिन-रात मेहनत करूंगी, लेकिन मेरे बच्चों को अनाथालय नहीं भेजने दूंगी। आपने तो देखा ही है कि वो जगहें कितनी गंदी होती हैं। मेरे बच्चों को वहां देखकर मैं मर जाऊंगी।'

'तो मर जाओ,' उन्होंने कहा।

मेरे गालों से आंसू लुढ़कने लगे। बचपन से ही मैं वीरजी की फ़ेवरेट हुआ करती थी। वो मेरे लिए गुड़िया ख़रीदने के लिए अपनी पॉकेटमनी बचाते थे। लेकिन आज उनको मेरे बच्चों, मेरी फ़ीलिंग्स और मेरी ज़िंदगी की भी कोई

परवाह नहीं थी।

मैं उनकी बीवी की ओर मुड़ी।

'नीलम भाभी, मैं आपके हाथ जोड़ती हूं, मुझे मेरे बच्चों को रखने दीजिए। मैं उनके लिए नौकरानी भी बनने को तैयार हूं।'

'हां, इसी तरह हमारी फ़ैमिली का नाम रोशन करते रहना। नौकरानी बन जाना और नाजायज़ बच्चों को पालना। तुम कहीं जाकर मर क्यों नहीं जातीं?' वीरजी ने कहा।

'रमेश जी, वो अभी बच्ची है,' नीलम भाभी बोलीं।

'जी नहीं,' वीरजी ने अपने ग़ुस्से को क़ाबू में करते हुए कहा।

'भैया,' गीतू दीदी बोलीं, 'आपने हमेशा हम सब लोगों का ख़याल रखा है।'

'और बदले में मुझे क्या मिला? मैं ग्रीज़ में लथपथ होकर काम करता रहा और तुम सीएटल में जाकर बस गईं। मेरे हिस्से में यही सब आया।'

'उससे ग़लती हुई है तो वो उसकी ज़िम्मेदारी उठाने को भी तैयार है। उसे अपने बच्चों को पालने दीजिए,' गीतू दीदी बोलीं।

'तुम्हारा दिमाग़ तो ख़राब नहीं हो गया है, गीतू? ये अमेरिका नहीं अमृतसर है। हम लोगों को क्या बोलेंगे कि ये बच्चे कहां से आए?'

थालियां सजी थीं, लेकिन किसी ने खाना नहीं खाया। वीरजी को राजमा-चावल बहुत पसंद था। लेकिन आज उन्होंने उसे छुआ भी नहीं। वो बोलते रहे।

'अनाथालय कोई बुरी बात नहीं है। इन बच्चों की जो तक़दीर है, उन्हें उसी को जीना होगा।'

मेरे पेट में एक बच्चे ने किक मारी। मुझे उनका ख़याल हो आया। चूहों और तिलचट्टों से भरे अनाथालय के कमरों में वो कैसे जीएंगे? इससे तो मौत भली। मैं ज़ोर से रोने लगी। मैं ख़ुद को रोक नहीं पाई।

'अभी रोना बंद करो, गुड़िया,' वीरजी ने कहा। 'तुम जानती हो मैं यह नहीं देख सकता।'

मेरे वीरजी बाहर से चाहे जितने सख़्त दिखाई दें, लेकिन अंदर से वो मक्खन की तरह मुलायम हैं। दुनिया में ऐसा कोई नहीं होगा, जो अपनी फ़ैमिली की ऐसे केयर करता होगा। हालांकि मैंने उनका भरोसा तोड़ दिया था। गीतू दीदी और नीलम भाभी बारी-बारी से मेरे आंसू पोंछती रहीं, लेकिन कोई फ़ायदा नहीं

हुआ। उलटे वो भी ख़ुद रोने लगीं। आदि ने बाहर झांककर देखा कि हो क्या रहा है। वीरजी ने उसे घूरकर देखा तो वो फिर से कमरे में चला गया।

कुछ देर बाद वीरजी बोले। उनकी आवाज़ बहुत गम्भीर थी।

'एक ही रास्ता है, लेकिन ये आसान नहीं है।'

'क्या?' मैंने आशा बांधते हुए पूछा।

'गीतू, तुम अपनी बहन से प्यार करती हो?'

'हां, वीरजी, बिंदु तो हमारी गुड़िया है।'

'नीलम, तुम हमारी फ़ैमिली के लिए कुछ कर सकती हो?' वीरजी ने कहा।

'मैंने तो हमेशा ही किया है। ये मेरी फ़ैमिली भी है।'

'ठीक है, तो तुम दोनों एक सैक्रिफ़ाइस करने के लिए तैयार रहो और इसे सबसे छुपाकर रखो।'

'क्या, वीरजी?' मैंने कहा।

'गीतू, एक बच्चे को तुम ले लो। उसे अपना और जोगी का बच्चा कहो। नीलम, दूसरे को तुम ले लो, उसे हम अपना बच्चा कहेंगे।'

'क्या?' गीतू दीदी और नीलम भाभी ने एक स्वर में कहा।

'इस बारे में सोचना। इसके सिवा कोई और रास्ता नहीं है। या तो हम यह करेंगे या हमें बच्चों को अनाथालय भेजना होगा। कोई भी यह दूसरा विकल्प नहीं चाहता और बिंदु अकेले दो बच्चों को पाल नहीं सकती। अव्वल तो वो ये कर नहीं पाएगी, और दूसरे, इससे फ़ैमिली की इज़्ज़त पर बट्टा लगेगा सो अलग।'

वीरजी उठे और टहलने लगे।

'मुझे जोगी से बात करनी होगी,' गीतू दीदी ने कहा। 'यह कोई छोटी बात नहीं है। बिंदु, मैं तुम्हें बहुत प्यार करती हूं, लेकिन मेरे लिए यह करना मामूली बात नहीं है।'

'मैंने तो पहले ही कह दिया था कि ये आसान नहीं है। नीलम, तुम क्या कहती हो?' वीरजी ने कहा।

'मेरे पास और रास्ता भी क्या है, मैं हमेशा वही करती हूं जो आप कहते हैं, रमेश जी,' नीलम भाभी ने कहा तो, लेकिन उनकी आवाज़ में मायूसी थी।

'क्या हम यह मांजी को बताएं?' गीतू दीदी ने कहा।

'बिलकुल नहीं। उन्हें यह कभी पता भी नहीं चलेगा। नीलम, तुम उनको कहो कि वो हरिद्वार से यहां आने में जल्दी ना करें। कह दो कि तुम मां बनने वाली हो। जब वो लौटकर आएंगी तो उन्हें यहां बच्चा दिखाई देगा,' वीरजी ने कहा।

'और मैं?' गीतू दीदी ने कहा।

'तुम और जोगी वैसे भी अमेरिका चले जाओगे। बच्चे होने के बाद जाना और एक को अपने साथ ले जाना। वहां जाकर मांजी को बता देना कि तुम भी मां बनने वाली हो। यहां तुम अब एक-दो साल तक नहीं आओगी। अगली बार जब आओगी, तो सभी उसको तुम्हारा ही बच्चा मानेंगे।'

'लेकिन जोगीजी को भी तो राज़ी करना होगा, वीरजी,' गीतू दीदी ने कहा।

'जानता हूं, उसको बोलना ये मेरा आइडिया था।'

'बोल दूंगी।'

'उसको याद दिलाना कि उसकी टैक्सी के लिए आधा पैसा मैंने दिया था और तुम्हारी शादी उससे तब कर दी थी, जब उसके पास कोई काम नहीं था।'

गीतू दीदी ने सिर हिला दिया। वीरजी आए और आकर बैठ गए।

मेरी आंखों से आंसू बह रहे थे। मैं वीरजी से जा लिपटी।

उन्होंने थाली उठाई और कहा—

'भूख लग रही है। खाने में क्या बना है? राजमा-चावल हैं क्या?'

अध्याय 37

रमेश सोफ़े पर बैठे थे, उनके लिए अपने आंसुओं को रोकना मुश्किल साबित हो रहा था। नीलम आंटी ने बिंदु को गले लगा रखा था। अंजली हाथ बांधे दीवार से टिककर खड़ी थी। सौरभ ने चुप्पी तोड़ी।

'तो रमेश अंकल, प्रेरणा आपकी बेटी नहीं थी?'

'भगवान जानता है कि मैंने उसे कभी अपनी बेटी से कम नहीं माना। बिंदु, तुम मांजी की क़सम खाकर बोलो, क्या मैंने कभी प्रेरणा और अजय के बीच कोई भेद रखा?'

'कभी नहीं,' बिंदु ने अपनी आंखें पोंछते हुए कहा।

'लेकिन पॉइंट ये नहीं है। अंकल, मेरी शादी प्रेरणा से हो रही थी और मुझे ये मालूम ही नहीं था। क्या आपको मुझे ये नहीं बताना चाहिए था?' सौरभ ने कहा।

रमेश ने सौरभ को एक नज़र देखा।

'ये बात हमने आज तक फ़ैमिली के बाहर किसी को नहीं बताई। वैसे भी इससे क्या फ़र्क़ पड़ता है?'

सौरभ उनका जवाब सुनकर संतुष्ट नहीं हुआ। उसने मेरी तरफ़ देखा। लेकिन मैं अभी तक समझने की कोशिश कर रहा था कि जो कुछ मैंने सुना, वह क्या था।

'यक़ीन नहीं होता,' सौरभ ने कहा। 'सिक।'

'प्रेरणा तुम्हें बताने ही वाली थी। इन फ़ैक्ट, वो इस चीज़ को लेकर बहुत एक्साइटेड थी कि उसको भी ट्विन्स होंगे,' अंजली ने कहा।

'रियली?' सौरभ ने कहा।

'उसे भी कुछ दिन पहले ही पता चला था,' अंजली ने कहा।

'कैसे?' रमेश ने कहा।

'मैंने बताया,' अंजली ने कहा।

'क्यों? और तुमको कैसे पता चला?' रमेश ने कहा।

उन्होंने नीलम और बिंदु की ओर देखा। नीलम ने सिर हिला दिया। लेकिन बिंदु के चेहरे पर हवाइयां उड़ रही थीं।

'तुमने बताया, बिंदु?'

'वो पहले ही जानती थी। उसी ने मुझसे पूछा, वीरजी। तो मैं झूठ नहीं बोल पाई। मुझे माफ़ कर देना।'

इससे पहले कि रमेश कुछ कह पाते, अंजली ने कहा—

'मेरी मां ने मुझे यह सब बता दिया था। बहुत साल पहले। लेकिन उन्होंने मुझे क़सम दी थी कि मैं इसे किसी से नहीं कहूंगी।'

'गीतू ने बताया? क्यों?'

'भूल से उनके मुंह से निकल गया। वैसे भी वो अब अमेरिकन हैं, उन्हें इन सब बातों को छुपाने का कोई मतलब समझ नहीं आता। या शायद उनको लगा हो कि अब मैं मैच्योर हूं और इसको हैंडल कर सकती हूं। और मैंने हैंडल किया। इसीलिए मैं इंडिया आई हूं, सबसे कनेक्ट होने के लिए। फ्रैंकली, वैसे भी इसमें छुपाने जैसी क्या बात है?'

रमेश ने बिंदु और नीलम की ओर देखा।

'ये बात मांजी तक नहीं पहुंचनी चाहिए, समझीं?' रमेशजी ने कहा और अंजली की ओर मुड़े—'उम्मीद है तुमने अभी तक उन्हें बता नहीं दिया होगा।'

'रमेश अंकल, आपको हमेशा बस इसी बात की चिंता रहती है?'

'तुममें बात करने की तमीज़ ही नहीं है। जवाब दो, तुमने मेरी बूढ़ी मां को ये बात तो नहीं बताई?' रमेश ने कहा। उनका चेहरा ग़ुस्से से तमतमाया हुआ था।

'नहीं बताई,' अंजली ने कहा।

'गुड। आज से पहले तुमने ये बात और किस-किसको बताई है?'

'मैंने केवल अपनी असली मां बिंदु और असली बहन प्रेरणा से इस बारे में बात की है। क्या मुझे अपनी मां और बहन से भी बात करने का हक़ नहीं है, रमेश अंकल?'

'बिंदु, इस लड़की से कह दो कि दायरे में रहे,' रमेश ने टेबल पर मुक्का मारते हुए कहा। 'मुझसे इस तरह से कोई बात नहीं कर सकता।'

'वीरजी, शांत हो जाइए। अंजली, प्लीज़ तुम ऐसे मत करो। अपने मामा से माफ़ी मांगो,' बिंदु ने कहा।

'किस बात की माफ़ी मांगूं? इसकी कि मैं एक झूठी ज़िंदगी जीने से इनकार करती हूं? या फिर इसकी कि मैं अपनी मां और बहन के बारे में जान गई थी?' अंजली ने कहा। उसका दुबला शरीर तन गया था।

'चुप करो, अंजली,' नीलम ने कहा।

'और इन दोनों बेवक़ूफ़ों के बारे में क्या? अब तो ये भी पूरी कहानी जान गए हैं। वैसे ये लोग अभी तक यहां कर क्या रहे हैं?' रमेश ने कहा।

'हम किसी को कुछ नहीं बताएंगे, अंकल,' मैंने अपना गला साफ़ करते हुए कहा।

'बड़ी मेहरबानी होगी आपकी,' रमेश ने कहा।

'मेरा वो मतलब नहीं था, अंकल,' मैंने कहा।

वो अपने सोफ़े से उठ गए।

'मैं सिक्योरिटी गाड्र्स को बुलाऊं या ख़ुद चले जाओगे?' रमेश ने कहा।

'आप क्या कह रहे हैं, अंकल?' सौरभ ने कहा।

'तुम कौन हो? तुमसे हमारा क्या रिश्ता है?'

'अंकल, मैं बस आपकी मदद करने की कोशिश कर हा था...' सौरभ ने कहा।

'तो प्लीज़ मेरी एक मदद कर दो।'

'जी अंकल, आप कहिए तो,' सौरभ ने कहा।

'अभी इसी वक़्त मेरे घर से दफ़ा हो जाओ।'

अध्याय 38

'तुम सही थे भाई, मैं बहकावे में आ गया था। प्रेरणा, उसकी फ़ैमिली, सब कुछ इतना अच्छा था कि मैं उसे सच मान बैठा था। लेकिन इस दुनिया में कुछ भी परफ़ेक्ट नहीं है।'

मल्होत्रा हाउस से निकाले जाने के बाद हम अपने मालवीय नगर वाले फ़्लैट में आ गए थे। हमारे पास लीज़ के अभी कुछ सप्ताह और बाक़ी थे। हमने अभी तक अपने लिए कोई नया अपार्टमेंट नहीं ढूंढ़ा था।

'ये प्रेरणा की ग़लती नहीं थी, गोलू।'

'लेकिन उसको मुझे तुरंत बताना चाहिए था,' सौरभ ने कहा और अपने ट्राउज़र की जेब से फ़ोन निकालकर उसकी स्क्रीन पर टैपिंग करने लगा।

'क्या कर रहे हो?'

'उबरईट्स पर पावभाजी ऑर्डर कर रहा हूं। मेरे लिए ये सब बहुत स्ट्रेसफ़ुल है।'

हां, जैसे कि दुनिया में एक हज़ार कैलरीज़ से बेहतर कोई और स्ट्रेस बस्टर नहीं है, मैंने मन ही मन कहा।

'उसने कहा था ना कि वो तुमको कुछ बताने वाली है,' मैंने कहा।

सौरभ ने अपना ऑनलाइन पेमेंट ऑर्डर फ़िनिश किया और ऊपर देखा।

'क्या?'

'उसकी आख़िरी चैट्स। वो तुमसे कुछ शेयर करने वाली थी।'

सौरभ ने प्रेरणा से अपनी आख़िरी चैट्स खोलकर देखीं।

'हां, उसने कहा था—मैं तुमसे कुछ स्पेशल शेयर करना चाहती हूं, पर ये कैसे पता चलेगा कि वो ये बताने वाली थी कि वो और अंजली ट्विन्स हैं?'

'उसने बस इतना ही कहा था?'

'हां। मैंने उससे एक बार फिर पूछा था कि क्या उसने यही कहा कि वो कुछ अनबिलीवेबल लेकिन स्पेशल चीज़ बताना चाहती है, जो उसे अभी-अभी पता चली है।'

'शायद वो यही बताना चाह रही हो।'

सौरभ ने गहरी सांस ली और फ़ोन देखकर कहा—

'ग्यारह मिनट।'

'क्या?'

'पावभाजी आने में ग्यारह मिनट लगेंगे।'

'टॉपिक मत चेंज करो, गोलू। मैं नहीं चाहता कि तुम प्रेरणा को ब्लेम करो। वो तुम्हें बताने जा रही थी।'

'लेकिन जैसे ही उसे पता चला, वैसे ही क्यों नहीं बताया? फ़ैमिली ने भी मुझसे छुपाया, प्रेरणा ने भी छुपाया, जबकि मेरी उससे शादी होने वाली थी।'

'शायद वो तुम्हें आमने-सामने बताना चाहती हो।'

सौरभ ने अपना फ़ोन कॉफ़ी टेबल की ओर उछाल दिया।

'रहने दो, मैं ही बेवक़ूफ़ था।'

'नहीं, ऐसा नहीं है। और हमें अभी भी यह केस सॉल्व करना है। और अब तो हमें आदि का केस भी सुलझाना होगा।'

'केस की ऐसी की तैसी। आदि प्रेरणा का चाचू नहीं था, मामू था। ये पूरा मामला ही गड़बड़ है।'

'सच है।'

'इस केस को ड्रॉप कर देते हैं। मेरा उस फ़ैमिली से अब कोई सरोकार नहीं। झूठे, हक़ीक़त पर पर्दा डालने वाले, बदतमीज़ लोग। देखा ना उन्होंने हमको कैसे वहां से बाहर निकाल दिया?'

'उन्होंने नहीं रमेश अंकल ने।'

'तुम अचानक क्यों उस फ़ैमिली को डिफ़ेंड करने लगे हो?'

'मैं बस इस केस को लेकर क्यूरियस हूं। हम इसे ऐसे ही ड्रॉप नहीं कर सकते। इन फ़ैक्ट, अब तो कहानी और पेचीदा और दिलचस्प हो गई है।'

'तुम्हारे लिए ये केवल एक दिलचस्प कहानी है? तुम्हें समझ नहीं आता कि इस मामले में सचमुच के लोग उलझे हुए हैं, जिनकी सचमुच की इमोशंस हैं?'

मैं इस बात को समझ रहा था। मैं यह भी समझ रहा था कि मेरे सामने भूख से बिलबिला रहा एक आदमी खड़ा है। जब तक फ़ूड नहीं आएगा, उसका

मूड ठीक नहीं होगा।

डिलीवरी बॉय के आने तक मैं चुप ही रहा। घंटी बजी। मक्खन की महक फ़्लैट में भर गई। सौरभ डाइनिंग टेबल पर फ़ूड ले आया। कटलरी और प्लेट की चिंता किए बिना वो सीधे पैकेट से ही खाने लगा। जैसे ही उसकी ब्लडस्ट्रीम में कॉर्ब्स और फ़ैट्स घुसे, मैं फिर बोला—

'सौरभ, मैं जानता हूं तुम हर्ट हो। लेकिन इससे भी ज़्यादा ज़रूरी यह है कि हम सच को जानें। इस मामले में दो मौतें हो चुकी हैं।'

'ऊंहूं...' सौरभ ने खाते-खाते कहा।

ये हां था या ना? क्या यह कोई जवाब था? या वो केवल फ़ूड को एंजॉय कर रहा था? मैंने उसका अटेंशन पाने के लिए उसके सामने से पावभाजी हटा ली।

'ये क्या कर रहे हो?'

'हमें इस मामले की तह तक जाना ही होगा।'

'जी नहीं, हमारे पास करने के लिए और भी बहुत सारी चीज़ें हैं। हमें अपने लिए अलग-अलग अपार्टमेंट ढूंढ़ना हैं। हमें मूवआउट करना है। साइबरसेफ़ का काम तक़लीफ़ दे रहा है।'

'ये सब मुझे पता है।'

'प्लस, मैं ये सब प्रेरणा और उसकी फ़ैमिली के लिए कर रहा था। लेकिन अब मुझे पता चल गया है कि मुझे अंधेरे में रखा जा रहा था...'

'तुम्हें अभी तक कुछ पता नहीं चला है और यही हमें मालूम करना है।'

'आई डोंट केयर।'

'ओके, तो अब तुम क्यूरियस नहीं हो? अगर अंजली और प्रेरणा सच में ही ट्विन्स थे, तो उन्हें एक-दूसरे के जैसा दिखना चाहिए था, है ना? मैं इसे कैसे मिस कर गया? क्योंकि प्रेरणा तो इतनी मोटी थी...'

सौरभ ने मुझे घूरकर देखा। प्रेरणा को मोटी बोलना एक ग़लती थी।

'सॉरी, मेरा वो मतलब नहीं था। मेरा मतलब यह था कि वो अंजली से... यानी... थोड़ी बड़ी दिखाई देती थी।'

अंजली पैंतालीस किलो की होगी। प्रेरणा सत्तर की थी। पच्चीस किलो का डिफ़रेंस चेहरे के फ़ीचर्स में भी बदलाव ला देता होगा।

'मुझे मेरी पावभाजी दो, अभी।'

मैंने उसे इग्नोर कर दिया।

'दोनों की हेयरस्टाइल भी बहुत अलग थी। फिर अंजली ने टैटू बनवा रखे हैं और वो नोज़-रिंग भी पहनती है।'

'ठंडी हो जाने के बाद पावभाजी का कोई मतलब नहीं रह जाता है। इसलिए मैं कहता हूं, मुझे मेरा खाना दे दो।'

मैंने उसका पैकेट उसे लौटा दिया और चुपचाप बैठ गया। वो खाना ख़त्म करने के बाद ही बोला—

'एनी-वे, अब ना तो हम उनके घर में हैं, ना हमें उनकी फ़ैमिली से कोई सपोर्ट मिलने वाला है। हम स्क्रूड हो चुके हैं।'

सौरभ उठ खड़ा हुआ। उसने पैकेजिंग उठाई और किचन की डस्टबिन में उसे डम्प कर दिया। मैं उसके पीछे-पीछे किचन तक गया।

'अभी आदि की पोस्टमार्टम रिपोर्ट आने वाली है,' मैंने कहा।

'उससे भी कोई फ़ायदा नहीं होने वाला है। वो ओवरडोज़्ड था। बिग फ़किंग डील। पुलिस को तो वैसे भी कोई फ़र्क़ नहीं पड़ता। रमेश पैसा देकर उनका मुंह बंद करा देंगे और वो लोग केस क्लोज़ कर देंगे। प्रेरणा, एक्सीडेंटल फ़ॉल। आदि, एक्सीडेंटल ओवरडोज़।'

सौरभ ने हाथ धोने के लिए नल चालू कर दिया।

'तुम्हें भी ऐसा ही लगता है?'

'नहीं, लेकिन मुझे क्या लगता है, इसका अब कोई मतलब नहीं है। वैसे भी मैं समझ गया हूं कि ये दुनिया झूठ से भरी है। मंगेतर, इन-लॉज़, बेस्ट फ्रेंड, किसी का भरोसा नहीं किया जा सकता।'

'आउच, दैट हर्ट, सौरभ,' मैंने सीने पर हाथ रखते हुए कहा।

'गुड,' सौरभ ने हाथ पोंछते हुए कहा। 'मैं यही जताना चाहता था। चलो, अब अपने लिए जल्द ही अलग-अलग अपार्टमेंट ढूंढ़ना शुरू कर देते हैं।'

अध्याय 39

'फ़ॉर द रिकॉर्ड, मैं यहां आना नहीं चाहता था,' सौरभ ने साकेत के बीकानेरवाला में आधा मेन्यू ऑर्डर कर देने के बाद कहा।

मल्होत्रा हाउस से निकाले जाने के दो दिन बाद हमें बिंदु का फ़ोन आया था। वो हमसे मिलना चाहती थी। सौरभ ने फ़ौरन मना कर दिया, लेकिन मैं उसे यहां खींच लाया। इसके लिए उसे एक ऐसी जगह पर लाना ज़रूरी था, जहां खाने-पीने की चीज़ों की कमी ना हो।

'जानती हूं, फिर भी यहां आने के लिए शुक्रिया,' बिंदु ने कहा। 'मैं वाक़ई तुम दोनों से मिलना चाहती थी। अंजली भी।'

अंजली ने अपनी चिर-परिचित रिप्ड जीन्स पहनी थी। ऊपर प्लेन ब्लैक टॉप और लेदर जैकेट पहन रखी थी। मैंने उसके चेहरे की ओर देखा। उसकी आंखें और रंग प्रेरणा जैसे ही थे। उसकी नाक और कान भी शायद वैसे ही थे। अगर आप ग़ौर से देखें तो प्रेरणा और अंजली में बहुत-सी चीज़ें एक जैसी थीं।

बीकानेरवाले चुस्ती से काम करते हैं। चंद ही मिनटों में हमारी मेज़ पर छोला-भटूरा, ढोकला और पनीर पकौड़ा की तश्तरियां थीं।

'रमेश अंकल को पता है कि आप लोग यहां आए हैं?' सौरभ ने अपनी प्लेट में ढोकला रखते हुए कहा।

'ऑफ़कोर्स नॉट,' अंजली ने कहा।

सौरभ ने अपनी आंखें घुमाईं।

'सौरभ बेटा,' बिंदु ने कहा। 'हमें तुम्हारी मदद चाहिए। मैं जानना चाहती हूं कि मेरी बेटी और अंजली की बहन के साथ क्या हुआ था।'

'आपने अपने इस बेटे को अंधेरे में रखा था, इसलिए अब इतना दुलार दिखाने की ज़रूरत नहीं है,' सौरभ ने कहा।

'मैं वीरजी के अहसानों के बोझ तले दबी हूं। मैं उनकी मर्ज़ी के ख़िलाफ़ नहीं जा सकती। लेकिन तुम्हारे लिए मेरा स्नेह सच्चा है।'

सौरभ तरह-तरह की चटनियों से अपनी प्लेट को सजाता रहा।

'और ये राज़ तो ऐसी चीज़ थीं, जिसके बारे में हम कभी बात नहीं करते थे, परिवार में भी नहीं,' बिंदु ने कहा। 'ये दोनों लड़कियां रमेश और गीतू की बेटियों की तरह ही बड़ी हुई थीं।'

'रहने दीजिये, बिंदु आंटी,' सौरभ ने कहा। 'फ़ैक्ट यह है कि मुझे बताया नहीं गया था।'

'लेकिन प्रेरणा बताने वाली थी,' अंजली ने कहा।

'कब?' सौरभ ने कहा।

'शादी से पहले ही।'

'अंजली, तुमने प्रेरणा को कब बताया कि तुम ही उसकी बहन हो?' सौरभ ने कहा।

'उसकी मौत से कुछ हफ़्ते पहले। वो मुझे तुम्हारे लिए अपनी फ़ीलिंग्स के बारे में बता रही थी, कि वो तुमको कितना प्यार करती है वग़ैरा। हमें लगा कि हम एक-दूसरे के क़रीब हैं तो मैंने उसे बता दिया।'

'और?'

'वो ये सुनकर बहुत जज़्बाती हो गई थी। वो तुम्हें तुरंत बता देना चाहती थी। लेकिन फिर उसने कहा कि वो तुमको यह किसी स्पेशल मोमेंट में बताएगी।'

मैंने सौरभ की ओर देखा।

'मैंने तुमको कहा था, वो तुमको करवा चौथ पर यही बताने वाली थी,' मैंने कहा।

सौरभ अपने फ़ूड से खेलता रहा।

'वो तुमको बहुत चाहती थी,' बिंदु ने धीमी आवाज़ में कहा।

सौरभ की आंखें भर आईं। वो उठकर जाने को हुआ।

'जाओ नहीं, बेटा,' बिंदु ने कहा। मैंने सौरभ का हाथ खींचकर उसे रोक लिया। बिंदु ने अपना हैंडबैग खोला और उसमें से एक भारी की-चेन निकाली, जिसमें दर्जनों चाबियां थीं। उन्होंने चाबियों का गुच्छा निकालकर टेबल पर रखा और हमारी तरफ़ खिसका दिया।

'ये क्या है?' मैंने कहा।

'घर की चाबियां।'

'इतनी सारी?'

'मैंने वीरजी की सभी चाबियों की कॉपी कर ली, वो सब जो वो अपने ब्रीफ़केस में रखते हैं,' बिंदु ने कहा।

'लेकिन इसका हम क्या करेंगे?'

'जवाब खोजने में हमारी मदद,' बिंदु ने कहा।

'लेकिन रमेश अंकल को जवाब नहीं चाहिए,' सौरभ ने कहा।

'तुम तो वीरजी को जानते हो। उनके लिए घर-परिवार की इज़्ज़त ही सबकुछ है। इसीलिए वो केस को बंद करवाना चाहते हैं।'

सौरभ ने चाबियां बिंदु के पास सरका दीं।

'आप और अंजली ने हमारे साथ अच्छा बर्ताव ही किया है, लेकिन अब मैं आपकी फ़ैमिली से कोई ताल्लुक़ नहीं रखना चाहता,' उसने कहा।

मैंने देखा कि अंजली के चेहरे पर मायूसी छा गई है।

'सौरभ, कम से कम उनकी बातें तो सुन लो,' मैंने कहा।

'मेरा भरोसा सबसे उठ चुका है, तुमसे भी,' सौरभ ने कहा।

मैंने चाबियों को छुआ। प्रेरणा के साथ क्या हुआ था, इस सवाल का जवाब शायद इन चाबियों में छिपा था। एक मर्डर केस को इस तरह से अनसॉल्व्ड नहीं छोड़ा जाता है, मैं ये सौरभ से कहना चाहता था। लेकिन साथ ही मैं अंजली को उदास नहीं देखना चाहता था।

'प्लीज़,' बिंदु ने कहा और सौरभ का हाथ थाम लिया। 'मेरी ख़ातिर।'

सौरभ ने अपना हाथ खींच लिया।

'प्रेरणा कहती थी कि सौरभ का आना उसकी ज़िंदगी की सबसे अच्छी बात थी,' अंजली ने कहा। 'वो तुम्हें बहुत प्यार करती थी, सबसे ज़्यादा। उसकी नज़र में तुम सबसे ऊपर थे।'

सौरभ ने अंजली की ओर देखा।

'ये सब उसने तुमसे कहा था?'

'हां,' अंजली ने कहा। 'कई बार। इन फ़ैक्ट, वो कहती थी, तुम देखना, जैसे ही सौरभ को पता चलेगा कि हम दोनों जुड़वां बहनें हैं, वो बहुत ख़ुश होगा। उसे किसी और बात से फ़र्क़ नहीं पड़ेगा। वो मुझे प्यार करता है और केवल मेरे साथ होना चाहता है।'

'ये सच है,' सौरभ ने धीमी आवाज़ में कहा।

'तो फिर इस बात से क्या फ़र्क़ पड़ता है कि वीरजी ने क्या कहा? तुम तो प्रेरणा की मौत का सच जानना चाहते थे? फ़िर क्या हुआ? क्या तुम इस काम को बीच में ही छोड़ दोगे?' बिंदु ने कहा।

'लेकिन उसने मुझे ये बात तुरंत नहीं बताई,' सौरभ ने कहा।

'मैंने उसे कहा था कि ये बात तुमको करवा चौथ के दिन बताए। मुझे लगा वो एक स्पेशल मोमेंट होगा,' बिंदु ने कहा।

'क्या?' मैंने कहा।

'जिस दिन उसको पता चला कि मैं ही उसकी मां हूं, वो मेरे पास आई थी। हम एक-दूसरे के गले लगकर बहुत रोईं। घंटों तक बातें करती रहीं। उस दिन के बाद से वह मेरे साथ बहुत चीज़ें शेयर करने लगी। वो तुम्हारे बारे में बहुत बात करती थी। वो करवा चौथ का व्रत रखना चाहती थी। मैंने उससे कहा कि उसी दिन तुम्हें सब कुछ बता दे,' बिंदु ने भीगी आंखों से कहा।

सौरभ ने चाबियों के गुच्छे पर हाथ रख दिया। कुछ पल बाद, उसने चाबियां अपनी तरफ़ खींच लीं।

'बेटा, तो क्या तुम हमारी मदद करोगे?'

सौरभ ने सिर हिलाकर हामी भर दी।

'थैंक यू,' बिंदु ने ख़ुशी-ख़ुशी कहा। 'क्या मैं तुम्हारे लिए कुछ कर सकती हूं? कुछ भी?'

'जो फ़ूड मैंने ऑर्डर किया है, उसे खा लीजिए। पकौड़े ठंडे हो जाएं तो किसी काम के नहीं रहते।'

अध्याय 40

मेरे हाथों में चाबियों का भारी गुच्छा खनखना रहा था।

'बारह चाबियां।'

'पता नहीं, इतनी चाबियां किसलिए हैं,' सौरभ ने कहा और और फिर ड्राइवर की ओर मुड़ते हुए बोला, 'भैया, यहां पर गूगल मैप्स को इग्नोर करके राइट टर्न ले लेना। मुझे रास्ता बेहतर पता है।'

हम एक ब्रोकर से मिलने जा रहे थे, जो हमें गुड़गांव में एक रेंटल अपार्टमेंट दिखाने वाला था। मैंने सबसे बड़ी वाली चाबी को देखा, जो बाक़ियों से आकार में लगभग दोगुनी बड़ी थी।

'ये मेन गेट की चाबी होनी चाहिए,' मैंने कहा।

सौरभ ने क़रीब से देखा।

'नहीं, मेन गेट पर एक स्टैंडर्ड लॉक है। यह तो किसी दुकान के शटर जैसी चाबी लग रही है। शायद यह रमेश अंकल के शोरूम की चाबी हो।'

'हो सकता है,' मैंने सौरभ को चाबियां लौटाते हुए कहा। 'तो अब क्या?'

सौरभ ने विंडो रोल डाउन की और एक आदमी को हाथ हिलाया, जो शाम के सात बजे भी काला चश्मा लगाए घूम रहा था।

'हम पहुंच गए हैं। पहले कुछ अपार्टमेंट्स देख लेते हैं, बातें बाद में करेंगे,' सौरभ ने कहा।

हम हैमिल्टन हाइट्स में आए थे। यह गुड़गांव फ़ेज़ 3 में एक गेटेड अपार्टमेंट कॉम्प्लेक्स था। हम एक लम्बे-से गार्डन में घुसे। यहां बच्चे खेल रहे थे और मेड्स फ़ोन पर चैट कर रही थीं। अगर मैं एक फ़ैमिली बसाना चाहता, तो यहीं पर रहने आता।

'ये गुड़गांव की बेस्ट बिल्डिंग है,' ब्रोकर ने कहा। उसने अभी तक काला चश्मा पहना हुआ था।

उसने हमें दो वन-बेडरूम अपार्टमेंट्स दिखलाए, एक टॉवर 2 में और दूसरा टॉवर 9 में। बिल्डिंग्स पास-पास ही बनी थीं। मेरे ख़याल से यहां सौरभ के

लिए काफ़ी स्पेस होना चाहिए था, जैसा कि उसने कहा था कि उसे स्पेस की ज़रूरत है। जब भी मैं लोगों को स्पेस की बातें करते सुनता हूं, तो मुझे लगता है कि उन्हें इसरो जॉइन कर लेना चाहिए।

'टॉवर्स तो अलग हैं, लेकिन सोसायटी एक ही है। इससे काम नहीं चलेगा,' सौरभ ने कहा।

'सर, आप दोनों एक-दूसरे के क़रीब नहीं रहना चाहते?' ब्रोकर ने एक हाथ में तीन मोबाइल फ़ोन पकड़ते हुए कहा।

'हम एक-दूसरे से बहुत दूर होना चाहते हैं,' सौरभ ने कहा।

'ठीक है, लेकिन क्यों सर?'

'इससे तुमको मतलब?'

'नहीं सर, मेरा काम तो आपको एक अच्छा फ़्लैट दिलवाना है। मैं दूसरे अपार्टमेंट्स भी दिखा देता हूं।'

❖

'शायद, ये सिम्पल है। आदि ने प्रेरणा को मारा। फिर उसे लगा कि वो पकड़ा जाएगा। तो जेल जाने की बजाय उसने मरना बेहतर समझा,' सौरभ ने कहा।

आधी रात थी और हम फिर से अपने मालवीय नगर वाले घर में चले आए थे।

जब मैंने कोई जवाब नहीं दिया तो उसने कहा, 'ये हो सकता है ना? या तुम्हारे पास कोई और थ्योरीज़ हैं?'

मैंने ना कह दिया।

'मैगी?'

'क्या?'

'आधी रात हो चुकी है। शायद मैगी खाकर हम कुछ सोच सकें।'

'बैठ जाओ, गोलू। अब और डिस्ट्रैक्शंस नहीं, और अब कुछ खाना भी नहीं। तुम डाइट पर हो।'

'हूं नहीं, था। ताकि मैं वेडिंग पिक्चर्स में अच्छा दिख सकूं। अब वेडिंग नहीं तो डाइटिंग नहीं...'

'लेकिन फ़िट रहना तो हमेशा ही अच्छा होता है। अब इस केस पर फ़ोकस करो।'

'आदि रमेश अंकल को लगातार कहते रहे थे कि उन्होंने ये नहीं किया है।'

'लेकिन वो ये बात भला कैसे मानते? तुम अंगूठी और दस्तानों को भूल रहे हो, जो उनके यहां से मिले थे।'

'हां यार, ये तो बहुत ही पेचीदा मामला है। सोचने के लिए मुझे कुछ खाना पड़ेगा,' सौरभ ने कहा और उठकर किचन में चला गया।

'गोलू, अब कुछ पकाने मत लग जाना,' मैंने कहा।

'मैं नहीं पकाऊंगा, मैं कुछ पका-पकाया ढूंढ़ रहा हूं,' उसने किचन में से कहा।

कुछ देर बाद वो वहां से केलॉग्स फ्रॉस्टीज़ कॉर्नफ़्लैक्स का एक बॉक्स लेकर लौटा।

'देखो, मैं हेल्दी फ़ूड लाया हूं,' सौरभ ने कहा। उसके हाथ में सीरियल का पैकेट था, जिसमें हर सौ ग्राम में पैंतीस ग्राम शुगर थी।

मैंने निराशा से अपना सिर हिला दिया।

'कमऑन, ये हेल्दी है—' सौरभ ने बोलना शुरू किया, लेकिन मैंने उसे रोक दिया।

'ओह गॉड, द सीरियल बॉक्स,' मैंने पैकेट की ओर इशारा करते हुए कहा।

'हां, तो क्या? ठीक है, इसमें थोड़ी शुगर है, पर—' सौरभ कह रहा था, लेकिन मैंने उसे फिर टोक दिया।

'सौरभ, हमने आदि के घर में सीरियल देखे थे, याद है?'

'हां तो?' सौरभ ने कहा।

'द स्पेशल के पैकेट, याद है?'

'हां, उनकी डाइनिंग टेबल पर।'

'नहीं, जिस दिन हम पुलिस के साथ वहां गए थे और उनकी बॉडी देखी थी, तब भी वहां टेबल पर सीरियल और बॉउल थे।'

सौरभ याद करने की कोशिश करने लगा।

'फ़क, यस, इट वॉज़ देयर। मिल्क और बॉउल के साथ, जिस दिन उनकी मौत हुई।'

'इसका मतलब है उन्होंने अपने लिए सीरियल बनाए होंगे?'

'हां, और फिर वो जॉगिंग पर जाने वाले होंगे, रोज़ की तरह।'

'दुनिया में ऐसा कौन आदमी होगा, जो नींद से उठेगा, मिल्क और सीरियल निकालेगा लेकिन खाएगा नहीं, बेड पर जाएगा और सुसाइड करने के लिए ख़ुद को ओवरडोज़ कर लेगा?' मैंने कहा।

'यानी यह सुसाइड नहीं है, ना ही एक्सीडेंटल ओवरडोज़ है।'

मैंने ताली बजाई।

'ये मर्डर है। और अब हमें एक नहीं, दो मर्डर केस सॉल्व करने हैं।'

❖

'ओह, तो ये रहे आप, इंडिया के फ़ाइनेस्ट डिटेक्टिव्ज़,' सिंह ने अपनी जानी-पहचानी टोन में कहा।

सौरभ और मैं उनके स्वागत में खड़े हो गए।

'तुम लोगों ने मिलने के लिए बहुत फ़ैंसी जगह चुनी है,' सिंह ने कहा।

हम फ्रेंड्स कॉलोनी के मैनर होटल में गार्डन कैफ़े में आए थे और ये जगह न्यू फ्रेंड्स कॉलोनी पुलिस स्टेशन से मात्र पांच मिनट के फ़ासले पर थी। ये फ़ाइव स्टार प्रॉपर्टी होटल से बढ़कर किसी रईस की हवेली जैसी लगती थी। चौदह कमरों वाले इस होटल में इंडियन एक्सेंट नाम का फ़ेमस रेस्तरां भी था, जहां दिल्ली के हाई सोसायटी वाले लोग टेस्ट ट्यूब में पानी पूरी का पानी पीने के लिए अपनी एक सप्ताह की सैलेरी दांव पर लगा देते थे।

'हमें लगा ये जगह आपके स्टेशन के पास होगी,' सौरभ ने मसाला टी ऑर्डर करने के बाद कहा।

'वैसे तुम लोग भी पुलिस स्टेशन आ सकते थे, वो जगह तुम्हारे घर जैसी है,' सिंह ने कहा और हंस दिए।

'नहीं सर। रमेश जी ने हमें इस केस से दूर रहने को कहा है,' सौरभ ने कहा।

'रियली? ऐसा क्यों?'

'उनको लगा कि हम उनकी फ़ैमिली के मामले में ज़रूरत से ज़्यादा इंटरफ़ेयर कर रहे थे,' मैंने कहा।

'शायद उन्हें ठीक ही लगा।'

'हम केवल सच्चाई पता लगाना चाहते हैं,' सौरभ ने कहा।

'उन लोगों ने अपने दो फ़ैमिली मेम्बर्स खो दिए हैं, इस बात को लेकर सेंसेटिव रहो,' सिंह ने कहा।

वेटर एक ट्रे लेकर आया, जिसमें फ़ैंसी टी-कप्स और केटल थी। उसने हम सबके लिए चाय बनाई।

'दो चम्मच शुगर,' सिंह ने कहा। 'चाय गरम तो है?'

फिर वे हमारी ओर मुड़े और कहा—

'वैसे भी अब कोई मतलब नहीं है, मैं केस क्लोज़ करने जा रहा हूं।'

'रियली?' मैंने हैरत से कहा।

'हां, तीन दिन पहले उनकी फ़ैमिली हमारे पास आई थी। रमेश, उनकी पत्नी, बहन और वो अमेरिकन स्टाइल में बोलने वाली लड़की, अंजली।'

'ओह,' मैंने कहा। बिंदु और अंजली दो दिन पहले हमसे मिली थीं। यानी हमसे मिलने से पहले वो पुलिस स्टेशन जा चुकी थीं।

'क्या कहा उन्होंने?'

इंस्पेक्टर ने चाय का एक सिप लिया और बोले—

'उनका कहना था कि इंवेस्टिगेशन की वजह से उनकी फ़ैमिली को बहुत मुश्किलों का सामना करना पड़ा है। सभी ख़ुद को शक़ के दायरे में महसूस करते हैं। आदि कमज़ोर दिल का आदमी था, इसी स्ट्रेस में उसने ख़ुद को ओवरडोज़ कर लिया।'

'लेकिन वो बिना किसी बात के तो सस्पेक्ट नहीं बन गए थे? उनके कमरे से रिंग मिली थी,' मैंने कहा।

'श्‍श, केशव, तुम लोग बहुत एक्साइटेड हो जाते हो। शायद ये ऐसा ही है। प्रेरणा ग़लती से नीचे गिर गई, आदि ने ओवरडोज़ कर लिया। ऐसी चीज़ें होती हैं।'

'होती हैं, लेकिन इस मामले में दोनों का मर्डर किया गया है,' सौरभ ने कहा।

'कैसे? एक घर में, अपने परिवार के लोगों के बीच किसी का मर्डर कैसे हो सकता है?'

'हो सकता है, अगर क़ातिल घर का ही कोई शख़्स हो,' मैंने कहा।

इंस्पेक्टर ने अपना सिर हिलाया और मुस्करा दिए।

'ये जो तुम लोगों का कभी हार ना मानने वाला एटिट्यूड है, ये मुझे पसंद है। मैं भी जवानी में ऐसा ही था,' सिंह ने कहा। 'लेकिन समय के साथ, ज़िंदगी आपको यह सिखाती है कि कभी-कभी आपको चुपचाप हार मान लेनी पड़ती है।'

सौरभ और मैंने एक-दूसरे को देखा।

'कभी-कभी छत से गिरने का मतलब छत से गिरना ही होता है और ओवरडोज़ ओवरडोज़ ही होती है। तुम किसी मामले की जांच कर रहे हो, इसका ये मतलब नहीं है कि उसे एक्साइटिंग होना ही पड़ेगा,' सिंह ने कहा।

'सर, हम एक्साइटमेंट की तलाश नहीं कर रहे हैं। हम हक़ीक़त की तलाश कर रहे हैं। आदि का ऐसे मर जाना, क्या आपको इसमें किसी साज़िश की बू नहीं आती?' मैंने कहा।

'नहीं आती, और ना ही फ़ैमिली को कोई बू आ रही है। उनको किसी पर शक़ नहीं है और ना ही वो जांच जारी रखना चाहते हैं। इन फ़ैक्ट, रमेश जी तो चाहते हैं कि केस क्लोज़र रिपोर्ट जल्द से जल्द पेश कर दी जाए।'

'क्यों?' सौरभ ने कहा।

'कौन जाने? शायद किसी पॉलिसी के कारण।'

'इंश्योरेंस पॉलिसी? प्रेरणा की इंश्योरेंस?' मैंने कहा।

'हां, क्लेम रिलीज़ करने के पहले इंश्योरेंस कम्पनियों को एक ऑल-क्लीयर रिपोर्ट की ज़रूरत होती है, जिससे यह साबित हो सके कि जो हुआ, वो एक एक्सीडेंट था।'

सौरभ ने हैरत से मेरी ओर देखा।

'ये भी नॉर्मल बात है, माय फ्रेंड्स। मैं बीस सालों से इंवेस्टिगेशन कर रहा हूं, हर चीज़ कोई सबूत या सुराग़ नहीं होती है।'

हम तीनों ने बिना कुछ कहे अपनी चाय पूरी की। मैं होटल के शानदार आउटडोर फ़र्नीचर को देखता रहा। सिंह के फ़ोन पर घंटी बजी।

'सॉरी, वाइफ़ का कॉल है,' कहते हुए सिंह ने फ़ोन उठा लिया—'हां, तुम डॉक्यूमेंट्स तैयार रखना। वीज़ा वाला आदमी आएगा... नहीं-नहीं, हम शेनगेन नहीं जा रहे हैं। ये किसी देश का नाम नहीं है... यूरोप के वीज़ा को यही बोलते हैं। हां, पेरिस के वीज़ा को भी,' उन्होंने फ़ोन काटा और मुस्करा दिए।

'और कुछ? अगर नहीं तो अब मैं चलूं,' सिंह ने कहा।

'अब आप क्या करेंगे?' मैंने कहा।

'कुछ नहीं। मुझे केस क्लोज़र रिपोर्ट बनानी है। मेरे सीनियर को उस पर साइन करना होगा। इसमें दो हफ़्ते लग जाएंगे। छुट्टियों पर जाने से पहले मुझे बहुत सारा काम ख़त्म करना है।'

हम होटल से बाहर उनकी जिप्सी तक आए।

'आदि की पोस्टमार्टम रिपोर्ट से कुछ पता चला, सर?'

सिंह ने मेरी पीठ थपथपाई।

'अब रहने भी दो, डिटेक्टिव साहब। फिर भी चूंकि तुमने पूछा तो बता दूं, रिपोर्ट बस इतना ही बताती है कि ब्लड में एक्सेसिव हेरोइन के कारण मौत हुई।'

'और कुछ?' मैंने कहा।

इंस्पेक्टर जिप्सी में बैठे और सिर हिला दिया।

'फ़िट बॉडी, नीडल मार्क्स जो बताते हैं कि वो रेगुलर ड्रग यूज़ करता था, किसी तरह की हाथापाई या चोट के कोई निशान नहीं, बस थोड़े से...'

'क्या?'

'लव बाइट्स। घर के लोगों का कहना है जो उसकी बॉडी पर हमेशा ही रहते थे। यानी बड़ी ही रंगीली तबीयत थी मरने वाले की,' सिंह ने कहा और उनकी गाड़ी चल दी।

अध्याय 41

'स्कॉच?' राणा ने कहा। सिंह से मिलने के बाद हमने एसीपी राणा को फ़ोन लगाया। बदले में राणा ने हमें भीकाजी कामा प्लेस में हयात रीजेंसी होटल में बुलाया। वो वहां किसी पोलिटिशियन की सिक्योरिटी की ड्यूटी पर थे। पोलिटिशियन ने वहां स्लो हो रही इकोनॉमी पर स्पीच दी और चले गए। कॉन्फ्रेंस के बाद, राणा बैंकेट हॉल में हमारे साथ बैठे थे।

'ड्रिंक लोगे? कॉन्फ्रेंस स्पॉन्सर इसके लिए पे करेंगे,' राणा ने कहा। 'और तुम्हारा ये दोस्त खाने का शौक़ीन है ना? तो कबाब मंगवा लूं?'

राणा ने अंगुलियों से इशारा किया। दो वेटर दौड़े-दौड़े हमारी टेबल पर चले आए। उनके हाथ में व्हिस्की के गिलास और एपेटाइज़र्स से भरी तश्तरियां थीं। राणा ने हमारे गिलास से गिलास टकराया और एक सिप लिया।

'मुझे भूख भी लग रही है,' राणा ने कहा और एक तंदूरी चिकन की लेग उठाई। 'एनी-वे, तुम लोग क्यों मिलना चाहते थे? तुम देख ही रहे हो, यहां मैं देश की सेवा कर रहा हूं।'

सौरभ और मैंने उन्हें बताया कि सिंह केस क्लोज़ करने जा रहे थे।

'ओह हां, मैंने सुना था कि रमेश का जंगकी ब्रदर भी मर गया था। वो होटल लीला में गाना गाने वाला?'

मैंने सिर हिला दिया।

'जी सर, लेकिन इंस्पेक्टर सिंह अब क्लोज़र रिपोर्ट फ़ाइल कर रहे हैं,' सौरभ ने कहा।

'हक़ीक़त की दुनिया में तुम्हारा स्वागत है, बॉयज़। ये तुम पहली बार देख रहे हो? ये तो रोज़ होता है।'

'क्या होता है?'

'बस इतना समझ लो कि इंस्पेक्टर सिंह अभी बहुत ख़ुश होंगे,' राणा ने आंख मारते हुए कहा।

'आपको लगता है इंस्पेक्टर सिंह ने घूस ली होगी?'

राणा ने दाएं-बाएं देखा।

'श्श्श... ऐसी बातें मेरे सामने मत कहा करो।'

'उनको उनकी वाइफ़ का कॉल आया था। वो यूरोप में छुट्टियां मनाने की प्लानिंग कर रहे थे।'

राणा ज़ोर से हंस दिए।

'सिंह भी कमाल करता है। यूरोप जा रहा है। टू फ़नी। इसीलिए उसके बारे में इतनी बातें कही जाती हैं।'

'अब हम क्या करें, सर?' सौरभ ने कहा।

'एक और ड्रिंक लो।'

'सीरियसली, सर?'

राणा ने ठंडी सांस ली।

'या तो इस मामले को जाने दो, या ठोस सबूतों के साथ क़ातिल को ढूंढ़कर बता दो। अगर सबूत मिला तो सिंह को केस री-ओपन करना पड़ेगा।'

'क्या क्लोज़्ड केस को री-ओपन किया जा सकता है?'

'बिलकुल किया जा सकता है।'

'लेकिन अगर उन्होंने पैसा ले लिया होगा तो?' सौरभ ने कहा।

'तुम नहीं जानते कि उसने पैसा लिया है या नहीं, इसलिए ये बात कभी उसके सामने मत बोलना। क्लीयर?'

'जी, सर।'

'गुड। और अगर उसने पैसा लिया है तो ये उसकी प्रॉब्लम है। अगर सबूत ठोस हुए तो उसको पैसा लौटाना पड़ेगा।'

'जी।'

'लेकिन तुम लोगों को किसी पर शक़ है भी या यूं ही बातें किए जा रहे हो?'

मैंने सिर हिला दिया। हमारे पास चाबियों के एक गुच्छे के अलावा कुछ नहीं था।

राणा हंस दिए।

'तब तो बेस्ट ऑफ़ लक। और हां, एक और ड्रिंक लोगे?'

❖

‘अब इन चाबियों को यूज़ करने का समय आ गया है,’ मैंने गुच्छे को अपनी अंगुली पर लहराते हुए कहा।

चार-चार व्हिस्कियां और एक-एक तंदूरी चिकन खाने के बाद हम दोनों घर जाने के लिए कैब में बैठे थे।

‘उस घर में फिर से जाते हुए डर लगता है,’ सौरभ ने कहा।

हमारी कार रिंग रोड पर साउथ एक्सटेंशन से होकर गुज़री। हमारे ऊपर से मेट्रो लाइन गुज़र रही थी। दूर से पोर्शे शोरूम का चमचमाता साइनबोर्ड दिखाई दिया।

‘मैं इन चाबियों का इस्तेमाल घर में नहीं, उस जगह जाने के लिए करना चाहता हूं,’ मैंने मल्होत्रा मोटर्स शोरूम की ओर इशारा करते हुए कहा।

‘वहां केवल महंगी गाड़ियां हैं, भाई। और बहुत सारे सिक्यारिटी गार्ड्स भी। वहां क्या मिलेगा?’

‘वहां रमेश अंकल का ऑफ़िस भी है ना?’

‘हां, फ़र्स्ट फ़्लोर पर। पर क्यों?’

‘मैं इस आदमी के बारे में सबकुछ मालूम करना चाहता हूं, जो प्रेरणा के केस को बंद करवाने के लिए अड़ा हुआ है।’

सौरभ ने कुछ नहीं कहा। उसकी आंखें बंद थीं। शायद ये व्हिस्की और चिकन का कमाल था।

अध्याय 42

'ग्राउंड फ़्लोर पर मेन शोरूम है,' सौरभ ने कहा।

सौरभ और मैं साउथ एक्सटेंशन में मल्होत्रा मोटर्स के सामने वाली सड़क पर खड़े थे।

शाम के साढ़े छह बजे थे। हम अपना काम ख़त्म करने के बाद शोरूम की रेकी करने आए थे।

फ़र्स्ट फ़्लोर पर ऑफ़िस की बत्तियां जल रही थीं।

'वो लेफ़्ट कॉर्नर वाला ऑफ़िस देखते हो? वो रमेश अंकल का है,' सौरभ ने कहा। 'लेकिन शायद वो अभी वहां पर हैं नहीं। पार्किंग एरिया में उनकी कार भी दिखाई नहीं दे रही है।'

'फ़र्स्ट फ़्लोर पर और कौन-कौन-से ऑफ़िस हैं?'

'अकाउंट एंड जनरल एडमिनिस्ट्रेशन। यानी जो भी डायरेक्टली कार बेचते हैं, उनको छोड़कर सभी लोग यहीं बैठते हैं।'

'और ऊपर?'

'चाय-कॉफ़ी बनाने के लिए पैंट्री और स्टाफ़ टॉयलेट्स।'

'सब जगह सीसीटीवी होंगे?'

'हां, सभी कॉमन स्पेसेस और मेन शोरूम में। लेकिन रमेश अंकल के ऑफ़िस में सीसीटीवी नहीं है।'

'प्रॉब्लम यह है कि इतने सारे कैमरों के बीच हम उनके कैबिन तक कैसे पहुंचें?'

'और नीचे गाड्र्स भी हैं। भाई, ये बहुत रिस्की है, इस आइडिया को ड्रॉप कर दो।'

इससे पहले कि मैं कुछ कह पाता, मेरा फ़ोन बजा। बिंदु का कॉल था।

'हैलो बिंदु आंटी,' मैंने कहा और फ़ोन को स्पीकर मोड पर रख दिया।

'कैसा चल रहा है? कुछ हुआ?' बिंदु ने कहा।

'आपने हमें बताया नहीं कि आप लोग पुलिस के पास गए थे।'

'वीरजी हमें वहां ले गए थे। हम क्या करते। उसके बाद ही हम तुम्हारे पास आए थे। मुझे समझ आ गया कि वीरजी और पुलिस इस मामले में ज़्यादा कुछ नहीं करने वाले हैं।'

'लेकिन आप हमें बता सकती थीं।'

'आई एम सॉरी। मैं पुलिस के बारे में बात करने से डर रही थी... तुम लोगों को कुछ पता चला?'

'हां, ये पता चला है कि शायद आपके ग्रेट वीरजी ने पुलिस को घूस खिला दी है,' सौरभ ने कहा।

'क्या?'

'कुछ नहीं, बिंदु आंटी,' मैंने कहा। 'हम लोग इस बारे में काम कर रहे हैं। रमेश अंकल कहां हैं?'

'वो अमृतसर में हैं। उनकी ऑटो पार्ट्स फ़ैक्टरी में कुछ काम था।'

'कौन-से ऑटो पार्ट्स, बिंदु आंटी?' सौरभ ने कहा।

'मुझे नहीं पता, बेटा। पहले वहां हमारी पुरानी कार रिपेयर वर्कशॉप हुआ करती थी। अब वीरजी ने वहां फ़ैक्टरी बना ली है। वो कल ही वहां गए हैं, तीन दिन के लिए।'

'वो वहां कैसे गए?'

'अनवर के साथ। वो हमेशा अपनी गाड़ी से ही हर जगह जाते हैं।'

मैंने सौरभ की ओर देखा। रमेश और अनवर, दो लोग जो हमें पहचानते थे, शहर में नहीं थे। अगर हमें कुछ करना था तो अगले दो दिनों में ही करना था।

'ठीक है, हमें शोरूम में उनके ऑफ़िस की छानबीन करनी होगी। इसके लिए हमें आपकी मदद चाहिए,' मैंने कहा।

सौरभ ने कॉल म्यूट पर रख दिया।

'तुम उनसे क्या मदद चाहते हो?' उसने फुसफुसाते हुए पूछा।

'मैंने एक प्लान सोचा है, तुम चिंता मत करो,' मैंने कहा और कॉल को अनम्यूट कर दिया।

'हैलो, सुन रहे हो?' उस तरफ़ से बिंदु कह रही थीं।

'जी सॉरी, कवरेज प्रॉब्लम थी,' मैंने कहा।

'तुम्हें मुझसे क्या मदद चाहिए? मैंने पहले ही तुम्हें सारी चाबियां दे दीं,

उसमें शोरूम की भी चाबी है।'

'मैं चाहता हूं कि जब हम शोरूम में जाएं, तो आप और अंजली दोनों वहां पर हों।'

'क्या?' सौरभ ने कहा। मैंने उसे चुप रहने का इशारा किया।

'मैं इसमें इनवॉल्व नहीं होना चाहती, बेटा। अगर वीरजी को पता चल गया तो...'

'कुछ नहीं होगा, मैं प्रॉमिस करता हूं।'

❖

'गुड ईवनिंग, मैं जयेश वर्मा हूं, मल्होत्रा मोटर्स पर सेल्स हेड,' कोई तीसेक साल का, थोड़ा-सा ओवरवेट सेल्स एजेंट हमारे पास आकर बोला। उसके पास एक एक्स्ट्रा-फ़ेक स्माइल थी, जैसी टूथपेस्ट के मॉडल्स के चेहरे पर दिखती है।

हमारी रेकी के दो दिन बाद, हम फिर से मल्होत्रा मोटर्स पर आए थे। रविवार का दिन था और शाम के चार बजे थे। हमने सूट पहना था, बाल संवारे हुए थे और ज़ीरो पॉवर के ग्लासेस पहने थे। हमको देखते ही सेल्सपर्सन ने अपनी रटी-रटाई बोली शुरू कर दी थी—'इन बेहतरीन कारों में से कौन-सी आपको पसंद आ रही है, सर?'

'हम 911 के बारे में सोच रहे थे, लेकिन दिल्ली की सड़कों की हालत देखते हुए सोच रहे हैं कि...'

'सर, एक जीवनभर का सपना पूरा करने के लिए हम पोर्शे ख़रीदते हैं। और सड़कों के गड्ढे सपनों को साकार होने से रोक नहीं सकते।'

सेल्सपर्सन ने हमें डिस्प्ले में एक कार दिखाई। वहां एक सर्कुलर डिस्क पर चमचमाती रेड पोर्शे 911 कैर्रिया खड़ी थी।

'ज़ीरो से हंड्रेड तक एक्सीलेरैशन महज़ 4.2 सैकंड्स में,' जयेश ने कहा। 'और अगर आप स्पोर्ट क्रोनो पैकेज लेते हैं तो ज़ीरो से हंड्रेड तक 4 सैकंड में।'

'स्पोर्ट क्रोनो पैकेज कितने का होगा?' सौरभ ने कहा।

'केवल बीस लाख रुपए और,' जयेश ने कहा।

मैं सोचने लगा, वो कौन लोग होंगे, जो 0.2 सैकंड के एक्स्ट्रा एक्सीलेरैशन के लिए बीस साल रुपए ख़र्च करते होंगे।

'और कार कितने की है?' मैंने कहा।

'हमारे स्टार्टिंग मॉडल के लिए 1.42 करोड़ एक्स-शोरूम। ऑन रोड,

अराउंड, 1.70 करोड़,' जयेश ने कहा।

चूंकि सौरभ और मुझे कूल एक्ट करना था, इसलिए हमने इस पर कोई रिएक्शन नहीं दिया।

'बस 1.70 करोड़?' सौरभ ने ओवरएक्टिंग करते हुए कहा।

'हां, और इतनी कम क़ीमत पर यह ब्यूटी आपकी,' जयेश ने उत्साहित स्वर में कहा। मेरी नज़र एंट्रेंस डोर पर लगी थी।

दो मिनट बाद बिंदु और अंजली शोरूम में घुसे।

हमने एक-दूसरे को देखकर पहचाना नहीं। प्लान के मुताबिक़, वो कायेन कारों के सेक्शन में चली गईं, जो कि पोर्शे एसयूवी है। स्टाफ़ ने उन्हें पहचान लिया और हाथ जोड़कर नमस्कार किया।

'मल्होत्रा सर की सिस्टर हैं,' मैंने एक सेल्सपर्सन को दबी आवाज़ में बोलते सुना।

'क्या आप मुझे सभी वैरिएशंस और अपग्रेड्स के बारे में बता सकते हैं?' सौरभ ने कहा। जयेश ने उसकी ओर देखा और मुस्करा दिया।

'मैं ब्रोशर ले आता हूं और आपको सबकुछ एक्सप्लेन कर देता हूं। प्लीज़ मीटिंग टेबल पर आइए।'

सौरभ और मैं मीटिंग एरिया में चले गए। हम जहां बैठे थे, वहां से बिंदु को देखा और सुना जा सकता था।

'मेरी भतीजी यूएस से आई है और वो एसयूवी गाड़ियां देखना चाहती थी। वो एक जर्नलिस्ट है और लग्ज़री कारों पर स्टोरी कर रही है,' बिंदु ने कहा।

'नो प्रॉब्लम, मैम,' सेल्सपर्सन ने एक गाड़ी का दरवाज़ा खोलते हुए कहा। अंजली उसमें बैठ गई।

'मैं आपको बहुत परेशान कर रही हूं,' बिंदु ने कहा और मुस्करा दी।

'मैम, आप क्या बात कर रही हैं, ये आप ही का शोरूम है। आप कॉफ़ी लेंगी?'

अंजली क्रीम-कलर की कायेन में बैठी थी और कंट्रोल्स चेक कर रही थी। उसने वाइपर्स चलाकर देखे, इंडिकेटर्स टेस्ट किए और इंटर्नल लाइट्स को ऑन और ऑफ़ करके देखा। इतनी बड़ी कार में वो और पतली-दुबली लग रही थी। उसने एक बेबी पिंक सलवार-कमीज़ पहनी थी और बिंदी लगा रखी थी, शायद जर्नलिस्ट जैसी दिखने के लिए। मैं स्टीयरिंग व्हील पर मौजूद उसके हाथों

पर अपना हाथ रख देना चाहता था। लेकिन इसके बजाय मैं स्कूल प्रिंसिपल सौरभ की ओर मुड़ गया।

'तुम जयेश को देखकर चौंक क्यों गए थे?' मैंने धीमे-से पूछा।

'वो मेरी इंगेजमेंट में आया था, लेकिन शायद उसने मुझे पहचाना नहीं। मैं पहले से दुबला हो गया हूं।'

'ऐसा बिलकुल भी नहीं है,' मैंने कहा।

जयेश अपनी चिर-परिचित मुस्कान के साथ हाज़िर हुआ।

'सर, तो ये रहे आपके ऑप्शंस। प्लीज़ ये फ़ॉर्म भर दीजिए और इसमें अपने कॉन्टैक्ट डिटेल्स लिख दीजिए। या मुझे अपना बिज़नेस कार्ड दे दीजिए।'

सौरभ ने अपनी पॉकेट से एक कार्ड निकाला और जयेश को दे दिया।

'जैकब डिसूज़ा, को-फ़ाउंडर एंड वाइस प्रेसिडेंट, साइबरसेफ़,' जयेश ने पढ़ा। 'सुपर्ब, सर।'

'इट्स ओके, अभी तो बहुत लम्बी दूरी तय करनी है,' सौरभ ने कहा।

'वेल, आप जहां भी जाएंगे, यह 911 गाड़ी आपको वहां तेज़ी से ले जाएगी,' जयेश ने कहा और अपनी चतुराई पर ख़ुद ही मुस्करा दिया।

हमने सभी ब्रोशर्स कलेक्ट किए।

'ये बहुत काम के साबित होंगे, थैंक्स। हमें अभी कहीं जाना है, पर हम टच में रहेंगे,' मैंने कहा।

सौरभ और मैं उठ गए।

'श्योर, सर। मैं आपके कॉल का वेट करूंगा,' जयेश ने कहा।

'क्या यहां वॉशरूम है?' सौरभ ने कहा।

'जी, ऊपर है। सीढ़ियां आपके ठीक पीछे हैं।'

सौरभ ने मुड़कर सीढ़ियों को देखा।

'लॉन्ग ड्राइव पर जा रहे हैं, इसलिए मैं भी वॉशरूम यूज़ करूंगा,' मैंने कहा। 'नाइस टु मीट यू, जयेश। हम वॉशरूम यूज़ करके निकल जाएंगे। आप दूसरे कस्टमर्स को अटेंड कीजिए।'

सौरभ और मैंने जयेश से हाथ मिलाया और उसे गुडबाय वेव किया। फिर हम सीढ़ियों से फ़र्स्ट फ़्लोर पर चले गए। हम टॉयलेट में चले गए। वहां कोई नहीं था।

'मैंने सीढ़ियों पर सीसीटीवी देखा था,' मैंने कहा।

'हां, पर गार्ड्स के लिए दो नॉर्मल कस्टमर्स ही हैं,' सौरभ ने कहा।

तीन और पुरुष टॉयलेट यूज़ करने आए और चले गए। सौरभ और मैं सिंक में हाथ धोने का दिखावा करते रहे।

तभी अलार्म की आवाज़ पूरे शोरूम की बिल्डिंग में गूंजने लगी। बिंदु और अंजली ने अपना काम कर दिया था—कायेन का बर्गलर अलार्म ट्रिगर कर देना। पहले बिंदु ने ऑटोमैटिक की यूज़ करते हुए कार को बाहर से लॉक किया। अंजली अंदर बैठी कंट्रोल्स को चेक करती रही। ऐसी स्थिति को कार ने अजीब समझकर अलार्म ट्रिगर कर दिया। अलार्म तीस सैकंड तक बजता, फिर दस सैकंड का गेप लेकर फिर बज उठता।

'चलो,' हम टॉयलेट से निकले और कॉर्नर ऑफ़िस में चले गए।

अलार्म ने पूरे स्टाफ़ का ध्यान अपनी ओर खींच लिया था, जिसमें सीसीटीवी मॉनिटर्स पर मौजूद सिक्योरिटी गार्ड्स भी शामिल थे। इसी का फ़ायदा उठाकर हम रमेश के ऑफ़िस में घुस गए और सीसीटीवी पर हमें किसी ने नहीं देखा।

रमेश के ऑफ़िस के डोर पर मैंने तमाम चाबियां ट्राय कीं। छह चाबियां दरवाज़े को नहीं खोल पाईं। अलार्म बजना बंद हो गया। 'जल्दी करो,' सौरभ ने कहा। मैंने सातवीं चाबी ट्राय की और इस बार लॉक खुल गया।

'चलो अंदर,' मैंने सौरभ से कहा।

❖

रमेश के कैबिन में फ़्लोर-टु-सीलिंग ग्लास वॉल्स थीं। वॉल्स में नीचे से तीन-चौथाई हिस्सा फ्रॉस्टेड था, और ऊपर के एक-चौथाई हिस्से से शोरूम को देखा जा सकता था।

'भाई, शुरू करें?' सौरभ ने कहा।

'हां,' मैंने कहा। रमेश की डेस्क पोर्शे लोगो वाली ब्लैक लेदर लाइनिंग से कवर्ड थी। उस पर एक डेल कम्प्यूटर, एक फ़िलिंग ट्रे और कुछ कारों के मॉडल रखे थे। ऑफ़िस की वॉल में ओपन शेल्व्ज़ थीं। डेस्क के पास पांच फ़ीट ऊंचा और तीन फ़ीट चौड़ा एक कैबिनेट खड़ा था।

सौरभ रमेश की लेदर चेयर में बैठ गया और डेस्क की तीन ड्रॉअर्स को टटोलने लगा।

'वॉव, तुम तो बिलकुल जमाई राजा लग रहे हो, बाज़ीगर फ़िल्म की तरह, जो ससुर की दौलत पर कब्ज़ा कर लेता है,' मैंने कहा।

'नॉट फ़नी,' सौरभ ने कहा।

'सॉरी,' मैंने कहा। मुझे अचानक याद हो आया था कि बाज़ीगर में हीरो ने अपनी गर्लफ्रेंड को छत से नीचे धक्का दे दिया था।

'तो हम कहां से शुरू करें?'

'अगर हम ये कम्प्यूटर हैक कर पाएं तो काम हो जाएगा,' सौरभ ने कहा।

वो कम्प्यूटर के माउस से कुछ करता रहा। फिर उसने कुछ लिखा। कम्प्यूटर पासवर्ड मांग रहा था।

'तुम्हें पासवर्ड मालूम है?' मैंने कहा।

'नहीं, एक गेस करते हुए प्रेरणा लिखा था। लेकिन एक्सेप्ट नहीं हुआ,' सौरभ ने कहा।

ये बहुत हाई-टेक हैकिंग टेक्नीक तो नहीं थी, मैं कहना चाहता था, लेकिन नहीं कहा।

मैंने शेल्व्ज़ के ऊपर टटोला। वहां यूटिलिटि बिल्स की एक फ़ाइल रखी थी।

'तुम्हें पता है इस शोरूम का एक महीने का बिजली का बिल ही पांच लाख रुपया है?' मैंने कहा।

सौरभ अलग-अलग पासवर्ड ट्राय करता रहा और मुझसे बोला—

'लेकिन दिल्ली के सीएम ने तो बिजली फ्री कर दी थी ना?'

'हां, लेकिन पोर्शे शोरूम वालों के लिए नहीं।'

अनेक बार कोशिश करने के बाद सौरभ ने हार मान ली।

'कम्प्यूटर को छोड़ो, बाक़ी का ऑफ़िस देखते हैं। देखो, पिछले तीन महीनों का सेल्स रजिस्टर,' मैंने एक और फ़ाइल खोलते हुए कहा। 'इसमें हर कस्टमर के नाम हैं।'

'इसका मैं क्या करूंगा? इन लोगों को फ़ोन करके पूछूंगा कि क्या आपको नए सीट कवर चाहिए?'

'पॉइंट यह है कि हमें हर चीज़ देखनी है,' मैंने कहा।

सौरभ ने टेबल की ड्रॉअर खोलने की कोशिश की, लेकिन वो लॉक्ड थी। मैंने चाबियों का गुच्छा उसकी ओर बढ़ा दिया।

मैंने सेल्स की फ़ाइल देखते हुए कहा, 'पिछले तीन महीने में छब्बीस कारें बेची गई हैं। बस। केवल छब्बीस।'

'तुमने कारों की प्राइस सुनी? ये आलू बेचने जैसा मामला नहीं है,' सौरभ ने ड्रॉअर खोलने की कोशिश करते हुए कहा।

'तुम्हें पता है, पोर्शे को फ़ॉक्सवैगन ओन करता है?' मैंने कहा। 'रमेश अंकल का फ़ॉक्सवैगन शोरूम भी है?'

'हां, अमृतसर में है, जिसे उनका पार्टनर तनेजा देखता है।'

'ओह, हां।'

'फ़क, कीहोल में एक चाबी फंस गई है,' सौरभ ने चाबी को बाहर निकालने की कोशिश करते हुए कहा।

मैं फ़्लोर पर झुका और ड्रॉअर्स को ध्यान से देखने लगा। फिर एक चाबी को कीहोल में हिलाकर देखा।

'अगर चाबी टूट गई तो हमारा खेल ख़त्म,' सौरभ ने कहा।

'रिलैक्स,' मैंने कहा और चाबी बाहर निकाल ली। 'तुमने उलटी लगा दी थी। चलो मैं इसे देखता हूं, तुम क्लोसेट चेक करो।'

सौरभ ने अनलॉक्ड क्लोसेट के वुडन डोर खोले।

'यहां ट्रॉफ़ीज़ रखी हैं। बेस्ट डीलर नॉर्थ रीजन। बाय द वे, नॉर्थ में ऐसे कितने पोर्शे शोरूम होंगे?'

'कुछ और मिला?' मैंने एक और चाबी ट्राय करते हुए कहा।

'कुछ और ट्रॉफ़ीज़, कैप्स, पेन स्टैंड्स, एक रूम फ्रेशनर। मुझे नहीं लगता हमें यहां कुछ मिलेगा।'

तभी खट् से ड्रॉअर खुल गई।

'उसे छोड़ो, यहां आओ। ड्रॉअर्स चेक करते हैं।'

पहली ड्रॉअर में पेन, पेपर क्लिप्स, पोस्ट-इट नोट्स, पान मसाला, लाइटर और क्लासिक माइल्ड्स सिगरेट्स का ओपन पैकेट था।

'रमेश अंकल यहां स्मोक करते हैं? जबकि पूरे शोरूम में नो स्मोकिंग लिखा हुआ है। सब तरफ़ स्मोक अलार्म हैं।'

'शायद वो बाहर जाकर स्मोक करते होंगे,' सौरभ ने कहा।

मैंने दूसरी ड्रॉअर खोली। इसमें दो ट्रांसपैरेंट फ़ोल्डर थे, जिनमें प्रिंटेड शीट्स रखी थीं।

'क्वार्टरली अकाउंट्स फ़ॉर मल्होत्रा मोटर्स—पोर्शे शोरूम दिल्ली,' एक पर लिखा था।

'क्वार्टरली अकाउंट्स फ़ॉर तनेजा मोटर्स—फ़ॉक्सवैगन अमृतसर,' दूसरी पर लिखा था।

मैंने तीसरा ड्रॉअर खोला। इसमें कुछ लैटर्स थे, अधिकतर कोटक बैंक से। इसमें एक लाइफ़ इंश्योरेंस कम्पनी, एक कार फ़ाइनांसिंग कम्पनी और एक क्रेडिट कार्ड इशूअर के कुछ लिफ़ाफ़े भी थे। मैंने तमाम डॉक्यूमेंट्स निकाले और डेस्क पर रख दिए।

'चलो सभी को देखते हैं,' मैंने कहा।

सौरभ ने समय देखा। दोपहर के 3.30 बज रहे थे। हमने अंजली और बिंदु से कहा था कि 4 बजे कार अलार्म ट्रिक को फिर से किसी दूसरी शोरूम कार के साथ दोहराएं, ताकि हम यहां से बाहर निकल सकें।

'हमारे पास आधा घंटा है,' सौरभ ने कहा।

मैंने क्वार्टरली अकाउंट्स खोले। इसमें अनेक पन्ने थे, सभी में आंकड़े भरे हुए थे।

'इतनी सारी इंफ़ॉर्मेशन। इतनी जल्दी इस सबको देखना तो नामुमकिन है,' मैंने कहा।

'इन सब पेपर्स की स्कैन्ड पिक्चर्स ले लेते हैं। बाद में पढ़ लेंगे?'

'रियली?'

'हां, मेरे पास स्कैन एप्प है,' सौरभ ने कहा।

अगले बीस मिनटों में हमने तमाम डॉक्यूमेंट्स को स्कैन कर लिया।

'लगभग सब हो गया। नीचे सब ठीक है?' सौरभ ने एक बैंक लैटर को स्कैन करते हुए कहा। मैंने फ्रॉस्टेड ग्लास वॉल पर जाकर देखा।

नीचे रमेश खड़े थे और वो बिंदु और अंजली से बातें कर रहे थे।

'गोलू, फ़क...,' मैंने फुसफुसाते हुए कहा।

'क्या तुमने फ़क कहा?' सौरभ ने एक और डॉक्यूमेंट को स्कैन करते हुए कहा।

मैंने उसे ग्लास के पास आने का इशारा किया। सौरभ ने नीचे देखा तो उसकी आंखें फटी की फटी रह गईं।

'ये कैसे हो सकता है...' उसने ज़ोर से कहा। मैंने उसके मुंह पर हाथ रख दिया।

'श्श्श,' मैंने कहा और उसे कमरे के बीच में ले आया।

उसने मेरा हाथ नीचे किया और कहा, 'कैसे भाई? बिंदु आंटी तो कह रही थीं वो आज अमृतसर में हैं।'

'मुझे क्या पता? लेकिन अभी वो नीचे खड़े हैं। हम फंस चुके हैं।'

'तब तो वो ऊपर भी आएंगे? आज तो बुरे फंसे। वो हमारा क्या हाल करेंगे।'

'ओके, डोंट पैनिक। कुछ सोचो।'

'क्या सोचो? चार बजने में पांच मिनट की देर है। बिंदु और अंजली फिर से अलार्म बजा देंगी और सबका ध्यान भटक जाएगा।'

'अब वो नहीं होगा। रमेश उनके साथ हैं। हमें ही यहां से निकलने का कोई रास्ता तलाशना होगा।'

हमने तमाम डॉक्यूमेंट्स ड्रॉअर में फिर से रख दिए।

'मेरा दिल जैसे फट जाएगा। इतना सारा स्ट्रेस मेरे लिए अच्छा नहीं है, भाई,' सौरभ ने कहा।

'शट अप एंड क्लीन अप।'

अगले तीन मिनटों में हमने कैबिन को फिर से वैसा कर दिया, जैसा कि वह पहले था। मैंने फिर नीचे झांककर देखा। अंजली 911 कैरिआ के पास खड़ी थी और रमेश से बातें कर रही थी। क्या वो सिचुएशन को समझ गई थी? क्या वो रमेश का ध्यान भटका रही थी? या क्या वह कार में बैठकर अलार्म बजाने जा रही थी। जो भी हो, अब इससे बात नहीं बनेगी। रमेश शोरूम में खड़े थे, अब हम नीचे उतरकर बाहर नहीं जा सकते थे। अंजली बोलती रही और रमेश सिर हिलाते रहे। बातचीत के दौरान ही उन्होंने अपनी जैकेट के जेब में हाथ डाला और चाबियों का एक गुच्छा निकाला। ये वही चाबियां थीं, जिनकी डुप्लिकेट्स हमारे पास थीं।

'वो ऊपर आ रहे हैं।'

'अभी?' सौरभ ने कहा। उसके माथे पर पसीने की बूंदें छलछला आई थीं।

'मैं कुछ करता हूं। पर पता नहीं, इससे बात बनेगी या नहीं।'

'जो भी हो, पर कुछ करो ज़रूर, नहीं तो मैं मर जाऊंगा।'

'मुझे अंजली और बिंदु की मदद की ज़रूरत होगी। वेट, मैं उन्हें एक मैसेज भेजता हूं।'

मैंने दोनों को एक मैसेज भेजा, इस उम्मीद में कि रमेश के ऊपर आने से पहले वो इसे पढ़ लेंगी।

'मुझे सिगरेट और लाइटर देना, गोलू।'

'क्या? भाई ये चिल करने का टाइम नहीं है। कुछ करो।'

'जो बोला वो करो, प्लीज़।'

सौरभ ने मेरी तरफ़ सिगरेट पैकेट और लाइटर बढ़ा दिया। मैंने पांच क्लासिक माइल्ड्स निकालीं और अपने मुंह में रख लीं। फिर पांचों को सुलगा दिया।

'सुसाइड? तो यही तुम्हारा बेस्ट प्लान था?'

मैंने सिर हिला दिया। मैंने एक लम्बा क़श भरा और खांस दिया।

'भाई, तुम कर क्या रहे हो?'

मैंने अपने मुंह से सिगरेटें निकालीं।

'सीलिंग पर वो स्मोक अलार्म देख रहे हो?'

मैं रूम के बीच में आ गया। मेरे सिर के ऊपर स्मोक अलार्म था। मैं उसके नीचे खड़ा हो गया और सुलगती हुई सिगरेटें उसकी तरफ़ बढ़ा दीं।

'अगर हम लकी साबित हुए तो इससे काम हो जाएगा,' मैंने कहा। मैं सिगरेटों को ओलम्पिक टॉर्च की तरह थामे खड़ा था। एक मिनट तक कुछ नहीं हुआ। मैंने अपना हाथ और ऊपर किया।

सौरभ ने खिड़की में जाकर देखा।

'रमेश अंकल ऊपर आ रहे हैं। साथ में अंजली भी है। वो उनकी गति को धीमी करने की कोशिश कर रही है,' सौरभ ने कहा।

मैंने पांचों सिगरेटों का एक गहरा क़श लिया और स्मोक अलार्म पर धुआं फूंक दिया। मैंने यह तीन बार किया, अपने लंग्स को ख़तरे में डालते हुए।

रमेश और अंजली फ़र्स्ट फ़्लोर के कॉरिडोर तक पहुंच चुके थे और मुझे उनकी आवाज़ें सुनाई देने लगी थीं।

सौरभ घबरा गया। मैंने मुंह पर अंगुली रखकर उसे चुप रहने को कहा।

मैंने एक और गहरा क़श लिया और अलार्म पर धुआं छोड़ दिया।

अचानक अलार्म बज उठा। उसकी आवाज़ इतनी तेज़ थी कि मेरा बैलेंस लगभग गड़बड़ा गया। पूरे शोरूम में सेंट्रलाइज़्ड अलार्म की आवाज़ गूंजने लगी। मैंने नीचे देखा। पोर्शे के स्ट्रिक्ट प्रोसिजर के मद्देनज़र गाड्र्स सभी को इंस्ट्रक्ट कर रहे थे कि तुरंत बिल्डिंग से बाहर निकल जाएं। मेरा दिल धड़कने लगा। मैं ऑफ़िस के दरवाज़े तक गया। रमेश और अंजली दरवाज़े के बाहर खड़े थे।

'लेट्स गो आउट, अंकल,' अंजली ने कहा।

'कोई ख़ास बात नहीं है। शायद कोई पार्किंग एरिया में स्मोक कर रहा होगा। अलार्म ओवरसेंसेटिव हैं,' रमेश ने कहा।

'फिर भी, सेफ़ रहना ज़रूरी है, अंकल। हमें बाहर चले जाना चाहिए,' अंजली ने कहा।

रमेश का फ़ोन बजा। उन्होंने उठाया।

'हां बिंदु, कोई बात नहीं,' रमेश ने कहा। 'हां, अंजली मेरे साथ ही है। ठीक है, ठीक है, हम आ रहे हैं। हां, मेरी प्यारी बहन, अभी आ रहे हैं। तुम मेरी कितनी चिंता करती हो।'

मैंने उनके क़दमों की आहट को हमसे दूर जाते हुए सुना।

मैंने सौरभ को थम्स-अप दिया। फ़्लोर से सिगरेट के टुकड़े उठाए और उन्हें एक टिशू में रख दिया। सौरभ ने क्लोसेट से रूम फ्रेशनर निकाला और धुएं की महक को छुपाने के लिए पूरे कमरे में स्प्रे कर दिया।

मैंने नीचे झांककर देखा।

रमेश, बिंदु और अंजली शोरूम के बाहर निकल रहे थे और दाईं तरफ़ जा रहे थे। यानी यहां से बाहर निकलने पर हमको बाईं तरफ़ जाना होगा।

'चलो,' मैंने सौरभ से कहा।

हमने ऑफ़िस बंद किया और तेज़ी से नीचे उतरे। एक गार्ड ने हमें देखा तो हैरान हो गया।

'हम टॉयलेट में थे,' मैंने कहा। 'क्या हुआ? हम जयेश वर्मा के साथ मीटिंग कर रहे थे।'

'प्लीज़, बाहर चले जाइए, सर। फ़ायर अलार्म बज रहा है। सबको बाहर जाना है,' गार्ड ने कहा।

अध्याय 43

'रुको, इस सबको लैपटॉप में डाउनलोड कर लेते हैं। फ़ोन पर इस सबको पढ़ना मुश्किल है,' सौरभ ने कहा।

हम अपने साइबर कैफ़े ऑफ़िस में सौरभ के क्यूबिकल में थे। जैकब का मूड उस दिन बहुत ख़राब था। पूरा दिन एक लग्ज़री कार सेल्सपर्सन उसे कॉल कर-कर के तंग कर रहा था।

सौरभ ने तमाम इमेजेस फ़ोन से लैपटॉप में ले लिए।

'अस्सी से ज़्यादा इमेजेस हैं, उन्हें अलग-अलग फ़ोल्डर्स में सॉर्ट कर लेते हैं,' सौरभ ने कहा।

हम काम में इतने खोए हुए थे कि हमें पता ही नहीं चला जैकब ठीक हमारे पीछे आकर खड़ा हो गया था।

'केशव, मैं एक मैनेजर के रूप में क्या भूल कर रहा हूं?' जैकब ने कहा।

मैं सोचने लगा कि कहीं ये एक ट्रिक क्वेश्चन तो नहीं।

'सर, आप परफ़ेक्ट हैं। आप क्या बात कर रहे हैं?' मैंने कहा।

'तो अभी तक पिच क्यों नहीं बनी है? क्या इसके लिए मुझे तुमसे मिन्नत करनी होगी, मिस्टर केशव राजपुरोहित?'

'ओह,' मैंने कहा और खड़ा हो गया, 'एक्चुअली...'

मैं कुछ कहता उससे पहले ही फिर जैकब का फ़ोन बचा।

'नो जयेश, या तुम जो भी हो, मुझे कोई पोर्शे-वोर्शे नहीं ख़रीदनी है... और ये स्पोर्ट्स क्रोनो पैकेज क्या बला है? मुझे फ़ोन करके तंग करना बंद करो,' जैकब ने कहा और बाहर चला गया।

❖

'वॉव, मल्होत्रा मोटर्स को हर महीने पचास लाख रुपयों का नुक़सान हो रहा है,' मैंने कहा।

हम मालवीय नगर वाले अपार्टमेंट में चादर ओढ़कर बैठे थे। हमारे लैपटॉप हमारे सामने थे।

मेरे कम्प्यूटर की स्क्रीन पर मल्होत्रा मोटर्स का प्रॉफ़िट एंड लॉस स्टेटमेंट खुला हुआ था।

सौरभ उसे क़रीब से देखने के लिए आगे झुका।

'सेंतीस लाख रुपए मंथली इंट्रेस्ट? तो सोचो लोन कितना बड़ा होगा?' सौरभ ने कहा। 'बैलेंस शीट देखो।'

मैं अगले डॉक्यूमेंट की ओर बढ़ा। सौरभ ने स्क्रीन को छुआ।

'कोटक से 45 करोड़ रुपए का लोन लिया गया है, जिसे इस फ़ाइनेंशियल ईयर के एंड में चुकाना होगा। ये उसी का इंट्रेस्ट है,' सौरभ ने कहा।

'वॉव, गोलू। तुमने ये सब अकाउंटिंग कैसे सीखी?'

'प्रेरणा ने सिखाई थी।'

'तुम लोग बैलेंस शीट के बारे में बातें करते थे? रोमांटिक।'

'हमेशा नहीं। लेकिन वो ईटो चलाती थी तो कभी-कभी इस बारे में बात करती थी। तुम्हें कोई प्रॉब्लम है?'

'बिलकुल नहीं, सॉरी,' मैंने कहा। 'चलो फिर से मल्होत्रा मोटर्स के लॉसेस पर लौट आते हैं।'

'ऑटो सेक्टर में ख़तरनाक रेसेशन चल रहा है। तनेजा मोटर्स के अकाउंट्स भी चेक करें?' सौरभ ने कहा।

हमने डाउनलोडेड इमेजेस में देखा। तनेजा मोटर्स को हर महीने 20 लाख रुपए का लॉस हो रहा था। उसने भी कोटक से 20 करोड़ का लोन ले रखा था।

'रमेश अंकल ने इतना सारा क़र्ज़ा क्यों सिर चढ़ा रखा है?' मैंने कहा।

'लॉसेस को फ़ंड करने के लिए। बिल्स भरने के लिए और मुश्किल समय में चीज़ें चलती रहें, इसके लिए।'

हम अगली इमेज पर गए।

'कोटक बैंक का लैटर है,' मैंने कहा।

'प्रेरणा कोटक बैंक में काम करती थी,' सौरभ ने कहा।

लेटर तीन महीने पहले भेजा गया था। इसमें लिखा था :

डियर मिस्टर मल्होत्रा,

हम आपके करंट लोन की फ़ेस वैल्यू की तरफ़ ध्यान खींचना चाहेंगे :

45 करोड़ रुपया मात्र

31 मार्च 2020 को देय है

हम आपको सूचित करना चाहेंगे कि ऑटो इंडस्ट्री में डाउनटर्न को देखते हुए हमसे कहा गया है कि इस सेक्टर के एक्सपोज़र में कटौती करें। इसलिए हम अगले साल इस लोन को रिन्यू नहीं कर पाएंगे। प्लीज़, इसी के मद्देनज़र लोन चुकाने का प्रबंध करें।

प्लीज़ यह भी याद रखें कि अभी हमारे पास सिक्योरिटी कलैटरल के रूप में आपकी तरफ़ से ये आइटम्स हैं :

1. रेसिडेंशियल प्रॉपर्टी : मल्होत्रा हाउस बंगला, 500 स्क्वायर याड्र्स, लोकेटेड एट ए-956 न्यू फ्रेंड्स कॉलोनी।

2. इंडस्ट्रियल प्रॉपर्टी : प्लॉट नम्बर 593/98, अमृतसर इंडस्ट्रियल एरिया में सात एकड़ की ज़मीन पर।

लोन पूरी तरह से चुकाने के बाद ही ये प्रॉपर्टीज़ सिक्योरिटी से रिलीज़ की जाएंगी।

रिगाड्र्स,

महेश शुक्ला

मैनेजर, बाराखम्बा रोड ब्रांच

'तो, अंकल क़र्ज़ के बोझ तले दबे हुए हैं और उन्हें बिज़नेस में भी घाटा हो रहा है,' सौरभ ने कहा। 'इतना ही नहीं, उनकी प्रॉपर्टीज़, जिसमें उनका घर भी शामिल है, बैंक के पास गिरवी हैं।'

'तब उन्होंने उस फ़ैंसी इंगेजमेंज के लिए पैसों का बंदोबस्त कैसे किया?' मैंने कहा।

'शायद क़र्ज़ में से एक हिस्सा उसके लिए भी होगा।'

'स्ट्रेंज। और ये अमृतसर में कौन-सी इंडस्ट्रियल ज़मीन है?'

'नो आइडिया,' सौरभ ने कहा। मेरा फ़ोन बजा। बिंदु ने आख़िरकार फ़ोन लगाया था।

'दो दिन तक कॉल बैक नहीं करने के लिए थैंक यू,' मैंने कहा।

'सॉरी, सॉरी, कोई न कोई हमेशा आसपास था। उस दिन शोरूम वाली घटना के लिए सो सॉरी,' बिंदु ने कहा।

मैंने कॉल को स्पीकर मोड पर रख दिया, ताकि सौरभ भी सुन सके।

'मुझे बिलकुल भी आइडिया नहीं था कि वीरजी इतनी जल्दी आ जाएंगे। मैं क़सम खाकर कहती हूं कि उन्होंने कहा था वो सोमवार को आएंगे।'

'अगर हम पकड़े जाते तो वो हमको रॉबरी के अटेम्प्ट का आरोप लगाकर जेल में सड़ा देते।'

'नहीं, प्लीज़ ऐसा मत बोलो। अंजली और मुझे तुम्हारा मैसेज मिल गया था। हमने पूरी कोशिश की कि उन्हें शोरूम से बाहर ले जाएं।'

'बाल-बाल बचे,' मैंने कहा।

'हां... लेकिन इसका कोई फ़ायदा हुआ? ऑफ़िस से कुछ मिला?'

'हमें जो मिला, उसी की पड़ताल कर रहे हैं। ये अमृतसर इंडस्ट्रियल एरिया में कौन-सी ज़मीन है?'

'वीरजी की ऑटो पार्ट्स फ़ैक्टरी। क्यों?'

'कुछ नहीं। क्या उन्होंने कभी बताया कि उनको पैसों की प्रॉब्लम है?'

'वीरजी को?' बिंदु हंस दी। 'हो ही नहीं सकता, वो बिज़नेस में बहुत पैसा कमाते हैं।'

'रियली?' मैंने कहा।

'वो मुझे सपोर्ट करते हैं। वो मुझे हर महीने पचास हज़ार रुपए देते हैं। ज़ाहिर है, नीलम भाभी को बताए बिना।'

'क्यों?'

'वही घिसी-पिटी ननद-भाभी की रामायण। दुनिया में कौन-सी औरत यह पसंद करेगी कि उसका पति अपनी बहन को पैसा दे?'

'हम्म,' मैंने स्कैन्ड डॉक्यूमेंट्स को देखते हुए कहा।

'तुमने देखा नहीं प्रेरणा के लिए कैसी शानदार इंगेजमेंट पार्टी दी थी?'

'हां, उसमें बहुत पैसा ख़र्च किया था,' मैंने कहा।

'लेकिन अपना ही पैसा ख़र्च किया था, किसी और का नहीं।'

'लोन का पैसा अपना नहीं होता है।'

'क्या?'

'कुछ नहीं। और मिस्टर तनेजा के बारे में क्या? रमेश अंकल की उनके साथ एक कार डीलरशिप है ना?'

'हां, अमृतसर में फ़ॉक्सवैगन की डीलरशिप। वो दोनों ऑटोपार्ट्स फ़ैक्टरी में भी पार्टनर्स हैं। सौरभ तनेजा जी से मिला है, वो सगाई में आए थे।'

'बिंदु आंटी, मैं सौरभ बोल रहा हूं।'

'कैसे हो बेटा?'

'मैं ठीक हूं। पर वीरजी का बिज़नेस बहुत अच्छा नहीं चल रहा है।'

'क्या मतलब?'

'उनके सिर पर बड़ा क़र्ज़ है। डीलरशिप घाटे में चल रही है,' मैंने कहा।

'सच? और फ़ैक्टरी?'

'हम पता कर लेंगे,' मैंने कहा। 'अगर हमें किसी और चीज़ की ज़रूरत महसूस हुई तो आपको कॉल करेंगे।'

मैंने फ़ोन काटा और डॉक्यूमेंट्स देखने लगा। एक डॉक्यूमेंट देखकर मैं रुक गया।

'सौरभ, ये देखो।'

सौरभ का मुंह खुला का खुला रह गया।

'प्रेरणा के लिए पांच करोड़ की इंश्योरेंस पॉलिसी?'

'उसकी मौत के पांच महीने पहले कराई गई,' मैंने कहा। वह लेटर किसी पेंडिंग क्लेम को प्रोसेस करने के लिए डॉक्यूमेंट्स की चेकलिस्ट बता रहा था। चेकलिस्ट में पुलिस क्लोज़र रिपोर्ट और एक्सीडेंटल डेथ को साबित करने वाली पोस्टमार्टम रिपोर्ट का होना ज़रूरी था।

'क्या तुम भी वही सोच रहे हो, जो मैं सोच रहा हूं?' मैंने कहा।

'हां, और अब हम यह भी जानते हैं कि वो उसके रीयल पिता नहीं थे,' सौरभ ने कहा।

'घाटे में बिज़नेस, सिर पर क़र्ज़ा और गोद ली गई बेटी के लिए बड़ी इंश्योरेंस पॉलिसी। चीज़ें बहुत अच्छी नहीं मालूम हो रही हैं,' मैंने कहा।

'लेकिन हमें अमृतसर की फ़ैक्टरी के बारे में अभी कुछ मालूम नहीं है। डीलरशिप को भले घाटा हो रहा हो, पर शायद फ़ैक्टरी बढ़िया चल रही हो?'

'ये पता लगाने का एक ही तरीक़ा है।'

'क्या?'

'शायद गोल्डन टेम्पल में मत्था टेकने का टाइम आ गया है,' मैंने कहा।

अध्याय 44

अमृतसर

सुबह 5.30 बजे हम गोल्डन टेम्पल पहुंचे। लम्बा-चौड़ा टेम्पल कॉम्प्लेक्स और उसके बीच में सुनहरे शिखर वाला गुरुद्वारा किसी भी मन को शांति से भर सकता था। दरबार साहिब के दर्शन करने के बाद हम पॉन्ड के पास खड़े हो गए। सौरभ प्रार्थना पढ़ने लगा। मैं सोच रहा था कि यह प्रार्थना किस चीज़ के लिए कर रहा होगा। मैंने भी हाथ जोड़कर आंखें बंद कर लीं, लेकिन मेरे दिमाग़ में बहुत सारी बातें घूम रही थीं।

सौरभ कुछ दिनों बाद अपने अपार्टमेंट में रहने जा रहा था। मुझे यह बात क्यों परेशान कर रही थी? क्या मैं अकेला होने से डरता था? मैं अकेला नहीं हूं, मैंने ख़ुद से कहा। बीते साल मैं दस लड़कियों के साथ सोया था। उनके चेहरे और बॉडी मेरे दिमाग़ में घूमने लगे। मैं इस पवित्र जगह पर इस सबके बारे में नहीं सोचना चाहता था। मुझे ख़ुद से नफ़रत होने लगी कि मैं कैसा इंसान बन गया हूं। मैं इतना अकेला और ख़ाली क्यों महसूस करने लगा था। मुझे ऐसा क्यों लगता था कि मेरी ज़िंदगी में अब कोई प्यार नहीं हो सकता, या मेरा कोई दोस्त नहीं है? बिना किसी बात के मेरी आंखों में आंसू आ गए। अगर मैं इस केस को सॉल्व कर लेता हूं, तो शायद सौरभ मुझे माफ़ कर दे और अपने अलग अपार्टमेंट में रहने के लिए नहीं जाए। मुझे लगा, यही सबसे बड़ा कारण था, जिसके लिए मैं इस केस को क्रैक करना चाहता था। काश मैंने उस दिन उससे वो बातें नहीं कही होतीं। काश प्रेरणा ने वो बातें नहीं सुन ली होतीं। मैं उस दिन को याद करने लगा, जब सौरभ और मेरी बहुत बड़ी लड़ाई हो गई थी।

छह महीने पहले

'ट्वाइलाइट, दैट वॉज़ अमेज़िंग,' मैंने कहा। वो मेरे पास लेटी थी और अपने फ़ोन पर इंस्टाग्राम को स्क्रॉल कर रही थी। हमने अभी ड्रंकन सेक्स किया था और उसने यह ख़त्म होते ही पहला काम यह किया कि फ़ोन उठाकर देखने लगी। शायद जेनरेशन-ज़ेड ऐसी ही होती है।

'क्या?' उसने कहा। उसे लग रहा था कि मैंने कुछ कहा है।

'आई सेड, ट्वाइलाइट, दैट वॉज़ अमेज़िंग।'

'ट्वाइलाइट केवल मेरा टिंडर नेम है,' उसने कहा। उसकी आंखें अभी तक अपने फ़ोन पर जमी थीं।

'ओह, तो तुम्हारा रीयल नेम क्या है?'

'क्या फ़र्क़ पड़ता है?' वह बहुत सारी पोस्ट्स को लाइक करने के लिए उन्हें डबल-टैप करने लगी।

मैंने सोचा, अगर वो मुझे अच्छी तरह से जानना नहीं चाहती, तो इसमें मेरी ग़लती नहीं है। मैंने तो कोशिश की थी।

'प्यास लगी है,' उसने कहा।

'थोड़ी वोदका बची है। वैसे हमने तक़रीबन पूरी बॉटल फ़िनिश कर दी है,' मैंने कहा और बेड के नीचे से लगभग ख़ाली हो चुकी एब्सोलुट की बॉटल उठाई।

'थोड़ा वॉटर मिलेगा?'

'श्योर, फ्रिज में है।'

'थैंक्स।'

बेडरूम से बाहर निकलने के लिए उसने अंडरवियर और मेरी शर्ट पहनी। ख़ुद को ट्वाइलाइट कहने वाली यह लड़की छोटे क़द की थी, पांच फ़ीट से ज़्यादा नहीं रही होगी। उसके बाल कमर तक लम्बे थे। वो लिविंग रूम में चली गई।

'फ्रिज कहां है?'

'किचन में।'

'कहां? मुझे सुनाई नहीं दे रहा।'

'डैम, रुको मैं आ रहा हूं।'

मैं बेड से निकला और अंडरवियर पहनकर लिविंग रूम में चला आया। लेकिन मेरा सिर अभी तक अल्कोहल से चकरा रहा था।

'यहीं पर तो है, बेबी,' मैंने किचन की ओर इशारा करते हुए कहा।

'थैंक यू,' उसने मेरी लिप्स पर किस करते हुए कहा।

सौरभ अपने कमरे से बाहर निकला तो हमें अधनंगी हालत में किस करते

हुए देखा।

'कौन है ये?' उसके किचन में चले जाने के बाद सौरभ ने पूछा।

'ये, वेल, ट्वाइलाइट है,' मैंने कहा।

'क्या?'

'मुझे उसका सही नाम नहीं पता,' मैंने कहा और मुस्करा दिया। मुझे लगा ये फ़नी था कि आप किसी का सही नाम जाने बिना उसके साथ सेक्स कर लो। लेकिन सौरभ को यह फ़नी नहीं लगा।

'ये क्या बिहेवियर है, केशव?'

'क्या बिहेवियर?'

'तुम अंडरवियर पहनकर नशे में क्यों घूम रहे हो और घर में किसी रैंडम पर्सन को क्यों ले आए हो?'

'वो रैंडम नहीं क्यूट है और बेड में बहुत हॉट है।'

'तुम उसका नाम तक नहीं जानते। तुम और कितना गिरोगे?'

'मैं गिर नहीं रहा हूं। मैं केवल अपना काम कर रहा हूं और एजेंसी चलाने की कोशिश कर रहा हूं। लेकिन तुम अपनी मंगेतर या वो जो भी है, उसके साथ लगे रहो।'

'केशव, प्रेरणा मेरी होने वाली पत्नी है। मुझे उसे थोड़ा समय देना ही होगा ना?'

'थोड़ा समय? फ़क, या तो तुम उसके साथ होते हो या उसके बारे में सोच रहे होते हो। ऑल द फ़किंग टाइम।'

'वो मेरा फ़्यूचर है। किचन वाली तुम्हारी उस ट्यूबलाइट की तरह नहीं।'

'इट्स ट्वाइलाइट,' मैंने कहा।

'बक़वास।'

'वो बक़वास नहीं है। एट लीस्ट वो तुम्हारी उस मोटी भैंस से तो बेटर ही है।'

जैसे ही मैंने अपनी बात पूरी की, प्रेरणा सौरभ के कमरे से बाहर निकली। उसने हमारी पूरी बात सुन ली थी। इधर ट्वाइलाइट भी किचन से पानी का ग्लास लेकर बाहर आई। वो मेरे पास आकर खड़ी हो गई। हम दोनों लगभग अनड्रेस्ड थे। प्रेरणा ने कुछ नहीं कहा।

मैंने बोलने की कोशिश की—'प्रेरणा... सॉरी। मेरा वो मतलब नहीं...'

लेकिन प्रेरणा तब तक बाहर जा चुकी थी। एक मिनट में मेरा नशा उतर गया। ट्वाइलाइट मेरे बेडरूम में गई, और कपड़े पहनकर जाती बनी। सौरभ कमरे में खड़ा मुझे घूरता रहा।

'आई एम सॉरी, मैन,' मैंने कहा। 'फ़रगिव मी। मैं तुम्हारा बेस्ट फ्रेंड और फ़्लैटमेट हूं। ग़लती से बोल गया। वोदका का असर।'

'इनफ़, केशव,' सौरभ ने एक हाथ ऊपर करते हुए कहा। 'आज के बाद हम बेस्ट फ्रेंड्स नहीं हैं। बेस्ट तो क्या हम फ्रेंड्स भी नहीं हैं। और यह लीज़ ख़त्म होने के बाद हम फ़्लैटमेट्स भी नहीं रहेंगे।'

❖

'भाई, यू ओके?' सौरभ ने कहा।

'हां,' मैंने कहा और आंखें खोल लीं। मैं अपने प्राइवेट फ़्लैशबैक से लौट आया था। मेरी आंखों के सामने गोल्डन टेम्पल चमचमा रहा था।

'तुम रो रहे हो?'

'थोड़ा-सा।'

'तुमने प्रार्थना में क्या मांगा?'

मैंने सिर हिला दिया।

'बताओ?'

'मैंने मांगा कि हम जल्द से जल्द क़ातिल को ढूंढ़ लें।'

❖

द मॉडल इंडस्ट्रियल पार्क अमृतसर के मेहता रोड पर स्थित है। गोल्डन टेम्पल से कोई दस किलोमीटर के फ़ासले पर। इस 132 एकड़ के इंडस्ट्रियल ज़ोन में 250 से 5000 स्क्वेयर याड्र्स तक के प्लॉट्स हैं। किसी ने हमें गेट पर नहीं रोका, इसलिए हम अपनी टैक्सी को अंदर तक ले गए।

'ये रही,' रमेश की फ़ैक्टरी देखते ही मैंने कहा। मैं बैंक के लेटर में दिए पते से मिलान कर रहा था।

हम टैक्सी से बाहर निकले।

'तुम यहीं रुको, हम अभी आते हैं,' मैंने ड्राइवर से कहा।

हम एंट्रेंस तक पहुंचे। वहां फ़ाइव बाय टू का एक टूटा हुआ साइनबोर्ड ज़मीन पर पड़ा हुआ था, जिस पर लिखा था—ऑटोस्पार्क। बाहर एक वॉचमैन

बैठा खैनी मसल रहा था। सुबह के दस बजे थे और प्लांट के भीतर ना के बराबर हलचल हो रही थी।

'क्या रमेश मल्होत्रा की फ़ैक्टरी यही है?' मैंने कहा।

'कौन?' वॉचमैन ने कहा।

'यहां क्या बनाया जाता है?' सौरभ ने कहा।

वॉचमैन ने अपने फ़ोन पर एक नम्बर डायल किया और कुछ कहा। दो मिनट में एक छह फ़ीट का लम्बा-तगड़ा आदमी बाहर आया। वो किसी बी-ग्रेड पंजाबी फ़िल्म के विलेन जैसा लग रहा था। उसने चमकदार प्रिंटेड कमीज़ और बहुत सारे गोल्डन लॉकेट पहन रखे थे। सौरभ एक क़दम पीछे हट गया।

'क्या काम है?' मुश्टंडे ने पूछा।

'हम यहां मल्होत्रा जी के रेफ़रेंस से आए हैं,' मैंने कहा।

'काम बताओ।'

'नए ऑटोपार्ट कस्टमर्स हैं, मैन्युफ़ैक्चरिंग देखना चाहते थे,' सौरभ ने कहा।

वॉचमैन और वो दोनों हंस दिए। मैं कॉन्फ़िडेंस से फ़ैक्टरी में घुस गया। सौरभ मेरे पीछे-पीछे चला आया। दोनों ने हमें रोका नहीं।

हम बास्केटबॉल कोर्ट के आकार के एक डार्क शेड में घुसे, जिसकी छत टिन की थी। वहां ख़ाली टेबलें रखी थीं, जिनके दोनों तरफ़ कुर्सियां थीं। ना तो कोई ऑटोपार्ट मशीनें थीं, ना ही औज़ार। इसके बजाय वहां केवल कुछ जूट के थैले और प्लास्टिक के पैकेट ही थे। हम शेड के आख़िरी छोर तक पहुंच गए। वहां कुछ पाइप स्टील के बहुत सारे ड्रम्स से कनेक्टेड थे। इसके सामने एक धधकती हुई भट्टी थी। मुझे समझ नहीं आ रहा था यह सब क्या था, लेकिन इसका कारों से तो यक़ीनन कोई ताल्लुक़ नहीं था। पूरे शेड में केमिकल की गंध थी—नेल पॉलिश रिमूवर और पेट्रोल की मिली-जुली महक।

छह और फ़ैक्टरी वर्कर्स भीतर आए और हमारे पीछे खड़े हो गए।

'जो देखना था, देख लिया?' मुश्टंडे ने कहा। मैंने मुड़कर कहा—'हां, ठीक है। अब हम चले जाएंगे।' फिर सौरभ और मैं तेज़ क़दमों से बाहर की तरफ़ जाने लगे।

'रुको,' मुश्टंडे ने कहा।

'क्या?'

'तुम लोग कहां से आए हो?'

'हमने बताया ना, हम मल्होत्रा सर को जानते हैं। ओके, अब हम चलते हैं,' मैंने कहा।

'तुम लोग इतनी जल्दी में क्यों हो?'

'मुझे टॉयलेट जाना है,' सौरभ ने कहा।

मुश्टंडा चिल्लाया और फ़ैक्टरी कामगारों से कहा कि हमें पकड़ लें। वो हमसे दस मीटर पीछे थे।

'जान बचाकर भागो,' मैंने कहा और दौड़ लगा दी। सौरभ भी हांफता हुआ मेरे पीछे-पीछे भागने लगा।

'रुक, भेनचोद, रुक,' मुश्टंडे ने कहा। फिर कामगारों से बोला—'पकड़ो इन भेनचोदों को। मल्होत्रा को मेरा क़र्ज़ा उतारना है, इसलिए मैंने उसकी ज़मीन ज़ब्त कर ली है। और उसकी ये मजाल कि यहां पर अपने आदमी भेज रहा है।'

फ़ैक्टरी कामगार हमारे पीछे-पीछे दौड़ रहे थे। मैंने दौड़ते-दौड़ते सौरभ का हाथ पकड़ लिया, ताकि उसको सहारा दे सकूं।

'ओए,' एक कामगार चिल्लाया। एक पत्थर मेरे पास से होकर गुज़रा। फिर दूसरा। हमारा पाला पथराव करने वालों से पड़ा था।

हम बाहर पहुंचे। ड्राइवर गाड़ी में बैठा *पंजाब केसरी* पढ़ रहा था।

'भैया, जल्दी चलो,' मैंने चिल्लाते हुए कहा।

ड्राइवर हालात को भांप गया और फ़ौरन गाड़ी स्टार्ट कर दी। हम गाड़ी में बैठकर रफ़ूचक्कर हो गए। एक पत्थर गाड़ी से आकर टकराया। कामगारों ने कुछ देर तक हमारा पीछा किया, फिर रुक गए। पलभर में हम इंडस्ट्रियल पार्क को पीछे छोड़कर मेन रोड पर आ गए थे।

'कौन थे ये?' ड्राइवर ने कुछ देर बाद पूछा।

'इसके ससुराल वाले,' मैंने सौरभ की ओर इशारा करते हुए कहा।

'चुप करो, भाई,' सौरभ ने ऐसे हांफते हुए कहा, जैसे उसे दिल का दौरा पड़ा हो।

'इसीलिए मैं कहता हूं कि वेट कम करो।'

'हां, क्योंकि दारू के भट्टे से रोज़ ही हमें गुंडे लोग खदेड़ते रहते हैं, है ना?' सौरभ ने सीने पर हाथ रखते हुए कहा।

अध्याय 45

'हम एचडीएफ़सी बैंक क्यों जा रहे हैं?' सौरभ ने कहा। 'और इससे भी ज़रूरी यह कि हम अभी तक अमृतसर में कर क्या रहे हैं?'

'बस पांच मिनट का काम है,' मैंने कहा।

मैं हॉल बाज़ार की एचडीएफ़सी ब्रांच में रिसेप्शनिस्ट के पास गया।

'क्या मैं बिज़नेस लोन्स सेक्शन में किसी से बात कर सकता हूं?' मैंने कहा।

सौरभ ने मेरी तरफ़ देखा और सरप्राइज़्ड नहीं दिखने की कोशिश की।

रिसेप्शनिस्ट ने हमें लाउंज में वेट करने को कहा। मैंने *इकोनॉमिक टाइम्स* की एक कॉपी उठाई। उसमें हेडलाइन थी, जिसे मैंने ज़ोर से पढ़ा—'जीडीपी ग्रोथ फिसलकर छह साल के सबसे न्यूनतम स्तर 4.5 प्रतिशत पर पहुंची।'

'तो अब तुम इकोनॉमिस्ट बन गए हो?' सौरभ ने कहा।

दो मिनट बाद कोई पैंतीस साल का एक चश्मे वाला आदमी हमारे पास आया। उसने सफ़ेद कमीज़ पहन रखी थी।

'सर, आपको कोई लोन इन्क्वायरी करना है?'

'हां,' मैंने कहा और उठ खड़ा हुआ।

उस आदमी ने हमें एक बिज़नेस कार्ड थमा दिया, जिस पर लिखा था—'रिषभ अरोड़ा, वाइस प्रेसिडेंट—एसएमई लोन्स।'

'और आप?' रिषभ ने पूछा।

'मैं करन हूं,' मैंने कहा और अपना हाथ जेब में डाला। 'ओह, आई थिंक मैं अपना वॉलेट कार में भूल आया हूं। मैं ले आता हूं। अर्जुन, चलो।'

सौरभ हैरत से मुझे देखता रहा।

'इट्स ओके, अगर—' रिषभ ने कहा, लेकिन मैंने उसे बीच में ही रोक दिया।

'मेरी कार प्रॉपर्ली पार्क्ड नहीं है और वॉलेट सीट पर ही है। हम फ़ौरन लौटकर आते हैं।'

सौरभ और मैं बाहर चले आए।

'ओके, अब ये क्या था?' सौरभ ने कहा।

'कुछ नहीं,' मैंने कहा और रिषभ का बिज़नेस कार्ड दिखाते हुए कहा, 'मुझे जो चाहिए था, वो मिल गया।'

'वॉटेवर, लेकिन तुम करन-अर्जुन से बेहतर कोई और नाम नहीं सोच पाए?'

'कम ऑन, वो एक अच्छी मूवी थी,' मैंने कहा।

❖

'मैं आपकी क्या हेल्प कर सकता हूं, जी? मैं तनेजा हूं,' फ़ॉक्सवैगन शोरूम में एक ऊंचे क़द का अधेड़ सिख मेरे पास आया। वो ख़ालिस पंजाबी लहजे में बोल रहा था।

'मुझे आपका कुछ मिनटों का समय चाहिए, सर,' मैंने कहा। 'मैं एचडीएफ़सी बैंक से रिषभ अरोड़ा हूं।'

मैंने उन्हें वह बिज़नेस कार्ड दिखाया, जो मैं बैंक से लेकर आया था। मैं अकेला आया था, क्योंकि तनेजा सौरभ को देखकर पहचान जाते। वो इंगेजमेंट पार्टी में आए थे।

'पर मुझे कोई बैंकिंग सर्विस नहीं चाहिए जी,' तनेजा ने कहा। 'कोटक बैंक वालों में मेरे पहले ही बहुत अच्छे ताल्लुक़ हैं।'

हम शोरूम के बीच में खड़े थे। मेरे आसपास तीन चमचमाती हुई डिस्प्ले गाड़ियां खड़ी थीं। लेकिन शॉप में कोई कस्टमर नहीं था।

'लेकिन मेरे पास आपके लिए एक बेहतर डील है, सर। मैं आपके मौजूदा लोन को कम ब्याज दरों पर पांच सालों के लिए री-फ़ाइनेंस कर सकता हूं,' मैंने कहा।

तनेजा ने मेरी ओर देखा और सोचने लगे कि मुझे उनके मौजूदा लोन के बारे में कैसे मालूम।

मैं मुस्करा दिया।

'हम अपना होमवर्क करके आते हैं, सर। कुछ ख़ास कस्टमर्स और उनकी ज़रूरतों के लिए हम अच्छी रिसर्च करते हैं,' मैंने कहा।

'ऊपर आओ मेरे ऑफ़िस में,' तनेजा ने कहा। मैं उनके पीछे-पीछे उनके कैबिन तक चला गया, जो फ़र्स्ट फ़्लोर पर था। 'चाय लेंगे?' उन्होंने कहा। मैं

उनके सामने वाली कुर्सी पर बैठ गया।

'नहीं, शुक्रिया सर,' मैंने अपना सिर हिलाया। 'मैं आपका ज़्यादा वक़्त नहीं ज़ाया करना चाहता।'

'ठीक है, तो तुम मेरे लोन के बारे में क्या जानते हैं और तुम उसमें मेरी क्या मदद कर सकते हो?'

'बैंकिंग सर्कल्स में होने वाली बातचीतों से मुझे आपके बारे में पता चला। आप और आपके पार्टनर के यहां और दिल्ली में शोरूम हैं।'

'हां, पोर्शे शोरूम। बहुत ही बढ़ियां गाड़ियां मिलती हैं वहां।'

'हां, लेकिन कारों का धंधा आजकल इतना बढ़िया नहीं रह गया है।'

'सच बात है, अभी हमारा ख़राब टाइम चल रहा है,' तनेजा ने अपनी टेबल पर एक मॉडल कार पेपरवेट को घुमाते हुए कहा।

'तो आपके इन दोनों शोरूमों पर लोन बकाया है, कोई साठ करोड़ रुपया।'

'साठ नहीं पैंसठ। लेकिन आपकी जानकारी जुटाने की क़ाबिलियत कमाल की है।'

'दोनों लोन ड्यू हैं। मेरा बैंक उन्हें रीफ़ाइनेंस कर सकता है।'

'इस ऑफ़र के लिए शुक्रिया, लेकिन हमें अभी इसकी ज़रूरत नहीं।'

'रियली?'

'हां, हमने पैसों का बंदोबस्त कर लिया है। हमारे पास कैश आ चुका है। हम समय से पहले लोन चुका देंगे।'

'ओह, तब तो आपको बधाई हो। उम्मीद है किसी दिन हम साथ में बिज़नेस करेंगे।'

मैंने तनेजा से हाथ मिलाया और खड़ा हो गया। वो मेरे पास आए और मेरी पीठ थपथपाई।

'मुझको तुम्हारा एप्रोच पसंद आया, रिषभ।'

'शुक्रिया, सर। आपके मुंह से यह सुनना मेरे लिए बड़ी बात है। मैं आपकी बहुत इज़्ज़त करता हूं।'

'सच?' तनेजा ने कहा और हंस दिए। 'अरे, बैठ जाओ। चाय पीकर जाना।'

उन्होंने ऑफिस बॉय को दो कप चाय लाने को कहा। वो मशीन की बनी हुई सड़ियल चाय ले आया। मैंने एक सिप लिया और मुस्करा दिया, यह दिखावा करते हुए कि मुझको यह अच्छी लगी है।

'तुम अमृतसर के हो?'

'नहीं, सर, मैं दिल्ली से हूं।'

'अमृतसर में तुम कहां रहते हो?'

मेरा दिल ज़ोरों से धड़कने लगा। हमने रेलवे स्टेशन के पास ओयो रूम्स बुक किया था, लेकिन उस जगह का नाम नहीं मालूम था।

'बैंक के पास ही, सर। पांच मिनट का रास्ता है,' मैंने कहा। तनेजा ने फिर से मेरा बिज़नेस कार्ड देखा।

'हॉल बाज़ार?' तनेजा ने कहा। 'वो तो बहुत भीड़भाड़ वाला इलाक़ा है। हॉल बाज़ार में कहां पर?'

'सरकारी स्कूल के पास, सर,' मैंने कह दिया। इंडिया में हर चीज़ के पास कोई ना कोई सरकारी स्कूल होता ही है।

'ओह,' तनेजा ने कहा। इससे पहले कि वो और कुछ पूछते, मैंने विषय बदल दिया।

'डोंट माइंड सर, लेकिन अगर मेरे सीनियर्स पूछेंगे कि मुझे आपके यहां से बिज़नेस क्यों नहीं मिला तो मैं उन्हें क्या बताऊं कि आपको पैसा कहां से मिला? यानी कौन-सी बैंक से?'

तनेजा हंस दिए और अपना चाय का कप एक तरफ़ रख दिया। उनकी मूंछों पर चाय के झाग की एक परत जम गई।

'हमने बैंक से पैसा नहीं लिया। हम ऑटो प्लेयर्स के लिए इन दिनों वैसा कर पाना आसान नहीं है।'

'ओह, फिर कहां से? ये बात हम दोनों के बीच ही रहेगी।'

तनेजा कुछ देर रुककर बोले, 'हमारे बच्चे बहुत अच्छा कर रहे हैं। उन्होंने हमारी मदद की। पहले हम बच्चों की देखभाल करते थे, अब वो हमारा ख़याल रख रहे हैं।'

'ये तो बहुत कमाल की बात है, सर। आपके बच्चे बहुत ही अच्छा कर रहे होंगे, क्योंकि ये कोई छोटा अमाउंट तो है नहीं।'

'लेकिन ये इंट्रेस्ट-फ्री लोन है। हमें तक़रीबन सत्तर करोड़ रुपया मिला है, लेकिन हम इंट्रेस्ट नहीं चुका सकते थे। इससे ज़्यादा मैं नहीं बता पाऊंगा।'

मैंने सिर हिला दिया। फिर दीवार पर टंगी तस्वीर की ओर इशारा किया।

'ये एक जेट्टा गाड़ी का पोस्टर है ना?'

'हां, नीचे एक लाल जेट्टा कार भी खड़ी है। टेस्ट ड्राइव लोगे?'

अध्याय 46

'भाई, अगर तनेजा अंकल ने एचडीएफ़सी बैंक में फ़ोन लगा दिया तो हम मर जाएंगे।'

'नहीं, वो ऐसा नहीं करेंगे। उन्हें अब पैसों की ज़रूरत नहीं है।'

हम गोल्डन टेम्पल के पास जलियांवाला बाग़ में आए थे। यहां लाल ईंटों की दीवारों पर आज भी गोलियों के निशान हैं। सौ साल से भी ज़्यादा समय पहले हुए उस हत्याकांड के बारे में सोचकर मेरे शरीर में सिहरन दौड़ गई।

'भाई,' सौरभ ने कहा।

'हां।'

'नम्रता अपने पिता को सत्तर करोड़ रुपया कैसे दे सकती है? ईटो तो इतना पैसा नहीं बना पाती। इन फ़ैक्ट, वो तो अभी प्रॉफ़िटेबल भी नहीं हुई है।'

'दाल में कुछ तो काला है।'

हम जलियांवाला बाग़ के बाहर चले गए।

'हमने अमृतसर आकर भी यहां का प्रॉपर फ़ूड नहीं खाया है,' सौरभ ने कहा और गूगल मैप्स देखने लगा। 'चलो, यहां पास में ही एक बेहतरीन कुलचा प्लेस है।'

❖

'एक गोभी, एक आलू, एक पनीर और एक मिक्स्ड। साथ में दो लस्सियां,' सौरभ ने काउंटर पर कहा। हम भाई कुलवंत सिंह कुल्चियां वाले के यहां आए थे। यह छोटी लेकिन ग्राहकों से खचाखच भरी दुकान जलियांवाला बाग़ से महज़ पांच मिनट के फ़ासले पर थी। रिव्यू साइट पर यह शहर के टॉप रेटेड रेस्तरां में से एक बताई गई थी। मेन्यू में चार तरह के कुलचे या भरवां परांठे थे। सौरभ ने पूरा मेन्यू ही ऑर्डर कर दिया था।

चंद मिनटों में कुलचे बनकर आ गए। हर सुनहरे भुने कुलचे के ऊपर मक्खन की एक चौकोर डली रखी थी। मक्खन धीरे-धीरे पिघलकर प्लेट में फैलता जा रहा था। कुलचे परफ़ेक्ट बने थे—बाहर से करारे और भीतर से मुलायम। अचार, प्याज़ और हरी मिर्चों के साथ छोले भी परोसे गए थे।

'ये इतना बढ़िया है कि मुझको अमृतसर में ही आकर बस जाना चाहिए,' सौरभ ने कहा।

'कुलचों के लिए?'

'हां, क्यों नहीं?'

सौरभ को खाने-पीने के लिए अपना शहर बदलना कोई बड़ी बात नहीं लगती थी।

'हमें मालूम करना होगा कि नम्रता ने अपने पिता को इतने पैसे कहां से दिए।'

'हम उससे पूछ सकते हैं।'

'नहीं,' मैंने कहा। 'प्रेरणा ने कभी तुम्हारा लैपटॉप यूज़ किया था?'

'हां, बहुत बार। जब भी वो मेरे घर पर आती थी। क्यों?'

'मैं सोच रहा था कि अगर हम ईटो के अकाउंट्स या मेल्स की जांच कर सकें तो? शायद तुम्हारे लैपटॉप को उसका लॉगिन-पासवर्ड याद हो।'

'ये तो एक्चुअली बहुत बढ़िया आइडिया है। अगर मेरा लैपटॉप उसे ऑटोमैटिकली याद नहीं रख पाता, तब भी मैं हिस्ट्री में जाकर पास्ट में यूज़ किए गए आईडी-पासवर्ड को खोज सकता हूं,' सौरभ ने कहा।

'कूल, तो फिर चलते हैं।'

'कहां पर? अभी बैठो तो?'

'क्यों?'

'अरे, लस्सी तो पी लेने दो। पेट में कुलचों को ठंडा करने के लिए भी तो कुछ करना होगा।'

अध्याय 47

'ठीक है, मैंने उसका बैंक लॉगिन और पासवर्ड हासिल कर लिया है। मेरे पास ईटो के इंटरनल सर्वर मेल्स के लिए उसका लॉगिन-पासवर्ड भी है। उसने मेरे लैपटॉप से कई बार इन दोनों को एक्सेस किया था।'

सौरभ पिछले एक घंटे से अपने लैपटॉप पर काम कर रहा था। हम अमृतसर जंक्शन रेलवे स्टेशन वाले अपने ओयो रूम में लौट आए थे। हमने तय किया कि पहले ईटो के बैंक अकाउंट्स देखेंगे।

हमने प्रेरणा के ऑफ़िशियल बैंकिंग क्रेडेंशियल्स टाइप किए। हमारे सामने ईटो प्राइवेट लिमिटेड का अकाउंट मैनेजमेंट पेज खुल गया। समरी पेज तक़रीबन दस करोड़ रुपयों का बैलेंस बता रहा था।

'ट्रांसेक्शंस देखने के लिए डिटेल्ड बैंक स्टेटमेंट्स खोलो,' मैंने कहा।

'डिटेल्ड स्टेटमेंट्स के लिए बैंक प्रेरणा के फ़ोन या ईमेल पर ओटीपी भेजेगी,' सौरभ ने कहा।

'लेकिन हमारे पास उसका फ़ोन या सिम नहीं है,' मैंने कहा।

'लेकिन मेरे पास उसके ईमेल का भी एक्सेस है,' सौरभ ने कहा। उसकी आंखों में चमक थी।

वह ओटीपी लिखने के बाद अकाउंट ट्रांसेक्शन डिटेल्स पेज में गया। स्क्रीन पर बहुत सारी एंट्रीज़ उभर आईं।

'सैलेरी, कमीशंस, क्रेडिट कार्ड पेमेंट्स, ऑफ़िस रेंट, एड एजेंसी पेमेंट' मैं एक-एक कर पढ़ता गया। 'वॉव, ये बिग नम्बर कौन-सा है? ट्रांसफ़र टु तनेजा मोटर्स, बीस करोड़?'

'भाई, अगला वाला देखो। ट्रांसफ़र टु मल्होत्रा मोटर्स, पचास करोड़। यानी तनेजा झूठ नहीं बोल रहा था। इन लोगों को सच में ही ईटो से सत्तर करोड़ रुपए मिले हैं,' सौरभ ने कहा।

'वॉट द हेल? एक फ़ूड डिलेवरी साइट तनेजा मोटर्स और मल्होत्रा मोटर्स को इतना सारा पैसा क्यों ट्रांसफ़र कर रही है?' मैंने कहा।

'और उससे भी बढ़कर ईटो के पास इतना पैसा आया कहां से?' सौरभ

ने कहा।

हमने स्टेटमेंट्स में और नीचे देखा। पांच महीने पहले, नब्बे करोड़ रुपयों का एक डिपॉज़िट हुआ था। इंडस पार्टनर्स फ़ंड आईवी से।

'ओह, अब समझा। ये थर्ड-राउंड फ़ंडरेज़िंग थी। यहीं से ईटो को इतने पैसे मिले थे। इंडस पार्टनर्स एक वेंचर कैपिटल फ़र्म है,' सौरभ ने कहा।

'लेकिन उन्होंने केवल ईटो में इंवेस्ट किया था,' मैंने कहा।

'हां।'

'तो ईटो तनेजा मोटर्स और मल्होत्रा मोटर्स को यह पैसा क्यों दे रही है?'

'मेरे दोस्त, यह सत्तर करोड़ रुपयों का घपला है।'

'ईटो को तो नम्रता और प्रेरणा दोनों मिलकर कंट्रोल करते थे।'

'लेकिन प्रेरणा कभी भी इस तरह से इंवेस्टर के पैसे के साथ खेल नहीं सकती थी। शायद इसीलिए उन लोगों ने उसे रास्ते से हटा दिया।'

'किन लोगों ने?'

'यही तो पता करना है। मेरे पास पहले ही प्रेरणा के ऑफ़िस ईमेल का लॉगिन-पासवर्ड है, जिसका इस्तेमाल करके मैंने ओटीपी लिया। अगर कुछ ईमेल्स भी चेक करें तो?'

'क्यों नहीं।'

सौरभ एक बार फिर अपने लैपटॉप में खो गया। कुछ समय बाद उसने उसकी स्क्रीन मेरी तरफ़ घुमा दी।

'यह मेल देखो। 27 सितम्बर, 2019 : उसकी मौत से बीस दिन पहले,' सौरभ ने कहा।

मैंने मेल पढ़ी।

टु : प्रेरणा मल्होत्रा

फ्रॉम : रमेश मल्होत्रा, मल्होत्रा मोटर्स

बेटा,

मैं फिर से तुमसे रिक्वेस्ट करता हूं। तनेजा अंकल और मुझे तुम्हारी मदद की ज़रूरत है। नम्रता बिटिया पहले ही राज़ी हो गई है। किसी को कुछ पता नहीं चलेगा। देखते-देखते सब ठीक हो जाएगा। तब हम पूरा पैसा लौटा देंगे।

मुश्किल घड़ी में अपने परिवार का ही तो सहारा होता है ना?

लव एंड रिगाड्र्स,

पापा

'फ़क,' मैंने कहा। 'नम्रता राज़ी हो गई थी। वो ज़िंदा है। प्रेरणा राज़ी नहीं हुई थी। वह मर गई।'

सौरभ ने लैपटॉप बंद कर दिया और खिड़की में जाकर खड़ा हो गया।

'क्या है यह दुनिया? क्या हो गया है लोगों को?' उसने कहा और एक आंसू लुढ़ककर उसके गाल पर आ गया।

मैं उसके पास जाकर खड़ा हो गया। पुरुषों को पता नहीं होता है कि दूसरे पुरुष को कैसे दिलासा दें। इसलिए मैं चुपचाप वहां खड़ा रहा, इस उम्मीद में कि शायद मेरी ख़ामोशी से उसे कुछ मदद मिले।

'बास्टर्ड शो-ऑफ़ कर रहा था। इंगेजमेंट में मुझको कार दे रहा था। जब कंगाल ही था तो ये सब दिखावा करने की क्या ज़रूरत थी?' सौरभ ने कहा। मैंने अपना हाथ उसके कंधे पर रख दिया। 'क्या नॉनसेंस बोल रहा था वो—किसी से बात मत करो, पुलिस को इनवॉल्व मत करो, फ़ैमिली की इज़्ज़त का सवाल है? काहे की इज़्ज़त? तुम कंगाल हो चुके हो भैया और तुमने उस लड़की को मार डाला, जिसको तुमने पाल-पोसकर बड़ा किया था। यही है तुम्हारी इज़्ज़त?' सौरभ ने कहा।

'आई एम सॉरी, सौरभ।'

'तुम क्यों सॉरी बोलते हो? तुमने तो प्रेरणा के नाम से इंश्योरेंस पॉलिसी नहीं ली, तुमने तो उसकी कम्पनी से पैसा नहीं लिया, और सबसे बढ़कर, तुमने तो उसको छत से नीचे धक्का नहीं दिया।'

सौरभ ने खिड़की पर अपना हाथ दे मारा। कांच तड़क गया। सौरभ का हाथ लहूलुहान हो गया।

'गोलू।'

उसने कोई जवाब नहीं दिया। ना ही उसे दर्द का कोई अहसास हुआ। वह चुपचाप वहां खड़ा किसी हीरो की तरह अपने हाथ से ख़ून टपकता देखता रहा।

मैं बाथरूम से एक टॉवेल ले आया और उसके हाथ से ख़ून पोंछ दिया।

'मैं उसे छोड़ूंगा नहीं। पुलिस यह केस बंद करना चाहती है मुझे परवाह नहीं, लेकिन उसने मेरी प्रेरणा को मारा है, उसको जेल जाना पड़ेगा।'

मैंने उसके हाथ पर टॉवेल बांध दिया। फिर खिड़की से बाहर देखने लगा

कि कहीं कोई केमिस्ट दिखाई देता है या नहीं।

'अभी दिल्ली चलते हैं,' सौरभ ने कहा।

'अभी? इस समय रात है। कल सुबह पहली फ़्लाइट से निकल लेंगे।'

'मुझे पुलिस से मिलना है—राणा, सिंह, जो भी हो। जितनी जल्दी हो सके।'

'ठीक है, मैं एक मीटिंग फ़िक्स कर दूंगा।'

'मुझे अभी जाना है।'

'मुझे तुम्हें केवल बैंडेजेस लगाना हैं। मैं नीचे जाकर तुम्हारे लिए कुछ ले आता हूं। प्लीज़, अब कोई खिड़की मत तोड़ना।'

❖

'तुमने राणा और सिंह से कोई मीटिंग फ़िक्स की?'

'हां, कर दी सौरभ। तुम ये तीसरी बार पूछ रहे हो।'

हमारा प्लेन दिल्ली एयरपोर्ट पर लैंड हुआ। एयरक्राफ़्ट एरोब्रिज तक पहुंचा। सुबह के दस बज रहे थे।

'राणा और सिंह दोनों एक साथ मिलने के लिए तैयार हो गए?' सौरभ ने कहा।

'हां, साढ़े ग्यारह बजे। राणा के ऑफ़िस में।'

'यानी डेढ़ घंटे बाद।'

'राणा के पास आज यही समय है। उसके पास आज दिल्ली में किसी फ़ार्मर्स मार्च का चार्ज है।'

सौरभ ने सिर हिला दिया।

प्लेन रुक गया। पैसेंजर्स ने अपनी सीटबेल्ट्स को अनबकल्ड किया और अपनी सीटों से उठ गए। सभी को जाने की इतनी जल्दी थी, जैसे कि उनको बाहर जाकर हज़ार करोड़ रुपयों की कोई डील करनी हो। सौरभ भी अपनी सीट से उठा, पर मैं बैठा रहा और अपना फ़ोन चालू कर लिया।

'बिंदु और अंजली को बताया?' सौरभ ने कहा।

'यस, सर। टेक-ऑफ़ से पहले उनको मैसेज कर दिया था कि साढ़े ग्यारह बजे राणा के हौज़ ख़ास वाले ऑफ़िस पर आ जाना।'

'उनका वहां पर होना बहुत ज़रूरी है, नहीं तो सिंह फिर यही बोलेगा कि फ़ैमिली केस क्लोज़्ड करना चाहती है। राणा और सिंह को पता चलना चाहिए

कि पूरी फ़ैमिली ऐसा नहीं चाहती है।'

'मैं जानता हूं, गोलू। अब बैठ जाओ, अभी बाहर निकलने में टाइम है।'

तभी फ़्लाइट अटेंडेंट ने अनाउंसमेंट किया—

'लेडीज़ एंड जेंटलमेन, हमें आपको बताते हुए खेद हो रहा है कि एरोब्रिज में कुछ टेक्निकल डिफ़िकल्टीज़ आ गई हैं। एयरपोर्ट अथॉरिटीज़ का कहना है कि हमें गेट खोलने में पंद्रह मिनट और लगेंगे। पैसेंजर्स से अनुरोध है कि वे अपनी सीटों पर बैठ जाएं। आपको हो रही असुविधा के लिए हमें खेद हैं।'

पूरे प्लेन में निराशा की लहर दौड़ गई। मैंने सौरभ से कहा—'देखो, मैंने कहा था ना, बैठ जाओ।'

'डैम, हम लेट हो जाएंगे,' उसने बैठते हुए कहा।

नेटवर्क से कनेक्ट होते ही मेरा फ़ोन फ्रेश नोटिफ़िकेशंस के कारण कई बार पिंग हुआ। एक नोटिफ़िकेशन किसी न्यूज़ साइट से थी—'विशाल किसान मार्च के कारण दिल्ली में ट्रैफ़िक व्यवस्था बदहाल।'

मैंने वॉट्सएप्प खोला। वहां अंजली के बहुत सारे मैसेजेस थे।

'श्योर, हम वहां साढ़े ग्यारह बजे पहुंच जाएंगे,' उसका रिप्लाई था। इसके बाद लिखा था—

'यह सब करने के लिए शुक्रिया।'

इसके बाद एक हार्ट इमोजी थी।

अगला मैसेज कुछ मिनटों पहले ही आया था—

'लैंडेड?'

मैंने जवाब दिया—'हां, लेकिन अभी प्लेन में ही बैठे हैं।'

'अंजली ने कन्फ़र्म कर दिया है कि वो लोग आ रहे हैं,' मैंने सौरभ से कहा।

सौरभ ने मेरे चैट मैसेजेस को एक नज़र देखा।

'उसने तुमको हार्ट इमोजी क्यों भेजा?'

'क्या?'

'उसने तुमको एक हार्ट भेजा है।'

'उसने केवल मुझे थैंक्स किया है कि मैं उसकी बहन के लिए अमृतसर तक गया। बस इतना ही।'

'पक्का? कुछ चल तो नहीं रहा है?'

'सीरियसली, गोलू?' मैंने कहा और सिर हिला दिया।

मेरा फ़ोन फिर पिंग हुआ। अंजली ने फिर मैसेज भेजा था।

'वेलकम टु दिल्ली। सी यू सून।'

इसके बाद दो टाइनी हार्ट्स वाली इमोजी थी।

'वो तुमको लव-स्ट्रक इमोजी क्यों भेज रही है?' सौरभ ने कहा।

'क्या?'

'ये लव-स्ट्रक इमोजी है।'

'सौरभ, लड़कियां ऐसे ही चैट करती हैं, इसको सीरियसली नहीं लिया जाता है।'

'इस फ़ैमिली से दूर रहो, मुझे उनसे नफ़रत है।'

पहले सौरभ मुझे अंजली से इसलिए दूर रहने को कहता था, क्योंकि उसे इस फ़ैमिली से बहुत प्यार था। अब इसलिए कह रहा था, क्योंकि उसे इस फ़ैमिली से नफ़रत हो गई थी। ये ठीक है कि मैं अंजली से प्यार नहीं करता था, लेकिन हमने हमेशा ही फ़्लर्ट किया था। इन इमोजीज़ का भले ज़्यादा कुछ मतलब न हो, लेकिन मैं हमेशा बता सकता हूं कि कब किस लड़की के साथ मेरा चांस है। मुझे वो अट्रैक्टिव और इंट्रेस्टिंग लगती थी। अगर मेरा उसके साथ कुछ होता है तो इससे सौरभ को क्यों प्रॉब्लम होती है। मुझे अंजली का क्यूट फ़ेस याद आया और मैं मुस्करा दिया।

'इज़ दैट क्लीयर?' सौरभ ने मुझको कहीं खोया हुआ देखकर पूछा।

'क्या?' मैं अचानक जैसे होश में आया। 'मेरी उसको लेकर कोई फ़ीलिंग्स नहीं हैं, सौरभ।'

'उसके साथ कोई हुक-अप या कुछ भी मत करना, क्लीयर?'

मैंने सौरभ की ओर देखा। मैं अंजली के साथ एग्ज़ैक्टली वही करना चाहता था, जिसके लिए वो मना कर रहा था।

'नहीं, कभी नहीं,' मैंने कहा।

'गुड। पता नहीं हम इस मनहूस प्लेन से कब बाहर निकलेंगे?'

एरोब्रिज आख़िरकार खुला और हम टर्मिनल वन बिल्डिंग के बाहर चले आए। मैंने टाइम देखा। साढ़े दस बज चुके थे।

मेरा फ़ोन बजा। अंजली का कॉल था। मैंने उठाया। सौरभ मुझसे सटकर

खड़ा हो गया।

'कहां हो तुम लोग?' अंजली ने कहा।

'एयरपोर्ट। जस्ट बाहर निकले हैं। हम सीधे राणा के ऑफ़िस पहुंचेंगे। वॉव, पिक-अप पॉइंट पर तो अच्छा-ख़ासा ट्रैफ़िक जैम दिखाई दे रहा है।'

'पूरी दिल्ली में ही आज ट्रैफ़िक जैम है। वो लोग टीवी पर भी दिखा रहे हैं। कोई फ़ार्मर्स की रैली है,' अंजली ने कहा।

'हां, हम जल्दी से जल्दी पहुंच जाएंगे,' मैंने कहा।

सौरभ ने मुझे अपने फ़ोन पर गूगल मैप्स दिखाया। हौज़ ख़ास जाने वाले सभी रोड्स डार्क रेड थे। और राणा के ऑफ़िस पहुंचने का एस्टीमेटेड टाइम दो घंटा बताया जा रहा था।

'लगता नहीं कि हम पहुंच पाएंगे,' मैंने कहा।

'क्या?' अंजली ने कहा।

'बहुत ट्रैफ़िक है। फिर भी हम ट्राय करेंगे।'

'तुम लोगों के पास बहुत सारा लगेज है? अगर नहीं तो मेट्रो ले लो। वह जल्दी पहुंचा देगी,' अंजली ने कहा।

'रियली?' मैंने कहा।

'हां, और हमें भी अब निकलना होगा। सी यू।'

'श्योर, डियर अंजली, सी यू,' मैंने कहा और फ़ोन रख दिया।

'तुमको इतना फ्रेंडली और अफ़ेक्शनेट होने की ज़रूरत नहीं है,' सौरभ ने कहा।

'क्या?'

'तुमने कहा डियर अंजली। ये डियर क्या होता है?'

'ओह डियर,' मैंने कहा और सिर हिला दिया। मैं तेज़ क़दमों से चलने लगा।

'क्या?'

'ओह डियर, ओह डियर।'

'तुम कह क्या रहे हो?'

'कुछ नहीं। चलो, मेट्रो स्टेशन उधर है, माय डियर,' मैंने कहा।

अध्याय 48

मेट्रो के कारण हम टाइम पर अपनी मीटिंग के लिए पहुंच गए। राणा जल्दी में लग रहे थे। वो बार-बार अपना फ़ोन चेक करके मैसेज देख रहे थे।

'मैं एक एसीपी हूं और मुझे इन पागलों को मैनेज करने के काम पर लगा दिया गया है। मैं पांच सौ पुलिसवालों के साथ पांच लाख लोगों की भीड़ को कैसे कंट्रोल कर सकता हूं?' राणा ने कहा।

अंजली, बिंदु, सौरभ और मैं उनके ऑफ़िस में बैठे थे। हम सिंह का इंतज़ार कर रहे थे, जिन्होंने आठ मिनट पहले मैसेज करके कहा था कि मैं बस दो मिनट में आ रहा हूं।

'मुझे जल्दी जाना होगा,' राणा ने कहा। 'दिल्ली की तरफ़ एक पूरी की पूरी फ़ौज चली आ रही है।'

'ये मार्च क्यों निकाला जा रहा है?' मैंने कहा।

'इकोनॉमी डाउन है। पैसा-कौड़ी है नहीं। किसान सालभर मेहनत करते हैं, फिर भी उन्हें अपनी उपज के सही दाम नहीं मिल पाते।'

मुझे लगा कि कार बेचने वालों से लेकर किसानों तक सभी का धंधा मंदा चल रहा था।

'आप कैसी हैं, मैडम?' राणा ने बिंदु से बड़ी मीठी आवाज़ में कहा, जो भारतीय पुरुष केवल महिलाओं के लिए बचाकर रखते हैं।

'मैं ठीक हूं, सर। आप कैसे हैं?'

'मैं भी ठीक हूं, मैडम। बाय द वे, मेरी वाइफ़ बिलकुल आपके जैसी लगती हैं।'

ठीक तभी सिंह ने दरवाज़ा खटखटाया और हमें इस ऑकवर्ड बातचीत से बचा लिया।

'सॉरी, आज ट्रैफ़िक की हालत खस्ता है,' सिंह ने कहा। 'तो शुरू करें?'

'बैठ जाओ, सिंह। इन लड़कों के पास बताने के लिए बहुत कुछ है।'

'रियली?' सिंह ने बैठते हुए कहा।

'इनका कहना है कि प्रेरणा का केस क्लोज़्ड नहीं होना चाहिए,' राणा ने कहा।

'मैं सुन रहा हूं,' सिंह ने कहा।

अगले पंद्रह मिनटों में सौरभ और मैंने सबको बतलाया कि हमने रमेश के ऑफ़िस में और अमृतसर में अपनी छानबीन के दौरान क्या पाया था। हमने तमाम ज़रूरी डॉक्यूमेंट्स लैपटॉप पर दिखाए।

'तो कुल जमा लब्बोलुआब यह है कि मिस्टर मल्होत्रा और मिस्टर तनेजा दिवालिया हो चुके थे। उन्होंने ईटो से पैसा मांगा। नम्रता ने हां कहा, प्रेरणा ने ना कहा,' मैंने कहा और चुप हो गया।

अंजली, बिंदु, राणा और सिंह चुपचाप बैठे रहे। मैंने उन्हें ईटो के बैंक स्टेटमेंट्स दिखाए।

'प्रेरणा की मौत के बाद नम्रता ईटो की इकलौती मालिक बन गई। जैसी कि उम्मीद थी, प्रेरणा की मौत के चंद ही सप्ताह बाद सारा पैसा मल्होत्रा मोटर्स और तनेजा मोटर्स को चला गया।'

मैंने टेबल पर बैठे लोगों को लैपटॉप घुमाकर तमाम डॉक्यूमेंट्स दिखाए।

'साथ ही, प्रेरणा के नाम पर एक पांच करोड़ रुपयों की लाइफ़ इंश्योरेंस पॉलिसी भी थी। उसके बेनेफ़िशियरी रमेश मल्होत्रा हैं। पॉलिसी का पैसा पाने के लिए उनके लिए यह ज़रूरी था कि यह केस क्लोज़्ड हो जाए।'

'तो क्या वीरजी?' बिंदु के मुंह से निकला।

'जी हां, आपके भैया,' सौरभ ने कहा। 'प्रेरणा के अडॉप्टिव पिता, जो मेरे ससुर बनते-बनते रह गए।'

'वीरजी ने मेरी प्रेरणा को धक्का दिया?' बिंदु ने कहा।

राणा और सिंह ने अभी तक कुछ नहीं कहा था। सिंह डिस्टर्ब्ड लग रहे थे। शायद उनको इस बात की चिंता थी कि अब उनकी साइड-डील का क्या होगा।

'क्या बोलते हो, सिंह?' राणा ने कहा।

सिंह ने लैपटॉप को किनारे किया और कहा—'मेरी रिपोर्ट लगभग फ़िनिश हो चुकी है और यह केस अब क्लोज़ होने जा रहा है, सर?'

'क्या ऐसा होना चाहिए?' राणा ने कहा।

'एक्सीडेंटल फ़ॉल। पूरा दिन उपवास करने के कारण विक्टिम को चक्कर आ गया और वो गिर गई। फ़ैमिली इस पर एग्री हो चुकी है। बिंदु जी, उस दिन आप सब लोग आए थे ना?'

'और आदि के बारे में क्या?'

'ओवरडोज़िंग का मामला,' सिंह ने कहा।

'और ये तमाम नए एविडेंस?' राणा ने कहा। 'तुम इस सबको इग्नोर कर दोगे? मनी लॉन्ड्रिंग का केस तो हमारी आंखों के सामने पहले ही मौजूद हो चुका है। बेटी की कम्पनी से इंवेस्टर्स का पैसा ले लेना।'

'राणा सर, वो एक अलग फ़ाइनेंशियल केस है। जहां तक प्रेरणा मल्होत्रा के केस का सवाल है तो फ़ैमिली ख़ुद चाहती थी कि उसे बंद कर दिया जाए।'

'लेकिन फ़ैमिली तो यहां मौजूद है।'

'रमेश जी कहां हैं?' सिंह ने कहा।

राणा, अंजली और सौरभ ने आंखें तरेर कर सिंह को देखा।

'वो एक्यूस्ड है, सिंह। तुम होश में तो हो? तुम देख नहीं रहे कि आरोपी यही चाहेगा कि केस बंद हो जाए?' राणा ने कहा।

सिंह अपनी कुर्सी में कसमसाए।

'अगर यह मीडया में लीक हो गया, सिंह,' राणा ने कहा, 'तो दिल्ली पुलिस के माथे पूरा ठीकरा फूटेगा। ये कहा जाएगा कि हम बेईमान और मक्कार हैं। पेपर में तुम्हारा नाम छपेगा कि इस पुलिस इंस्पेक्टर ने केस बंद कर दिया था। तुम्हें ये अच्छा लगेगा?'

सिंह ने राणा की ओर देखा।

'सर, आप मेरे सीनियर हैं, प्लीज़ ऐसे बात नहीं कीजिए। मैं आपकी इज़्ज़त करता हूं।'

'तो मेरी एडवाइस की भी इज़्ज़त करो। केस को बंद मत करो। तुम्हारे पास एविडेंस आ गया है। उसको पकड़ लाओ। मीडिया में हीरो बनने का मौक़ा है। हेडलाइन छपेंगी कि हाई-प्रोफ़ाइल कार डीलर अरेस्टेड। तुम्हारे कॅरियर के वारे-न्यारे हो जाएंगे।'

सिंह ने कुछ देर चुप रहने के बाद कहा—

'लेकिन क्या ये अभी तक सर्कमस्टैंशियल एविडेंस नहीं है, सर? वैसे

इससे क़त्ल का मोटिव तो साबित होता ही है।'

'बहुत तगड़ा मोटिव साबित होता है। सत्तर करोड़ रुपयों का मोटिव। दांव पर लगे हुए बिज़नेस और रेपुटेशन का मोटिव।'

'जी सर, मैं मानता हूं। लेकिन इससे हमें यह पता चलता है कि यह क्यों हुआ, यह नहीं कि यह कैसे किया गया।'

'क्राइम के टाइम पर वो कहां पर था?'

'उनका कहना है कि वो पान लेने गए थे,' सिंह ने कहा।

'पान की दुकान वाले से पूछा?'

'उनका कहना है कि पान लेने से पहले ही घर से फ़ोन आ गया तो वो लौट आए।'

अब राणा बिंदु और अंजली की ओर मुड़े।

'क्या आप दोनों में से किसी ने रमेश जी को प्रेरणा की मौत के समय घर से निकलते या घर में आते देखा था?'

'मैं अपने कमरे में थी और स्टूडेंट्स की आन्सर शीट्स ठीक कर रही थी, मैंने वीरजी को नहीं देखा।'

'और तुम अंजली?'

'मैं एयरपोर्ट से घर आ रही थी। जब मैं पहुंची तो प्रेरणा की बॉडी लिविंग रूम में पड़ी थी। सब लोग उसके आसपास थे।'

'मिस्टर मल्होत्रा भी?'

'हां।'

'तब तो यह पान लेने जाने वाली बात नॉनसेंस है। मैं बताता हूं, क्या हुआ होगा। वो अपनी बेटी से पैसा मांगने आख़िरी बार ऊपर गया होगा। उसने फिर मना कर दिया होगा। स्ट्रेस में आकर और कोई और चारा न रह जाने पर उसने उसे धक्का दे दिया होगा। प्रेरणा ख़त्म। तिजोरी की चाबी नम्रता के हाथ में। पैसा मल्होत्रा के पास। क्यों सिंह, क्या बोलते हो?'

सिंह अनकम्फ़र्टेबल लग रहे थे।

'एक बाप अपनी बेटी को मारेगा? राणा सर, ज़रा सोचिए इस बारे में।'

राणा चुप हो गए। कुछ सैकंड बाद अंजली बोली—

'बशर्ते वो सच में ही उसके पिता हों।'

'अंजली,' बिंदु चीखी।

'क्या मां? हम इस बारे में अब भी कैसे चुप रह सकते हैं? इसका जांच पर असर पड़ रहा है।'

'किस बारे में चुप रहने की बात हो रही है?' राणा ने कहा।

'मेरे ख़याल से अब पुलिस को सबकुछ बता देने का समय आ गया है, बिंदु आंटी,' सौरभ ने कहा।

'इंस्पेक्टर सिंह, राणा सर, प्रेरणा रमेश अंकली की बेटी नहीं थी,' अंजली ने कहा।

राणा ने अपनी आंखें सिकोड़ लीं।

'क्या?' सिंह ने हैरानी से कहा। बिंदु ने उनको पूरी कहानी सुनाई। दोनों पुलिस अफ़सरों के मुंह यह कहानी सुनकर खुले के खुले रह गए।

'तो प्रेरणा आपकी बेटी थी? अंजली भी? ये दोनों ट्विन्स हैं?'

'हां, इंस्पेक्टर सर। ये कई सालों से हमारी फ़ैमिली का सीक्रेट बना हुआ था,' बिंदु ने हाथ जोड़ते हुए कहा।

'जुड़वां बहनें? सॉरी बिंदु जी, लेकिन मैंने तस्वीरों में देखा था कि प्रेरणा तो... मेरा मतलब है वो अंजली के बजाय ज़्यादा सेहतमंद थी।'

'ये हो सकता है, अगर दोनों अलग-अलग माहौल में पले-बढ़ें। लेकिन अगर आप उनके वेट और हेयरस्टाइल को इग्नोर करके क़रीब से देखें तो आप पाएंगे कि दोनों एक जैसी हैं।'

सिंह के चेहरे पर झल्लाहट दिखने लगी।

'जब हम बयान ले रहे थे, तब आपने यह सब बताने की ज़रूरत क्यों नहीं समझी? आपको क्या लगता है हम बेवक़ूफ़ हैं?' सिंह ने चिल्लाते हुए कहा।

'हमने इस बारे में कभी किसी को नहीं बताया था, सर।'

सिंह उठ खड़े हुए और राणा के ऑफ़िस में इधर-उधर टहलने लगे।

'कूल डाउन, सिंह,' राणा ने कहा। 'बैठ जाओ। तुम्हारे लिए नीबू पानी मंगवाऊं?'

'क्या नीबू पानी, सर? ये सब लोग पुलिस को उल्लू बनाते रहे। इन्होंने हमको बेसिक्स ही नहीं बताए और फिर भी ये हमसे उम्मीद करते हैं कि हम केस को सॉल्व कर लेंगे।'

'ये सब मेरी ग़लती है,' बिंदु ने सुबकते हुए कहा। 'वीरजी ने तो मुझको इस मुश्किल से बाहर निकाला। उनकी एक ही शर्त थी कि किसी को भी इस बारे में पता ना चले, ताकि फ़ैमिली की इज़्ज़त सलामत रहे। आज तक मेरी मां को भी इस बारे में पता नहीं है।'

'ओह, फ़ैमिली की इज़्ज़त,' राणा ने कहा और ठहाका लगा दिया। लेकिन हम चुप बैठे रहे।

'बैठ जाओ, सिंह। बिंदु जी, प्लीज़ शांत हो जाइए,' राणा ने कहा। 'और फ़्यूचर में कभी पुलिस से कुछ छुपाने की कोशिश नहीं कीजिए। आप पर अपराधी को छुपाने का मामला दायर हो सकता है।'

'हम ऐसा नहीं—' अंजली ने बोलना शुरू किया ही था कि राणा ने उसे चुप करा दिया।

'इट्स ओके, मैं समझ रहा हूं। यही सब पंजाबियों की बातें, चाहे जो हो जाए पर फ़ैमिली की इज़्ज़त लुटने मत दो। ये हमारे हरियाणा में भी बहुत होता है। लेकिन आप किसी मर्डर केस में ऐसा नहीं कर सकते, समझे?'

'जी सर,' बिंदु और अंजली ने एक साथ कहा।

'गुड,' राणा ने कहा। 'तो सिंह, हो गया तुम्हारा काम। आरोपी विक्टिम का बाप भी नहीं है। एक बाप होने और एक नाजायज़ बच्चे को पालने में बहुत फ़र्क़ होता है।'

नाजायज़ शब्द सुनते ही अंजली ने राणा की ओर देखा।

'सॉरी,' राणा ने कहा। 'कभी-कभी हमें केवल लीगल लैंग्वेज ही यूज़ करनी चाहिए। तो सिंह?'

कमरे में कुछ देर सन्नाटा रहा। फिर सिंह ने कहा—

'पुलिस को आज बहुत सारी नई जानकारियां और सबूत मिले हैं तो अब हम यह केस बंद नहीं करेंगे। इन फ़ैक्ट, अब मेरे पास रमेश मल्होत्रा को अरेस्ट करने के सिवा कोई चारा नहीं रह गया है।'

'वीरजी को अरेस्ट करना?' बिंदु ने कहा। 'क्या आपको पहले उनसे बात नहीं करनी चाहिए?'

'उन्होंने हमें गुमराह किया और हमसे झूठ बोला। अगर उनको पता चल जाएगा कि हमें यह सब मालूम हो गया है तो वो फ़रार हो जाएंगे। इसलिए कस्टडी में रखना ज़रूरी है।'

बिंदु फिर रोने लगीं। अंजली ने उनके कंधे पर एक हाथ रखा।

राणा उठ खड़े हुए।

'मैं किसानों के साथ हैंग-आउट करने जा रहा हूं। सिंह, इससे पहले कि वो अपनी किसी फ़ास्ट कार में बैठकर फुर्र हो जाए, उसे पकड़ लो,' राणा ने कहा और अपने जोक पर ख़ुद ही हंस पड़े।

'मैं अभी जा रहा हूं, सर।'

❖

हम राणा के ऑफ़िस से बाहर निकले। सिंह अपनी पुलिस की जिप्सी में बैठे। बिंदु और अंजली बैकसीट में बैठ गईं।

सौरभ और मैं राणा की गाड़ी के पास गए।

'थैंक यू, सर,' मैंने कहा।

'डोंट मेंशन इट,' राणा ने कहा और अपने सनग्लासेस चढ़ा लिए। 'मुबारक हो, तुमने एक और केस क्रैक कर दिया।'

'आपकी मदद के बिना हम यह नहीं कर पाते, सर,' सौरभ ने कहा। वो थोड़ा इमोशनल हो गया था।

राणा के जाने के बाद हम सिंह के पास गए। 'हम कैब लेकर न्यू फ्रेंड्स कॉलोनी पहुंच रहे हैं,' सौरभ ने कहा।

'कोई भी मेरी नज़र से बाहर नहीं जाएगा, ना ही कोई फ़ोन कॉल करेगा। इसी गाड़ी में जैसे-तैसे ठसकर बैठो। हम सीधे उनके शोरूम जा रहे हैं।'

सौरभ ने सिंह की ओर देखा। सिंह ने उसकी साइज़ पर ग़ौर किया। कोई चांस ही नहीं था कि मैं और वो दो और लोगों के साथ गाड़ी में फ़िट हो पाते।

'ठीक है, मैं स्टेशन से दूसरी जिप्सी बुलवा लेता हूं। वैसे भी मुझे हथकड़ियों की ज़रूरत थी,' सिंह ने कहा।

अध्याय 49

दोनों पुलिस जिप्सियां दोपहर डेढ़ बजे मल्होत्रा मोटर्स पर पहुंचीं।

'तुम लेडीज़ का ध्यान रखना, मुझे कोई ड्रामा नहीं चाहिए,' सिंह ने सौरभ से कहा।

हम सभी पोर्शे शोरूम पहुंचे। सेल्समैन जयेश ने सौरभ को तुरंत पहचान लिया।

'जैकब सर, आपको फिर से देखकर बहुत अच्छा लगा। मैंने आपको कई बार फ़ोन लगाया था,' जयेश ने अपने सफ़ेद दांत चमकाते हुए कहा।

सौरभ मुस्करा दिया।

'रमेश मल्होत्रा कहां हैं?' सिंह ने जयेश से सख़्त आवाज़ में पूछा। जयेश की मुस्कराहट हवा हो गई।

'सर, मैं आपकी क्या मदद कर सकता हूं?' जयेश ने वर्दीधारी पुलिस वालों को देखते ही कहा।

'रमेश अंकल कहां हैं?' अंजली ने जयेश से पूछा।

'ऊपर।'

सिंह और दो पुलिस वाले ऊपर चले गए।

सौरभ और मैं नीचे ही रहे।

'क्या हो रहा है?' बिंदु ने कहा।

'हमें यहीं रुकना होगा। पुलिस उनसे बात करेगी,' सौरभ ने कहा।

'हमें नीलम आंटी को बता देना चाहिए,' अंजली ने कहा।

'मैं उन्हें कैसे बताऊंगी? और मांजी के बारे में क्या?'

'जल्दी मत कीजिए, बिंदु आंटी। बैठ जाइए,' सौरभ ने मीटिंग एरिया की ओर इशारा करते हुए कहा। 'जयेश, हमें चाय मिल सकती है?'

'श्योर। ग्रीन टी या रेगुलर टी, मैम?'

ऊपर से बहस की आवाज़ें आने लगीं, लेकिन हम ठीक से सुन नहीं पा रहे थे।

जल्द ही सिंह और रमेश नीचे आने लगे। सिंह ने हाथों में हथकड़ी थाम रखी थी। उनके पीछे-पीछे दोनों पुलिस वाले थे।

'देखो, मैं आपके साथ चल रहा हूं,' रमेश ने कहा।

सिंह चुप रहे।

'तुम मुझे हथकड़ी क्यों दिखा रहे हो? मेरा स्टाफ़ यहां पर मौजूद है,' रमेश ने कहा।

सिंह ने अब भी कुछ नहीं कहा।

'आपको कोई ग़लतफ़हमी हुई है, इंस्पेक्टर सिंह।'

'रमेश जी, बेहतर होगा हम चुपचाप यहां से चलें।'

'बिंदु? अंजली? दोनों यहां क्या कर रही हों?' रमेश ने उन्हें देखते ही कहा।

बिंदु ने हाथ जोड़कर नमस्ते किया। अंजली दूसरी तरफ़ देखने लगी।

'और तुम दोनों?' रमेश ने सौरभ और मुझे देखकर कहा।

'गुड आफ़्टरनून, अंकल,' सौरभ ने कहा। वह अपने से बड़ों को हमेशा ही रिस्पेक्ट देता है, भले ही वो क़ातिल हों।

'ये दोनों यहां पर क्या कर रहे हैं?' रमेश ने कड़क आवाज़ में कहा।

'रमेश जी, शांत हो जाइए,' सिंह ने कहा। 'तमाशा करने की ज़रूरत नहीं है।'

'अरे? क्या तमाशा? बहुत हो गया, सिंह। ये मेरा शोरूम है। तुम यहां वर्किंग डे में आ धमके। जब मैंने कहा कि मैं बाद में बात करूंगा तो हथकड़ी दिखाने लगे। तुम अपने को समझते क्या हो?' रमेश ने कहा और मीटिंग टेबल के पास एक कुर्सी पर बैठ गए।

सिंह का चेहरा गुस्से से लाल हो गया।

'खड़े हो जाओ,' उन्होंने कहा। रमेश यह सुनकर हैरान रह गए, लेकिन खड़े हो गए।

'सिंह? हुआ क्या है? क्या तुम भूल गए?' रमेश ने कहा।

'रमेश जी, ठीक से बिहेव कीजिए। मुझे आपकी फ़ैमिली और स्टाफ़ के सामने किसी क्रिमिनल की तरह ले जाने के लिए मजबूर मत कीजिए।'

'एक मिनट, सिंह। अब जब तुम इस लेवल पर आ ही गए हो तो मैं खन्ना

से बात करना चाहता हूं। 'बिंदु, खन्ना को फ़ोन लगाओ।'

'कौन खन्ना?'

'मेरा वकील। मुझे उससे बात करने का हक है। अभी शांत हो जाइए, सिंह सर।' रमेश फिर बैठ गए। 'जयेश, सिंह सर के लिए वो स्टारबक्स वाली कॉफ़ी मंगवाओ।'

'मुझे कोई कॉफ़ी नहीं चाहिए।'

'ठीक है, पर बैठ तो जाइए। मैं कहीं भागा नहीं जा रहा हूं।'

शोरूम के बाहर एक फ़ॉक्सवैगन जेट्टा आकर रुकी। नीलम और मांजी उसमें से बाहर आईं।

'सब लोग यहां पर क्यों आ गए हैं?' रमेश ने झल्लाते हुए कहा।

नीलम ने पुलिस को देखकर पूछा—'सिंह जी, ये क्या हो रहा है?'

'नीलम, तुम यहां पर क्या कर रही हो?' रमेश ने कहा।

'इंस्पेक्टर सिंह ने मुझे फ़ोन करके पूछा था कि आप कहां हैं। उनकी आवाज़ सुनकर लगा कोई चिंता की बात है। इसलिए मैं यहां चली आई।'

'और अपने साथ मांजी को भी ले आईं।'

'घर पर कोई था नहीं, इसलिए।'

'मांजी, प्लीज़ बैठ जाइए,' जयेश ने कहा। वो उन्हें एक चेयर के पास ले गया। मांजी कुर्सी पर बैठ गईं। उन्हें अभी तक सिचुएशन के बारे में मालूम नहीं था।

'मांजी, आप कैपेचीनो लेंगी?' जयेश ने पूछा।

'कप्पू क्या?' मांजी ने कहा। 'और ये कौन लोग हैं? पुलिस?'

'कोई गल नहीं, मांजी। मीटिंग-शीटिंग के लिए आए हैं,' रमेश ने अपनी मां से कहा। 'थोड़ी-सी कॉफ़ी ले लीजिए, वह प्योर मिल्क से बनाई जाती है।'

सिंह ने मांजी को हाथ जोड़कर नमस्ते किया। उन्होंने आशीर्वाद में हाथ उठाया।

'बिंदु, खन्ना का क्या हुआ?' रमेश ने कहा।

'वीरजी, उनकी लाइन बिज़ी आ रही है। रुकिए, वो कॉल बैक कर रहे हैं,' बिंदु ने कहा और अपना फ़ोन रमेश की ओर बढ़ा दिया।

'खन्ना जी, आप कहां पर हैं? आइए, आपके दोस्त को आपकी ज़रूरत

है। मेरे शोरूम पर... अच्छा, आपकी सुनवाई अभी पूरी हुई है? तो जल्दी आ जाइए, प्लीज़।'

रमेश ने फ़ोन रख दिया।

'मैं और नहीं रुक सकता। मुझे आपको अपने साथ ले जाना होगा,' सिंह ने कहा।

'ये क्या है, सिंह जी। हम फ़ैमिली फ्रेंड्स हैं। आप ऐसे कैसे बात सकते हैं? मैं आपसे केवल दस मिनट मांग रहा हूं।'

'ठीक है, मांजी को ऊपर ले जाइए। मुझे वैसे भी आपकी फ़ैमिली से बात करनी थी।'

जयेश मांजी को रमेश के ऑफ़िस में ले गया। सिंह एक टेबल के पास जाकर बैठ गए।

'नीलम जी, मैंने किसी वजह से ही फ़ोन लगाकर रमेश जी के बारे में पूछा था। मैं रमेश जी को गिरफ़्तार करने आया हूं, प्रेरणा मल्होत्रा की हत्या के आरोप में, जो कि आपकी बेटी नहीं भतीजी थी।'

'क्या बक़वास कर रहे हो, सिंह,' रमेश ने कहा।

'क्या?' नीलम ने भी ठीक इसी स्वर में कहा।

बिंदु ने नीलम का हाथ थाम लिया।

'बिंदु, ये क्या कह रहे हैं?' नीलम ने कहा।

'बिंदु जी सब जानती हैं। वो आपको समझा देंगी। बेहतर होगा ड्रामा करने के बजाय जो मैं कह रहा हूं, वो आप सुनिए,' सिंह ने कहा।

नीलम ने आंखें घुमाकर देखा। बिंदु और अंजली ने नज़रें झुका लीं। नीलम रोने लगीं।

रमेश सौरभ और मेरी तरफ़ घूरकर देख रहे थे। कहीं ना कहीं वो यह जान गए थे कि इस सबके पीछे हम दोनों ही हैं।

'तुम दग़ाबाज़ निकले,' रमेश ने सौरभ ने कहा। 'जबकि तुम हमारी फ़ैमिली का हिस्सा बनने वाले थे।'

'आपने मेरी फ़ैमिली को बर्बाद कर दिया,' सौरभ ने कहा।

'तो आप अपना गुनाह क़बूल करते हैं, रमेश जी? आपने ही प्रेरणा मल्होत्रा को मारा है और अपने लोन चुकाने के लिए उसके स्टार्टअप से सत्तर

करोड़ रुपए ले लिए हैं?' सिंह ने कहा।

'शट अप, सिंह। मैं कुछ भी क़बूल नहीं कर रहा हूं। खन्ना ने मुझे कुछ भी कहने से मना किया है।'

सिंह का चेहरा तमतमा गया। वो बिजली की तेज़ी से उठे, हथकड़ी निकाली और मल्होत्रा की दाहिनी कलाई पर लगा दी।

'अब खन्ना आपसे आपके नए घर पर मिलेगा यानी जेल में। मिस्टर रमेश मल्होत्रा, आपको प्रेरणा मल्होत्रा के क़त्ल के इल्ज़ाम में गिरफ़्तार किया जाता है।'

रमेश उठ खड़े हुए। नीलम उस अलार्म की आवाज़ से भी ज़्यादा ज़ोर से रोने लगीं, जिसे हमने पिछली बार बजाया था। बाक़ी के लोग भी उठ खड़े हुए।

सिंह ने हथकड़ी को खींचा और चलने लगे।

'मैं चल रहा हूं, सिंह। ये हीरोगिरी दिखाने की ज़रूरत नहीं है,' रमेश ने कहा।

'आप मेरे हसबैंड को कहां ले जा रहे हो? बिंदु, अंजली, ये क्या हो रहा है। रमेश जी ने कुछ नहीं किया है। उन्होंने तो अपना पूरा जीवन अपनी फ़ैमिली की देखभाल करने में बिता दिया,' नीलम ने कहा।

'तुम देखते जाओ, सिंह। मैं एक मिनट में ज़मानत पर बाहर आ जाऊंगा। उसके बाद तुम्हें ये सब बहुत महंगा पड़ने वाला है,' रमेश ने कहा।

सिंह ने कोई जवाब नहीं दिया। वो रमेश को शोरूम के बाहर खींचकर ले गए। सौरभ और मैं पीछे-पीछे चल दिए।

सिंह और रमेश के बाहर निकलते ही दो फ़ोटोग्राफ़रों ने उनकी तस्वीरें उतार लीं।

'ये लोग कौन हैं?' रमेश ने चिल्लाते हुए कहा। 'ये मेरे शोरूम के बाहर मेरी फ़ोटो क्यों ले रहे हैं? मैं एक इज़्ज़तदार आदमी हूं।'

दोनों पुलिस वालों ने रमेश को जबरन पुलिस जिप्सी में धकेल दिया।

'मीडिया वाली बात तो मुझको भी नहीं पता थी, लेकिन देखकर अच्छा लगा। ये राणा सर का आइडिया था कि शोरूम के बाहर मीडिया भी होना चाहिए,' सिंह ने मुझे आंख मारते हुए कहा और हमारी गाड़ी चल पड़ी।

अध्याय 50

बहुत सारे न्यूज़पेपर्स में अगले दिन रमेश की गिरफ़्तारी की ख़बर छपी।

'गोद ली गई भतीजी की हत्या के जुर्म में लग्ज़री कार डीलर गिरफ़्तार,' एक अख़बार ने कहा।

'दिल्ली पुलिस की बड़ी क़ामयाबी: करवा चौथ किलर पकड़ा गया,' दूसरे की हेडलाइन थी।

'बढ़िया कवरेज है। लेकिन कहीं पर भी हमारा या हमारी डिटेक्टिव एजेंसी का नाम नहीं आया है,' सौरभ ने पेपर एक तरफ़ रखते हुए कहा।

हम अपनी सुबह की चाय पी रहे थे। हम इस अपार्टमेंट में एक सप्ताह के और मेहमान थे। पूरे घर में पैक्ड कार्डबोर्ड बॉक्स रखे हुए थे और हम मूव-आउट की तैयारी कर रहे थे।

'क्योंकि हमने वहां खड़े होकर मीडिया इंटरव्यूज़ नहीं दिए,' मैंने मुस्कराते हुए कहा।

'फिर भी, सिंह हमारा नाम ले सकते थे। क्योंकि पूरा केस तो हमने ही सॉल्व किया है।'

'इस बात की कोई वेल्यू नहीं है।'

मैं कह सकता था कि सौरभ के साथ कुछ ग़लत है। रमेश की गिरफ़्तारी के बाद से उसने कोई इमोशंस शो नहीं किए थे। उसने अपने प्यार की हत्या करने वाले को कोसा तक नहीं था। उलटे वो क्रेडिट और मीडिया कवरेज के लिए परेशान हो रहा था, जैसे कि हमने इसी के लिए यह केस सॉल्व किया हो।

'गोलू, तुम ठीक तो हो?'

'क्या मतलब? मैं बिलकुल ठीक हूं।'

'तुमने ज़्यादा रिएक्ट नहीं किया।'

'रमेश अंकल ने यह किया था। हमने उनको पकड़ लिया। एक और मर्डर केस सॉल्व हो गया। गुड।'

'तुमने उनके बारे में कुछ नहीं कहा?'

'वो जेल में हैं, अब क्या कहना?'

'जिस आदमी ने तुम्हारे प्यार की जान ली, उसको देखकर तुम्हें ग़ुस्सा नहीं आया?'

'नहीं, उलटे मुझे घिन आई। मुझे अच्छा लगा कि हमने उसको पकड़ लिया। किसी केस पर काम करने से यही होता है। एक समय के बाद इमोशन चले जाते हैं। केवल एक प्रॉब्लम रह जाती है, सॉल्व करने के लिए। हमने उसे सॉल्व कर दिया। बात ख़त्म। मूव ऑन।'

सौरभ उठ खड़ा हुआ। मैंने देखा कि उसके सामने बर्बन बिस्किट रखे थे, लेकिन उसने उन्हें छुआ भी नहीं। यह बहुत ही अजीब बात थी। उसने एक शेल्फ़ से कुछ किताबें उठाईं और एक कार्डबोर्ड बॉक्स में रख दीं।

'तुमने मूवर्स से बात की?' सौरभ ने कहा।

'हां, अगले बुधवार का तय हुआ है,' मैंने कहा।

सौरभ ने बक्से को किताबों से भर दिया। फिर वो सोफ़े पर बैठ गया और खिड़की के बाहर देखने लगा।

'ज़रा सोचो उस फ़ैमिली ने कितनी जल्दी कितना कुछ खो दिया। प्रेरणा। आदि। और अब रमेश अंकल,' सौरभ ने कहा।

'हां, यह बहुत बुरा हुआ है।'

'मैं सोचा करता था कि मैं मल्होत्रा फ़ैमिली के साथ बैठकर डिनर कर रहा हूं, सब हंस रहे हैं, खाना-पीना चल रहा है, पंजाबी चुटकुले सुनाए जा रहे हैं। लेकिन आज उस घर में कोई नहीं हंस रहा होगा।'

मैंने सिर हिला दिया।

'मुझे लग रहा था कि रमेश को मुक्का दे मारूं। लेकिन उनकी पत्नी और मां वहां थीं। मुझे इस फ़ैमिली के लिए बहुत दुख हो रहा था।'

'यह नेचुरल है। तुम उन लोगों से अटैच्ड हो। मुझे भी बुरा लग रहा है।'

'इसीलिए यह केस सॉल्व करने के बाद मेरा मन नहीं हो रहा कि सेलिब्रेट करूं।'

'मैं समझ सकता हूं।'

'मेरा दिल करता है कि फ़ैमिली से जाकर मिलूं। उनको दिलासा दूं।'

'तुम्हें यह ज़रूर करना चाहिए।'

'पता नहीं नीलम आंटी हमारे बारे में अब क्या सोचती होंगी। और मैं मांजी को कैसे फ़ेस करूंगा?'

'अगर तुम्हारा दिल कहता है तो वहां जाने में कोई बुराई नहीं है। तुम चाहो तो मैं भी साथ चलूंगा।'

'दिल? तुम दिल की बात कर रहे हो, भाई?'

'हां, क्योंकि मशीन की तरह ज़िंदगी बिताने का कोई मतलब नहीं है। इंसानों में इमोशंस होते हैं। तुममें हैं, मुझमें हैं। इससे हम ज़्यादा समय तक इनकार नहीं कर सकते।'

अध्याय 51

उन लोगों ने ना तो हमें धक्के देकर बाहर निकाला, ना ही हमको देखकर चीखे-चिल्लाए। एक मायूस-सी बिंदु ने दरवाज़ा खोला और हमें भीतर आने दिया। सौरभ और मैं कॉफ़ी पीते रहे। वो ऊपर गईं और अंजली और नीलम के साथ लौटीं।

हम सभी मूरत बनकर बैठे रहे। किसी ने कुछ नहीं कहा। सबसे पहले सौरभ ने ख़ामोशी तोड़ी।

'हम बस यह देखने आए थे कि आप लोग ठीक तो हैं।'

'सब कुछ ख़त्म हो गया और तुम पूछ रहे हो कि हम ठीक हैं या नहीं?' नीलम ने कहा।

'आई एम सॉरी, नीलम आंटी।'

'तुमको ये सब करके क्या मिला? बताओ मुझे? क्या यही इंसाफ़ है? मेरे हसबैंड जेल में हैं। मुझे पता नहीं उनकी मां को मैं क्या बताऊं। वो पहले ही अपना दूसरा बेटा गंवा चुकी हैं।'

सौरभ और मैं सिर झुकाए सुनते रहे।

'बिंदु, बधाइयां दो इनको। इन्होंने तुम्हारी बेटी के मर्डर का केस सॉल्व कर दिया। ये लोग हीरो हैं। इनके लिए बटर चिकन बनाओ। चुपचाप क्यों बैठी हो?' नीलम ने कहा।

बिंदु और अंजली भी नज़रें झुकाए फ़र्श को घूरती रहीं।

'मैंने उस लड़की को पाल-पोसकर बड़ा किया। खिलाया, पिलाया, पढ़ाया, लिखाया। तुम्हारे वीरजी ने उसका सारा ख़र्चा उठाया, उसे कुछ बनाया। कोई कुछ भी कहे, वो ही उसके पिता जैसे थे। अगर उन्होंने उससे लोन के लिए पैसे मांग लिए तो क्या हो गया? ऐसा कौन-सा बाप होगा जो मुश्किल घड़ी में अपने बच्चों से मदद नहीं मांगेगा?' नीलम ने कहा।

'लेकिन उन्हें प्रेरणा को नहीं मारना चाहिए था,' सौरभ ने धीरे से कहा।

'तुमने उन्हें प्रेरणा को मारते देखा? बोलो, क्या तुमने अपनी आंखों से देखा?' नीलम ने कहा।

सौरभ ने कोई जवाब नहीं दिया।

'उस रात छत पर तो तुम थे। तुम भी क़ातिल हो सकते थे। पुलिस ने तुमको क्यों नहीं पकड़ा?'

'पुलिस के पास सबूत हैं, नीलम आंटी,' सौरभ ने कहा।

'तो क्या तुम लोग अब हमें ज़लील करने के लिए यहां आए हो?'

सौरभ चुप रहा।

नीलम उठी और हाथ जोड़कर कहा—

'भगवान के लिए हमें हमारे हाल पर छोड़ दो। तुम लोगों ने पहले ही सब कुछ बरबाद कर दिया है।'

'लेकिन क्या हम सब प्रेरणा के लिए जस्टिस नहीं चाहते थे?' सौरभ ने कहा। 'बिंदु आंटी? अंजली?'

बिंदु नीलम के पास गई और उनका हाथ थाम लिया।

'मुझे क्या पता था कि बात वीरजी पर आ जाएगी? आप तो जानती ही हो, वो मेरे लिए क्या मायने रखते हैं।'

'दफ़ा हो जा, कुतिया। ये सब तेरी वजह से हो रहा है। रमेश जी ने तेरे लिए सब कुछ किया। तेरे और तेरी हरामज़ादी लड़कियों के लिए।'

'नीलम आंटी!' अंजली ज़ोर से चिल्लाई। उसने नीलम की ओर घूरकर देखा।

'तू मुझे ऐसे कैसे देख रही है? तुम दोनों इन जासूसों और पुलिस के पास गई थीं। रमेश जी ने सब ठीक कर दिया था, लेकिन तुमने सब कबाड़ा कर दिया।'

'मैं चाहती थी कि मेरी बहन के हत्यारे को सज़ा हो।'

'सज़ा किसे हुई है, पता है? मुझे? क्या मैंने उसे मारा था? फिर मुझे आज यह क्यों झेलना पड़ रहा है?'

शायद नीलम को यह सब कहने का हक था। पलभर में उनकी ज़िंदगी में उथलपुथल मच गई थी।

'आई एम सॉरी, नीलम आंटी। मैं समझ सकता हूं, आप क्या महसूस कर रही हैं,' सौरभ ने कहा।

'तुम कुछ नहीं समझ सकते हो,' नीलम ने कहा और ग़ुस्से में ऊपर

चली गईं।

'प्लीज़, नीलम भाभी की बातों का बुरा मत मानना, वो बहुत परेशानी की हालत में हैं,' कुछ देर बाद बिंदु ने कहा।

'जी,' सौरभ ने कहा। मैंने भी सिर हिला दिया।

'हमारे लिए फ़ैमिली ही सब कुछ थी, लेकिन अब सब बरबाद हो गया है,' बिंदु ने कहा।

'रमेश अंकल ने प्रेरणा को मारा, मां। इसके लिए उन्हें दोषी ठहराओ, इन दोनों को नहीं,' अंजली बोली।

'मैंने ऐसा कब किया?' बिंदु ने कहा।

'फिर बार-बार वही बात क्यों दोहराना। रमेश अंकल अब जेल में हैं। उन्होंने आपकी बेटी और मेरी बहन को मारा। और अगर ये दोनों नहीं होते तो वो बच निकलते।'

'हां, मैं जानती हूं,' बिंदु ने कहा। 'और इसके लिए मैं तुम दोनों को बहुत शुक्रिया कहती हूं।'

'आपको हमें शुक्रिया कहने की ज़रूरत नहीं,' मैंने कहा।

'क्यों नहीं?' अंजली ने कहा। 'इनफ़ इज़ इनफ़। हमारी पूरी फ़ैमिली ही बेकार है, हम बस ऊपर से अच्छा दिखने की कोशिश करते हैं। लेकिन अंदर ही अंदर हम एक-दूसरे को मार डालने के लिए तैयार हैं। इसलिए तुम दोनों ने हमारे लिए जो कुछ किया, उसे हम कम नहीं आंक सकते।'

'थैंक यू,' मैंने कहा।

'थैंक यू तो हमें कहना चाहिए,' अंजली ने कहा। 'अगर हम किसी तरह से आपके लिए कुछ कर सकते हैं तो ज़रूर बताइए।'

'नहीं, इट्स फ़ाइन,' मैंने कहा। 'हम ख़ुश हैं कि यह मामला ख़त्म हो गया। उम्मीद है प्रेरणा की आत्मा को अब शांति मिल गई होगी।'

सौरभ को देखकर लगा, जैसे वो अपने आंसुओं को रोकने की कोशिश कर रहा है।

'तुम दोनों की डिटेक्टिव एजेंसी है ना? तब तो यह तुम्हारे लिए एक काम की तरह था। मां, हमें इनको इसके लिए कुछ देना चाहिए,' अंजली ने कहा।

'नहीं,' सौरभ ने कहा और उठ खड़ा हुआ। 'हम बस ये देखने के लिए

आए थे कि आप लोग कैसे हैं। इससे ज़्यादा कुछ नहीं। हमें कुछ नहीं चाहिए। जैसा कि केशव ने कहा, अगर मेरी प्रेरणा की आत्मा को शांति मिल गई होगी, तो यह मेरे लिए ज़रूरत से ज़्यादा है।'

'सही बात है,' मैंने कहा और उठ गया। अलबत्ता अगर वो लोग इस समय मुझे एक चेक देते तो मैं लेने से इनकार नहीं करता।

'मेरे पास कुछ सेविंग्स हैं। मां के पास भी होंगी। हम...' अंजली ने कहा लेकिन सौरभ ने बीच में ही रोक दिया।

'प्लीज़, हमें शर्मिंदा नहीं कीजिए। हमें कुछ भी नहीं चाहिए। इन फ़ैक्ट, हमें अब चलना चाहिए। पांच दिनों बाद हमें अपना घर ख़ाली करके दूसरे घर में जाना है। बहुत सारी पैकिंग करनी है।'

सौरभ ने गुड़गांव में एक अपार्टमेंट ढूंढ़ लिया था और लीज़ साइन कर दी थी। मैंने अभी तक कुछ तय नहीं किया था और सोच रखा था कि कुछ समय तक ऑफ़िस के पास ओयो रूम्स में रह लूंगा।

❖

अंजली मुझे और सौरभ को बाहर छोड़ने आई। अभी शाम के आठ ही बजे थे, लेकिन बाहर की लेन पर सन्नाटा छा गया था। मौसम ठंडा था और अंधेरा गहरा हो गया था। सौरभ ने एक कैब बुक की, लेकिन वो पास वाली लेन में चली आई।

'मैं उसे जाकर ले आता हूं, ड्राइवर्स यहां पर हमेशा कंफ़्यूज़्ड होते हैं,' सौरभ ने कहा।

अंजली और मैं सौरभ को जाते देखते रहे।

'थैंक यू वन्स अगेन, केशव,' अंजली ने कहा। उसकी आंखें मुझसे मिलीं।

'यू आर वेलकम,' मैंने कहा। मैंने कुछ पलों तक उससे आई कॉन्टैक्ट बनाए रखा। फिर कहा—'मैं तुम्हें मिस करूंगा।'

मैंने बहुत सालों के बाद ऐसी कोई इमोशनल बात कही थी। मैं उसके लिए कुछ फ़ील करता था। मल्होत्रा हाउस में सबसे ज़्यादा मैं इस लड़की को ही मिस करने वाला था। लेकिन ज़ाहिर है, अगर मेरे बेस्ट फ्रेंड को मेरी इन फ़ीलिंग्स के बारे में पता चल जाता तो वो इसे बिलकुल पसंद नहीं करता और मैं उसको और नाराज़ नहीं कर सकता था।

'मैं भी तुमको मिस करूंगी, केशव,' अंजली ने कहा। मैं बता सकता था कि उसके लिए भी यह नई बात थी। मेरी तरह वह भी अपने इमोशंस को ज़्यादा एक्सप्रेस नहीं करती थी। उसने ब्लू पिनस्ट्राइप्स वाली फ़्लैनेल शर्ट पहनी थी। सर्दियों की हवा में वह कांप रही थी।

'तुमने कोई गर्म कपड़ा नहीं पहना है, तुम्हें अंदर चले जाना चाहिए,' मैंने कहा।

'इट्स ओके। कैब आने तक मैं तुम्हारे साथ ही रहूंगी,' अंजली ने कहा और मुस्करा दी। उसने अपने शर्ट का ऊपरी बटन लगा लिया।

मैंने अपनी हुडी उतारी और उसे दे दी।

'और तुम?' उसने कहा।

'इट्स ओके, मेरे पास यह है,' मैंने कहा और हाफ़-स्लीव वाला ग्रे स्वेटर पहन लिया।

'थैंक्स,' उसने हुडी को अपने कंधों पर रखते हुए कहा। 'चूंकि मैं ऐसी फ़ैमिली का हिस्सा हूं, इसलिए तुम सोचते होंगे कि मेरी लाइफ़ भी बरबाद ही होगी।'

'बिलकुल नहीं।'

'मैंने नोटिस किया है कि तुम हमेशा मुझको अवॉइड करते हो,' अंजली ने स्माइल किए बिना कहा।

'यह सही नहीं है,' मैंने कहा।

'ओह रियली? ऑनेस्टली बताओ, क्या तुम हमेशा कॉल कट करने और चैट ख़त्म कर देने की जल्दी में नहीं रहते?'

मैंने कंधे उचका दिए।

'वेल... तुम सही तो कह रही हो, लेकिन इसकी वजह वो नहीं है, जो तुम सोच रही हो।'

'फिर?'

'कुछ नहीं,' मैंने कहा। मैं दाएं-बाएं देखने लगा कि सौरभ को कैब मिली या नहीं।

'कम ऑन, तुम मुझे बता सकते हो।'

'लीव इट, अंजली।'

'क्यों? तुम मुझे क्यों नहीं बता सकते? मुझे तो यह भी नहीं पता कि हम फिर कभी मिलेंगे या नहीं।'

मैंने उसकी तरफ़ देखा। उसकी आंखें मेरे उत्तर का रास्ता देख रही थीं।

'दो कारण हैं। एक तो यह कि सौरभ ने मुझे तुमसे कोई भी कॉन्टैक्ट रखने को मना किया है।'

'क्या? क्यों?'

'क्योंकि तुम फ़ैमिली से हो। और उसको लगता है कि मैं लड़कियों के साथ केवल कैज़ुअल सेक्स के लिए हुकअप करता हूं। वैसे वो ग़लत नहीं है। लड़कियों से मेरी मुलाक़ात केवल टिंडर के ज़रिए ही होती है।'

'ओके, ये सब तो मुझे नहीं पता था।'

'अब तुम जान गई हो। अंजली से दूर रहो—ये सौरभ ने मुझे कहा है,' मैंने कहा। मैंने अंजली को यह नहीं बताया कि सौरभ ने एक बार यह भी कहा था कि फ़किंग के लिए किसी और से काम चलाओ।

'मुझसे दूर रहो? ये तो रिडिक्युलस है।'

'उसकी इंगेजमेंट पर हमें साथ देखकर वो बहुत अपसेट हो गया था।'

'ओह, उस दिन तो हम सब थोड़ा हाई थे।'

मैं मुस्करा दिया।

'और दूसरी वजह?'

'सौरभ यहां किसी भी समय आ सकता है, इसलिए तुम्हें अंदर चले जाना चाहिए। वैसे भी बहुत सर्दी है,' मैंने कहा।

'बात को टालो मत, केशव।'

मैंने उसकी भूरी आंखों में झांककर देखा और एक ठंडी सांस ली।

'तो सुनो, दूसरी वजह यह है कि मैं तुम्हें पसंद करता हूं और इस बात से मैं डरता हूं। मैं तुम्हें उन टिंडर वाली लड़कियों की तरह नहीं देखता। मैं जानता हूं कि अगर मैं तुमसे बातें करने लगा, तो मेरा दिल तुम्हारी तरफ़ खिंचने लगेगा।'

'तुम कितने भोंदू हो,' अंजली ने कहा।

'और तुम्हें अभी मुझसे दूर चले जाना चाहिए,' मैंने कहा और दूर दिखाई दे रही कार की हेडलाइट्स की ओर इशारा किया। सौरभ कैब लेकर चला आया था और मैं गाड़ी में बैठ गया। सौरभ ने विंडो को रोल-डाउन किया और अंजली

को गुडबाय कहा।

उबर कैब ए-ब्लॉक से बाहर निकलकर मेन रोड पर आ गई।

'तुम अंजली से क्या बातें कर रहे थे?' सौरभ ने पूछा।

'क्या?'

'मैंने कार में से देखा था, तुम दोनों बातचीत में डूबे हुए थे।'

'कुछ नहीं। वो जानना चाह रही थी कि इसके बाद क्या।'

'किसके बाद?'

'केस में और क्या। मैंने उसे बताया कि पुलिस चार्जशीट दायर करेगी, और रमेश और खन्ना ज़मानत के लिए कोशिश करेंगे। मैंने आपकी ग़ैरमौजूदगी में अंजली से इस बारे में बात की, इसे आप अप्रूव तो करेंगे ना सर?' मैंने कटाक्ष करते हुए कहा।

मैं सौरभ की इस बात से तो इरिटेटेड हो ही रहा था कि वो अंजली और मेरे मिलने-जुलने पर रोक लगा रहा था, मुझे इस पर भी नाराज़गी थी कि इस केस को सॉल्व करने के लिए उसने मुझे थैंक्स तक नहीं बोला। वो बस इतना ही जानना चाहता है कि मैंने मूवर्स से बात की या नहीं, और अंजली से मेरी क्या बात हुई।

'अप्रूव क्या? आई डोंट केयर, मैन। वैसे भी इससे अब क्या फ़र्क़ पड़ता है?' सौरभ ने कहा।

'तुम प्लीज़ विंडो बंद करोगे? मैं ठंड से जम रहा हूं।'

'अगर तुम उसे अपनी जैकेट नहीं दे आते तो तुम्हारी यह हालत नहीं होती,' सौरभ ने कहा।

अध्याय 52

मैं बिस्तर पर लेटा था, लेकिन नींद मेरी आंखों से कोसों दूर थी। अंजली के शब्द रह-रहकर मेरे दिमाग़ में कौंध रहे थे। वो पता नहीं मेरे बारे में क्या सोच रही होगी? क्या मैं सच में ही सौरभ की वजह से उससे बात करने से बचता था या मैं इस बात से डरता था कि मैं उसे पसंद करने लगा था? लेकिन अब तो मैं उससे बातें कर ही सकता था। सौरभ ने भी कह दिया था कि वो अब केयर नहीं करता।

मेरा फ़ोन पिंग हुआ। अंजली का मैसेज आया था। रात के एक बज रहे थे। तो क्या वह भी मेरे बारे में सोच रही थी?

'तुम अपना जैकेट यहीं भूल गए।'

'मैं बाद में आकर ले जाऊंगा। या तुम चाहो तो रख लो, मेरे पास बहुत हैं।'

'थैंक यू।'

'इट्स ओके।'

'थैंक यू फ़ॉर एवरीथिंग, एक्चुअली।'

'यू आर मोस्ट वेलकम :)'

'सोए नहीं?'

'नींद नहीं आई।'

'सेम हियर। लेकिन अब चलती हूं। आई एम श्योर, अंजली से बातें करने का तुम्हारा कोटा ख़त्म हो गया होगा। गुड नाइट।'

मैं उठकर बैठ गया। मेरे चेहरे पर मुस्कराहट थी। मैंने लिखा—

'कोटा नहीं, केवल ख़ुद पर क़ाबू करने की कोशिश कर रहा हूं।'

'तुम इस बात से डरते हो कि मुझे लाइक करने लगोगे?'

'नहीं, लाइक करने से नहीं, तुम्हें बहुत सारा लाइक करने और उसके बाद यह समझ नहीं पाने कि अब मैं क्या करूं—इस बात से मैं डरता हूं।'

'क्या समझ नहीं पाने?'

'यही कि अगर मैं तुम्हें बहुत ज़्यादा पसंद करने लगूं तो मैं क्या करूंगा।

क्या मैं तुम्हें बताऊंगा? या तुम्हें मेरे साथ कहीं घूमने चलने के लिए कहूंगा?'

'यस एंड यस।'

'कैसे?'

'वेल, तुम ऐसे कह सकते हो—आई फ़ाइंड यू इंट्रेस्टिंग, अंजली। मेरे साथ कहीं घूमने चलोगी?'

'मेरा वो मतलब नहीं था। मैं कैसे कहूंगा यानी सौरभ और फ़ैमिली बैकड्रॉप के होते मैं कैसे... पता नहीं।'

'अब तो कोई फ़ैमिली बैकड्रॉप नहीं है। वेडिंग और केस—सब ख़त्म। तो अब तो यह बहाना नहीं चल सकता।'

'और सौरभ की फ़ीलिंग्स के बारे में क्या?'

'लेकिन वो तो किसी और घर में रहने जा रहा है ना?'

'तुम्हें कैसे पता?'

'क्योंकि वो इस बारे में बताता रहता है और आप केवल मुंह बनाए बैठे रहते हैं। मिस्टर डिटेक्टिव, हम भी चीज़ों पर नज़र रखते हैं।'

मैंने एक स्माइली इमोजी रिप्लाई में भेज दी। उसने कोई जवाब नहीं दिया, लेकिन मैंने देखा कि वो ऑनलाइन थी।

पांच मिनट बाद मैंने हिम्मत करके मैसेज किया—

'अंजली, आई फ़ाइंड यू इंट्रेस्टिंग। मेरे साथ कहीं घूमने चलोगी?'

फ़ौरन उसका जवाब आया।

'बहुत हिम्मत वाली बात कह दी आपने।'

'तुम चाहो तो ना कह सकती हो।'

'रिलैक्स, हम बाहर घूमने जा सकते हैं। मैं भी तुम्हें पसंद करती हूं।'

'लेकिन मैंने कहा, तुम मुझे इंट्रेस्टिंग लगती हो, पसंद करने वाली बात मैंने नहीं कही।'

'ओह रियली। हम देख लेंगे इसका क्या करना है। तो कब चलें?'

'किसी दिन ऑफ़िस के बाद?'

'मैं फ्रीलांस काम करती हूं, इसलिए मेरा कोई ऑफ़िस नहीं होता। मैं कभी भी मिल सकती हूं,' उसने रिप्लाई किया और इसके बाद तीन लॉफ़्टर इमोजीज़ भेज दीं।

मैंने फ़ोन पर अपना ऑफ़िस कैलेंडर खोला। इस सप्ताह बहुत ज़्यादा

काम नहीं था। अगर मैं काम पर नहीं जाऊं तो भी चल सकता था।

'तुम आज लंच के लिए मेरे घर आ सकती हो? हम बाहर से खाना ऑर्डर कर देंगे।'

'घर?'

'हां, मालवीय नगर में।'

'काम पर नहीं जाना है?'

'मैं घर से भी काम कर सकता हूं।'

मैंने देखा कि वॉट्सएप्प पर दो-तीन मर्तबा टाइपिंग का मैसेज उभरा और फिर चला गया। क्या वो आने के लिए राज़ी होगी? या मना कर देगी? मैंने सोचा मुझे उसे एक चॉइस देनी चाहिए।

'या हम बाहर भी मिल सकते हैं,' मैंने लिखा।

'नहीं, घर पर ठीक है। मैं अपना लैपटॉप ले आऊंगी। मुझे एक आर्टिकल फ़िनिश करना है। हम साथ में काम कर लेंगे।

'साउंड्स ग्रेट। तो फिर 11 बजे?''

'श्योर। सी यू। गुडनाइट, मिस्टर डिटेक्टिव।'

'गुडनाइट, मिस एक्टिविस्ट-जर्नलिस्ट,' मैंने स्लीपिंग इमोजीज़ के साथ जवाब दिया।

❖

'मैं आज ऑफ़िस नहीं जाऊंगा, मुझे फ़ीवर लग रहा है,' मैंने कहा।

सौरभ मेरे बेडरूम के दरवाज़े पर खड़ा था। वह सूट में था। जब हमारी क्लाइंट मीटिंग्स होती थीं, तब हम सूट ही पहनते थे।

'कल रात तक तो तुम ठीक थे।'

'हां, लेकिन अभी सर्दी लग गई है।'

'अपनी जैकेट बांटते रहोगे तो यही होगा।'

'उसे ठंड लग रही थी, तो मैंने दो मिनट के लिए उसे जैकेट दे दी थी। मैं वापस लेना भूल गया—'

'जो भी हो। चार मिनट में मेरी कैब आ रही है। तुम चल रहे हो या नहीं?'

मैं दो बार खांसा और नक़ली छींक भी निकाली। 'तुम जैकब को बोल सकते हो कि मैं आज घर से ही काम कर लूंगा?'

सौरभ दरवाज़ा बंद कर बाहर चला गया।

अध्याय 53

ठीक 11.15 बजे डोरबेल बजी। मैंने दरवाज़ा खोला।

'हाय,' उसने कहा और मुस्करा दी।

वो आज हिप्स्टर लुक में थी। लेदर जैकेट, उसके नीचे ब्लैक स्पैगेटी टैंक टॉप और फ्रैयेड डेनिम शॉर्ट्स। वह अपने बड़े-से बैकपैक के सामने बहुत छोटी लग रही थी। अगर उसने चंकी ऑक्सिडाइज़्ड सिल्वर ज्वेलरी नहीं पहनी होती और उसके बाल बिखरे ना होते तो आप उसे भूल से हाईस्कूल स्टूडेंट समझ सकते थे।

उसने लेदर स्ट्रैंड्स का एक नेकलेस पहना था।

'सॉरी, क्या मैं तुम्हारी जेंट्रिफ़ाइड कॉलोनी के लिए इनएप्रोप्रिएटली ड्रेस्ड तो नहीं?' उसने कहा। उसने मुझे अपनी नेकलाइन निहारते देख लिया था।

'अरे नहीं, प्लीज़ अंदर आ जाओ।'

उसने एक नज़र फ़्लैट को देखा। हमारा बहुत सारा सामान पहले ही पैक्ड हो चुका था।

'चाय या कॉफ़ी?' मैंने कहा।

'बीयर?' उसने अपनी जैकेट से निकालते हुए कहा। अब जब उसने केवल टैंक टॉप पहना था, तो उसकी छाती के एक हिस्से पर एक टैटू मुझे दिखाई दिया। उस पर कुछ लिखा था।

'ओह, श्योर,' मैंने कहा।

मैंने उसे फ्रिज से निकालकर बीरा की एक बॉटल दी।

उसने बैकपैक खोला और उसमें से एक हैंड-रोल्ड सिगरेट निकाली।

'चाहिए?' उसने कहा।

'सच कहूं, तो यह अभी बहुत जल्दी होगा,' मैंने कहा और मुस्करा दिया। वो लिविंग रूम की खिड़की के पास चली गई और उसे खोल दिया। फिर उसने सिगरेट जलाई और कुछ पफ़ लिए। बीच-बीच में वो बीयर को सिप करती रही।

मैंने कोशिश की कि उसे देखता ही ना रहूं। उसकी बड़ी आंखों और हाई

चीकबोन्स का मुझ पर एक अलग ही असर होता था। अब जब वो मेरे कमरे में अकेली थी, तो यह असर दस गुना बढ़ गया था। मैंने अपना साइबरसेफ़ पिच प्रज़ेंटेशन खोल लिया, जो कि आधार कार्ड के लिए री-एप्लाय करने जितना ही एक्साइटिंग था।

'बिज़ी?' उसने मुझे लैपटॉप पर काम करते देखकर पूछा।

'नॉट रियली। यह आज करके देना है तो सोचा जल्दी से फ़िनिश करके भेज दूं। फिर तुमको भी तो काम करना है ना?'

'हां, मुझे भी अपना आर्टिकल फ़िनिश कर ही लेना चाहिए। मैं पूरे सप्ताह से कामचोरी कर रही हूं,' उसने बीयर की एक बड़ी-सी सिप लेते हुए कहा। उसने डाइनिंग टेबल पर बैकपैक रखा और उसमें से लैपटॉप निकाला। अगले कोई एक घंटे तक कमरे में केवल की-बोर्ड की आवाज़ ही गूंजती रही।

मैंने अपनी पिच फ़िनिश करके जैकब को ईमेल कर दिया।

'हो गया,' मैंने कहा।

'वॉव, तुम तो बहुत काम करते हो।'

'हां, लेकिन अब तो काम पूरा हो गया। लंच के लिए कुछ ऑर्डर करूं?'

'श्योर। लेकिन क्या हमें साथ में खाना अलाउड है, सर? या हमें अपनी अलग-अलग डेस्क पर बैठना होगा?'

मैं हंस दिया और उबरईट्स एप्प को फ़्लिप करने लगा।

'मुझे लगा था, तुम मेरे साथ कहीं घूमने जाना चाहते हो,' उसने कहा।

'सॉरी। अब मैं बिलकुल फ्री हो गया हूं। तो चाइनीज़ ऑर्डर करूं?'

'नूडल्स हमेशा ठीक रहते हैं। और बीयर है?' उसने अपनी ख़ाली बोतल हिलाते हुए कहा।

मैंने चाइनाबॉक्स से फ़ूड ऑर्डर किया और अपना फ़ोन डाइनिंग टेबल पर रख दिया। फिर मैंने फ्रिज में से बीरा बीयर की दो बोतलें निकालीं, एक-एक हम दोनों के लिए।

हम दोनों सोफ़े पर जाकर बैठ गए। मैंने कॉफ़ी टेबल पर पैर रख दिए। मैंने वर्कआउट टी-शर्ट और शॉट्र्स पहने थे। बीयर का एक सिप लेकर मैंने सोचा कि मुझे वर्किंग फ्रॉम होम की आदत डाल लेनी चाहिए।

'यहां बड़ी शांति है। घर का माहौल तो अभी भी ठीक नहीं है,' अंजली

ने कहा।

'मांजी कैसी हैं? उन्हें सब पता चल गया?'

उसने सिर हिला दिया।

'नहीं, उन्हें लगता है कि रमेश अंकल अमृतसर में हैं। नीलम आंटी ने उन्हें यही बताया है। मेरी मां भी उन्हें कुछ नहीं बताने वाली हैं।'

'लेकिन सबकुछ तो अख़बारों में छप गया था।'

'मांजी अख़बार नहीं पढ़तीं।'

'कोई न कोई तो उन्हें बता ही देगा। मेड, पड़ोसी, या कोई भी। तब तो यह और बुरा होगा।'

'मैंने भी सबको यही कहा, लेकिन कोई मेरी सुनता ही नहीं। मांजी को तो यह भी नहीं पता कि उनकी बेटी बिंदु के बच्चे हैं। वहां सब लोग चीज़ों को छुपाने में ही यक़ीन रखते हैं,' अंजली ने अपनी दूसरी बोतल भी फ़िनिश करते हुए कहा।

'और है?'

'बीयर तो ख़त्म हो गई, लेकिन थोड़ी वोदका है।'

'कुछ भी चलेगा।'

मैं किचन से एब्सोलुट मैंडरिन की एक बोतल, दो गिलास और ऑरेंज जूस का एक कार्टन ले आया।

'मुझे जूस नहीं चाहिए,' अंजली ने कहा।

उसने गिलास में वोदका के दो बड़े पेग बना लिए।

'इत्मीनान से... ये बीयर नहीं है,' मैंने कहा।

वो हंस दी।

'रिलैक्स, मैं ड्रंक नहीं हो जाऊंगी।'

मैं मुस्करा दिया।

'तुम मेरी तरफ़ ऐसे क्यों देखते हो?' उसने मुझे उसकी तरफ़ देखते हुए पाकर पूछा।

'कुछ नहीं,' मैंने कहा।

उसने अपने लेदर बूट्स निकाल दिए और टेबल पर पैर रख दिए। उसके डेनिम शॉर्ट्स उसकी अपर थाईज़ तक चढ़ गए। हम दोनों के नंगे पैर अब टेबल पर साथ-साथ रखे हुए थे।

'तुम हमेशा मुझे ध्यान से देखते हो और फिर ये प्रिटेंड करते हो कि ऐसा कुछ नहीं था। किसलिए?'

'मैंने तुम्हें बता दिया किसलिए।'

'अब भी? तुम्हारा दोस्त तो इस समय यहां से दूर गुड़गांव के किसी क्यूबिकल में बैठा होगा, राइट?'

'हां।'

'तो मेरी तरफ़ देखो ना।'

मैंने उसकी ओर देखा। वो बहुत ख़ूबसूरत दिखाई दे रही थी। मेरे भीतर ज़ोरदार चाहत उठी कि उसे बांहों में लेकर अपनी तरफ़ खींच लूं। मेरे भीतर एक आवाज़ उठी—किस हर, किस हर। लेकिन मैंने इस आवाज़ को दबा दिया और वोदका का गिलास उठा लिया।

उसकी आंखों से आंसू बह निकले। उसका शरीर कांपने लगा।

'आर यू ओके, अंजली?'

उसने सिर हिलाया और ख़ुद को संभालने लगी।

'तुम ठीक नहीं हो,' मैंने कहा और सोचने लगा कि अब मैं क्या करूं। मेरा दिमाग़ ऑप्शंस के बारे में सोचने लगा। उसके क़रीब जाकर उसे हग कर लूं? नहीं, यह थोड़ा ज़्यादा हो जाएगा। उसके हाथों को थाम लूं? थोड़ा ऑकवर्ड लगेगा, क्योंकि उसके हाथ गोद में रखे हैं। उसे एक टिशू लाकर दूं? हां, यह ठीक रहेगा। मैं उठा और टिशूज़ ले आया।

'थैंक्स,' उसने आंखें पोंछते हुए कहा। टिशू पर उसका मस्कारा लग गया और काले दाग़ छोड़ गया।

मैं फिर बैठ गया और कॉफ़ी टेबल पर पैर रख दिए। इस बार मेरे पैर उसके पैरों को ज़रा-से छू गए। इस स्पर्श से जैसे मेरे शरीर में बिजली कौंध गई। मैंने अपने पैरों को उससे थोड़ा दूर कर लिया।

'क्या मैं पूछ सकता हूं, तुम क्यों रो रही हो?'

'मुझे अपने ही घर में विलेन समझा जाता है। मेरा क़सूर क्या था? मैंने अपनी बहन के हत्यारे को पकड़वाने में थोड़ी मदद ही तो की थी।'

'तुम विलेन नहीं हो, अंजली,' मैंने कहा।

उसने घुटने मोड़े और उस पर अपनी बांहें बांध दीं।

'उन लोगों को लगता है कि मुझे चुप रहकर रमेश अंकल को सपोर्ट करना चाहिए था। मुझे फ़ैमिली की दो कौड़ी की इज़्ज़त की ख़ातिर अपना मुंह बंद रखना चाहिए था। मुझे नतीजों के बारे में सोचना चाहिए था। जैसे कि इन सब बातों का कोई मतलब हो,' अंजली ने कहा और फिर से रोने लगी। मैं चुप रहा। वो फिर बोली—

'मैं अमेरिका से आई थी, यह सोचकर कि मुझे यहां एक स्टेबल फ़ैमिली मिलेगी। रमेश अंकल को देखकर लगता था, जैसे वो मेरे पिता की तरह हैं और हम सभी को प्रोटेक्ट करेंगे। लेकिन क्या हुआ? जैसे कि सबकुछ केवल एक दिखावा था,' उसने आंसुओं को थामते हुए कहा।

मैंने उसके समर्थन में हल्के से सिर हिलाया। वो बोलती रही—

'दो महीने से भी कम। बस इतने से ही समय के लिए मुझे अपनी बहन मिली थी। दो महीने पहले ही मुझे पता चला था कि प्रेरणा मेरी बहन है। उसे मार डाला गया और हम कुछ भी नहीं करें? केवल इसलिए कि फ़ैमिली में से किसी ने यह किया है?'

'तुमने बिलकुल ठीक किया,' मैंने कहा।

'जबकि मैंने तो ज़्यादा कुछ किया भी नहीं। मैंने इतना ही कहा कि हमें लगातार कोशिश करते रहना चाहिए। किया तो तुम लोगों ने। तुमने किया केशव, तुमने।'

'थैंक्स। मुझे मदद करके ख़ुशी ही हुई।'

उसने एक और टिशू लेकर अपनी आंखें पोंछी और वोदका का एक बड़ा-सा सिप लिया। 'लेकिन उन्होंने तुम लोगों के साथ कैसा ट्रीट किया? थैंक्यू कहना तो दूर, उलटे उन्होंने तुम लोगों को ज़लील किया।'

'लेकिन उन लोगों की हालत भी समझने जैसी है, अंजली,' मैंने कहा। 'पर अब जब क़ातिल जेल में है तो हमें ख़ुश होना चाहिए।'

अंजली ने सिर हिलाया।

'वो जेल से बाहर निकलने की पूरी कोशिश कर रहे हैं।'

'जमानत पर?'

'हां।'

'अपने कनेक्शंस के कारण उन्हें जमानत मिल सकती है, लेकिन इसका यह मतलब नहीं कि वो छूट गए। कोर्ट में मुक़दमा चलेगा। उन्हें आख़िर सज़ा

होगी ही,' मैंने कहा।

'उम्मीद तो यही है। लेकिन इस देश में कुछ भी हो सकता है,' अंजली ने कहा।

'हां, उम्मीद ही कर सकते हैं कि उनके लिए इससे बच निकलना आसान नहीं होगा,' मैंने कहा और अपने गिलास से एक बड़ा सिप लिया।

अंजली उठी और खिड़की पर परदे लगा दिए। फिर वो डाइनिंग टेबल पर गई, अपना बैकपैक खोला और उसमें से दो हैंड-रोल्ड सिगरेट्स लेकर आई।

'ट्राय करो, ये बहुत स्पेशल चीज़ है।'

'जॉइंट?' मैंने एक लेते हुए कहा।

उसने सिर हिलाया और मुस्करा दी। फिर अपने डेनिम शॉर्ट्स के पॉकेट से एक लाइटर निकाला। उसने जॉइंट को सुलगाया और मेरे पास आकर बैठ गई।

'तुम्हारे पास कोई म्यूज़िक है?' उसने एक पफ़ लेते हुए कहा।

मैंने कॉफ़ी टेबल के नीचे से एक ब्यूटुथ स्पीकर निकाला।

'मैं इसे अपने फ़ोन से कनेक्ट कर सकता हूं।'

हम उठे और डाइनिंग टेबल तक गए।

मैंने अपने फ़ोन में म्यूज़िक एप्प खोला और उसकी तरफ़ बढ़ा दिया। उसने टेलर स्विफ़्ट और ज़ायन मलिक का *'आई डोंड वाना लिव फ़ॉरेवर'* चुना और फ़ोन को फिर से टेबल पर रख दिया। हम सोफ़े पर लौट आए। कमरे में ज़ायन की सेडक्टिव आवाज़ और मारिजुआना की महक भर गई।

आई डोंट वाना लिव फ़ॉरेवर

कॉज़ आई नो आई विल बी लिविंग इन वेन...

'मुझे यह गाना बहुत अच्छा लगता है,' उसने कहा।

'सीएटल में लाइफ़ कैसी थी?'

'कोल्ड और बोरिंग।'

'रियली? मुझे तो लगा वो बहुत एक्साइटिंग रही होगी। आख़िर वहां पर माइक्रोसॉफ्ट, स्टारबक्स, अमेज़ॉन के हेडक्वार्टर्स हैं...'

'इन कम्पनियों को चलाने वालों के लिए वहां की लाइफ़ एक्साइटिंग होगी, लेकिन मेरे लिए नहीं थी।'

उसने आंखें मूंद ली और म्यूज़िक के साथ लहराने लगी।

आई जस्ट वाना कीप कॉलिंग योर नेम

अनटिल यू कम बैक होम...

'किस एलबम का गाना है?' मैंने कहा।

'फ़िफ़्टी शेड्स डार्कर।'

'मूवी? वो जो बुक पर बेस्ड है?'

'हां,' उसने कहा। 'मैंने इस सीरिज़ की तीनों किताबें पढ़ी हैं। तीनों पर बनी मूवीज़ भी देखी हैं।'

अंजली के सिल्वर ब्रैसलेट्स, टैटूज़, लेदर जैकेट को देखकर लग रहा था कि वो बड़ी आसानी से फ़िफ़्टी शेड्स सीरिज़ की कोई कैरेक्टर बन सकती थी।

'मुझे वो सब बहुत...' मैं कहते-कहते रुक गया। मैं फ़िफ़्टी शेड्स सीरिज़ की बीडीएसएम सेक्स एक्टिविटीज़ के बारे में सोच रहा था।

'एक्सप्लिसिट लगता है?'

'हां, लेकिन वॉयलेंट और पेनफ़ुल भी। इससे मैं अनकम्फ़र्टेबल हो जाता हूं।'

अंजली हंस पड़ी।

'ज़रा से दर्द से अनकम्फ़र्टेबल हो जाते हो?'

'तुम्हें वो सब पसंद है? लेकिन ये डॉमिनेंस-सबमिशन जैसी चीज़ों का पॉइंट ही क्या है?'

'बीडीएसएम का मतलब है अलग-अलग लोगों के साथ अलग-अलग चीज़ें एक्सपीरियंस करना। डॉमिनेंट को पॉवर अच्छी लगती है। उसे इसका नशा होता है। सबमिसिव को सरेंडर करना पसंद है। इसका मतलब होता है ज़िंदगी की तमाम ज़िम्मेदारियों और स्ट्रेस से बचकर कहीं चले जाना। बात केवल सेक्स की ही नहीं है।'

मैंने सिर हिला दिया।

'फिर भी, मैं रिलेट नहीं कर पाता। लेकिन तुम तो इस सबमें बहुत डूबी हुई लगती हो।'

'नहीं, पूरी तरह से तो नहीं। जैसे कि मुझे यह पसंद नहीं है कि कोई मुझे पीटे। हां, लेकिन थोड़ा-बहुत दर्द हो तो चीज़ें और एक्साइटिंग हो जाती हैं।'

'ऐसा?'

'हां। बुद्ध ने कहा है कि ज़्यादा अच्छा क्या है? मच्छर आपको काटे नहीं, या वो आपको काटे तो आपको खुजलाने का मज़ा मिले। सोचो ज़रा।'

'बड़ी गहरी बात है।'

'लेकिन सही है।'

'क्या बुद्ध ने सचमुच ऐसा कहा है?'

'इंटरनेट तो कहता है।'

'तब तो सही ही होगा।'

हम दोनों हंस पड़े। हमारी आंखें मिलीं। उसने अपने पैर नीचे रख दिए। उसने अपने पंजों से मेरे तलुओं को सहलाया। इस बार मैंने अपने पैर नहीं हटाए। वो अपने पंजों से मेरे तलुओं को धीरे-धीरे सहलाने लगी। वोदका का असर भी छाने लगा। मैंने आंखें बंद कर लीं। मैं रिलैक्स होकर इस सेंसेशन का मज़ा ले रहा था कि उसने मेरे बाएं पैर में अपने पैरों के नाख़ून गड़ा दिया। मैं चौंककर उठ बैठा।

'आऊ, ये क्या था?'

'दर्द और मज़ा दोनों एकसाथ। एक डेमो था।'

'कमाल का डेमो था।'

'अब फिर से आंखें बंद करो।'

मैंने वैसा ही किया। वो फिर मेरे पैरों को अपने पंजों से सहलाने लगी। इस बार एंटिसिपेशन के कारण मैं और चौकस हो गया था। कमरे में सेक्सी आवाज़ में गाना बज रहा था। अब वो मेरे पैरों को अपनी अंगुलियों से सहलाने लगी और धीरे-धीरे ऊपर बढ़ने लगी। मैंने सोचा कि आंखें खोल लूं। क्या मुझे उसे रोकना चाहिए? क्या यह सही है? सौरभ क्या कहेगा? या क्या मुझे इन सब बातों की ज़रा भी परवाह थी?

जैसे-जैसे मेरा प्लेज़र-लेवल बढ़ने लगा, ये तमाम लॉजिकल क्वेश्चंस धीरे-धीरे गुम होने लगे। उसकी अंगुलियां मेरे घुटनों के ऊपर तक आ चुकी थीं। उसने अपना मुंह मेरी टांगों की ओर बढ़ाया और मेरे जांघों पर ठंडी सांस छोड़ दी। मैं सेंसेशन से कांप उठा। उसने मेरी जांघों पर ज़ोर से चिकोटी काटी।

'आउच, दैट हर्ट,' मैंने कहा और आंखें खोल लीं।

'श्‌श्‌श,' उसने कहा। 'तुम चाहते हो कि मैं रुक जाऊं?'

मैंने कोई जवाब नहीं दिया। मैं कुछ कहने की स्थिति में नहीं था। मैंने उसे कंधों से पकड़कर अपनी तरफ़ खींच लिया। वो उम्मीद से ज़्यादा हल्की थी। वो मेरी गोद में बैठ गई। हमने एक लम्बा किस किया। उसने मेरे निचले होंठ को काट लिया। मैं दर्द से कराह उठा। वो हंस दी। उसकी बाइटिंग से मैं और एग्रेसिव हो गया। मैंने उसे ज़ोर से किस किया और उसका स्पैगेटी टॉप उतारकर रख दिया।

उसने एक ब्लैक सिल्क ब्रा पहन रखी थी। मैंने उसकी चेस्ट के साइड में टैटू देखा, जिस पर कर्सिव फ़ॉन्ट में 'कार्पे डियम' लिखा था। ये शब्द उसके बाएं ब्रेस्ट के नीचे से उसकी आर्मपिट तक चले गए थे। मैंने टैटू पर अपनी अंगुलियां घुमाईं।

'डेड पोयट्स सोसायटी, आज तुम छा जाओ,' उसने मूवी का रेफ़रेंस देते हुए कहा।

'ओ कैप्टन, माय कैप्टन,' मैंने फ़िल्म का फ़ेमस डायलॉग दोहराते हुए कहा।

वो मुस्कराई और मुझे फिर किस किया। फिर वो अपनी शॉर्ट्स निकालने के लिए उठी और फिर मेरी गोद में बैठ गई। मैंने अपनी शर्ट उतार दी। 'फ़िफ़्टी शेड्स डार्कर' का म्यूज़िक एक मेकआउट सॉन्ग से दूसरे पर चला जा रहा था। वो मुझे किस करती रही और साथ ही गर्दन, शोल्डर्स, चेस्ट और पेट पर बाइट करती रही। फिर उसने मुझे काउच पर धकेल दिया और पीठ के बल लेटा दिया। उसने अपनी पैंटी उतारी और संकरे-से सोफ़े पर मेरे पास लेट गई। तभी म्यूज़िक रुक गया और ब्लूटुथ स्पीकर पर रिंग बजने लगी।

'गोलू कॉलिंग,' एक रोबोटिक वॉइस कमरे में गूंजी।

'वॉट द फ़क,' उसने कहा।

'गोलू कॉलिंग... गोलू कॉलिंग,' स्पीकर पर लगातार बज रहा था।

'ये क्या है, केशव?' अंजली ने कहा।

'कुछ नहीं, मेरा फ़ोन है। एक कॉल आ रहा है। वो स्पीकर से कनेक्टेड है, इसलिए...'

'ये मुझे फ्रीक-आउट कर रहा है।'

'हां, हां, इसीलिए तो फ़ोन नहीं उठा रहा हूं,' मैंने कहा और पाया कि मेरा फ़ोन डाइनिंग टेबल पर ही रखा था। मैंने कॉल काटने के लिए हाथ बढ़ाया,

लेकिन ग़लती से दूसरा बटन दब गया।

'हैलो? केशव?' सौरभ की आवाज़ गूंजी।

'वॉट...' अंजली ने मुंह खोला ही था कि मैंने उसका मुंह बंद कर दिया।

'हाय, सौरभ।'

'तुम कहां हो? सब ठीक तो है?'

'घर पर ही हूं, क्यों?'

'नहीं, तुम्हारी सांस फूली हुई लग रही है और आवाज़ भी ऐसा लग रहा है, कहीं दूर से आ रही हो।'

'मैं शॉवर ले रहा था। फ़ोन की आवाज़ सुनकर दौड़ा-दौड़ा आया। अभी स्पीकर मोड पर बात हो रही है।'

'ख़ैर, मैंने ये बताने के लिए कॉल किया था कि आज मैं जल्दी घर आ रहा हूं। दिल्ली साइड में एक मीटिंग थी। तो अब फिर से गुड़गांव जाने का कोई मतलब नहीं है।'

'रियली? तो कब तक आ रहे हो? अभी कहां हो?'

'सिविल लाइंस। गूगल मैप्स बता रहा है कि 54 मिनट लगेंगे।'

'ठीक है,' मैंने कहा। मेरा दिमाग़ इस बारे में सोचने लगा था कि अगले 54 मिनट में मुझे क्या काम फ़िनिश करना है।

'सी यू देन,' सौरभ ने कहा और फ़ोन रख दिया। स्पीकर पर फिर से सेक्सी म्यूज़िक बजने लगा।

'ये सब क्या था?' अंजली ने कहा।

मैंने उसे अपनी तरफ़ खींच लिया। हमारी नेक्ड बॉडीज़ ने एक-दूसरे को छुआ। मैंने ब्लूटुथ स्पीकर की ओर इशारा किया।

'ये दर्द था,' मैंने कहा। 'और अब फिर से मज़ा लेने का समय आ गया है।'

मैं उसके भीतर दाख़िल हुआ।

उसने इतनी ज़ोर से सिसकी ली कि म्यूज़िक उसके सामने धीमा पड़ गया। उसके किसेस की तरह उसकी लवमेकिंग भी हाई इंटेंसिटी वाली थी। वो स्पीड और पैशन के साथ मूव कर रही थी। अधिकतर समय वो मेरे ऊपर बैठी रही और मेरी चेस्ट में उसके नेल्स धंसते रहे। वो मुझे किस और बाइट करती रही।

क्लाइमैक्स में आकर वो कांप उठी।

'अब तुम फ़िनिश कर सकते हो,' उसने मुझसे कहा। मुझे ज़्यादा समय नहीं लगा। फिर हम एक-दूसरे पर गिर पड़े। मैं एग्ज़ॉस्ट हो चुका था। मैंने आंखें बंद कर लीं।

तभी डोरबेल बजी।

'फ़क,' मैंने कहा और सोफ़े से निकलकर कपड़े पहनने लगा।

'अभी तो बीस मिनट ही हुए थे' अंजली ने कहा और अपने कपड़े उठा लिए।

'हां, आज पहली बार मैं चाहता था कि दिल्ली में अच्छा-ख़ासा ट्रैफ़िक होता।'

डोरबेल फिर से बजी।

'अब क्या करें?' उसने कहा।

मैंने पूरे घर में नज़र दौड़ाई।

'मेरे रूम में जाकर छिप जाओ,' मैंने कहा। 'अपना बैकपैक ले जाओ। वो जैसे ही अपने कमरे में जाएगा, मैं तुम्हें बाहर जाने का इशारा कर दूंगा।'

मैंने वोदका बॉटल और गिलास हटाए। डोरबेल फिर से बजी।

'आ रहा हूं,' मैंने कहा।

मेरा ब्लूटूथ स्पीकर फिर से बजा।

'अननोन कॉलिंग... अननोन कॉलिंग,' उस पर आवाज़ आ रही थी।

अंजली दौड़ते हुए मेरे कमरे में गई और दरवाज़ा लगा लिया।

मैंने फ़ोन काट दिया। डोरबेल फिर से बजी। मैं दरवाज़े पर गया और उसे खोला।

'आपने चायनीज़ फ़ूड ऑर्डर किया था, सर?' डिलीवरी बॉय ने कहा।

❖

'आर यू श्योर तुम कुछ खाना नहीं चाहतीं?' मैंने कहा। 'रिलैक्स, हमारे पास अभी पच्चीस मिनट हैं।'

अंजली ने कुछ जवाब नहीं दिया। वो लिविंग रूम में अपनी चीज़ें कलेक्ट कर रही थी। उसने अपना बैकपैक और जैकेट ज़िप-अप किया और मिरर में अपना चेहरा देखने लगी। मैं बीच में आकर खड़ा हो गया।

'वो केवल डिलीवर बॉय था। रिलैक्स। सौरभ को आने में अभी समय लगेगा।'

'नहीं, मैं चांस नहीं ले सकती। नूडल्स खाना इतना भी ज़रूरी नहीं है।'

'लेकिन उसे इससे कोई फ़र्क़ नहीं पड़ेगा।'

'ठीक है,' अंजली ने कहा और अपनी आंखें चारों तरफ़ घुमाईं। उसने सिगरेट बट्स को किचन के डस्टबिन में फेंक दिया। 'यहां थोड़ा रूम फ्रेशनर स्प्रे कर देना।'

'मैं कर दूंगा। थोड़ा फ़ूड अपने साथ ले जाओ। तुमने कुछ खाया नहीं है,' मैंने उसकी तरफ़ चाऊमीन बढ़ाते हुए कहा। उसने वो ले लिया।

'वॉव, तुम तो केयरिंग टाइप के हो। मुझे यह पसंद है। मेरे लिए तो यह रेयर बात है। थैंक यू,' उसने कहा। लेकिन वह मुझसे आई कॉन्टैक्ट अवॉइड कर रही थी और मिरर में देखकर अपने बाल एडजस्ट कर रही थी।

'क्या तुम हर बार लवमेकिंग के बाद इतनी ही ऑकवर्ड हो जाती हो?' मैंने कहा। हां, यह कोई हुक-अप सेक्स नहीं था, यह मेकिंग-लव जैसा ही अहसास था।

उसने मेरी ओर देखा और मुस्करा दी। फिर वह आगे बढ़ी और मेरे होंठों पर हल्के-से किस किया। उसने घड़ी देखी।

'यह सब कितना अच्छा था, इस पर मैं एक स्पीच दे सकती हूं। लेकिन इससे पहले कि तुम्हारा अंकल-कम-स्कूल प्रिंसिपल-कम दोस्त आ जाए, मुझको जाना पड़ेगा। फिर अगली बार के लिए भी कुछ बचाना चाहिए ना। बाय।'

मैं कुछ कहता, इससे पहले वो दरवाज़ा खोलकर बाहर निकल गई। उसने कहा था अगली बार। गुड, इसका मतलब था कि ये सब फिर से होगा।

बीस मिनट बाद डोरबेल बजी। मैंने दरवाज़ा खोला। बाहर सौरभ खड़ा था और अपनी जेब में हाउस-कीज़ तलाश रहा था।

'क्या तुमने कोई परफ़्यूम बॉटल तोड़ दी?'

'नहीं, बस थोड़ा-सा रूम फ्रेशनर स्प्रे किया है।'

वो भीतर आया और सोफ़े पर ब्रीफ़केस रख दिया।

'जब मैंने कॉल किया था, तब घर में कोई था?'

'नहीं तो।'

'पता नहीं, मुझे लगा मैंने किसी की आवाज़ सुनी थी।'

'शायद मैं लैपटॉप पर कोई शो देख रहा होऊंगा।'

'तुमने काम नहीं किया? जैकब पिच मांग रहा था।'

'करके भेज भी दिया।'

सौरभ ने सिर हिलाया और अपनी टाई निकाल दी।

'उसे जमानत मिल सकती है।'

'रमेश को?'

'हां। मैंने सिंह को फ़ोन लगाया था। उसने कहा कि रमेश के वकील उसे छुड़ाने की पूरी कोशिश कर रहे हैं।'

'मैं सरप्राइज़्ड नहीं हूं,' मैंने कहा।

'यानी किलर को खोज निकालने या उसे गिरफ़्तार करवा देने पर यह कहानी ख़त्म नहीं हो जाती? अब उसको सज़ा दिलाने के लिए लीगल ड्रामे की भी चिंता हमको करनी पड़ेगी?'

'हम डिटेक्टिव्ज़ हैं। हमारा काम यह पता लगाना है कि क़ातिल कौन था। हमने उसका पता लगाकर पुलिस को बता दिया। हमारा काम पूरा हो गया।'

'तो यह केवल एक काम था?'

'नहीं, लेकिन मैं यह कहना चाह रहा हूं कि हम वकील नहीं बन सकते हैं।'

'उसने मेरी प्रेरणा को मार दिया और बहुत जल्द वो अपने घर में बैठकर स्कॉच पी रहा होगा।'

'लेकिन ज़्यादा दिन नहीं।'

'जो भी हो,' सौरभ ने कहा और सिर हिला दिया। लेकिन उसकी तेज़ नाक ने केवल रूम फ्रेशनर की स्मेल ही नहीं पकड़ी, कुछ और भी उसने खोज निकाला।

'तुमने चायनीज़ फ़ूड ऑर्डर किया है?'

'कुछ देर पहले ही आया है,' मैंने कहा और चायनीज़ फ़ूड के बॉक्स की ओर इशारा किया।

हम डाइनिंग टेबल पर गए। सौरभ ने बॉक्स खोल लिया।

'गोभी मंचूरियन, सुपर्ब। मोमोज़ और क्लीयर सूप भी है, गुड। चाऊमीन

कहां है?'

'याद नहीं कि ऑर्डर किया था या नहीं।'

'नूडल्स के बिना गोभी मंचूरियन कैसे खाएंगे? यहां पर रसीद पड़ी है, जो बता रही है कि तुमने चाऊमीन भी ऑर्डर किया था। कहां है वो?'

जब फ़ूड का सवाल आता है तो सौरभ की डिटेक्टिंग स्किल्स लेजेंडरी हो जाती हैं।

'शायद वो भेजना भूल गए। थोड़ा राइस बना लाऊं?'

'नहीं, उसमें बहुत समय लग जाएगा। ऐसे ही खा लेते हैं।'

'श्योर,' मैंने कहा। हम बैठ गए। सौरभ ने अपने मुंह में एक-एक कर दो मोमोज़ रख लिए। उसका चेहरा भी एक बड़े-से मोमो जैसा लग रहा था।

'इस डिलीवरी बॉय को फ़ाइव स्टार मत देना। नूडल्स के बिना चाइनीज़ फ़ूड का क्या मज़ा?'

'मेरे मोमोज़ ले लो, मुझे ज़्यादा भूख नहीं है।'

'ठीक है, तुम कहते हो तो ले लेता हूं।'

मैंने सूप लिया।

'तुम्हारे कमरे में खटमल हैं क्या?' सौरभ ने कहा।

'क्या?' मैंने कहा।

'तुम्हारी गर्दन। तुम्हारे हाथ। और तुम्हारे पैरों पर भी काटने के निशान हैं,' सौरभ ने खाते-खाते कहा। अंजली की लवमेकिंग अपने निशान छोड़ गई थी।

'हमें खटमल-नाशक दवाई का छिड़काव करना चाहिए। लेकिन क्या फ़ायदा, चार दिन बाद तो हम घर ख़ाली कर ही रहे हैं।'

'बिलकुल,' मैंने कहा।

'लोशन लगा लेना।'

'हां,' मैंने कहा, मन ही मन यह उम्मीद बांधते हुए कि मुझे वैसे निशान जल्द ही फिर से मिलेंगे।

अध्याय 54

'सो रहे हो?' अंजली का मैसेज आया।

आधी रात हो चुकी थी। मैं बेड पर बैठा लैपटॉप में अपार्टमेंट्स और ओयो रूम्स के लिए सर्फ़ कर रहा था। सौरभ अपने कमरे में था।

'नहीं,' मैंने जवाब दिया।

'आज की दोपहर वंडरफ़ुल थी।'

'यस, इट वॉज़ अमेज़िंग।'

'प्रिंसिपल सर ठीक हैं?'

'तक़रीबन।'

'तक़रीबन क्यों?'

'उसे चिंता हो रही थी कि मुझे खटमल बहुत काट रहे हैं।'

'ऊप्स। एक यादगार दोपहर की मेमरीज़।'

'तुम मेरे साथ अगली बार कब काम करना चाहोगी?'

'हाहा, जब आप कहें, सर।'

हमने दो दिन बाद फिर से मिलने का प्लान बनाया और चैट ख़त्म कर दी।

मैंने लाइट बुझा दी और फ़ोन को एक तरफ़ रख दिया। कमरे में अभी भी लैपटॉप की लाइट ग्लो कर रही थी। मैं एक कम्फ़र्टेबल कॉटन टी-शर्ट पहनने के लिए उठा। मैंने अपनी वर्कआउट टी-शर्ट निकाल दी, जिसे मैं सुबह से पहने हुए था। बेडरूम के मिरर में मैंने अपना रिफ़्लेक्शन देखा। मेरा वज़न पहले से कम हो गया था। मैं पास आया और अपने चेहरे की ओर देखा। गर्दन के पास मौजूद कुछ निशानों को मैंने छूकर देखा। एक बड़ा निशान चेस्ट पर था, जिसे सौरभ ने नहीं देखा। मैं मिरर में ख़ुद को देखता रहा, फिर टी-शर्ट पहनकर लौट आया। लैपटॉप को मैंने शट-डाउन कर दिया। कमरे में अंधेरा फैल गया। काश कि मेरा दिमाग़ भी इतनी आसानी से शट-डाउन हो पाता तो मैं चैन की नींद सो लेता।

अध्याय 55

एक महीने बाद

'वॉट डु यू मीन कि वो जेल से बाहर आ गए हैं? ये तो अनबिलीवेबल है,' सौरभ ने कहा।

सौरभ, इंस्पेक्टर सिंह और मैं गुड़गांव में हमारे ऑफ़िस के पास चायोस में मिले थे। गुड़गांव पुलिस स्टेशन में सिंह को कुछ काम था और उन्होंने सौरभ को यह कहकर मिलने के लिए बुलाया था कि उन्हें कुछ बताना है।

'कोर्ट ने उन्हें जमानत दी है, पुलिस ने नहीं,' सिंह ने कहा। हम तीनों कुल्हड़ वाली गर्म चाय पी रहे थे। सर्दियों में चाय की भाप बहुत सुक़ूनदेह लग रही थी।

सौरभ मन ही मन गालियां देने लगा।

'तुम्हें भले बुरा लगे, लेकिन उन्हें जमानत के लिए अप्लाई करने का हक है। डोंट वरी। हम कोर्ट में उनके क्राइम को प्रूव कर देंगे। हर केस में ऐसा ही होता है,' सिंह ने कहा।

सौरभ ने सिर हिलाया।

'सौरभ जी, मैंने कोई पैसा-वैसा नहीं लिया है। जमानत का मामला मेरे हाथ में नहीं था। उन्होंने टॉप वकीलों को हायर किया है।'

'और अगर वो छूटने के बाद फ़रार हो जाएं तो? अगर वो भागकर पंजाब में कहीं छिप जाएं तो कहां ढूंढ़ेंगे? वो तो विदेश भी जा सकते हैं,' सौरभ ने कहा।

'वो ऐसा नहीं कर सकते। जमानत इसी शर्त पर दी जाएगी कि वो दिल्ली से बाहर नहीं निकलेंगे। अगर उन्होंने इसकी कोशिश की तो अदालत इस पर सख़्त रवैया अपनाएगी।'

'मुक़दमा कब शुरू होगा?' मैंने कहा।

'बहुत जल्द। पहली सुनवाई एक महीने में होने की उम्मीद है।'

'एक महीना? इसको जल्दी कहेंगे?' सौरभ ने कहा।

'हमारी अदालतों के लिए तो यह जेट-स्पीड की तरह है,' सिंह ने कहा।

सौरभ एक घूंट में पूरी चाय पी गया। फिर उसने टेबल पर कुल्हड़ को पटक दिया। इंडियन ज्यूडिशियल सिस्टम का पूरा ग़ुस्सा उस पर निकाला गया था। मुझे उसे बेहतर फ़ील कराने के लिए कुछ ना कुछ तो करना ही था। मैंने कहा—

'गोलू, तुमने यहां का मूंग दाल हलवा ट्राय किया है?'

❖

मैं एक महीने के लिए अपने ऑफ़िस के पास एक चीप ओयो रूम्स में रहने चला आया था। इससे मेरा पैसा भी बच सकता था और समय भी और मैं इत्मीनान से अपने लिए एक अपार्टमेंट ढूंढ़ सकता था। साथ ही मैं, ऑफ़िस भी पैदल जा सकता था। लेकिन इसका यह भी मतलब था कि अब अंजली से मेरा मिलना बंद हो जाएगा, अलबत्ता हम पिछले कुछ समय में एक-दूसरे के काफ़ी क़रीब आते चले गए थे। होटल के स्ट्रिक्ट रूल्स अनमैरिड कपल्स का एक रूम में होना अलॉउ नहीं करते थे।

'अगर लड़का-लड़की फ्रेंड्स हों तो?' मैंने पूछा।

'नॉ अलॉउड,' रिसेप्शन पर बैठे कोई चालीस साल के एक खड़ूस आदमी ने कहा, जिसे क़ायदे से जेल वार्डन होना चाहिए था।

'कज़िन्स?'

'नहीं।'

'भाई-बहन?'

'नॉट अलॉउड।'

'बाप-बेटी? देवर-भाभी? जीजा-साली? ससुर-बहू?'

'नहीं, नहीं, नहीं, रूम में कोई फ़ीमेल नहीं। तुमको यहां पर रहना है या नहीं?'

'फ़ाइन। प्लीज़ तब इस बात का भी ध्यान रखिएगा कि मेरे कमरे में कोई मादा मच्छर ना घुस जाए।'

चूंकि मेरे होटल में कर्फ़्यू लगा हुआ था, इसलिए अंजली और मैं मॉल्स, सिनेमा, कैफ़े, बार में डेट कर रहे थे।

हम एंटीडोट में आए हुए थे। यह हौज़ ख़ास में एक हेल्थ फ़ूड कैफ़े है। जमानत मिलने के बाद रमेश मल्होत्रा हाउस चले गए थे। अंजली मुझे घर की सिचुएशन के बारे में बता रही थी।

'फ़ैमिली में हालात बहुत वीयर्ड हो चुके हैं। उन लोगों ने मुझसे और मेरी मां से बात करना भी बंद कर दिया है,' उसने एक मेटल स्ट्रॉ से अपनी स्मूदी को मिक्स करते हुए कहा। प्लैनेट की रक्षा के लिए वो हमेशा मेटल स्ट्रॉ का इस्तेमाल करती थी।

'और मांजी?' मैंने अपनी ग्रीन स्मूदी का एक सिप लेते हुए कहा।

'उन्हें अभी तक कुछ पता नहीं है। वो हमारे ही फ़्लोर पर रहती हैं। रमेश अंकल आते हैं और उनसे मिलकर चले जाते हैं। लेकिन वो हमारी तरफ़ देखते भी नहीं।'

'ये तो बड़े मुश्किल हालात हैं।'

'और मां उन्हें मनाने में लगी हुई हैं। वो हमेशा उन्हें और नीलम आंटी को सॉरी बोलती रहती हैं।'

'और?'

'और वो उनकी इंसल्ट करते हैं, और क्या? मैं तो चाहती हूं कि वो घर छोड़ दूं, लेकिन कोई चॉइस नहीं है। मां और मैं अभी किसी दूसरी जगह पर रहना अफ़ोर्ड नहीं कर सकते हैं।'

'लेकिन तुम लोगों को घर छोड़ने की क्या ज़रूरत है? वैसे भी मुक़दमा बहुत जल्द शुरू हो जाएगा और उसके बाद रमेश अंकल फिर से जेल में होंगे।'

'वो लोग कोशिश करेंगे कि मुक़दमा जितने समय तक चल सकता है, चलाएं।'

अपने रेगुलर बोहेमियन लुक के बजाय आज उसने लाइट पिंक सलवार कमीज़ पहनी थी, जिसमें सब तरफ़ सफ़ेद फूल बने थे। और हर बार की तरह चंकी मेटल ईयररिंग्स के बजाय आज उसने डेंटी सिल्वर के ईयररिंग्स पहने थे।

मैंने अंजली के हाथ पर अपना हाथ रख दिया।

'सब ठीक हो जाएगा।'

'शुक्रिया, मैं यही सुनना चाह रही थी।'

'अंजली।'

'हां?'

'आई लव यू। आई डु। और मैं चाहता हूं कि यह रिलेशनशिप मीनिंगफ़ुल हो, मैं इसमें कहीं पहुंचना चाहता हूं।'

'केशव,' उसने कोमल आवाज़ में कहा, 'आर यू सीरियस?'

'हां। ये सब कितना अजीब है, यूं छुप-छुपकर मिलना। जैसे कि हम कुछ ग़लत कर रहे हों। हमें सौरभ और दूसरे लोगों को सब बता देना चाहिए।'

'रियली?'

'तुम सरप्राइज़्ड क्यों हो? तुम्हें लग रहा था ये सब बस टाइमपास है?'

उसकी आंखें नम हो गईं। उसने मेरे हाथों को थाम लिया।

'आई लव यू टु, केशव,' उसने कहा। 'और हां, मैं भी ये शब्द सुनना और कहना चाहती थी।'

एंटीडोट का वेटर बिल ले आया।

'मेरे पास एक आइडिया है,' मेरे द्वारा बिल चुकाने के बाद अंजली ने कहा।

'क्या?'

'अगर मैं लड़के की ड्रेस में तुम्हारे होटल में आऊं तो? मैं यह काम बहुत अच्छे-से कर सकती हूं। तब तो तुम्हारा ओयो रूम्स वाला हेडमास्टर मुझे तुम्हारे रूम में आने देगा?'

'नहीं प्लीज़, वो लोग तुम्हारे साथ मुझे भी बाहर निकाल देंगे। और मुझे अपने ऑफ़िस के पास इतना सस्ता कोई दूसरा रूम नहीं मिलेगा।'

'उन्हें पता नहीं चलेगा।'

'पता चल जाएगा।'

'कैसे?'

'तुम इतनी सुंदर हो कि कोई भी कह देगा, यह लड़का नहीं हो सकता,' मैंने कहा। 'और वैसे भी, जब तुमको देखकर मेरी नज़रें तुमसे नहीं हटेंगी तो वो ख़ुद-ब-ख़ुद समझ जाएंगे कि यह तो लड़की है।'

वो मुस्करा दी और बहुत देर तक मुझे एकटक देखती रही।

अध्याय 56

'तुम किस बारे में बात करना चाहते हो? तुम और अंजली?' सौरभ ने कहा।

'रिलैक्स, बैठ जाओ। ऐसे मेरे सामने खड़े रहने की ज़रूरत नहीं है।'

मैं उसके नए अपार्टमेंट में आया था। यहां केवल एक ही चीज़ अपनी जगह पर थी, और वह था एक बड़ा-सा फ्रिज। यह हमारे मालवीय नगर वाले फ्रिज से तीन गुना बड़ा था। इसमें इतना राशन स्टोर किया जा सकता था कि पूरा तीसरा विश्व युद्ध आसानी से काटा जा सके। उसे एक फ़ैंसी कंडोमिनियम के सत्रहवें फ़्लोर पर एक दो बेडरूम का अपार्टमेंट मिला था और इस सोसायटी में पूल और जिम भी थे। लेकिन मैं अपनी दोनों किडनियां दांव पर लगाकर कह सकता था कि अपनी दो साल की लीज़ में सौरभ उन दोनों का ही इस्तेमाल नहीं करने वाला था।

संडे की दोपहर थी और मैं उसकी छोटी-सी बालकनी में एक आरामकुर्सी पर बैठकर धूप का मज़ा ले रहा था। लेकिन उसके मेरे सामने आकर खड़े हो जाने से धूप का रास्ता रुक रहा था।

सौरभ दूसरी आरामकुर्सी पर बैठा था और हमारे द्वारा ऑर्डर किया गया पिज़्ज़ा खा रहा था। वो ये ख़बर सुनकर बिलकुल ख़ुश नहीं था।

'मुझे तो इंगेजमेंट वाले दिन ही तुम दोनों पर शक़ हो गया था।'

'उस दिन कुछ भी नहीं हुआ था।'

'लेकिन बाद में हो गया? सीरियसली, केशव? मैंने तुमसे एक लड़की से दूर रहने को बोला और तुमने उसे भी नहीं छोड़ा। लेकिन क्यों? तुम प्रेरणा की फ़ैमिली से दूर क्यों नहीं रह सकते?'

'जैसा तुम सोच रहे हो, वैसा नहीं है, गोलू। यह कोई टाइमपास वाली रिलेशनशिप नहीं है। मैं तुम्हें इसलिए बता रहा हूं, क्योंकि मेरे लिए यह ज़रूरी है। और मैं इसे छुपाना नहीं चाहता।'

'तुम्हारे लिए ज़रूरी? जैसे कि मैंने पहले तुम्हें कभी लड़कियों के साथ नहीं देखा।'

सौरभ पिज़्ज़ा के ख़ाली बक्से को किचन में ले गया। मैं गुड़गांव की

ओवर-कंस्ट्रक्टेड स्काईलाइन को देखता हुआ उसके आने का इंतज़ार करने लगा। उसके आते ही मैंने कहा—

'मैंने पास्ट में बहुत स्टूपिड चीज़ें की हैं, लेकिन ये अलग है। इन फ़ैक्ट, मैं इसे ऑफ़िशियल बनाना चाहता हूं।'

'ऑफ़िशियल?'

'क्यों? तुम यही तो चाहते थे कि मैं उसे किसी कैज़ुअल टिंडर डेट की तरह ट्रीट ना करूं।'

'मैं चाहता था कि तुम उससे दूर रहो। या बेहतर होगा अगर मैं कहूं मल्होत्रा फ़ैमिली की हर औरत से दूर रहो।'

'मैं क्रीप नहीं हूं, सौरभ।'

'मैंने ये नहीं कहा। लेकिन ये तुम्हारे ही शब्द थे कि तुम अब रिलेशनशिप्स में यक़ीन नहीं करते।'

'अब करने लगा हूं, क्योंकि अंजली सबसे अलग है।'

सौरभ ने अपनी आंखें घुमाईं।

'मुझे पता था तुम मेरी बात का विश्वास नहीं करोगे, इसीलिए मैं चाहता था कि तुम मेरे साथ चलो।'

'कहां?'

'मल्होत्रा फ़ैमिली में। मुझे इस रिश्ते के लिए बिंदु आंटी की हां चाहिए।'

'क्या? तुम्हारा दिमाग़ ख़राब हो गया है?'

'शायद, लेकिन यही करना ठीक होगा।'

'रमेश अंकल के हाथों मारे जाना ठीक होगा?'

'मेरे ख़याल से उनका मर्डर करने का कोटा पूरा हो चुका है।'

'इट्स नॉट फ़नी, केशव। पहले तुमने कहा कि तुम अंजली को डेट कर रहे हो। अब तुम मल्होत्रा परिवार में जाना चाहते हो। क्यों? शादी के लिए उसका हाथ मांगने के लिए?'

'हां, कुछ-कुछ यही। मैं बस सबको यह बताना चाहता हूं कि हम दोनों साथ हैं। और मैं इस रिलेशनशिप को लेकर सीरियस हूं। मैं नहीं चाहता कि उन्हें इस बारे में किसी और से पता चले।'

'और तुम्हें क्या लगता है, इसका क्या नतीजा होगा? मांजी थाली लेकर

तुम्हारी आरती उतारेंगी? नीलम आंटी तुम पर फूल बरसाएंगी? रमेश अंकल रोका करेंगे?'

'मुझे नहीं पता, क्या होगा। लेकिन मुझे तुम्हारी ज़रूरत है। तुम्हें मेरे साथ चलना होगा। अगर बिंदु आंटी की हां है तो कोई दिक़्क़त नहीं। वो उसकी मां हैं।'

'हमने उस आदमी को जेल भिजवाया। वो हमें अपने घर में नहीं घुसने देगा। इन फ़ैक्ट, अगर उसका बस चले तो वो अंजली और बिंदु आंटी को भी घर से निकाल बाहर कर देगा।'

'वो ऐसा नहीं करेंगे। कम से कम जब तक मांजी हैं, तब तक तो नहीं। वो लोग मांजी के फ़्लोर पर रहते हैं।'

'वो इस रिश्ते को कभी अप्रूव नहीं करेंगे।'

'मुझे उनकी परमिशन नहीं चाहिए। अंजली और मैं सबको हमारे बारे में बताना चाहते हैं। मैं चाहता हूं कि मैं उससे खुलकर मिल सकूं। मैं चीज़ों को फ़ॉर्मलाइज़्ड करना चाहता हूं।'

'फ़ॉर्मलाइज़्ड? तो तुम लोग शादी करोगे? वॉव, तुम मेरी मर चुकी मंगेतर की बहन से शादी करोगे?'

'तो क्या हुआ?'

'जो कुछ हुआ, उसके बाद भी तुम्हें लगता है इसमें कुछ ग़लत नहीं है?'

मैंने कोई जवाब नहीं दिया। सौरभ दूसरी तरफ़ देखने लगा।

'मुझे फ़ैमिली को कन्विंस करना होगा। हो सकता है, वहां जाने पर सबकुछ ठीक ना हो, इसलिए मुझे तुम्हारी ज़रूरत है। बस एक बार, सौरभ, प्लीज़ मेरे लिए।'

❖

'तुम क्या करने जा रहे हो?'

'मैं तुम्हारी फ़ैमिली से तुम्हारा हाथ मांगने आ रहा हूं।'

उसने हाथों से अपना चेहरा छुपा लिया।

'क्या ये एक प्रपोज़ल है? फ़क।'

'ऐसे मौक़ों पर लोग फ़क नहीं बोलते।'

'सॉरी, मुझे पहली बार किसी ने प्रपोज़ किया है।'

उसका चेहरा लाल हो गया। उसने अंगुलियों से अपनी आंखें भी ढांक

लीं। हम एरोसिटी पर अंदाज़ होटल में आए थे और लॉबी में बार स्टूल्स पर बैठे थे। उसने टाइट ब्लैक जींस और ब्लैक टर्टलनेक पहन रखा था। साथ ही अपनी ट्रेडमार्क लेदर जैकेट भी पहनी हुई थी। आज उसने कोई एसेसरीज़ नहीं पहनी थी।

'तुम रो रही हो?'

उसने अपना सिर हिलाया, लेकिन चेहरे को हाथों से ढांके रखा।

मैं मुस्करा दिया।

'केशव, तुम सीरियस हो?' उसने आख़िरकार अपने चेहरे से हाथ हटाते हुए कहा।

'हां।'

'और तुम मां से मिलना चाहते हो?'

'और बाक़ी सब लोगों से भी।'

'गीतू मां? ग्रेग?'

'उनसे भी, लेकिन वो तो यूएस में हैं।'

'फिर कौन? मांजी?'

'हां, सभी से। रमेश अंकल और नीलम आंटी से भी। मुझे उनसे सपोर्ट की उम्मीद नहीं है, लेकिन कम से कम उन्हें पता चलना चाहिए।'

'नहीं, नहीं, केशव, ये एक बुरा आइडिया है। मेरी मां ने जैसे-तैसे उनसे सुधार किया है, इससे फिर चीज़ें बिगड़ जाएंगी।'

'सुधार कैसे किया?'

'उन्होंने हज़ार बार माफ़ी मांगी। कहा कि उन्हें गुमराह किया गया था। वो नीलम आंटी के ताने सुनती रहीं। अब जाकर चीज़ें थोड़ी ठीक हुई हैं। यानी अब वो कम से कम हमें देखकर सिर हिला देते हैं। ट्रस्ट मी, उन दोनों को इससे दूर ही रखो।'

'फिर मैं तुमसे घर पर मिलने कैसे आऊंगा?'

'तुम्हें वहां आने की कोई ज़रूरत नहीं है।'

'लेकिन अंजली, हम कब तक छुपते रहेंगे, कभी ना कभी तो उन्हें पता चल ही जाएगा।'

'कभी ना कभी तो, हां। अगर हम सीरियस हुए तो।'

'क्या हम सीरियस नहीं हैं?'

अंजली ने मेरी तरफ़ देखा और मुस्करा दी।

'तुम बहुत क्यूट हो, केशव। चलो इसी होटल में एक रूम ले लेते हैं। अभी।'

'नहीं, पहले मुझे तुम्हारी फ़ैमिली से मिलकर तुम्हारा हाथ मांगना होगा।'

'मेरा हाथ मांगना, आऊ... ये सुनने में कितना ओल्ड-फ़ैशन्ड और इसके बावजूद कितना स्वीट लगता है। यूएस में तो लड़का सीधे लड़की को प्रपोज़ कर देता है।'

'इंडिया में लड़के को लड़की की पूरी फ़ैमिली को प्रपोज़ करना पड़ता है।'

'लेकिन रमेश अंकल तुमसे मिलने के लिए कभी राज़ी नहीं होंगे।'

'मैं कोशिश करता हूं। अगले हफ़्ते उनसे मिलने के लिए समय मांगता हूं।'

'तुम्हें केवल गालियां सुनने को मिलेंगी।'

'अगर तुम्हें पाने के लिए गालियां भी खाना पड़ीं तो कोई बड़ी बात नहीं।'

उसने कोई जवाब नहीं दिया, बस एक बार धीमे से मुस्करा दी।

❖

'रमेश अंकल तुमसे मिलने के लिए राज़ी हो गए? रियली?' सौरभ ने ऑफ़िस क्यूबिकल में अपनी चेयर घुमाते हुए कहा।

'मैंने कहा मुझे आपके केवल दस मिनट चाहिए,' मैंने अपनी चेयर उसकी तरफ़ घुमाते हुए कहा।

'और?'

'मुझे कुछ गालियां सुनना पड़ीं, लेकिन मैंने विनम्रता से उनको बताया कि मुझे एक ज़रूरी मामले पर बात करनी है।'

'उन्होंने तुमको धमकाया?'

'नहीं, उनके वकीलों ने उन्हें सलाह दी है कि कोई भी ऐसी-वैसी हरकत ना करें।'

'उन्हें तो अंदाज़ा भी नहीं होगा कि तुम किस बारे में बात करने जा रहे हो।'

'बुधवार रात आठ बजे उन्हें सब पता चल जाएगा।'

अध्याय 57

मैंने डोरबेल बजाई। बिंदु ने दरवाज़ा खोला और मैंने देखा कि घर लगभग वैसा का वैसा ही है, जैसा हमने आख़िरी बार देखा था।

हमने नमस्ते की। मैंने सोचा कि बिंदु के पैर छूने चाहिए, लेकिन फिर यह सोचकर रह गया कि अभी यह बहुत जल्दी होगा। सौरभ और मैं उनके पीछे-पीछे हॉल में चले आए और बैठ गए। बिंदु मुझे देखकर मुस्कराईं और मेरे सिर को हल्के से सहलाया। तो क्या अंजली ने उन्हें हमारी रिलेशनशिप के बारे में पहले ही बता दिया था?

'सॉफ़्ट ड्रिंक लोगे, बेटा?'

मैंने सिर हिला दिया।

'आंटी, फ़ैंटा मिल जाए तो मज़ा आ जाएगा,' सौरभ ने कहा।

बिंदु ने गोपिका से कहा कि थोड़ी-सी सॉफ़्ट ड्रिंक्स और साथ में पनीर पकौड़ा बना लाए।

'अंजली घर पर है?' मैंने कहा।

'हां, वो आ रही है। आज वो तैयार होने पर एक्स्ट्रा टाइम ख़र्च कर रही है, जबकि ऐसे तो कुछ भी आवारा लड़कों जैसे कपड़े पहन लेती है।'

अंजली के क़दमों की आहट सुनाई दी। उसने गोल्ड बॉर्डर वाली प्लेन मस्टर्ड साड़ी पहनी थी और कंट्रास्ट के लिए पूरी बांह का ब्राइट बॉटल ग्रीन ब्लाउज़ पहना था। माथे पर छोटी-सी लाल बिंदी लगा रखी थी। मैंने उसे इससे पहले कभी साड़ी में नहीं देखा था। मैं उस पर से अपनी आंखें नहीं हटा पाया। उसने सौरभ और मुझे हग किया और हमारे सामने बैठ गई।

'बाक़ी के लोग?' मैंने कहा।

'तुम श्योर हो, बेटा?' बिंदु ने कहा।

'हां, चिंता नहीं कीजिए, सब ठीक होगा।'

बिंदु ऊपर गईं और मांजी को ले आईं। सौरभ ने मांजी के पैर छुए। हम सब बैठकर अपनी ड्रिंक्स पीने लगे।

जल्द ही रमेश और नीलम भी नीचे आ गए। रमेश ने क्रिस्प व्हाइट कुर्ता पायजामा पहना था और करीने से बालों में कंघी कर रखी थी। नीलम ने एक मामूली-सी सलवार कमीज़ पहनी थी और किचन में काम करने के कारण उनके माथे पर पसीने की बूंदें छलक आई थीं।

'हैलो अंकल,' सौरभ ने कहा।

रमेश ने कोई जवाब नहीं दिया। रमेश और नीलम दोनों बैठ गए।

'अब तुम लोगों को क्या चाहिए?' रमेश ने मुझसे कहा।

'मैं आपसे कुछ शेयर करना चाहता हूं,' मैंने कहा।

'क्या तुम पहले ही बहुत नहीं कह चुके?'

'वीरजी, प्लीज़ इसकी बात सुन लीजिए,' बिंदु ने कहा और मांजी की ओर इशारा किया।

'क्यों?' नीलम ने ग़ुस्से में कहा। 'तुम और तुम्हारी अंजली बार-बार इनके जाल में फंस जाते हो। तुम्हें पता है रमेश जी कितनी परेशानी में हैं? और इनकी इतनी हिम्मत कि रमेश जी से मिलने आ गए? बेचारे रमेश जी, यह सोचकर कि ये दोनों पुलिस से मिलकर क्या नई परेशानी खड़ी करेंगे, इनसे बात करने को राज़ी हो गए।'

'मैं मिलना नहीं चाहता था, ये मिलना चाहता था,' सौरभ ने मेरी ओर इशारा करते हुए कहा।

'की होया?' मांजी ने कहा। उन्हें महसूस हो गया था कि कुछ तो मामला गड़बड़ है।

'कुछ नहीं, मांजी,' रमेश ने कहा। 'अपनी आवाज़ नीचे रखो,' उन्होंने हम सबसे कहा। 'मैं नहीं चाहता कि मेरी मां को कुछ सुनाई दे।'

'मैंने वीरजी और आपसे माफ़ी मांग ली थी,' बिंदु ने नीलम से फुसफुसाते हुए कहा।

'लेकिन इससे कोई फ़ायदा नहीं होने वाला है। तुम्हें पता भी है रमेश जी कितने टेंशन में हैं?' नीलम ने कहा।

'नीलम आंटी, केशव की बात तो सुन लीजिए—आप जो सोच रहे हैं, ये वो बात नहीं है,' अंजली ने अपनी साड़ी का पल्लू पकड़ते हुए कहा।

'बिलकुल,' मैंने कहा।

रमेशजी ने अपना हाथ उठाकर सभी से ख़ामोश रहने को कहा। फिर वो मेरी तरफ़ मुड़े।

'मैं सुन रहा हूं।'

'आपका केस कैसा चल रहा है?' मैंने कहा।

'दिखावा करने की कोई ज़रूरत नहीं है। मैं जानता हूं तुम मुझे फिर से जेल की सलाखों के पीछे भेजने के लिए तड़प रहे होंगे,' रमेश ने धीरे-से कहा, ताकि मांजी ना सुन लें।

'ये सही नहीं है, अंकल,' मैंने कहा।

'ओह, तो तुम नहीं चाहते कि मैं जेल जाऊं, तब शायद तुम यह चाहते होंगे कि मुझे फांसी पर चढ़ा दिया जाए?' रमेश ने कहा।

'नहीं अंकल, मैं नहीं सोचता कि आपको फांसी पर चढ़ाया जाना चाहिए,' मैंने कहा।

'हां, ठीक है,' रमेश ने कहा। अंजली ने धीमे से पकौड़ों की प्लेट आगे बढ़ाई।

'दरअसल, अंकल, आपको तो जेल भी नहीं जाना चाहिए था,' मैंने कहा।

सौरभ ने हैरानी से मेरी तरफ़ देखा।

'जो तुम कहने के लिए आए थे, वो क्यों नहीं कहते?' रमेश ने कहा।

'कह तो दिया।'

'क्या?'

'मैंने कह तो दिया कि आपको जेल नहीं जाना चाहिए था।'

'क्या ये कोई नया पैंतरा है?'

'नहीं।'

'तो फिर तुम आख़िर कहना क्या चाह रहे हो?'

'तीन महीने पहले, हमने प्रेरणा को खो दिया। इस घर के ही किसी इंसान ने उसे मारा था। और क़ातिल इस वक़्त इस कमरे में मौजूद है,' मैंने इतनी ज़ोर से कहा कि मांजी सुन लें।

मांजी मेरी तरफ़ मुड़ीं।

'तो तुमने क़ातिल को खोज लिया? कौन है वो?' उन्होंने कहा।

'इसकी बात पर ध्यान मत दीजिए, मांजी,' नीलम ने कहा और मेरी तरफ़

मुड़कर कहा, 'तुमने सुना नहीं कि हमें मांजी को इस सबसे दूर रखना है?'

'चिंता मत कीजिए, क्योंकि क़ातिल रमेश अंकल नहीं हैं,' मैंने कहा।

सौरभ हैरान रह गया। सभी की नज़रें मुझ पर टिक गईं। मैंने अपना फ़ोन बाहर निकाला।

'मुझे फ़ाइनल कम्फ़र्मेशन तक पहुंचने में थोड़ा समय लगा, लेकिन अब मेरे पास यह है—17 अक्टूबर 2019 का एक सीसीटीवी फ़ुटेज।'

'कैसा फ़ुटेज? हमारे घर में तो सीसीटीवी नहीं है,' रमेश ने कहा।

'यह वीडियो घर का नहीं है। यह दिल्ली मेट्रो, मैजेंटा लाइन से है। एसीपी राणा ने मेरी मदद की थी, इसके बावजूद इसे हासिल करने में मुझे दो हफ़्ते लग गए।'

मैंने अपने फ़ोन पर एक वीडियो चलाया। इसमें एक मेट्रो ट्रेन कम्पार्टमेंट का ब्लैक एंड व्हाइट फ़ुटेज था। वीडियो में कोई आवाज़ नहीं थी। रमेश, नीलम और बिंदु क़रीब से देखने के लिए आगे झुके। लेकिन उन्हें कुछ समझ नहीं आया। अंजली सोफ़े से उठ खड़ी हुई।

'फ़क यू, केशव,' वो ज़ोर से चिल्लाई। 'फ़क यू, एसहोल।'

'बैठ जाओ, अंजली,' मैंने कहा।

'हमारे बीच में कुछ था, था या नहीं? फिर तुम ये सब क्यों कर रहे हो? हम पूरी ज़िंदगी साथ बिता सकते थे।'

मैं चुप रहा। सभी लोग मेरी तरफ़ देख रहे थे। किसी के पल्ले कुछ नहीं पड़ रहा था। अंजली ज़ोर से चिल्लाने लगी।

'मैंने तुम पर भरोसा किया। कितनी बड़ी बेवक़ूफ़ थी मैं। मैंने तुम्हारे लिए साड़ी तक पहनी,' यह कहते हुए वो सीढ़ियों की ओर बढ़ी।

'नीलम आंटी, अगर आप नहीं चाहतीं कि आपके पति जेल जाएं, तो बेहतर होगा कि आप क़ातिल को पिछले दरवाज़े से भागने ना दें।'

नीलम और रमेश पहले तो कुछ समझ नहीं पाए, फिर अचानक नीलम उठीं और दौड़कर अंजली की कलाई पकड़ ली।

'नीलम आंटी, मुझे जाने दीजिए,' अंजली ने कांपती हुई आवाज़ में कहा।

रमेश उठे और दरवाज़ा लगा दिया।

'मैं कहीं भागकर नहीं जा रही हूं। तुम जानते हो केशव कि मैं कहीं नहीं

जाऊंगी। इन सबको बता दो कि इस सबकी कोई ज़रूरत नहीं है,' अंजली ने कहा। उसकी आंखों से जैसे अंगारे फूट रहे थे।

नीलम ने मेरे इशारे पर अंजली का हाथ छोड़ दिया। वो आई और सोफ़े पर बैठ गई। सौरभ टस से मस नहीं हुआ, जैसे कि वो पत्थर का हो गया हो।

'अंजली?' उसने कहा।

'हां, सौरभ। कॉन्ग्रैच्यूलेशंस,' अंजली ने कहा। 'तुम्हारे बेस्ट फ्रेंड ने फ़ाइनली ये केस सॉल्व कर दिया। अब तो ख़ुश हो?'

'क्या? और कैसे?' सौरभ ने कहा।

'ये सब क्या हो रहा है?' बिंदु ने मुझसे कहा। 'अंजली ने तो मुझसे कहा था कि तुम शादी के लिए उसका हाथ मांगने आ रहे हो।'

'ये सच है कि मैं अंजली का हाथ मांगने आया था, लेकिन केवल इसलिए कि पुलिस इन हाथों में हथकड़ी पहना सके। बिंदु आंटी, आपकी बेटी अंजली ने आपकी दूसरी बेटी प्रेरणा को मारा है। मांजी, आपकी नातिन अंजली ने आपके बेटे आदि की भी जान ली है। मुझे यह बतलाते हुए बहुत दुख हो रहा है,' मैंने कहा।

'क्या बक़वास है,' बिंदु ने कहा।

'इसने उन दोनों को मारा?' मांजी ने अंजली की ओर इशारा करते हुए कहा।

'हां, हां, हां, मांजी, मैंने उनको मारा,' अंजली ने कहा और अपनी मां की ओर मुड़ गई। 'ये बक़वास नहीं है। केशव सही कह रहा है। मैं ही क़ातिल हूं। अब तो सब ख़ुश हो गए हो ना?'

सभी चुपचाप बैठे रहे, जैसे उन्हें सांप सूंघ गया हो। अंजली अब भी बहुत ख़ूबसूरत लग रही थी, लेकिन उसका चेहरा उतर गया था। उसने अपनी आंखें झुका ली थीं। वह किसी से नज़रें नहीं मिलाना चाहती थी।

'भाई, कैसे? तुमने तो कहा था तुम अंजली से प्यार करते हो। तुम तो यहां पर फ़ैमिली को तुम्हारी रिलेशनशिप के बारे में बताने आए थे,' सौरभ ने कहा।

'उस रिलेशनशिप की मदद से मैं कुछ चीज़ें कन्फ़र्म कर पाया। लेकिन हां अंजली, मुझे इस सबके लिए तुमसे अलग से माफ़ी मांगनी चाहिए, क्योंकि ये सच है कि मैं तुमसे प्यार करने लगा था।'

अंजली ने मुझे घूरकर देखा, जैसे उसे मेरी किसी बात पर यक़ीन ना हो।

'भाई, लेकिन कैसे? अंजली तो उस दिन घर पर भी नहीं थी,' सौरभ ने कहा।

'हां, अंजली तो बहुत बाद में आई थी, वो प्रेरणा को कैसे मार सकती है?' नीलम ने कहा।

'अंजली, सब लोगों की क्यूरियोसिटी बहुत बढ़ गई है। ऐसे में सबको तुम ही क्यों नहीं पूरी कहानी सुनातीं?' मैंने कहा।

अध्याय 58

अंजली की कहानी, उसकी ज़ुबानी

कितनी अजीब बात है कि जिस एक आदमी को मैंने प्यार किया, उसी ने मेरा पर्दाफ़ाश कर दिया। जिस एक आदमी पर मैंने भरोसा किया, जिसके बारे में मुझे लगता था कि एक वो ही मेरी केयर करता है।

हां केशव, तुमने मेरा राज़ सबके सामने खोल दिया। यह सब मैंने ही किया था। अब तो तुमको ख़ुद पर बड़ा नाज़ हो रहा होगा ना? हम दोनों के बीच में जो कुछ था, उसको बरबाद करके यह हासिल करना तुमको बहुत अच्छा लग रहा होगा? ख़ुश? अच्छी बात है, हम दोनों में से किसी एक को तो ख़ुश होना ही चाहिए।

हां, मैंने ही अपनी बहन को मारा। बायोलॉजिकल ट्विन सिस्टर। ये और बात है कि मेरा बचपन उसके साथ नहीं बीता। मुझे तो कुछ महीने पहले तक मालूम भी नहीं था कि वो मेरी बहन है। इन मायनों में, हम दूसरी जुड़वां बहनों की तरह नहीं थीं। डिस्कवरी चैनल पर या साइकोलॉजी के आर्टिकल्स में जुड़वां बहनों के प्यार की जो बातें होती रहती हैं, वो हमारे बीच नहीं थी। होती भी कैसे? हम दोनों एक नाजायज़ रिश्ते की पैदाइश थीं। बास्टर्ड बहनों में कैसा प्यार?

मैंने उसे उस रात छत पर देखा था। वो बहुत ख़ूबसूरत लग रही थी। उसने बहुत महंगा लाल-सुनहरा लहंगा पहन रखा था। उसकी अंगुलियों में उसकी तीन लाख रुपए की इंगेजमेंट रिंग भी थी। मेरी सालभर की जितनी सैलेरी थी, उससे ज़्यादा पैसों की तो उसने अंगूठी पहन रखी थी।

मैं छत पर उसका इंतज़ार कर रही थी। वो आई, मुझसे मिली, वो बहुत एक्साइटेड थी।

सौरभ अभी नहीं आया था। मैंने उससे कहा था कि उसे इस रूप में सबसे पहले मैं देखना चाहती हूं। उसको देखकर मैंने कहा, 'मेरी बहन कितनी सुंदर है।' उसने कहा, 'थैंक्यू, लेकिन मुझे बहुत भूख लग रही है, सौरभ को अब जल्दी आ जाना चाहिए।'

उसने अपने हाथों में पूजा की थाली थाम रखी थी। मैं मुंडेर तक चलकर

गई। वो भी मेरे पीछे-पीछे चली आई।

'कितनी ख़ूबसूरत शाम है,' मैंने कहा।

'और चांद भी बस निकलने ही वाला है,' उसने आकाश की ओर देखते हुए कहा। देखा जाए तो करवा चौथ बहुत रोमैंटिक त्योहार होता है। लड़की चांद और अपनी प्रियतम का इंतज़ार करती है। लेकिन दूसरे नज़रिए से देखें तो यह कितना दक़ियानूसी सैलिब्रेशन है, जिसमें केवल लड़की भूख से मरती है, लड़का नहीं।

लेकिन प्रेरणा को देखकर लग नहीं रहा था कि उसने सुबह से कुछ खाया नहीं है। वो तो जैसे ख़ुशी से चहक रही थी।

'ज़रा सोचो, अगले करवा चौथ तक तो मेरी शादी हो चुकी होगी,' उसने कहा।

'मैं तो उस दिन का इंतज़ार कर रही हूं, जब तुम्हें दुलहन के वेश में देखूंगी,' मैंने कहा। 'रुको, तुम्हारा मेकअप ठीक कर दूं, तुम्हारा आईलाइनर थोड़ा-सा फैल गया है।'

'ऐसा?' उसने कहा।

अंधेरे में हम एक-दूसरे को ठीक से देख नहीं पा रहे थे।

'हां, मुझे तुम्हारा फ़ोन दो। मैं फ़्लैशलाइट में अच्छे-से देख पाऊंगी। मेरा फ़ोन नीचे चार्जिंग पर लगा है।'

उसने मुझे अपना फ़ोन दिया—आईफ़ोन 11 प्रोमैक्स। यह दो सप्ताह पहले ही रिलीज़ हुआ था और उसकी क़ीमत एक लाख रुपए से ज़्यादा थी।

मैंने अपने बाएं हाथ में फ़ोन थामा और उसकी फ़्लैशलाइट उसके चेहरे पर डाल दी।

फिर मैंने अपने पॉकेट से एक टिशू निकाला और उसका आईलाइनर ठीक करने के लिए आगे बढ़ी।

'अपनी आंखें बंद करो,' मैंने एक आंख का आईलाइनर ठीक करने के बाद दूसरी की ओर बढ़ते हुए कहा। उसने वैसा ही किया।

'एक सैकंड, मैं पानी की बॉटल से टिशू गीला कर लेती हूं, आंखें खोलना नहीं, ओके?'

उसने आंखें खोले बिना ही सिर हिला दिया। मैंने उसका फ़ोन नीचे रखा, कुछ क़दम पीछे हटी, फिर उसकी तरफ़ दौड़ी और पूरी ताक़त से उसे धक्का

दे दिया।

धड़ाक्! मेरे दोनों हाथ एक साथ उससे टकराए थे। मुझे उम्मीद थी कि इतने भर से वो नीचे गिर जाएगी। लेकिन... वो मुंडेर पर जा गिरी और उसका बायां पैर ऊपर उठ गया, लेकिन उसका दायां पैर अभी तक ज़मीन पर टिका हुआ था। उसकी पीठ ज़ोर से मुंडेर से टकराई थी, जिससे वो दर्द के मारे चीख़ पड़ी थी।

'अंजली, ये तुम क्या कर रही हो?'

उसने हाथापाई करने की कोशिश की। मैंने उसके चेहरे पर एक मुक्का दे मारा। उसकी आंखों में डर और कंफ़्यूज़न था। उसने सीधे खड़े होने की कोशिश की, तभी मैं फिर से दौड़ी और इस बार कोने से उसे धक्का दिया।

मेरे हाथ सीधे उसके कंधों से जा टकराए थे। उसका शरीर मुंडेर पर चढ़ गया और वो नीचे जा गिरी। मुझे उसकी चीख़ सुनाई दी। स्कूल में मैंने फ़िज़िक्स की पढ़ाई बहुत अच्छी तरह से नहीं की थी, लेकिन मुझे ग्रैविटी के बारे में अच्छी तरह से मालूम था—एक्सीलेरेशन ऑफ़ अराउंड टेन मीटर्स पर सैकंड स्क्वेयर्ड। चीख़ के बाद धड़ाम की एक आवाज़ आई और फिर सब शांत हो गया। यह तीनों चीज़ें पांच सैकंड से भी कम समय में हुई थीं।

मैंने प्रेरणा का फ़ोन उठाया और उस पर ईंट दे मारी। उसकी स्क्रीन चकनाचूर हो गई। मैंने मुंडेर पर जाकर नीचे झांका। वो औंधे मुंह पड़ी थी और अभी तक किसी का उस पर ध्यान नहीं गया था। मैंने उसका फ़ोन भी नीचे फेंक दिया।

मैंने समय देखा। मेरे मीटिंग पॉइंट पर जाने में दस मिनट से भी कम समय था। एक सैकंड की भी देर नहीं की जा सकती थी। मैंने क्या कर दिया है, इस बारे में सोचने तक का समय नहीं था। मेरे सामने बहुत सारा काम पड़ा था।

मैं छत से नीचे चली आई। मैं सीधे नीचे जाना चाहती थी, लेकिन मुझे नीचे के फ़्लोर पर ऊपर आती क़दमों की आहटें सुनाई दीं। घबराहट में मैंने आदि के अपार्टमेंट की चाबी निकाली, जो मेरे पास रहती थी। मेन डोर खोला और भीतर चली गई। मुझे गिटार बजाने की आवाज़ आ रही थी। मैं सीधे उसके स्टूडियो में चली आई।

'अंजली, तुम लौट आईं? कैसी रही ट्रिप?' आदि ने कहा। वो मुझे हग करने के लिए खड़ा हुआ। हमने किस किया। वो मुझे और किस करना चाहता

था, लेकिन मेरे पास समय नहीं था।

'ट्रिप अच्छी थी। आदि, मैंने वह कर दिया।'

'क्या?'

'वो नीचे सड़क पर पड़ी है।'

वो दौड़कर बालकनी में गया और नीचे झांककर देखा।

'अंजली, ये क्या है? तुमने इस बारे में कहा तो था, लेकिन मुझे लगा तुम केवल फ्रस्ट्रेशन में बोल रही हो। मैंने सोचा भी नहीं था कि तुम यह कर डालोगी।'

'मैं जो कहती हूं, वो करती भी हूं, आदि।'

'अब क्या होगा?' उसने कहा। उसकी आवाज़ से घबराहट झलक रही थी।

'मुझे जाना होगा। सब लोग किचन में हैं। तुम सबसे पहले दौड़कर जाओ और बॉडी के पास पहुंचो।'

'क्यों?'

'क्योंकि तुम अच्छी तरह जानते हो कि वो तीन लाख रुपए की अंगूठी पहनती थी।'

उसकी आंखें मुझसे मिलीं। तीन लाख रुपयों में बहुत सारा ड्रग्स ख़रीदा जा सकता था, ये वो जानता था।

'और मेरे फ़िंगरप्रिंट्स?'

'मैंने तुम्हारे किचन में ग्लव्ज़ देखे हैं,' मैंने कहा।

'ठीक है।'

'बाय,' मैंने कहा और उसके गालों को चूम लिया। 'मैं जल्दी ही आती हूं।'

मैं दौड़कर बाहर चली गई। सीढ़ियों पर कोई नहीं था। मैंने कुशन्ड स्नीकर्स पहन रखे थे और सधे हुए क़दमों से चलने पर उनसे बिलकुल आवाज़ नहीं होती थी। जब मैं पहले फ़्लोर पर पहुंची तो मैंने किचन में किसी की आवाज़ सुनी। कोई नीचे डाइनिंग टेबल के लिए बर्तन ले जा रहा था। मैं पहले फ़्लोर पर ही रुक गई। मुझे चिंता थी कि गोपिका मुझे देख लेगी। मैंने अपने अपार्टमेंट का दरवाज़ा खोला, जिसमें अंधेरा था। मेरी मां बिंदु का बेडरूम बंद था, हालांकि

उनके कमरे की बत्तियां जल रही थीं। मैं लिविंग रूम में चली आई, जहां मांजी सोफ़े पर खर्राटे ले रही थीं।

'कौन?' उनकी आवाज़ से मैं चौंक गई और कोने में रखी शेल्फ़ से टकरा गई।

'कौन है?' उन्होंने फिर से कहा। वो अंधेरे में अपना चश्मा ढूंढ़ रही थीं। मैंने ग्राउंड फ़्लोर से गोपिका के ऊपर आने की आवाज़ सुनी। वो फिर से किचन में जा रही थी।

सीढ़ियां ख़ाली होते ही मैं बाहर निकल गई और चुपचाप नीचे उतर गई। देखते ही देखते मैं पिछले दरवाज़े से बाहर निकल गई थी।

बैक लेन के छोर तक मैं दौड़कर गई। वहां मेरा ऑटो ड्राइवर वेट कर रहा था।

'मेरा काम हो गया। फिर से सुखदेव विहार मेट्रो स्टेशन चलो,' मैंने कहा।

मैं पांच मिनट में स्टेशन पहुंच गई। तब 7 बजकर 59 मिनट हो रहे थे। मुझे अपना उबर ड्राइवर नहीं मिला। मैं पतंजलि बैनर के पास पार्किंग लॉट के बाहर अपनी तय जगह पर खड़ी रही। तीन मिनट बाद कार आई।

'ओह, तो आप मिल ही गईं। आपका काम हो गया, मैडम?' ड्राइवर ने कहा।

'हां।'

'बहुत अच्छे। आपका लगेज सेफ़ है। उसे निकाल दूं?'

'एक्चुअली, मुझे पास में ए-ब्लॉक में जाना है। ए-956। क्या आप मुझे वहां ड्रॉप कर देंगे?'

'बिलकुल, आपने डेस्टिनेशन एंटर कर दिया है ना?' उसने कहा।

मैंने सिर हिलाया और उसमें बैठ गई। मेरा बड़ा-सा बैकपैक अभी भी बैकसीट पर रखा था। मैंने उसमें से अपना फ़ोन निकाला और उबर एप्प खोला। उसमें अभी भी मेरा ओरिजिनल डेस्टिनेशन था।

'ए-956, न्यू फ्रेंड्स कॉलोनी।'

'हम पांच मिनट में वहां पहुंच जाएंगे, मैडम,' ड्राइवर ने अपनी नेविगेशन स्क्रीन देखते हुए कहा।

अध्याय 59

'तुम क्या कह रही हो, अंजली?' बिंदु ने कहा। उनकी आवाज़ कांप रही थी।

'हां, मां। मैं ही तुम्हारी नॉन-अचीवर, मर्डरर बेटी हूं। सॉरी,' अंजली ने कहा।

बिंदु फूट-फूटकर रोने लगी।

'तुमने मेरी प्रेरणा को मारा?'

'हां, मां। 'तुम्हारी' प्रेरणा। वो बेटी, जिसे तुमने अपने पास रखा। तुमने ये कैसे तय कर लिया कि मुझे बाहर भेजना है और उसको पास रखना है? टॉस करके फ़ैसला किया था क्या?'

'तुम क्या कह रही हो?' बिंदु ने कहा और नीलम की ओर मुड़ीं। 'भाभी, ये क्या बोल रही है? इसने मेरी प्रेरणा को छत से धक्का दिया था?'

नीलम ने अपने पति की ओर देखा।

रमेश ने कुछ नहीं कहा। वो केवल सोफ़े पर आगे झुककर बैठे रहे।

'वो एक एक्सीडेंट नहीं था, प्रेरणा अपने से नीचे नहीं गिर गई थी,' उन्होंने धीरे से कहा।

'यही तो हम आपको पहले दिन से बता रहे थे,' मैंने कहा।

'और इसके लिए तुमने मुझे जेल भिजवा दिया,' रमेश ने कहा।

'अंकल, मैं चाहता था कि आप कुछ दिन जेल में बिताएं। इसके लिए सॉरी।'

'तुम्हें पता था? और इसके बावजूद तुमने मुझे तिहाड़ भिजवा दिया?'

'मैं श्योर नहीं था। हक़ीक़त जानने का एक ही तरीक़ा था—क़ातिल का भरोसा जीत लेना। और यह तभी हो सकता था, जब आप जेल में हों। तभी क़ातिल यह सोच सकती थी कि अब केस सॉल्व हो चुका है और वो सेफ़ है।'

अंजली ने धीरे-से ताली बजाई।

'वॉव, मिस्टर डिटेक्टिव,' उसने तालियां बजाना जारी रखा। 'तुम ना केवल क्राइम-केसेस सॉल्व करते हो, बल्कि तुम प्यार का झूठ रचाने में भी

माहिर हो। किसी को अपने जाल में फंसाने के लिए उससे प्यार का नाटक भी कर सकते हो।'

मेरी आंखें अंजली की आंखों से मिलीं। वो ग़ुस्से में थी और उदास भी। उसे लग रहा था कि उसके साथ धोखा किया गया है। मैं उसे कैसे बताता कि उसके लिए मेरी फ़ीलिंग्स नक़ली नहीं थीं? मैं उस पर शक़ ज़रूर करता था, इसके बावजूद मैं उसे प्यार करने लगा था।

'प्यार? किससे?' रमेश ने कहा।

'कुछ नहीं अंकल,' मैंने कहा। 'ये इम्पोर्टेंट नहीं है।'

'तुम टोटल एसहोल हो, केशव,' अंजली ज़ोर से चिल्लाई।

मांजी ध्यान से अंजली को देख रही थीं। उन्होंने उसकी पूरी बातें सुनी थीं, लेकिन अभी तक कोई रिएक्शन नहीं दिया था।

'इस कमीनी को जेल में डाल दो। जिस दिन यह घर में आई, उसी दिन मुझे लग गया था कि यह अच्छी लड़की नहीं है,' मांजी ने ऊंची आवाज़ में कहा।

'श्श्श, मांजी। सत नाम वाहेगुरु। शांत, मांजी शांत,' नीलम ने मांजी को शांत कराते हुए कहा।

'इन्हें ऊपर ले जाओ,' रमेश ने कहा।

'नहीं, मैं इस कमीनी की सारी बातें सुनना चाहती हूं,' मांजी ने कहा।

सौरभ ने अपना सिर खुजाया।

'भाई, एक मिनट। मैं अभी भी कंफ़्यूज़्ड हूं।'

'क्या?'

'अंजली प्रेरणा की मौत से पहले कैसे आई? वो ट्रेकिंग से लौटकर आ रही थी, उसने दिल्ली एयरपोर्ट से उबर कैब ली थी। पुलिस ने उसके राइड डिटेल्स चेक किए थे और उसके सेलफ़ोन की टॉवर लोकेशन भी देखी थी। सबकुछ जैसा उसने बताया था, वैसा ही था।'

अंजली हंस पड़ी।

'देखा, मैंने कमाल का प्लान बनाया था ना?'

मैंने कंधे उचका दिए।

'मैंने एक ही ग़लती की कि मैं तुम्हें पसंद करने लगी, केशव। प्यार ने मुझे बेवक़ूफ़ बना दिया।'

मैंने कोई जवाब नहीं दिया।

रमेश ने मेरी तरफ़ देखा।

'ये बाद में आई थी। जब ये आई, तब प्रेरणा की बॉडी लिविंग रूम में लाई जा चुकी थी। मुझे अच्छी तरह याद है।'

'हां, वीरजी, यही सच है' बिंदु ने अपनी बेटी को बचाने की कोशिश करते हुए कहा। 'फिर अंजली प्रेरणा को कितना प्यार करती थी। ये दोनों बहनें थीं। वो ऐसा क्यों करेगी?'

मैंने अपना सिर हिलाया और मुस्करा दिया।

'अंजली, तुम्हीं सबको एक्सप्लेन क्यों नहीं कर देतीं?'

अंजली की कहानी, उसकी ज़ुबानी: भाग 2

जब आप अपना गुनाह क़बूल कर लें और इसके बावजूद किसी को यक़ीन नहीं आए कि आपने ही क़त्ल किया था तो आपको मान लेना चाहिए कि आपने बहुत ही कमाल की प्लानिंग बनाई थी। इसमें कोई शक़ नहीं कि शुरू से ही मेरा प्लान एकदम पुख़्ता था। ठीक उस दिन से, जब प्रेरणा ने मुझे करवा चौथ के बारे में बताया था।

मेरे ट्रेकिंग पर जाने से तीन हफ़्ते पहले हम दोनों उसी छत पर खड़े थे।

'मैं करवा चौथ पर उसके लिए व्रत रखने वाली हूं।'

'ओह,' मैंने सिगरेट का क़श लगाते हुए कहा।

'माना कि ये ओल्ड-फ़ैशन्ड है और अभी तो हमारी शादी भी नहीं हुई, फिर भी मैं करना चाहती हूं।'

'अगर करना चाहती हो तो करना ही चाहिए,' मैंने कहा और अपने फ़ोन पर करवा चौथ को गूगल किया। इस बार करवा चौथ 17 अक्टूबर को आ रहा था।

'मैं पूरा दिन कुछ नहीं खाऊंगी। शाम को तैयार होऊंगी। छत पर आऊंगी और चांद के उगने का इंतज़ार करूंगी। मैं पहले चांद को देखूंगी, फिर उसे, और उसी के बाद कुछ खाऊंगी,' उसने कहा और मुस्करा दी।

'क्यूट,' मैंने कहा।

'घर में किसी को बताना मत। शादी से पहले यह सब करना थोड़ा एम्बैरेसिंग है। मैं नहीं चाहती कि कोई मेरा मज़ाक़ उड़ाए। यह केवल मेरे और

उसके बीच है।'

मैंने 17 अक्टूबर को चांद निकलने का समय गूगल किया। यही वह समय था, जब उसे छत पर होना था—पूरी तरह से अकेली।

'ठीक है, मैं किसी को नहीं बताऊंगी,' मैंने कहा और छत पर नज़र घुमाई। मैंने देखा कि आस-पड़ोस के घरों की तुलना में मल्होत्रा हाउस की ऊंचाई ज़्यादा है, इसलिए रात को इस छत पर क्या होता है, यह देखना किसी के लिए भी बहुत कठिन था।

फिर मैंने 17 अक्टूबर को काठमांडू से दिल्ली की फ़्लाइट्स चेक कीं। मुझे शाम होने से पहले यहां पहुंचना था। साथ ही मुझे डोमेस्टिक टर्मिनल 1 पर लैंड करना था, जहां एक मेट्रो स्टेशन है, जो सीधे सुखदेव विहार से कनेक्ट करता है। न्यू फ्रेंड्स कॉलोनी जाने के लिए सुखदेव विहार ही उतरना होता है। मुझे उस शाम के लिए वाया कोलकाता एक फ़्लाइट मिल गई।

'शुक्रिया,' उसने कहा।

'लेकिन अगर नीलम आंटी व्रत रखेंगी तो वो भी छत पर आएंगी। तब उन्हें पता चल जाएगा।'

'वो व्रत नहीं रखतीं। उन्हें डायबिटीज़ और लो-ब्लड प्रेशर है। यह उन्हें सूट नहीं करता।'

मैं मुस्कराई और प्यार से उसके गाल खींचे।

'तुम बहुत रोमैंटिक हो,' मैंने कहा।

'थैंक्यू। एक्चुअली, मैंने तो यह भी सोचा है कि उसी दिन सौरभ को हमारे बारे में बता दूंगी कि हम जुड़वां बहनें हैं।'

'रियली?'

'हां, वो एक अच्छा दिन होता है। वो पहला ऐसा इंसान होगा, जिसको मैं यह बताऊंगी।'

'हाऊ स्वीट।'

'तुम तब तक अपनी ट्रेकिंग से लौट आओगी?'

'मैं कोशिश करूंगी,' मैंने कहा, जबकि मैं मन ही मन कह रही थी कि आऊंगी क्यों नहीं, आना ही पड़ेगा।

'गुड। तुम जॉब्स के लिए अप्लाई कर रही हो?' उसने सब्जेक्ट बदलते

हुए कहा। मुझे इस जॉब्स वाले सब्जेक्ट से नफ़रत थी। इस बारे में सोचकर मुझे एंग्ज़ायटी होने लगती थी। लेकिन इसके बावजूद प्रेरणा बार-बार यह विषय छेड़ देती थी।

'दीदी, मैं अभी फ्रीलांस कर रही हूं,' मैंने कहा।

'ठीक है,' उसने कहा और आंखें घुमा लीं। यह उसकी आदत है—जजमेंटल आई रोल। किसी को जज करते हुए आंखें घुमा लेना। हम दोनों की आंखें एक जैसी हैं, लेकिन मैं तो ऐसा नहीं करती। हां, मैं जानती हूं कि वो अभी क्या सोच रही होगी। फ्रीलांस करना यानी बेरोज़गार होना। यह करने के लिए कुछ नहीं होने का दूसरा नाम है। मैं घर बैठे यह उम्मीद करती रहती हूं कि कोई आर्टिकल, रिपोर्ट या कोई भी राइटिंग-गिग मेरी झोली में आ गिरेगा। लेकिन पिछले कुछ महीनों से मेरी झोली एकदम ख़ाली थी।

'लेकिन मैं जल्द ही जॉब्स के लिए अप्लाई करूंगी,' मैंने कहा।

'अगर तुम ईटो के लिए काम करना चाहती हो तो...'

'फिर से उस बारे में बात नहीं। मैं ऐसे किसी स्टूपिड एप्प के लिए जॉब नहीं करना चाहती, जिसका काम है लोगों को खिला-खिलाकर मोटा बनाना।'

'आउच,' उसने कहा और दूसरी तरफ़ देखने लगी।

'सॉरी, मेरा वो मतलब नहीं था,' मैंने कहा। उसने कोई जवाब नहीं दिया।

'ईटो मेरे बच्चे जैसा है,' उसने एक मिनट बाद कहा।

'जानती हूं।'

'किसी के काम को छोटा नहीं बताना चाहिए। मैंने तुमसे पहले भी कहा है। सोशल इशूज़ पर लिखने का यह मतलब नहीं होता कि तुम दूसरों से सुपीरियर हो गई हो।'

'ठीक है ना, अभी इस बात को रहने दीजिए।'

'मैंने पचास लोगों को ईटो में जॉब दिया है। इसकी वजह से आज उनका घर चल रहा है। ये होता है सोशल इम्पैक्ट। किसी ऐसे लेफ़्ट-विंग, एलीटिस्ट इंग्लिश लैंग्वेज न्यूज़ पोर्टल के लिए लिखना सोशल इम्पैक्ट नहीं है, जो घाटे में चल रहा है और जिसे कोई नहीं पढ़ता।'

'मेरे काम के बारे में आपकी सही फ़ीलिंग जानकर अच्छा लगा।'

'फिर कभी ईटो को स्टूपिड मत बोलना।'

'मैंने सॉरी बोल दिया था।'

'ख़ुद को संभालो, अंजली। तुम स्मार्ट और ब्राइट हो।'

'जानती हूं।'

'तुम जानती हो? तुमने जॉब छोड़ दिया है, तुम दिनभर ये क़श लगाती रहती हो, और फिर आदि चाचू के साथ तुम्हारा वो चक्कर,' उसने कहा और मुंह बना दिया।

'पहली बात तो यह कि वो आपके मामू हैं, चाचू नहीं। दूसरे, आपने प्रॉमिस किया था कि इस बारे में किसी को नहीं बताओगी।'

'मैं इस बारे में केवल तुमसे बात कर रही हूं।'

'वो कुछ नहीं है, बस वन-टाइम-थिंग।'

'वो एक बार की बात नहीं है। मैंने कहा था कि अगर तुम आगे से फिर वह सब नहीं करोगी तो मैं किसी को नहीं बताऊंगी। लेकिन तुम उसके बाद भी कहां रुकी हो?'

'ऐसा नहीं है।'

'अपनी बहन से झूठ मत बोलो।'

मैं चुप हो गई। जेब से एक जॉइंट निकाल लिया।

'ग्रेट। जब कोई जवाब नहीं हो तो गांजा फूंको।'

मैं उसे एक तमाचा जड़ देना चाहती थी। वो मुझे नीचा दिखाने का कोई भी मौक़ा नहीं छोड़ती थी। यह मेरी बहन है? मेरा दिल कर रहा था कि उससे कहूं, जाओ और अपने कैपिटलिस्ट इंवेस्टर्स की लल्लो-चप्पो करो, और पैसा कमाओ। जाओ, और अपना अनहेल्दी फ़ास्ट-फ़ूड कचरा बेचो और उसके लिए कूपन-कोड्स देते फिरो। जाओ और खा-खाकर मोटी हो जाओ और फिर अपने मोटापे को छुपाती फिरो। मैं तो तुम्हें ये सब करने से नहीं रोकती? फिर तुम कौन होती हो मुझे रोकने वाली? मेरी जो मर्ज़ी हो, करूंगी और जिसके साथ मर्ज़ी हो, करूंगी।

लेकिन मैंने इसमें से कुछ नहीं कहा। मैं चुप रही। भले ही आप ट्विन्स हों, लेकिन अगर आपकी बहन लाइफ़ में आपसे कहीं बेहतर कर रही है तो फिर आप उसके बराबर नहीं रह जाते।

'वो तुम्हारे मामा हैं, अंजली। तुम्हारी मां के भाई।'

'इस फ़ैमिली में लोग रिलेशनशिप्स को एग्ज़ैक्टली वैसे फ़ॉलो नहीं करते हैं, जैसे उन्हें करना चाहिए।'

'फिर भी यह ठीक बात नहीं है। अगर पापा को पता चल गया तो?'

'रमेश अंकल आपके पापा नहीं हैं। हम दोनों को मालूम नहीं है कि हमारे पापा कौन हैं और कहां हैं।'

उसने मुझे घूरकर देखा। लेकिन मैंने बोलना जारी रखा।

'वैसे भी रमेश अंकल को पता चलेगा कैसे? बशर्ते आप उन्हें जाकर न बता दो। ये बात आप ही को पता है, क्योंकि आप ही हमारी जासूसी करती हो।'

'मैंने अभी तक तो उन्हें कुछ नहीं बताया, लेकिन अगर तुमने यह सब बंद नहीं किया तो ज़रूर बता दूंगी।'

'ये एक धमकी है?'

'अंजली, क्या तुम प्लीज़ यह बंद नहीं कर सकतीं? इस फ़ैमिली पर दाग़ मत लगाओ।'

तुम्हारी दो कौड़ी की फ़ैमिली की ऐसी की तैसी—मैं उससे कहना चाहती थी—और ये जो तुम लोग हमेशा इस डर में डूबे रहते हो ना कि फ़ैमिली पर कहीं दाग़ ना लग जाए, इस डर की भी ऐसी की तैसी। लेकिन मैं चुप रही। मैं मुड़ी और छत से नीचे जाने लगी। इसके बावजूद वो लेक्चर देती रही, लेकिन मैंने ध्यान नहीं दिया। इस बारे में हम लोगों की पहली बार बहस नहीं हो रही थी। मुझे पता था कि उसकी स्क्रिप्ट क्या है। मैंने टेंशन कम करने के लिए गांजे की सिगरेट का एक क़श भरा। लेकिन कोई फ़ायदा नहीं हुआ। तो मैं आदि के फ़्लोर पर चली गई। मेरे पास उसके अपार्टमेंट की डुप्लिकेट चाबी थी, जो उसने मुझे लाकर दी थी।

'हे,' उसने मुझे देखते ही कहा। 'क्या चल रहा है?' उसके हाथ में व्हिस्की का गिलास था।

'इतने से मेरा काम नहीं चलेगा,' मैंने कहा और गांजे की सिगरेट फेंक दी।

'क्या हुआ, बेब,' उसने कहा।

'मुझसे कोई सवाल मत करो और जो मुझे चाहिए, वो लाकर दो।'

'श्योर,' उसने कहा और अपने कमरे से सफ़ेद पाउडर का एक छोटा पैकेट उठा लाया। फिर किसी प्रो की तरह उसने डाइनिंग टेबल पर एक लाइन बनाई।

'तुम ट्रेक के लिए कब जा रही हो?'

'एक हफ़्ते बाद,' मैंने कहा और झुककर कोकेन को अपनी नाक के रास्ते भीतर खींच लिया।

'और तुम वहां से कब तक आ जाओगी?'

'17 अक्टूबर—ये तारीख़ याद रखना,' और कोकेन को पहले से भी ज़्यादा डीप इन्हेल करने लगी।

तीन हफ़्ते बाद

काठमांडू से मेरी इंडिगो फ़्लाइट वाया कोलकाता दिल्ली के इंदिरा गांधी इंटरनेशनल एयरपोर्ट, टर्मिनल 1 पर शाम 6 बजकर 15 मिनट पर लैंड हुई, यानी समय से पंद्रह मिनट पहले। मैंने अपना बैग कलेक्ट किया और टर्मिनल बिल्डिंग से बाहर आ गई।

मैंने प्रेरणा को मैसेज किया।

'मैं आ गई हूं। अभी-अभी लैंड किया है।'

'सी यू सून, सिस्टर।'

'करवा चौथ की पूरी तैयारी हो गई?'

'हां, तैयार हो रही हूं,' उसने जवाब दिया और साथ में अपनी एक सेल्फ़ी भेज दी, जिसमें उसने लाल-सुनहरा लहंगा पहना था।

'यू लुक स्टनिंग,' मैंने कहा।

'थैंक्यू।'

'चांद कब निकलेगा? और तुम्हारा सौरभ कब तक आने वाला है?'

'चांद एक घंटे के अंदर निकल जाना चाहिए। और सौरभ भी अब मालवीय नगर से निकलता ही होगा।'

मैंने रिप्लाई में दो स्माइलीज़ भेज दीं।

उसका अपना ईवनिंग प्लान था, मेरा अपना। मैंने उबर ऑर्डर की। मारुति स्विफ़्ट डिज़ायर, जिसके ड्राइवर का नाम करतार सिंह था और उसकी रेटिंग 4.6 स्टार्स की थी, पांच मिनट में मुझे लेने आ गया।

उसने कहा कि क्या वो बैकपैक उठाने में मेरी मदद कर सकता है। उसे नही मालूम था कि नेपाल में मैं इसको कई हफ़्तों से लिए घूम रही थी।

'कोई बात नहीं, यह मेरे साथ ही रहेगा, बैकसीट पर,' मैंने कहा।

'ओके, मैडम। तो राइड शुरू करें?'

'श्योर।'

उसने अपने फ़ोन पर राइड स्टार्ट बटन को स्वाइप किया। उबर की स्क्रीन पर हमारे डेस्टिनेशन के लिए बेस्ट रूट और एस्टिमेटेड टाइम उभर आया।

'न्यू फ्रेंड्स कॉलोनी, मैडम? इस टाइम बहुत ट्रैफ़िक रहता है। डेढ़ घंटा लग जाएगा।'

'ग्रेट,' मैंने मन ही मन कहा।

'डैम, लेकिन मेरी तो एक अर्जेंट मीटिंग है,' मैंने ड्राइवर से कहा।

'मैं जितनी जल्दी हो सकेगा, ले जाने की कोशिश करूंगा, लेकिन ये ऑफ़िस छूटने का टाइम है, इसलिए...'

'न्यू फ्रेंड्स कॉलोनी में कोई मेरे सिग्नेचर का वेट कर रहा है। फिर उसे निज़ामुद्दीन से ट्रेन पकड़ना है।'

मैंने अपने फ़ोन में गूगल मैप्स खोला। मेरे लोकेशन से मल्होत्रा हाउस तक वह भी उबर एप्प जितना ही समय बता रहा था— डेढ़ घंटा। लेकिन उसमें मेट्रो ऑप्शन भी था। दिल्ली मेट्रो की मैजेंटा लाइन का इस्तेमाल करके महज़ 37 मिनट में वहां पहुंचा जा सकता था। इसके लिए टर्मिनल 1 से सुखदेव विहार तक आधे घंटे का मेट्रो का सफ़र तय करना था और फिर सुखदेव विहार स्टेशन से मल्होत्रा हाउस केवल पांच मिनट की दूरी पर था। इस तरह मैं टैक्सी की तुलना में इस रूट पर पूरे 38 मिनट बचा सकती थी।

'मेरी एक हेल्प करेंगे, ड्राइवर भैया?'

'जी मैडम, बहुत ख़ुशी से करूंगा।'

'इस टर्मिनल पर एक मेट्रो स्टेशन है। मैं वहां से सुखदेव विहार मेट्रो स्टेशन पहुंच जाती हूं। वहां मैं उस व्यक्ति को बुला लूंगी, जिसके लिए मुझे पेपर्स साइन करने हैं। तब तक तुम वहां मेरा लगेज लेकर पहुंच जाना। तुम मुझे स्टेशन की पार्किंग पर मिलना। वहां पतंजलि का बड़ा-सा बैनर है, वो तुम्हें आसानी से मिल जाएगा।'

ड्राइवर कुछ पल तक सोचता रहा।

'तो आप मेरी राइड को क़ायम रखेंगी, लगेज के लिए?'

'हां, ये बैग बीस किलो का है। मेट्रो में इसके बिना जाना ज़्यादा आसान रहेगा। डोंट वरी, तुम्हें रेगुलर राइड जितना ही पैसा मिलेगा।'

'ठीक है, मैडम। जैसा आप चाहो,' ड्राइवर ने कहा। मैंने फ़ोन पर समय देखा। 6 बजकर 52 मिनट हो रहे थे। सवा घंटे बाद 8 बजकर 07 मिनट होते। मैंने प्रेरणा को मैसेज किया :

'मेरे फ़ोन की बैटरी ख़त्म हो रही है तो हो सकता है यह रीचेबल ना रहे। आप पैंतालीस में छत पर आ सकती हैं? मैं देखना चाहती हूं कि मेरी दीदी कितनी सुंदर लग रही है।'

'ओह। ओके, श्योर,' उसने स्माइली के साथ रिप्लाई किया।

मैंने अपना फ़ोन साइलेंड मोड पर रख दिया और बैकपैक के एक पॉकेट में सरका दिया।

'तो पतंजलि बैनर पर मिलते हैं, ओके? सुखदेव विहार मेट्रो स्टेशन पर। सी यू,' मैंने कहा और कार से बाहर निकल आई।

❖

मेट्रो में शाम के समय इतना रश रहता है कि लेडीज़ कम्पार्टमेंट में भी जगह नहीं मिलती। लेकिन क़िस्मत थी कि मुझे एक ऐसी ट्रेन मिल गई, जिसमें आराम से खड़े होकर जाया जा सकता था। मेट्रो टर्मिनल 1 से 6 बजकर 56 बजे चलती थी। यह ओवरब्रिज ट्रेन दिल्ली शहर से तेज़ी से होकर गुज़रती है। मुझे यह देखकर अच्छा लगता है कि मेट्रो ट्रेनें क्लास के फ़र्क़ को उलट देती हैं और इस तरह से एक जस्टिस करती हैं। मिडिल क्लास के लोग मेट्रो में बैठकर तेज़ गति से यात्रा करते हैं, जबकि अपर क्लास के लोग उनके नीचे अपनी फ़ैंसी कारों में ट्रैफ़िक जैम में फंसे रहते हैं। जस्टिस: ज़िंदगी की हर चीज़ में यह हो तो क्या बात है। लेकिन ज़िंदगी मेरे साथ फ़ेयर नहीं रही है।

जैसे ही ट्रेन ने स्पीड पकड़ी, मेरे अतीत के दिन मेरी आंखों के सामने घूमने लगे।

सीएटल

21 साल पहले

'मां, आपका अमेरिकन फ्रेंड हमारे साथ क्यों रहने लगा है?'

'वो केवल मेरा फ्रेंड नहीं है। वो ग्रेग है, तुम्हारे डैड,' गीतू ने कहा। उन्होंने एक बॉटल से अपने गिलास में कोई गोल्डन लिक्विड भरा। मैं हमारे एक कमरे

के घर में डाइनिंग टेबल पर बैठी थी। मेरे सामने बेक्ड बीन्स की एक कैन और टोस्ट के दो ड्राय स्लाइसेस रखे थे।

'नहीं, मेरे डैड तो जोगी हैं। वो कहां हैं? आपने तो कहा था कि वो किसी शिप पर काम करने के लिए गए हैं।'

'नहीं, ऐसा नहीं है। वो हमें छोड़कर चले गए हैं। लेकिन वो आज भी सीएटल में ही हैं और यहां कैब चलाते हैं।'

गीतू ने अपनी ड्रिंक का एक सिप लिया।

'तो आपने झूठ बोला था?'

'अंजली, चुपचाप डिनर करो।'

'मुझे ये डिनर पसंद नहीं है। आप रोज़ मुझे ये देती हैं, मुझे इससे नफ़रत है।'

गीतू ने मुझे घूरकर देखा। 'मुझे भी रोज़ तुम्हारा ख़याल रखना पड़ता है। तो क्या यह मुझे अच्छा लगता है?'

मैंने चुपचाप चम्मच उठाई और खाने लगी। ये बातें मैं बहुत बार सुन चुकी थी।

'लेकिन ग्रेग को मेरा डैड बनने की क्या ज़रूरत है?' मैंने कुछ देर बाद कहा।

'क्योंकि वो हर चीज़ का पैसा चुकाता है।'

'जोगी डैड ने हमें क्यों छोड़ दिया?'

'अगर तुमने चुपचाप खाना नहीं खाया तो मैं तुम्हें एक और तमाचा जड़ दूंगी,' गीतू ने एक घूंट में अपना ड्रिंक फ़िनिश करते हुए कहा।

❖

सीएटल

ढाई साल पहले

ग्रेग ने ज़ोर से दरवाज़ा बंद किया और घर से बाहर चला गया। गीतू और मैं कोच पर बैठे फ़ायरप्लेस को देख रहे थे। वो मेरी तरफ़ मुड़ीं और कहा:

'तुमको उसे ग़ुस्सा दिलाने की क्या ज़रूरत थी? मैंने तुमको बताया था कि वो ट्रम्प को पसंद करता है। वो एक डाई-हार्ड रिपब्लिकन है। तब तुमको उस एंटी-ट्रम्प रैली में जाने की क्या ज़रूरत थी?'

'आपको पता भी है ट्रम्प क्या-क्या बोलता और करता रहता है?'

'नहीं पता, और मुझे जानना भी नहीं है। मुझे केवल अपनी मैरिज को बचाना है और तुम इसमें मेरी कोई मदद नहीं कर रहीं।'

'अगर आपकी मैरिज नहीं चल रही है तो इसके लिए मैं कैसे ज़िम्मेदार हो सकती हूं?'

'क्योंकि तुम जानती हो। ग्रेग तुम्हें बहुत पसंद नहीं करता।'

'वॉटेवर। मुझे कौन-सा वो बहुत अच्छा लगता है।'

'तुम यहां पर आई ही क्यों? तुम 23 साल की हो गई, तुम अपनी ज़िंदगी अलग रहकर बिता सकती हो।'

'मुझे लगा था मेरे यहां आने से आपको ख़ुशी मिलेगी। मेरे पास अभी कुछ काम नहीं था तो मैंने सोचा कुछ समय आपके साथ रह लूं।'

'नहीं, तुम्हारे आने से मुझे कोई ख़ुशी नहीं हुई। और तुम्हें अपने जॉब से निकाला गया था। क्यों? क्या वहां भी तुमने अपने सीनियर्स से बहस की थी, जैसे ग्रेग से करती हो?'

मैंने गीतू को घूरकर देखा।

'ग्रेग बदतमीज़ और दक़ियानूसी है। वो मेरे जैसी किसी स्ट्रॉन्ग ओपिनियंस वाली लड़की को बर्दाश्त नहीं कर सकता।'

'मैं भी नहीं झेल सकती,' गीतू ने कहा। उन्होंने व्हिस्की का एक सिप लिया। यह शाम की उनकी चौथी ड्रिंक थी।

उनका फ़ोन बजा। एक मैसेज आया था। उन्होंने उसे पढ़ा और मुझे दिखा दिया—

ग्रेग का मैसेज था—'या तो मैं या वो, फ़ैसला तुम्हें करना है।'

'वॉट द हेल, उसको बोलो कि फ़क-ऑफ़ हो जाए।'

गीतू ने फ़ोन को एक तरफ़ रखा और अपने लिए एक और ड्रिंक बनाई।

'क्या? बोलो उसे कि वो आपको अपनी बेटी को छोड़ने के लिए नहीं कह सकता।'

गीतू ने एक ठंडी सांस ली। उनका फ़ोन फिर से पिंग हुआ। ग्रेग ने एक और मैसेज भेजा था—

'अभी फ़ैसला करो। नहीं तो मेरा डाइवोर्स लॉयर तुमसे बात करेगा।'

गीतू के हाथ कांपने लगे। उनकी आंखों से आंसू बहने लगे।

'मां, ये सब बुलशिट थ्रेट्स हैं। वो कुछ नहीं करेगा।'

'बहुत हो गया, अंजली। अभी मेरे घर से निकल जाओ। एक जॉब और एक घर की तलाश कर लो। हम टच में रहेंगे, लेकिन तुम इस घर में नहीं रह सकती।'

'आप क्या कह रही हैं, मां?'

'मैं तुम्हारे कारण एक और हसबैंड नहीं खो सकती।'

'क्या?'

'प्लीज़। मैंने तुमको पाल-पोसकर बड़ा किया। मैंने अपनी ड्यूटी पूरी कर दी। अब तुम अपना ख़ुद देखो।'

व्हिस्की के नशे में वो ऐसी बातें भी बोले चली जा रही थीं, जो वो नॉर्मली कभी नहीं कहतीं।

'कौन-सी ड्यूटी? और एक और हसबैंड खोना यानी क्या?'

'जोगी ने तुम्हारी वजह से मुझे छोड़ दिया था, और अब ग्रेग भी जा रहा है। मेरी ज़िंदगी का बदनसीब मत बनो, मैं तुमसे मिन्नत करती हूं।'

'बदनसीब? वो कैसे? और जोगी ने मेरी वजह से आपको कैसे छोड़ा?'

'हां, तुम्हारी वजह से जोगी ने मुझे छोड़ा और अब ग्रेग भी जा रहा है। मैं फिर से बेघर हो जाऊंगी। तुम वो दिन भूल गईं, जब हम एक शेल्टर से दूसरे में भटकते रहते थे। ग्रेग ने हमें एक घर दिया।'

'लेकिन मैंने जोगी का क्या बिगाड़ा था? तब तो मैं तीन साल की थी?'

'क्योंकि तुम हमारी बेटी नहीं हो।'

इसके बाद गीतू ने मुझे पूरी कहानी सुनाई कि मैं कैसे उनके पास आई थी। मुझे लगा, मेरे सिर पर आसमान टूट पड़ा हो। मेरी पूरी दुनिया ही बदल गई। वो रात कैसे बीती, मैं ही जानती हूं।

❖

वसंत विहार स्टेशन पर ट्रेन के रुकते ही मुझे झटका लगा और मैं वर्तमान में चली आई। इसके बाद ट्रेन मुनिरका और आरके पुरम पहुंची। अंधेरे-उजाले का खेल शहर की सड़कों पर भी था और मेरे दिमाग़ में भी। दोनों लड़कियों में से मुझको छोड़ दिया गया था, जबकि प्रेरणा को सब कुछ मिला था। क्यों? आज उसके पास पैसा था, ख़ुशियां थीं, क़ामयाबियां थीं... और सबसे बढ़कर, सब उसे प्यार

करते थे। मैंने अपने लिए जर्नलिज़्म की फ़ील्ड चुनी, लेकिन वहां एक के बाद एक ले-ऑफ़ होते चले गए, जबकि प्रेरणा के स्टार्टअप के लिए फ़ंडिंग की कभी कमी नहीं हुई। मुझे गीतू के हसबैंड्स के रहमोकरम पर दड़बेनुमा काउंसिल हाउसेस में क्यों पलकर बड़ा होना पड़ा, जबकि प्रेरणा एक आलीशान बंगले में रह रही थी? प्रेरणा के पास इतना पैसा क्यों था और मुझे दो हज़ार रुपयों पर-आर्टिकल वाले जॉब्स के लिए भी हाथ क्यों फैलाना पड़ते थे? उसकी ज़िंदगी में प्यार क्यों आया, जिससे उसकी शादी हो रही थी, जबकि मैं एक रिलेशनशिप से दूसरी के बीच स्ट्रगल करती रही? जब वो ख़ुद शादी से पहले करवा चौथ कर सकती थी तो मुझे किस मुंह से आदि से दूर होने का कहती थी?

लेकिन जो वो सोचती थी, ऐसा नहीं था। आदि और मेरे बीच में सचमुच का एक कनेक्शन था। आख़िरकार हम दोनों ही मल्होत्रा फ़ैमिली में मिसफ़िट जो थे।

मुझे याद है जब मुझे यह अमेज़िंग आइडिया आया कि आदि के लिए एक प्रोफ़ेशनल म्यूज़िक वीडियो बनाया जाए। मैं उसे प्रोड्यूस और डायरेक्ट करती। इससे आदि के कॅरियर को बूस्ट मिल सकता था। इससे मुझे भी एक आल्टरनेटिव कॅरियर मिल जाता। हम दोनों उसको लेकर बहुत एक्साइटेड थे। लेकिन इसमें बीस लाख रुपयों का ख़र्चा आता। रमेश अंकल, हमने इस बारे में आपसे बात की, लेकिन आपको ये बात जमी नहीं। ये इकोनॉमिकली वाइबल आइडिया नहीं है, आपने कहा। रियली? क्या आपके आइडियाज़ ही ग्रेट होते हैं?

'तुम्हें क्या लगता है, पैसे पेड़ पर लगते हैं? बीस लाख रुपए क्या मज़ाक़ होते हैं?' रमेश अंकल ने आदि के मुंह पर कह दिया। नहीं, यह जोक नहीं था। जोक यह था कि अगले ही महीने उन्होंने प्रेरणा की इंगेजमेंट पर पचास लाख रुपए ख़र्च कर दिए। एक स्टूपिड पार्टी के लिए फ़िफ़्टी फ़किंग लाख।

सभी को प्रेरणा की चिंता थी। प्रेरणा, प्रेरणा, प्रेरणा। उसकी जगह पर मैं भी हो सकती थी, अगर टॉस का नतीजा कुछ और निकलता। अगर मुझे हेड मिलता और उसको टेल।

आपको पता है, दुनिया में ऐसी कौन-सी इमोशन है, जिसको क़बूल करना सबसे मुश्किल होता है? वह है जलन। लेकिन मेरे लिए यह मुश्किल नहीं। ये सच है कि मुझे उससे जलन होती थी। बचपन से ही उसने जैसी ज़िंदगी जी, जैसा प्यार उसे फ़ैमिली और बाद में सौरभ से मिला, जितनी आसानी से उसके लिए सबकुछ हुआ— मुझे इससे जलन होती थी। उसके अंदर एक एनटाइटलमेंट था,

जैसे कि यह सब उसी का हक़ था। मुझे इससे घिन आती थी। मैं भीतर ही भीतर घुटती रहती थी। लेकिन आज वो सब ख़त्म होने वाला था।

ट्रेन कालकाजी मंदिर स्टॉप पर पहुंची। मैं मेट्रो के कोच में ही प्रेयर करने लगी, जो मैं करने जा रही थी उसके लिए मन ही मन माफ़ी मांगने लगी। मुझमें इतना ज़मीर तो था कि मैं यह समझ सकूं कि मैं एक ग़लत काम कर रही थी। एक और स्टॉप—ओखला एनएसआईसी, और इसके बाद सुखदेव विहार। मैंने घड़ी देखी—7 बजकर 26 मिनट हो रहे थे।

मैं दौड़कर मेट्रो स्टेशन से बाहर निकली, जहां ऑटो वाले खड़े थे। लेकिन वहां लाइन लगी थी।

'मेरी तबीयत ख़राब हो रही है। उल्टी जैसा हो रहा है। मुझे घर जाना है। अंकल, क्या मैं क्यू में आगे बढ़ सकती हूं?' मैंने अपने आगे खड़े एक आदमी से कहा। वो तुरंत पीछे हट गया।

'ए-956, न्यू फ्रेंड्स कॉलोनी चलो,' मैंने ऑटो वाले से कहा।

थ्री-व्हीलर संकरी लेन्स से होता हुआ न्यू फ्रेंड्स कॉलोनी पहुंचा। एक-एक मिनट एक घंटे की तरह लग रहा था। जैसे-जैसे मैं अपनी मंज़िल के क़रीब आती जा रही थी, मेरे दिल की धड़कनें भी तेज़ होती जा रही थीं।

'मुझे बैक-लेन में ड्रॉप करना,' ए-ब्लॉक पहुंचने के बाद मैंने कहा। ऑटो वाला मुझे मल्होत्रा हाउस के बैकडोर एंट्रेंस से दस मीटर दूर छोड़ गया। मेरी घड़ी 7 बजकर 33 मिनट का समय बता रही थी। अंधेरा छा गया था, लेकिन चांद अभी नहीं निकला था।

'मुझे केवल पंद्रह मिनट का काम है। अगर तुम लेन के छोर पर ही मेरा वेट करो तो मैं तुम्हारे साथ ही स्टेशन लौट जाऊंगी। इसके लिए मैं तुमको दो सौ रुपया एक्स्ट्रा दूंगी।'

ऑटो वाले की आंखें चमक उठीं। उसने झट से हां कह दिया।

मैं ऑटो से निकली और दौड़कर बैकडोर पर पहुंची। मेरे पास इसकी चाबी थी, लेकिन प्रेरणा ने सौरभ के लिए दरवाज़ा खुला छोड़ दिया था। मैंने दरवाज़ा खोला और सीढ़ियों पर देखा। वहां कोई भी नहीं था। मैं सधे हुए क़दमों से ऊपर चली गई। मेरा दिल ज़ोरों से धड़क रहा था। मैंने किचन पार किया। वहां से कुछ तले जाने की आवाज़ आ रही थी। मेरे कानों में नीलम आंटी और गोपिका की आवाज़ें पड़ीं, जो खाने में पड़ने जा रहे मसालों को लेकर बात कर रही थीं।

मैं छत पर चली गई। लेकिन वहां कोई नहीं था। मैं मुंडेर पर जाकर खड़ी हो गई।

मैंने समय देखा—7 बजकर 37 मिनट हो रहे थे।

प्रेरणा अभी तक वहां नहीं पहुंची थी। उसने मुझसे प्रॉमिस किया था कि पौन घंटे में वहां पहुंच जाएगी। अगर वो अगले कुछ मिनटों में यहां नहीं आती या सौरभ उससे पहले यहां पहुंच जाता तो पूरा प्लान चौपट हो जाता।

मैं घड़ी की ओर घूरकर देख रही थी—7 बजकर 38 मिनट, फिर 7 बजकर 39 मिनट...

तभी दरवाज़ा खुलने की आवाज़ आई। लाल-सुनहरा लहंगा पहने वह लड़की हाथों में पूजा की थाली लिए ऊपर चली आई थी।

'अंजली, वाह, तुम मुझसे पहले ही आ गईं। लेकिन तुम तो लम्बे सफ़र के बाद थक गई होंगी ना।'

'मेरी बहन कितनी सुंदर है,' मैंने कहा।

'थैंक्यू। लेकिन मुझे बहुत भूख लग रही है। सौरभ को अब जल्दी आ जाना चाहिए,' प्रेरणा ने कहा।

अध्याय 60

'हे भगवान,' नीलम ने कहा और अपने हाथों से चेहरा छुपा लिया।

'मैंने नहीं कहा था—ओ आया सी? ये उस रात वहां आई थी, लेकिन अपने छोटे बालों और दुबले-पतले शरीर के कारण मुझे किसी लड़के जैसी लगी थी,' मांजी ने कहा।

'क्या प्लान बनाया था,' रमेश ने कहा।

'हां, अंकल। परफ़ेक्ट प्लान था। दुनिया की नज़रों में वह प्रेरणा की मौत के बाद घर पर पहुंची थी। पुलिस ने उसका फ़ोन चेक किया तो उसमें उसे उस समय एयरपोर्ट से घर के रास्ते में बताया गया था। उसने अपना फ़ोन बैकपैक में रख दिया था, जो कार में था। उबर राइड का टाइम और रूट भी मैच हो रहे थे। लेकिन वो ना टैक्सी में थी, ना अपने फ़ोन के पास थी। क्लेवर, अंजली। बहुत शातिर,' सौरभ ने कहा।

'इस पर मैं कहूं? थैंक्स?' अंजली ने कहा।

'लेकिन मेरे दोस्त जितनी शातिर नहीं,' सौरभ ने कहा और मेरी तरफ़ मुड़ा। 'लेकिन भाई, तुम्हें पता कैसे चला?'

'हां, ये तो मैं भी जानना चाहता हूं। इसने इतना परफ़ेक्ट प्लान बनाया था, फिर तुमको इस पर शक़ कैसे हुआ?' रमेश ने कहा।

मैं मुस्करा दिया।

'गोलू, तुम्हें याद है जब हम अमृतसर से यहां आए थे?'

'हां।'

'हमें राणा के ऑफ़िस जाना था, लेकिन हमें देर हो रही थी। मैंने अंजली को फ़ोन लगाया था। तुम इस बात से बहुत अपसेट हो गए थे कि तुमने उसको डियर क्यों बोला।'

'नहीं, मैं अपसेट तो नहीं था—' सौरभ ने कहना चाहा, लेकिन मैंने उसकी बात को बीच में काट दिया।

'तुम थे। ख़ैर, इससे अब फ़र्क़ नहीं पड़ता। लेकिन तुम्हें वो सब याद तो

है ना?'

'हां, किसानों की रैली निकल रही थी। गूगल मैप्स बोल रहा था कि एयरपोर्ट से वहां तक जाने में दो घंटे लगेंगे।'

'और अंजली ने सजेस्ट किया था कि अगर हम टर्मिनल वन से मेट्रो लेंगे तो जल्दी पहुंच जाएंगे।'

'ओह हां,' सौरभ ने कहा। उसका मुंह खुला रह गया।

'उसने एक छोटा-सा सजेशन दिया था, लेकिन इसने मुझे सोचने पर मजबूर कर दिया।'

'इसके अलावा और कुछ?'

'फिर मुझे प्रेरणा की डीएनए रिपोर्ट याद आई।'

'वॉट? लेकिन उसमें तो कुछ नहीं मिला था। नो फ़ॉरेन डीएनए,' सौरभ ने कहा।

'एग्ज़ैक्टली। लेकिन पड़ोसियों ने आवाज़ें सुनी थीं और नीरज ने दूर से देखा था कि छत पर हाथापाई हो रही है। इसके बावजूद डीएनए नहीं मिला, स्ट्रेंज?'

'ग्लव्ज़ के कारण?' सौरभ ने कहा।

'जब ज़ोरदार हाथापाई होती है तो अदर बॉडी पार्ट्स भी कॉन्टैक्ट में आते हैं, जैसे बाल, नाख़ून, स्किन। ग्लव्ज़ हर चीज़ को नहीं छुपा सकते। यह डीएनए है, फ़िंगरप्रिंट्स नहीं हैं। लेकिन पुलिस को कुछ भी नहीं मिला।'

'तो? इसका अंजली से क्या ताल्लुक़ है?' रमेश ने कहा।

'अंजली और प्रेरणा एक-दूसरे की क्या थीं?'

'जुड़वां बहनें,' रमेश ने कहा।

'एग्ज़ैक्टली। वो आइडेंटिकल ट्विन्स थीं। आइडेंटिकल। समझे?'

सौरभ ने सिर खुजाया।

'ओह माय गॉड। आइडेंटिकल डीएनए। जुड़वां बहनों का डीएनए बिलकुल एक जैसा होता है।'

'पुलिस को कोई दूसरा डीएनए नहीं मिला था, उन्हें वही डीएनए मिला था, जो प्रेरणा का था,' मैंने कहा।

'वॉव,' सौरभ ने कहा। सभी इस नई इन्फ़ॉर्मेशन पर रुककर सोचने लगे।

लेकिन मैंने अपनी बात जारी रखी—

'फिर मैंने क़त्ल की वजहों के बारे में सोचा। दो बहनें, जिनकी ज़िंदगी में इतना अंतर था और एक बहन को दूसरी के बजाय ज़िंदगी में सबकुछ हासिल हुआ था। इससे पैदा होने वाला ग़ुस्सा। और चूंकि दोनों अलग-अलग बड़ी हुई थीं, इसलिए उनके बीच कोई इमोशनल अटैचमेंट भी नहीं था।'

'लेकिन मैं प्रेरणा से प्यार करती थी,' अंजली ने धीमी आवाज़ में कहा।

मैंने एक ठंडी सांस छोड़ी।

'ये बड़ा अच्छा प्यार था,' सौरभ ने कहा। 'कहते जाओ, भाई। इसके अलावा और कुछ?'

'हां। तो मुझे मर्डर का मोटिफ़ मिल गया था, उसका मैथड पता चल गया था, और डीएनए वाली बात से भी कुछ सुराग़ मिला था। लेकिन मुझे और सबूत चाहिए थे, ताकि मैं हंड्रेड परसेंट कन्फ़र्म हो सकूं। और इसके लिए मुझे अंजली के क़रीब जाना था।'

अंजली ने मेरी तरफ़ देखा।

मैंने अपना फ़ोन निकाला और सबको एक तस्वीर दिखाई।

'यह आदि की डेड बॉडी की क्लोज़-अप तस्वीर है। उसकी चेस्ट पर वो मार्क्स देखिए, जिन्हें लव बाइट्स कहते हैं।'

रमेश ने तस्वीर को देखने के लिए अपना चश्मा एडजस्ट किया।

'बहुत इंटेंस लव-बाइट्स हैं,' सौरभ ने कहा।

'हां, कुछ लोगों को दर्द के साथ मज़ा अच्छा लगता है,' मैंने कहा। अंजली ने घूरकर मुझे देखा। मैंने अगली तस्वीर स्वाइप की।

'और ये है मेरी चेस्ट की तस्वीर। ये तस्वीर मेरे घर पर ली गई थी, जब मैंने और अंजली ने एक-दूसरे के साथ...' मैं बोलते-बोलते चुप हो गया, लेकिन सब लोग मेरी बात का मतलब समझ गए।

'तुम और अंजली? कब? और कहां?' सौरभ ने कहा।

'मालवीय नगर में। लेकिन यह ज़रूरी नहीं है। तस्वीर को देखो।'

'ओह, एग्ज़ैक्ट सेम मार्क्स, वैसे ही टीथ बाइट्स,' सौरभ ने कहा।

'अनबिलीवेबल। तब तो तुम यह भी जानते होंगे कि मेरे भाई की मौत कैसे हुई?' रमेश ने कहा।

'आपने उस रात आदि को बहुत डांट-फटकार लगाई थी। बाद में अंजली उनसे मिलने गई। वो टूट चुके थे। वो आपके सामने सारी सच्चाई बयान कर देना चाहते थे। ये सच है कि उन्होंने अंगूठी चुराई थी, लेकिन उन्होंने प्रेरणा को मारा नहीं था। वो आपको सबकुछ बता देना चाहते थे, लेकिन अंजली ऐसा कैसे होने दे सकती थी। सुबह अंजली फिर उनसे मिलने आई, जब आदि जॉगिंग पर जाने वाले थे। दोनों बेड में इंटीमेट हुए। अंजली ने कहा कि उन्हें हेरोइन लेना चाहिए। और तब अंजली ने उन्हें ओवरडोज़ कर दिया। क्यों ऐसा ही हुआ था ना, अंजली?'

'हां,' अंजली ने कहा। 'मैं और क्या करती? मुझे अपने बचाव के लिए यह करना पड़ा। लेकिन सबूत जुटाने के लिए किसी के साथ सोने की तुलना में यह फिर भी बेहतर है।'

'तुमने आदि को भी मारा? और तुम उसके साथ सोती थीं?' रमेश ने कहा। उनका मुंह सदमे से खुला रह गया।

'तुम्हारा आदि के साथ अफ़ेयर था?' बिंदु ने कहा।

अंजली ने कोई जवाब नहीं दिया। वो बस नीचे देखने लगी।

'प्रेरणा इस अफ़ेयर के बारे में जानती थी और उसे यह पसंद नहीं था। रमेश अंकल, अंजली को हमेशा इस बात का डर लगा रहता था कि वो आपको सबकुछ बता देगी। अंजली को प्रेरणा से नफ़रत तो थी ही, उसे मारने का यह भी एक कारण था,' मैंने कहा।

अंजली ने कोई जवाब नहीं दिया।

'लेकिन ये सब केवल बातें हैं,' बिंदु ने कांपती आवाज़ से कहा। 'केवल बातें। तुम मेरी बेटी को जेल तो नहीं भेजोगे ना? मेरे पास उसके सिवा अब कोई नहीं है।'

'वो पहले ही अपना गुनाह क़बूल कर चुकी है,' मैंने कहा।

'लेकिन पुलिस के सामने या अदालत में नहीं। तुम्हारी बेकार की बातों का कोई मतलब नहीं है। सबूत कहां हैं?' बिंदु ने कहा।

'क्या ये सारी बातें सबूत नहीं हैं?' सौरभ ने कहा। मैंने उसे इशारे से चुप करा दिया।

'मैं जानता हूं, बिंदु आंटी। अदालत को ठोस सबूत चाहिए। इसीलिए मुझे इतना समय लगा। यू सी, एसीपी राणा को अपने प्रभाव का इस्तेमाल करना पड़ा,

दिल्ली मेट्रो के एक सीनियर ऑफ़िसर की मदद लेने के लिए।'

'किसलिए?' रमेश ने कहा।

'एयरपोर्ट से पूरी मैजेंटा लाइन के सीसीटीवी फ़ुटेज के लिए। 17 अक्टूबर की शाम 6 बजकर 45 मिनट से 7 बजकर 45 मिनट तक के फ़ुटेज।'

मैंने सीसीटीवी मेट्रो फ़ुटेज का वीडियो एक बार फिर चलाया।

'ये रही अंजली। कालकाजी टेम्पल स्टॉप पर प्रार्थना करती हुई। उसने वही ट्रेकिंग जैकेट पहन रखा है, जो उस दिन पहना था। याद है?' मैंने कहा।

अंजली उठ खड़ी हुई।

'ओके, मेरा खेल तो ख़त्म हो गया। केशव, अब तुम क्या चाहते हो, ये सब लोग मुझे मिलकर मार डालें? ठीक है, गो अहेड।'

मैंने सिर हिला दिया।

'जस्टिस सिस्टम ऐसे काम नहीं करता है। एसीपी राणा और इंस्पेक्टर सिंह यहां किसी भी समय पहुंचते ही होंगे।'

'एक और चीज़, भाई,' सौरभ ने कहा। 'पुलिस ने कहा था कि नम्रता का फ़ोन उसी सेल टॉवर लोकेशन पर था, जहां मल्होत्रा हाउस है।'

'वो मेरी वजह से हुआ था,' रमेश ने कहा।

सभी रमेश की ओर मुड़ गए।

'मैंने उसे न्यू फ्रेंड्स कॉलोनी मार्केट में बुलाया था। मैं उससे इस बारे में डिस्कस करना चाहता था कि प्रेरणा को मुझे पैसे देने के लिए कैसे राज़ी किया जाए। उस रात मैं पान लेने नहीं गया था। मैं नम्रता से मिलने जा रहा था, कि तभी यह सब हो गया।'

सौरभ ने एक ठंडी सांस छोड़ी।

'पुलिस?' साइरन की आवाज़ सुनाई देते ही मांजी ने कहा।

'नहीं,' बिंदु ज़ोर से चिल्लाई और फूट-फूटकर रोने लगी। उन्होंने अंजली को कसकर पकड़ लिया, लेकिन अंजली ने कोई प्रतिक्रिया नहीं दी। वो मुझे घूरकर देखती रही।

डोरबेल बजी। मल्होत्रा हाउस में आख़िरकार इंसाफ़ के क़दम पड़ चुके थे।

अध्याय 61

'करवा चौथ मर्डर केस को तुम लोगों ने सॉल्व किया?' जैकब ने कहा।

अंजली की गिरफ़्तारी के दो दिन बाद मैं ऑफ़िस में काम करने पहुंच चुका था। मैंने अपने क्यूबिकल से सिर उठाकर जैकब को देखा। मैं हैरान था।

'सर, आपको कैसे पता चला?'

'पेपर में आया है। कॉन्ग्रैट्स।'

जैकब ने मेरी टेबल पर पेपर रखा और चला गया।

पेज नम्बर दो पर हेडलाइन थी—

'करवा चौथ मर्डर केस को सॉल्व करने के लिए दो डिटेक्टिव्ज़ ने दिल्ली मेट्रो की मदद ली।'

आर्टिकल में हमने कैसे इस मामले का खुलासा किया, इस बारे में बताया गया था। साथ में हमारे नाम और तस्वीरें भी छापी गई थीं।

मैं सौरभ के क्यूबिकल की ओर मुड़ा।

'तुमने ये देखा?'

'देख लिया? अरे मैंने ही तो ये करवाया है,' सौरभ ने कहा और आंख मारी।

'क्या?'

'मैं इस बार पुलिस को सारा क्रेडिट नहीं लेने देना चाहता था। इसलिए मैंने दिल्ली मेट्रो वाले उस आदमी को कॉल किया, जिसने तुम्हारी मदद की थी। मैंने उससे पूछा कि क्या वो फ़ेमस होना चाहता है। उसने कहा, हां। तो उसने कुछ प्रेस रिलीज़ को सर्कुलेट करने में मेरी थोड़ी मदद कर दी।'

'वॉव,' मैंने कहा।

'क्या?'

मैंने अपना सिर हिलाया और मुस्करा दिया।

'अगर मुझे पहले पता होता तो मैं अपनी और बेहतर तस्वीर दे सकता था,' मैंने कहा।

एक सप्ताह बाद

मैं रात को अपने ओयो रूम्स में बैठा था और अंजली की चैट्स पढ़ रहा था—वो तमाम रोमैंटिक बातें, जो उसने पिछले दो महीनों में मुझसे की थीं।

'आई लव यू, केशव। ये मेरी ज़िंदगी में पहली बार है, जब मैंने किसी को इस तरह से प्यार किया है,' उसने एक मैसेज में कहा था।

'क्या तुम भी मुझसे प्यार करते हो?' बाद में उसने मैसेज किया था, जिसके जवाब में मैंने केवल एक स्माइली भेज दी थी।

मैंने अपने छोटे-से रूम की लो-सीलिंग की ओर देखा और उसके बारे में सोचा। मेरी आंखों में आंसू आ गए।

'मैंने भी तुमसे प्यार किया था,' मैंने धीरे से कहा।

मेरे रूम के लैंडलाइन फ़ोन की घंटी ज़ोर से घनघनाई। रिसेप्शनिस्ट का फ़ोन था। उसका कहना था कि आपसे एक गेस्ट मिलने आए हैं, जिनका नाम सौरभ है। चूंकि वो लड़का था लड़की नहीं, इसलिए वो ऊपर तक आ सकता था।

'भाई, ये तो बहुत ही छोटा कमरा है,' सौरभ ने अंदर आते हुए कहा।

'अब जब केस पूरा हो गया है तो मैं अपने लिए एक अपार्टमेंट ढूंढ़ने जाऊंगा।'

सौरभ बेड के कोने में बैठ गया।

'तुम किस तरह की जगह ढूंढ़ रहे हो?'

'पैसा कम होना चाहिए, क्योंकि मैं साइबरसेफ़ को छोड़ने के बारे में सोच रहा हूं।'

'अरे, क्यों? तुम्हें जैकब जैसा कोई दूसरा बॉस नहीं मिलेगा, जिसे इतनी आसानी से बेवक़ूफ़ बनाया जा सके।'

'ऐसी बात नहीं है। उस काम में अब मेरा दिल नहीं लगता। मेरे पास एक ही ज़िंदगी है, मैं उसे कोई ऐसी चीज़ करते हुए नहीं बिता सकता, जिसमें मेरा मन नहीं है।'

'फिर तुम करोगे क्या?'

'मैं ज़ेड डिटेक्टिव्ज़ को चलाऊंगा। अच्छे केसेस खोजकर उन्हें सॉल्व करने की कोशिश करूंगा। हमें जो न्यूज़ कवरेज मिला है, उससे मुझे मदद मिलेगी। साथ ही मैं ख़ाली समय में आईपीएस की तैयारी करूंगा।'

'आईपीएस यानी पुलिस?'

'हां, मैं हर चीज़ के लिए पुलिस के पास जाने से थक चुका हूं। बिना किसी अथॉरिटी के इंवेस्टिगेशन करना। अगर मुझे यह काम इतना ही अच्छा लगता है तो मुझे इसे ठीक से करने के लिए पूरा ज़ोर लगाना चाहिए।'

'नाइस आइडिया।'

'तुम भी इस बारे में सोच सकते हो। तुम बहुत अच्छे डिटेक्टिव हो।'

'थैंक्यू।'

कुछ देर चुप्पी रही। फिर सौरभ ने कहा—'तुम अंजली को प्यार करते थे?'

मैंने उसकी ओर देखा।

'ठीक है, मत तो जवाब।'

'हां, करता था।'

'आई एम सॉरी, भाई, कि यह सब हुआ।'

'मेरे लिए केस को सॉल्व करना ज़्यादा ज़रूरी था। उसके बजाय तुम मेरे लिए ज़्यादा मायने रखते हो। मुझे तुम्हें इंसाफ़ दिलाना था।'

सौरभ ने मेरी ओर देखा।

'भाई, तुम मेरे साथ रहने चल सकते हो?'

'क्या?'

'हां, मैं इसीलिए यहां आया था। वहां मुझे बहुत अकेलापन लगता है। मेरे पास एक छोटा-सा स्पेयर बेडरूम है। तुम आईपीएस एग्ज़ाम की तैयारी करने के लिए उसको यूज़ कर सकते हो।'

'सौरभ, दैट्स नाइस ऑफ़ यू, लेकिन तुमने तो कहा था कि—'

'वो मेरी बेवक़ूफ़ी थी। मैं अपने बेस्ट फ्रेंड से कभी भी दूर नहीं होना चाहता।'

वैसे तो मैं सेंटी चीज़ों से दूर रहता हूं, लेकिन ये पल ही ऐसा था कि हमने एक-दूसरे को गले लगा लिया उसकी आंखें गीली हो गईं।

'प्लीज़, मेरे साथ चलो मुझे मिन्नतें करने के लिए मजबूर मत करो।'

'ठीक है, ठीक है, मैं चलूंगा।'

'ये रूम बहुत ही छोटा है।'

'हां।'

'वैसे, यहां कुछ खाने-पीने को मिलता है या नहीं? रूम सर्विस?'

दो सप्ताह बाद

मेरी स्टडी टेबल पर आईपीएस प्रिपेरेशन की किताबों का ढेर लग गया था।

'पुलिस वाला बनने के लिए इतनी पढ़ाई-लिखाई करने की क्या ज़रूरत होनी चाहिए?' सौरभ ने कहा।

मैं एक सप्ताह पहले उसके घर में शिफ़्ट हो गया था। मैंने अपना टेबल लैम्प जलाया। किताबों पर लाइट पड़ी। अगले एक साल तक इन किताबों में ही मेरा दिमाग़ लगा रहने वाला था। सौरभ ने अभी-अभी शॉवर लिया था और वो सफ़ेद कुर्ता-पायजामा पहन रहा था। सौरभ की पार्ट-टाइम मेड ने खाना बनाकर टेबल पर रख दिया था।

'आओ, खाना ठंडा हो जाएगा,' सौरभ ने कहा।

'एक मिनट,' मैंने कहा और फ़ोन खोल लिया।

'क्या कर रहे हो?'

'टिंडर डिलीट कर रहा हूं।'

'क्या? क्यों?'

'मुझे अब या तो रियल रिलेशनशिप चाहिए, या कोई नहीं।'

'यू श्योर?'

'हां, मैं फिर से प्यार में होना चाहता हूं। और मैं चाहता हूं कि कोई लड़की मुझे भी प्यार करे।'

'लेकिन होपफ़ुली, वो लड़की कोई मर्डरर ना हो।'

मैंने उसकी ओर देखा। उसे फ़िक्र हुई कि कहीं मैं इस बात का बुरा तो नहीं मान जाऊंगा। लेकिन मैं ज़ोर से हंस पड़ा। वो भी साथ में हंसने लगा। हमने अपनी इस अजीब-सी ज़िंदगी के लिए हाई-फ़ाइव किया। हमारी ज़िंदगी में प्यार नहीं था, लेकिन उसके बजाय एक दूसरी चीज़ थी। उसका नाम था दोस्ती, जो कि अनेक मायनों में प्यार से भी ज़्यादा ख़ूबसूरत होती है।

'चलो, अब खाना खाते हैं। मेड ने बहुत कमाल की पावभाजी बनाई है। पावभाजी अगर ठंडी हो जाए तो किसी काम की नहीं रहती।'

❖

लेखक परिचय

चेतन भगत आठ बेस्टसेलिंग उपन्यासों के लेखक हैं, जिनकी एक करोड़ बीस लाख से अधिक प्रतियां बिक चुकी हैं। साथ ही दुनिया की बीस से अधिक भाषाओं में आपकी किताबों के अनुवाद भी हो चुके हैं।

द *न्यूयॉर्क* टाइम्स का कहना है कि भारत के इतिहास में किसी और लेखक की इतनी किताबें नहीं बिकी हैं, जितनी कि चेतन की। टाइम पत्रिका आपके नाम की गणना दुनिया के सौ सबसे प्रभावशाली लोगों में कर चुकी है और फ़ास्ट कंपनी, यूएसए आपके नाम को व्यवसाय के क्षेत्र में दुनिया के सौ सबसे रचनात्मक लोगों में शुमार कर चुकी है।

आपकी अनेक किताबों पर बॉलीवुड में सफल फ़िल्में बनाई जा चुकी हैं। इतना ही नहीं, आप पटकथा लेखन के लिए फ़िल्मफ़ेयर पुरस्कार भी जीत चुके हैं।

देश के सर्वाधिक पढ़े जाने वाले प्रतिष्ठित अख़बारों—टाइम्स ऑफ़ इंडिया और दैनिक भास्कर के लिए आप नियमित स्तंभ लिखते हैं और भारत के अग्रणी मोटिवेशनल स्पीकर भी हैं।

आपने आईआईटी दिल्ली और आईआईएम अहमदाबाद से पढ़ाई पूरी करने के बाद एक दशक तक इंवेस्टमेंट बैंकिंग के क्षेत्र में काम किया और उस समय नौकरी छोड़ दी जब पूर्णकालिक लेखक बनने का निर्णय लिया।

अनुवादक परिचय

सुशोभित सक्तावत : लेखक, पत्रकार, अनुवादक। अभी तक नौ पुस्तकें प्रकाशित, जिनमें कविता की चार और गद्य की पांच पुस्तकें सम्मिलित। चेतन भगत के छह उपन्यासों का अनुवाद भी किया है। पुस्तक *'सुनो बकुल'* के लिए वर्ष 2020 का स्पन्दन युवा पुरस्कार। दैनिक भास्कर समूह की पत्रिका *'अहा! ज़िन्दगी'* के सहायक सम्पादक।

आपको 'वन अरेंज्ड मर्डर' पसंद आई?

तो पढ़िए एक और एक्साइटिंग केशव-सौरभ मिस्ट्री

द गर्ल इन रूम 105

76 हफ़्तों तक #1 नेशनल बेस्टसेलर

हाय, मैं हूं केशव, और मेरी लाइफ़ की लगी पड़ी है। मुझे अपने जॉब से नफ़रत है और मेरी गर्लफ्रेंड मुझे छोड़ गई है। आह, ख़ूबसूरत ज़ारा। ज़ारा कश्मीरी है। ज़ारा मुसलमान है। और, मैंने आपको बताया या नहीं कि मेरी फ़ैमिली थोड़ी-सी ट्रेडिशनल क़िस्म की है? ख़ैर, रहने दीजिए।

चार साल पहले मेरा और ज़ारा का ब्रेकअप हो गया था। वो अपनी ज़िंदगी में आगे बढ़ गई, लेकिन मैं वहीं का वहीं रह गया। मैं उसकी याद को भुलाने के लिए हर रात ड्रिंक करता था। उसे कॉल करता, मैसेज करता, उसकी सोशल मीडिया एक्टिविटीज़ पर नज़र बनाए रखता। और वो? वो मुझे लगातार इग्नोर करती रहती।

लेकिन, उस रात, जब ज़ारा का जन्मदिन था, उसने मुझे मैसेज किया और अपने होस्टल में बुलाया, जैसे पहले बुलाया करती थी। उसी रूम नम्बर 105 में। मुझे उस रात वहां नहीं जाना चाहिए था, लेकिन मैं गया... और मेरी ज़िंदगी हमेशा के लिए बदल गई।

यह प्रेम कहानी नहीं है। यह कहानी है, उस प्यार की, जो ख़त्म नहीं हो सका।

'फ़ाइव प्वॉइंट समवन' और 'टू स्टेट्स' जैसे नॉवल्स लिख चुके चेतन भगत की क़लम से इस बार निकली है यह रोमांचक और मज़ेदार कहानी, जो इतनी तेज़ रफ़्तार से आगे बढ़ती है कि एक बार पढ़ना शुरू करने के बाद आप उसे बीच में नहीं छोड़ सकते। यह कहानी है, जुनून की हद तक किए गए प्यार की, और आज के भारत में अपनी ज़िंदगी के मायने तलाशने की।

❖